U0124586

丛书主编 郑晓明

现代企业人力资源管理实务丛书⑪

# 员工关系管理实务

刘新民 编著

Human Resource Management

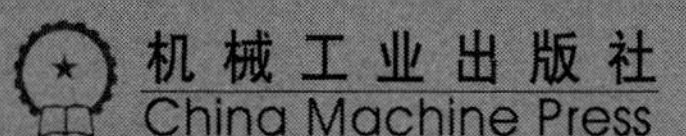

本书以企业员工关系管理为主线，以现行劳动法律法规为基石，融会贯通企业管理与法律实务两大领域，为企业打造复合型人力资源管理者而贡献力量。

本书共10章，每一章包括法理精解、案例剖析、防险技巧3个组成部分，其中"法理精解"主要是对现行劳动法律法规的精要阐述，帮助企业人力资源管理者通盘了解企业员工关系管理的法律环境；"案例剖析"选材广泛，兼备成功与失败的案例，提醒企业进行精细化管理；"防险技巧"结合法律理论与管理实务，提出一些务实性的操作方案。


**本书法律顾问　北京市展达律师事务所**

**图书在版编目（CIP）数据**

员工关系管理实务/刘新民编著．—北京：机械工业出版社，2011.7
（现代企业人力资源管理实务丛书）

ISBN 978-7-111-35423-9

Ⅰ．员…　Ⅱ．刘…　Ⅲ．企业管理：人事管理　Ⅳ．F272.92

中国版本图书馆CIP数据核字（2011）第148751号

机械工业出版社（北京市西城区百万庄大街22号　邮政编码　100037）
责任编辑：左　萌　　　　版式设计：刘永青
北京牛山世兴印刷厂印刷
2011年8月第1版第1次印刷
170mm×242mm・22印张
标准书号：ISBN 978-7-111-35423-9
定价：46.00元

凡购本书，如有缺页、倒页、脱页，由本社发行部调换
客服热线：（010）68995261；88361066
购书热线：（010）68326294；88379649；68995259
投稿热线：（010）88379007
读者信箱：hzjg@hzbook.com

# 前　言

员工关系管理（employee relations management，ERM），简而言之，是在企业人力资源体系中，各级人力资源管理者代表企业，通过拟订和实施各项人力资源政策以及其他管理沟通手段，调节企业和员工之间的相互关系，引导建立积极向上的工作环境，从而完成组织预订的目标。[⊖]员工关系管理以研究与雇用行为管理有关的问题为对象，强调以员工为主体和出发点的企业内部关系，注重个体层次上的关系和交流，蕴含和谐与合作的精神。

以员工关系管理为中心的人力资源管理涉及招聘录用、薪酬激励、绩效管理、职业规划、离职管理等主要模块，这些模块的实践都会涉及劳动法律法规的约束。例如，企业在招聘录用阶段会受到《中华人民共和国劳动合同法》（以下简称《劳动合同法》）（2007）关于用人单位的告知义务，依法约定试用期期限，以及不得收取费用和扣押证件等禁止性规定的约束；企业在实施员工培训工作时，必须遵守《劳动合同法》（2007）关于服务期协议与竞业限制等强制性的法律规定；企业的薪酬设计和管理，必须受《中华人民共和国劳动法》（以下简称《劳动法》）（1994）关于按劳分配、同工同酬等原则的制约，遵守有关最低工资和缴纳社会保险等政策规定；在绩效评估与管理方面，要求企业规章制度的制定必须合乎劳动法规定的程序，劳动合同的履行、变更、解除等各个环节必须遵守劳动法的具体要求。

作为人力资源管理的下位概念和有机组成部分的员工关系管理，在现代社会主要体现在两个方面：一是刚性的企业规章制度建设，主

---

⊖ 需要说明的是，作为人力资源系统中重要构成的员工关系，不同于“劳动关系”。因为劳动关系，不但包括企业内部的劳资关系，而且还包括劳动力市场关系、企业与政府的关系等外部关系。

要涉及员工关系管理的物质层面；二是柔性的企业文化建设，主要涉及员工关系管理的精神层面。这就要求企业在物质层面要建立并完善与员工关系紧密相关的规章制度，充分发挥其在员工关系管理上的规范功能，严守纪律；在精神层面加强企业文化建设，充分发挥其在员工关系管理上的引导功能，凝聚人心。两者双管齐下，使得企业和员工之间建立起和谐融洽的关系，共同实现企业的目标与愿景。

由于本书主要讲解我国劳动法在员工关系管理上的问题，因此关注的重点是企业规章制度方面。企业规章制度，简而言之，是企业根据国家有关法律法规，并结合企业自身特点而制定的，明确劳动条件、调整劳动关系、规范员工行为的各种规章制度的总和。规章制度的制订实际上是企业内部的“立法行为”，因此，企业规章制度必须经过民主制定、进行公示和备案3个程序才具有法律效力。[⊖]其中，劳动条件、劳动纪律、程序管理是最重要的部分。关于劳动条件的规定，主要体现在劳动合同和集体合同两个方面，主要包括以下内容：①工作时间与休息休假制度，②劳动安全卫生制度，③员工培训制度，④社会福利与保险制度等。关于劳动纪律的规定，主要包括以下内容：①劳动纪律制度，②岗位规范制度，③奖惩制度等。关于程序管理的规定，主要包括以下内容：①员工招聘制度，②劳动合同管理制度，③劳动争议处理制度等。

由于劳动法律法规是外在的他律，而员工关系管理主要属于企业内部事务，虽然两者有一定的交叉重合，即企业内部的员工关系管理必须遵守我国现行劳动法律法规的规定，但是，企业的员工关系管理又有自身的行业特点和特定的企业需求。因此，为了照顾法律制度和企业管理的平衡，本书以企业的人力资源管理工作模块为主线，以我国现行劳动法律法规为重点，结合企业实务中出现的经典案例（大部分选自法院判决、期刊杂志以及网络的公开资料，且多已注明出处），讲解企业员工关系管理实务，以期帮助企业构建和谐的劳资关系，实现企业做大、做强、做长的梦想和目标。

---

⊖ 我国《劳动合同法》（1994）第4条规定：“用人单位应当依法建立和完善劳动规章制度，保障劳动者享有劳动权利、履行劳动义务。用人单位在制定、修改或者决定有关劳动报酬、工作时间、休息休假、劳动安全卫生、保险福利、职工培训、劳动纪律以及劳动定额管理等直接涉及劳动者切身利益的规章制度或者重大事项时，应当经职工代表大会或者全体职工讨论，提出方案和意见，与工会或者职工代表平等协商确定。在规章制度和重大事项决定实施过程中，工会或者职工认为不适当的，有权向用人单位提出，通过协商予以修改完善。”

# 目 录

# 第1章

# 招聘录用管理

## 学习目标

- 正确认识并运用招聘广告的法律性质；
- 避免就业歧视所引发的法律与道德风险；
- 制定完备且符合企业需求的员工录用条件；
- 避免签约时扣押证件和/或收取费用的做法；
- 充分利用知情权以防范潜在的法律风险；
- 明了试用期阶段劳动关系的强制性法律规定。

简言之，招聘录用就是用人单位采取科学的方法寻找、吸引应聘者，并从中选拔用人单位需要的劳动者并予以录用的过程。招聘录用是企业整个人力资源管理工作的基础，因为只有通过招聘才能找到合适的人员，用人单位的激励、考核、薪酬管理、培训开发和职业生涯设计等管理手段才能得以实施，从而调动员工积极性，提高劳动生产率，为用人单位创造价值。与此同时，招聘录用也是用人单位通过劳动力市场和人才市场与社会进行沟通的一个重要纽带。招聘工作的好坏直接关系到其他管理环节的效果和人力资本投资的收益率，直接影响到用人单位的兴衰。

常见的招聘方法分为外部招聘和内部提升两种（见图1-1）。外部招聘的优势是可以通过外部竞争优势来平息内部竞争者之间的紧张关系，为用人单位输送新鲜血液，缺点是新进员工与内部员工之间缺乏深入了解，会打击内部员工积极性。内部提升的优势是，能够调动员工的工作积极性、吸引外部人才、保证选聘工作的正确性、有利于被选聘者迅速展开工作。弊端是可能造成“近亲繁殖”，导致同事之间的矛盾。本章主要讲解外部招聘的法律问题。

岗位空缺——→批准用人计划——→制定招聘标准：
①内部选拔——→培训——→上岗
②外部招聘——→发布招聘广告——→面试（初试与复试）——→试用——→正式录用或辞退/另行安排

图 1-1　员工招聘录用简图

一般来说，用人单位在员工招聘阶段必须坚持下述原则和要求：

（1）遵纪守法原则。用人单位的招聘工作必须符合国家有关法律法规和本单位的政策与规章制度。

（2）公开披露原则。用人单位应将自己的人力资源规划工作需要和职务说明书中应聘人员的任职资格要求面向社会公告。

（3）平等对待原则。用人单位在招聘中应坚持对所有应聘者一视同仁，不能人为地制造各种限制条件或提供不平等的优惠优先政策。

（4）竞争择优原则。一般通过考试竞争和考核鉴别来确定应聘者的优劣，确保录用人员的质量，为本用人单位引进或选择最合适的人员。

（5）讲求效率原则。用人单位要根据不同的招聘要求，采取灵活的招聘形式，努力降低招聘成本，注意提高招聘的工作效率。

从法律角度来讲，用人单位在招聘阶段必须重点关注以下法律风险。

## 1.1　正确制作招聘广告

### 1.1.1　法理精解

一般来说，用人单位的招聘广告都是通过各类媒体或网络向不特定的多数人发布的，其目的是吸引众多潜在的应聘者向自己应聘。

根据《中华人民共和国合同法》（以下简称《合同法》）（1999）的规定，招聘广告的法律性质为要约邀请（invitation to treat）。根据我国《合同法》第 15 条的定义，要约邀请是指希望他人向自己发要约的意思，是当事人在订立合同的过程中的一种预备行为，但不是必经的前置程序，要约邀请仅仅在于促成对方发出要约。要约邀请在相对人发出要约以后，经过自己的承诺，才能使合同有效成立。根据《合同法》第 15 条的列举，寄送的价目表、拍卖公告、招标公告、招股说明书、商业广告等，即为要约邀请。

用人单位的招聘广告属于商业广告的一种，因而原则上对用人单位没有约束力。

用人单位招聘员工一般都根据本单位的行业性质、岗位特点、职位职责对应聘员工设置一定的条件，这个条件在招聘阶段公布就是招聘条件，在录用阶段向应聘者告知就是录用条件。但是，有些用人单位的人力资源管理者普遍存在一个错误的看法，认为企业招用员工的录用条件就是报纸上刊登的招聘条件。这种错误认识有时会给用人单位带来法律风险，从而付出代价。



### 1.1.2 案例剖析

**案例 1-1**

#### 招聘广告不是劳动合同

上海某外资企业招聘广告写道："本单位录用的员工将送国外进行为期半年至一年的培训。"王先生经过层层角逐顺利地进入该外企，并认真努力工作，为的是及时得到出国的机会，但工作多年后并不见兑现。王先生遂找到单位负责人，提出单位应当履行自己在招聘广告中的承诺。单位负责人当面答应王先生一定会考虑，但此后很长一段时间又没有动静。王先生认为用人单位未兑现招聘广告中的承诺，侵犯了自己的合法利益，遂与公司对簿公堂。某区劳动仲裁委员会受理了此案。在仲裁中，王先生认为，公司应兑现招聘广告中的承诺。而单位在应诉书中声称，单位与王先生的劳动合同中并没有规定单位具有送王先生出国培训的条款，因此单位没有此项义务。最终，仲裁庭采纳了该单位的辩护意见。

**法理分析**

"本单位录用的员工将送国外进行为期半年至一年的培训"只是该外企招聘广告中的条件，由于没有写进王先生和该外企所签订的劳动合同之中，因此不具备法律效力，仲裁庭驳回王先生提出单位应当履行"招聘广告"中规定的义务的请求是合法的。■

**案例 1-2**

#### 招聘条件不明企业担责

由于业务发展良好，某合资软件开发公司决定招聘一批软件工程师，在媒体上发布招聘信息条件如下：计算机相关专业本科以上学历，有数据库程序开发经验，精通C++，能熟练使用英语进行工作，有软件开发经验者优先。应届本科毕业生王先生经层层面试被录用，双方签订了为期3年的劳动合同，其中试用期6个月。后公司发现王先生虽然在电脑操作和编程方面不存在任何技术障碍；但是在项目开发过程中与美国方面的员工进行沟通存在语言障碍，影响到项目的整体进展。试用期 2 个月后，公司以王先生英语表达能力欠佳，不符合公司的录用条件，决定与王先生解除劳动合同。但王先生认为自己在程序编写上符合公司规定的“能熟练使用英语进行工作”的录用条件，公司不应解除其劳动合同。

**法理分析**

由于该公司的招聘信息是要求员工在程序编写上符合公司规定的“能熟练使用英语进行工作”，而未详细列明对语言沟通的要求，在录用员工时也是以招聘信息为录用条件的。公司不得以王先生不符合公司的录用条件而解除劳动合同。因此，劳动争议仲裁委员会裁决公司解雇违法，并根据王先生的仲裁请求要求公司支付双倍的赔偿金。■

### 1.1.3 防险技巧

招聘广告对用人单位没有约束力，只是一般原则，绝不意味着用人单位就毫无法律风险。

从实践来看，用人单位应采取下述措施防范招聘广告可能带来的法律风险。第一，在招聘广告中对所设置的条件必须真实，不得虚假宣传，尤其不要夸大其词。否则，既有损自身形象，还可能触犯法律。根据《就业服务和就业管理规定》（2007）第 67 条[⊖]的规定，用人单位在招用人员时提供虚假招聘信息，发布虚假招聘广告，由劳动保障行政部门责令改正，并可处以一千元以下的罚款；对当事人造成损害的，应当承担赔偿责任。第二，在招聘广告过程中，用人单位需要避免采用诋毁其他用人单位信誉、采取商业贿赂等不正当手段招聘人员。

## 1.2 尽力避免就业歧视

### 1.2.1 法理精解

用人单位在发布招聘条件之前，应事先审查条件设定是否合法，严格

⊖ 《就业服务和就业管理规定》（2007）第六十七条　用人单位违反本规定第十四条第（二）、（三）项规定的，按照劳动合同法第八十四条的规定予以处罚；用人单位违反第十四条第（四）项规定的，按照国家禁止使用童工和其他有关法律、法规的规定予以处罚。用人单位违反第十四条第（一）、（五）、（六）项规定的，由劳动保障行政部门责令改正，并可处以一千元以下的罚款；对当事人造成损害的，应当承担赔偿责任。

把握自主用工和法律底线的界限，确保招聘条件不含有任何歧视性规定。虽然在实践中对有些就业歧视是否为法律所禁止存在争议，但企业应该尽可能地避免，不要存有侥幸心理，否则应聘者可以根据《中华人民共和国就业促进法》（以下简称《就业促进法》）（2007）[一]对招聘信息发布单位提起法律诉讼，造成其损害的还将承担损害赔偿责任。



实践中，用人单位就业歧视种类繁多，花样不断翻新。主要有以下几种最为常见，也常常引发法律纠纷。

（1）性别歧视（sexism）。在实践中，性别歧视主要是指对女性的歧视，[二]用人单位常见的就业性别歧视有以下几种。一是限制对某些专业的女性的录用。据调查，目前有两类专业的学生遭受性别歧视较为严重：一部分是长线专业，如生命科学、化学、电子等；另一部分专业是受前些年市场导向影响，曾经是热门专业，但现在却供大于求，使得女性遭受的性别歧视更多。二是用人单位提高录用女性的标准。在同等条件下，企业通常优先录用男性，女性只有比男性优秀很多才会录用。个别用人单位对女性的要求近乎百般挑剔，提出了除职业要求以外的一些要求，如身高、体重、容貌、婚恋，甚至生育要求。三是女性薪资待遇低于男性员工。全面反映女性就业时是否受到性别歧视，通常估算男女一次性就业率之间的明显差别，但更应分析性别差异导致的就业协议工资在内的各种劳动待遇的不同。

性别歧视是违背我国有关劳动法坚持的男女平等就业原则的。根据我国《劳动法》（1994）第 12 条的规定，“劳动者就业，不因民族、种族、性别、宗教信仰不同而受歧视。”该法第 13 条规定，“妇女享有与男

---

[一] 《中华人民共和国就业促进法》于中华人民共和国第十届全国人民代表大会常务委员会第二十九次会议（2007 年 8 月 30 日）通过，自 2008 年 1 月 1 日起施行。

[二] 根据联合国《消除对妇女一切形式歧视的公约》（1979）的规定，对妇女的歧视是“基于性别所做的任何区分、排斥或限制，其结果和目的是损害或否认妇女（无论婚否）在男女平等基础上，认识、享有或行使在政治、经济、社会、文化、公民或任何其他方面的人权和基本自由”。根据国际劳工组织《关于就业和职业歧视公约》（1958）的规定，“就业中的性别歧视”是基于性别的任何区别、排斥或特惠，“其后果是取消或损害就业方面的机会平等或待遇平等”，但“基于特殊工作本身的要求的任何区别、排斥或特惠，不应视为歧视”。由上述权威定义可以得知，招聘过程中的性别歧视是指用人单位在录用求职者的各环节中，除妨碍正常生产、工作或依法不适合女性的工种或岗位外，以性别为由拒绝录用女性或提高女性的录用标准而导致女性平等择业机会的丧失及其他损害的情况。

子平等的就业权利。在录用职工时，除国家规定的不适合妇女的工种或者岗位外，不得以性别为由拒绝录用妇女或者提高对妇女的录用标准。”我国《就业促进法》（2007 年）第 27 条规定，“国家保障妇女享有与男子平等的劳动权利。用人单位招用人员，除国家规定的不适合妇女的工种或者岗位外，不得以性别为由拒绝录用妇女或者提高对妇女的录用标准。用人单位录用女职工，不得在劳动合同中规定限制女职工结婚、生育的内容。”

（2）健康歧视。我国《就业促进法》（2007）明确规定，“用人单位招用人员，不得以是传染病病原携带者为由拒绝录用”。但是，健康歧视在现实中仍然十分普遍，尤其是公务员招考是当前我国健康歧视的重灾区。尽管现行的《公务员录用体检通用标准（试行）》（国家人事部和卫生部，2005）取消了 2004 年以前各地对乙肝病毒携带者的限制，《关于进一步维护乙肝表面抗原携带者入学和就业权利的通知》（卫生部等，2010）再次推动反乙肝歧视，但是各种新型的健康歧视仍层出不穷。2010 年 4 月，中国政法大学宪政研究所发布的“国家公务员招考中的就业歧视状况调查”报告，指出中央机关公务员和地方机关公务员中健康歧视均占总职位数的 100%，健康歧视与年龄歧视并列为调查中所占比重最大的歧视。长期从事反就业歧视研究的中国政法大学教授蔡定剑直言，一些现行的规章形成了“制度性的健康歧视”，这些规章主要是《公务员录用体检通用标准（试行）》和《公务员录用规定（试行）》。例如，《公务员录用体检通用标准（试行）》第 19 条未区分在潜伏期的艾滋病人与发病期的艾滋病人，就是健康歧视。企业应该明了，乙肝病毒携带者是不具有传染性的，不影响就业和工作，用人单位没有理由拒绝其就业，更没有理由歧视他们。

（3）地域歧视。现实中，有些用人单位的招聘广告中要求求职者必须具有城市户口，甚至是指定城市的户口，将持农业户口的人、外地人拒之门外，人为造成低人一等的感觉。此外，由于某些地区的劳动者养成的性格、习惯、行为方式不被某些用人单位所接受，用人单位就在招聘广告中明确注明不招用来自某地区的劳动者。这除了就业歧视之外，还存在人格侮辱的问题。

此外，还有以下常见的就业歧视。

（1）年龄歧视（aageism）[⊖]。实践中，用人单位的招聘广告中写明“35 岁以下”字样，所涉及的行业包括推销业务员、司机、建筑施工员、会计、出纳、外贸跟单员，尤其是一些所谓的“青春行业”，对年龄的要求更加苛刻。据中国新闻网报道，2010 年最新公布的湖南省省直单位及省直垂直管理系统招考公务员计划，几乎所有岗位均与 35 岁以上人员无缘，即便是 35 岁以下相近年龄可报考的职位也仅有 10% 左右；2010 年长沙市引进储备优秀人才 4 000 余名，党政机关、事业单位职位绝大多数都要求 35 岁以下；湖南某高校招聘辅导员等岗位，要求硕士 28 周岁以下，博士 32 周岁以下……这种对 35 岁以上人员的年龄歧视在全国各地引起强烈反响，已有求职者通过法律手段维权，将相关部门告上法庭，如广西、四川等地考生状告公务员招考部门年龄歧视，最终虽然败诉，但对用人单位产生的负面影响不小。

（2）学历歧视。实践中，几乎所有招聘管理人员、技术人员的广告都有学历要求，比如：“本科以上学历”、“大专以上学历”、“具有硕士学位”等。使一些具有真才实学的人因达不到学历要求与机会擦肩而过，同时也使用人单位因为过分注重学历，而丧失优秀人才加盟的机会，形成人才高消费现象。

（3）容貌歧视（lookism）。诸如招聘广告上公开注明的“容貌端庄”、“身材苗条”、“身高不低于 160 公分”等条件。



---

⊖ 西方多数国家的法律明文禁止年龄歧视。例如，美国联邦《雇用年龄歧视法案（ADEA）》（1967）禁止任意的年龄歧视，明文规定歧视 40 ~ 65 岁的雇员或求职者是违法行为。1978 年经美国国会修改后，该法案对大多数雇员的年龄保护提高到 70 岁，而对联邦政府雇员的年龄保护则没有设定上限。此外，各州和许多地方性法规也禁止就业歧视，比如有些地方性法规将年龄歧视法的保护对象扩展到年轻人，不仅禁止歧视 40 岁以上的求职者，也不允许歧视 17 岁以上的青少年。例如，在招募广告上指明招聘“成熟的”求职者即为违法行为。凡是提出年龄限制的雇主均负有举证责任，一旦被雇员控告有年龄歧视之嫌疑，必须拿出充分证据来证明自己并非有意歧视，而是坚持 BFOQ（bona fide occupational qualification，实际职业必需资格）[BFOQ 是美国 1972 年公布的《公平就业机会法》适用范围的一个例外，它允许雇主在特定具体条件下施加有限的歧视，但此例外必须由法院做出严格的说明。作为一个现实问题，它主要被用于针对有意识的年龄歧视控告进行答辩和解释。比如说美国联邦航空局曾规定职业飞行员的最高雇用年龄是 64 岁，因为年龄过高可能会影响飞行安全，从而造成人身伤亡和财产损失。在此具体情况下，这一年龄限制就可被看做 BFOQ]，否则就会受到法律惩处。亦即，雇主必须能够举出令人信服的科学证据，说明特定的年龄限制对该单位的工作效率有何具体联系和作用，并且这些证据被权威机构和法院所认同，从而得到社会各界和求职者的谅解，否则就会被判定为年龄歧视。

## 1.2.2 案例剖析

**案例 1-3**

### IBM 上海分公司抑郁症歧视败诉

2006 年袁先生与 IBM 上海分公司签了一份为期 5 年的劳动合同，担任该公司的研发工程师。因巨大的工作压力导致身心疲惫，2007 年 6 月，袁先生被确诊为患有抑郁症。同年 6 月 19 日，袁先生递交辞职申请，后经公司有关人员主动提议，转成了病假。后袁先生的病情有所好转，两次拿着上海市精神卫生中心"建议边工作边治疗"的医疗鉴定，请求公司恢复工作，均被公司有关方面拒绝。2008 年 1 月 11 日，公司通知他办理解除劳动合同手续。1 月 24 日，袁先生向公司总裁信箱发出投诉信，对公司单方面解除劳动合同提出申诉。2 月 20 日，IBM（中国）公司人力资源负责人告知袁先生，公司做出的决定，不能更改。2 月 27 日，IBM 上海分公司向袁先生出具了解除劳动合同通知书，理由是袁先生多次违反公司纪律，严重影响公司正常工作秩序且屡教不改。袁先生认为，IBM 中国公司上海分公司与之解除劳动合同通知是为了执行其"不录用抑郁症员工"的歧视性政策。于是将公司诉至劳动争议仲裁部门。申诉人提出了继续履行劳动合同、补偿工资及精神损害赔偿等要求。

**法院判决**

2008 年 6 月 18 日，上海市浦东新区劳动争议仲裁委员会做出裁决：IBM（中国）公司应与抑郁症员工袁先生继续履行劳动合同，并赔偿其 4 个月工资及奖金共计 57 332 元。■

**案例 1-4**

### 大同煤业公司乙肝病毒歧视担责

2008 年 3 月经大同煤业公司医院体检合格后，李先生被该公司录用。2008 年 9 月在医院复检中，李先生被查出患有乙肝。随后李先生被公司取消培训资格，不予安排工作。为此，李先生向大同市劳动争议仲裁委员会申请仲裁。2009 年 11 月 5 日，仲裁委员会裁决，煤业公司在裁决生效之日起 10 日内，为李先生安排工作岗位。煤业公司不服，遂诉至法院。一审法院做出仲裁委员会该份裁决书不发生法律效力的判决。李先生不服，向大同市中院提起上诉。大同市中院审理认为，根据有关规定，煤业公司不应当将李先生的乙肝病毒血清学指标作为是否录用的体检标准。即使李先生是乙肝病原携带者或者乙型肝炎患者，也不能以此作为拒绝录用的理由，因为日常生活和工作接触不会传播乙肝病毒。

**法理分析**

根据《全国病毒性肝炎防治方案》的规定，乙肝病毒携带者除不能献血及从事直接入口的食品和保育员工作外，可以照常工作，乙肝歧视现象是违反我国《传染病防治法》的。据此，法院终审判决，煤业公司在判决生效 30 日内给李先生安排工作岗位。■

## 1.3 明确设定录用条件



### 1.3.1 法理精解

用人单位在说明岗位的具体要求时，不能仅仅载明诸如“具有团队合作精神”、“工作热情”等抽象表述，因为这不具有可操作性。对录用条件一定要明确化、具体化，应把岗位要求是什么，怎么衡量才符合岗位要求固定下来。具体来讲，用人单位应该根据自身的实际用工条件及相关的法律规定，在录用条件中综合共性和个性特点。

所谓“共性”，就是用人单位一般都具有的、要求员工应该具备的基本条件。比如，关于员工的学历、资质、经历等能力因素；关于员工勤奋工作、遵纪守法、诚实守信等员工的主观态度因素；关于员工有无特殊疾病等身体因素；以及将员工是否存在兼职或未与原单位解除劳动合同等作为录用条件。而每个用人单位将对新进员工的每个岗位或者职位描述的特殊要求则属于个性的录用条件。有学历的要求，要求获得相应证书；有技术的要求，比如有符合企业招聘时对岗位职责描述的技能等。

### 1.3.2 案例剖析

**案例 1-5**

**录用条件不详企业担责**

2008 年 1 月，黄先生经面试被一家模具公司录用为销售部经理助理。1 月 21 日，双方签订了 2 年期固定期限的劳动合同，试用期为 2 个月。3 月 6 日该公司以黄先生在试用期被证明不符合录用条件（专业知识和业务水平未达到与招聘时对空缺岗位的要求）为由，决定解除与黄先生的劳动关系，并不予支付任何经济补偿。黄先生认为，自己工作积极努力，专业知识和业务水平也正在快速提高，公司领导在未对其进行任何考核，也没有任何考核标准的情况下，片面地认为自己不符合录用条件，解除劳动关系是不合法的。黄先生向劳动争议仲裁委员会提出申诉，要求该模具公司向其支付经济补偿。

**法理分析**

本案中，模具公司在招聘时没有讲明具体录用条件，对空缺岗位也没有明确的岗位说明，也未提出相应的考核标准及证据，故公司以“专业知识和业务水平与招聘时对空缺岗位的要求存在很大差距”为由，解除与黄先生的劳动关系属于违法行为。因此，仲裁委员支持黄先生的申诉请求，要求该模具公司向黄先生支付双倍经济补偿的赔偿金。■

## 1.3.3 防险技巧

在进行人才招聘之前，用人单位一定要对招聘岗位制定完整的、具有可操作性的录用条件。录用之后，一旦发现新员工不符合录用条件，要及时与其解除劳动合同。建议用人单位做好如下风险防范工作。

（1）在招聘劳动者之前，根据招聘职位的要求，制定出完整的、操作性强的录用条件。同时，在招聘时将上述录用条件向应聘者公示，并采取一定方式予以留存，以预防发生诉讼时有证据可依：①如果是通过媒体公布招录信息的，应同时公布招录条件，并予以保存；②如果是通过中介公司招录员工的，应由中介公司在招录条件上盖章或签字确认，保留证据；③如果是自行招聘的，应制作详细的招录条件，由招录员工阅读并签字确认。在建立劳动关系之前，通过发送聘用函的方式向员工明示录用条件并要求签字确认。

（2）录用条件的设定应遵守强制性的法律规定，否则极有可能被视为无效条款，还要承担相应的法律责任。具体来说，劳动者在试用期内是否合格，首先是以法定的最低就业年龄等基本录用条件以及招录时对劳动者的文化水平、技术水平、身体素质和内在品质等为标准。其次，只有在具体录用条件和标准不明确时，才能以是否胜任劳动合同约定的工作或岗位为标准。建议用人单位在劳动合同中明确约定录用条件或不符合录用条件的情形。

（3）对试用期内的员工，应注意在工作中随时按录用条件进行考核，并保留相应的证据。这是因为，根据我国现行劳动法律法规，用人单位以劳动者完全不具备录用条件和标准，或者是劳动者部分不具备录用条件和标准，而辞退劳动者时都必须由用人单位提出合法有效的证明；否则，用人单位会因举证不能而无法与劳动者解除劳动关系。

（4）在规章制度中对录用条件做进一步的规定，并将该规章制度在劳动合同签订前进行公示，例如作为劳动合同的附件。如果把岗位职责等要求作为“录用条件”，还必须完善单位自身的考核制度，明确界定符合岗位职责的量化标准。具体来讲，用人单位的考核范围应该包括：工作表现、考勤、业绩、纪律，明确考核方式、考核等级、考核部门、考核程序等内容，以此及时对新应聘员工进行考核；同时收集考核结果信息，包括业绩报表、工作日志、述职报告、客户的反馈意见和相关部门的评价等，必要时应将考核结果告知员工并经其签收，在证据上做到万无一失。以此防备以不符合录用条件解除劳动者时因不能举证而要承担不利的法律后果。

(5) 在掌握确切的证明员工不符合录用条件的证据后，若想与劳动者解除劳动合同，应在试用期内解除，不要在试用期后解除。因为根据《对〈关于如何确定试用期内不符合录用条件可以解除劳动合同的请示〉的复函》（劳办发［1995］16 号）的规定，“对试用期内不符合录用条件的劳动者，企业可以解除劳动合同；若超过试用期，则企业不能以试用期内不符合录用条件为由解除劳动合同”。

## 1.4 力戒收费或扣证

### 1.4.1 法理精解

现实中存在少数违法乱纪的员工利用工作条件的便利损坏企业利益的情况，以及员工流动性大不易于管理和指挥等情况，使得有些用人单位在招用劳动者时，要求劳动者提供担保、向劳动者收取风险抵押金。

也有些用人单位出于其他目的而控制劳动者，利用自己的强势地位，在招用劳动者时要求劳动者提供担保，或者向劳动者收取和变相收取风险抵押金。例如，收取服装费、电脑费、住宿费、培训费和集资款（股金）等。

此外，有些用人单位还通过扣押劳动者的居民身份证或者其他证件，如暂住证、资格证书和其他证明个人身份的证件等，以达到掌控劳动者的目的。

针对上述做法，《关于贯彻执行〈中华人民共和国劳动法〉若干问题的意见》（劳动部，1995）第 24 条做了禁止性的规定：“用人单位在与劳动者订立劳动合同时，不得以任何形式向劳动者收取定金、保证金（物）或抵押金（物）。对违反规定的，由公安部门和劳动行政部门责令用人单位立即退还给劳动者本人。”《劳动合同法》（2007）在第9条也做了禁止性的规定：“用人单位招用劳动者，不得要求劳动者提供担保或者以其他名义向劳动者收取财物，不得扣押劳动者的居民身份证或者其他证件。”《劳动合同法》（2007）第84条还规定了用人单位的法律责任：“用人单位违反本法规定，扣押劳动者居民身份证等证件的，由劳动行政部门责令限期退还劳动者本人，并依照有关法律规定给予处罚。用人单位违反本法规定，以担保或者其他名义向劳动者收取财物的，由劳动行政部门责令限期退还劳动者本人，并以每人五百元以上二千元以下的标准处以罚款；给劳动者造成损害的，应当承担赔偿责任。劳动者依法解除或者终止劳动合同，用人单位扣押劳动者档案或者其他物品的，依照前款规定处罚。”

我们建议用人单位进行员工管理时应依靠科学的体制，加强内部管理，保护自身合法权益的同时有效规避法律风险。



## 1.4.2 案例剖析

**案例1-6**

### 扣押人事档案违法案

李先生在某公司入职之前上交了人事档案，经过两周的培训便开始工作。第三周李先生从老员工处了解到公司新员工入职的前两年都必须接受外派。李先生与公司协商，希望留在本地工作，但被经理以公司制度为由加以拒绝。无奈之下，李先生只好提出辞职。部门经理迟迟不回复李先生的申请，人力资源部门也因此拒绝为他办理离职手续。不久李先生在本地找到另一份工作，在办理入职手续时，到原公司取回自己的人事档案，但原公司声称李先生离职尚没有得到公司批准，应该继续回来工作并补齐旷工，并拒绝归还人事档案。

**法理分析**

我国《劳动合同法》（2007）第9条规定，禁止用人单位在招用劳动者时扣押劳动者的居民身份证和其他证件。其中，其他证件是指除了居民身份证之外的能够证明员工身份的合法证件，包括但不限于毕业证、学位证、专业技能证书、职称评定证书和人事档案等证件。根据该法第84条的规定，本案中的李先生可求助当地劳动行政部门，要求原单位归还其人事档案。■

**案例 1-7**

### 扣证收缴押金违法案

深圳的一家日资企业以生产玩具为主要经营业务，需要大量的技术工人，由于该企业对员工管理十分苛刻，甚至还有工头辱骂、殴打工人的行为，经常要求加班，也不按法定标准支付加班费。因此，很多工人在工作一段时间后，不愿意在该企业工作了，致使该企业的员工队伍很不稳定。后来企业为了稳定员工，做出以下规定：所有新录的员工，在签订劳动合同时须将自己的身份证上缴并向公司交纳押金 1 000 元。李先生中途欲离开公司。要求公司返还身份证和押金，但公司拒绝其要求，理由是合同约定，身份证只有年底放假或合同到期时才能归还、押金也只有合同到期时才返还。李先生向当地的劳动保障部门举报公司的违法行为，在劳动保障部门的督促下，公司改正了错误，将违法保管和收取的员工身份证和押金交还给了员工。

**法理分析**

依据《劳动合同法》（2007）第 9 条、第 84 条的规定，本案中的公司在和劳动者签订劳动合同时扣押了员工的身份证和收取了押金是违法行为。劳动者可以向劳动保障部门举报，要求查处。因公司的此种违法行为给劳动者造成经济损失，劳动者依法可以通过劳动争议仲裁要求公司予以赔偿。■

## 1.5 正确利用知情权

### 1.5.1 法理精解

从法律防险技巧的角度来说，用人单位必须充分利用《劳动合同法》（2007）赋予自己的知情权来防止法律风险。《劳动合同法》（2007）第 8 条规定，“用人单位招用劳动者时，应当如实告知劳动者工作内容、工作条件、工作地点、职业危害、安全生产状况、劳动报酬，以及劳动者要求了解的其他情况；用人单位有权了解劳动者与劳动合同直接相关的基本情况，劳动者应当如实说明。”

用人单位应严防应聘者提供虚假信息，因为若员工在招聘进来之后才发现信息不属实，用人单位若想解除劳动合同法律关系就面临较大的难度，除非出现了《劳动法》（1994）规定的可以解除劳动合同的法定条件。

用人单位应核查劳动者是否提供了虚假个人信息，是否违背诚实信用原则，隐瞒应当告知用人单位的重要信息，如被证实劳动者有此类不正当行为，用人单位可视其为不符合录用条件。

## 1.5.2 案例剖析

**案例 1-8**

### 虚假简历劳动合同无效

徐女士持伪造的复旦大学双学士学历与上海张江高科技园区内的一家高科技公司签订《劳动合同》和《保密、竞业限制协议》，约定徐女士在该公司任人事经理兼总裁助理，每月工资9 000元，公司还按月支付保密及竞业限制补偿金给徐女士；徐女士负有在离职后3年内保守公司秘密及竞业限制义务。后来徐女士的工资增加到13 000元。第2年2月，因徐女士有违纪行为，公司提出提前解除劳动合同，与其签署了《解除劳动合同协议》，约定公司支付徐女士相当于4个月工资标准的经济补偿金和一个月替代期工资共计65 000元作为全部补偿。8月徐女士持与公司签订的《保密、竞业限制协议》提起劳动仲裁，要求公司支付竞业限制补偿金22万余元。9月公司向复旦大学核实，方知徐女士的复旦双学士学历纯属伪造。公司遂向劳动争议仲裁委提起反诉，要求确认：①《劳动合同》、《保密、竞业限制协议》、《解除劳动合同协议》无效；②徐女士向公司返还经济补偿金65 000元和多得的工资，并赔偿公司经济损失。但劳动争议仲裁裁决支持了徐女士主张竞业限制补偿金的请求，裁定反诉已过仲裁时效不予受理。公司不服诉至法院。在法庭上，公司的代理律师提出，学历是用人单位与劳动者建立劳动关系的必备条件，因徐女士提供了虚假学历，故《劳动合同》等协议均无效，徐女士不但不应得到竞业限制补偿金，还应返还已收取的经济补偿金及多得的工资，并赔偿公司的经济损失。

**法理分析**

根据《劳动合同法》（2007）第8条的规定，应聘者若向公司提供的是虚假信息，属于《劳动合同法》（2007）第26条规定的采取欺诈的手段订立的劳动合同，会导致劳动合同无效。本案中，徐女士虚构教育背景，该行为构成欺诈，劳动合同自始无效。因此，劳动仲裁委员会支持了公司的诉请。■

## 1.5.3 防险技巧

用人单位在招聘劳动者时，首先，应对应聘者的相关信息进行调查。常用的调查应聘者信息的网站主要有：①查询应聘者身份的：http://www.IP138.com；②查询应聘者学历和资格证书的：http://www.chsi.com.cn；③查询应聘者英语考试成绩的：http://www.cet.edu.cn 等。

其次，用人单位应验明应聘者的“自由身”以免发生不必要的麻烦。

用人单位在录用劳动者时，应当要求劳动者出示原用人单位所出具的解除或终止原劳动关系的证明（《劳动合同法》（2007）第50条），否则用人单位可以不予录用劳动者，或者在录用后知道劳动者隐瞒事实真相时可以行使劳动合同解除权，依法终止与劳动者的劳动关系（《劳动合同法》（2007）第39条）。



## 1.6 试用期管理

劳动者进入用人单位的第一个阶段就是“试用期”，它为劳资双方提供相互了解与磨合的机会。劳动者入职后，用人单位的职能部门和人力资源部门就开始了工作考核，包括思想品德、劳动态度、实际工作能力和身体情况等。一般来讲，职能部门的考核重点在于劳动者的专业水准，而人力资源部门的考核重点在于劳动者对新环境的适应能力、人际交往能力和写作能力等。对于管理岗位上的员工，考察还会涉及工作计划能力等。

实践中，用人单位对试用期的误解和滥用较为常见。比如，用人单位通常不管是什么性质、多长期限的工作岗位，也不管有没有必要约定试用期，一律约定试用期，只要期限不超过劳动法规定的6个月即可，用足法律规定的上限。有的用人单位与劳动者签一年期限的劳动合同，其中半年为试用期；有的生产经营季节性强的用人单位甚至将试用期与劳动合同期限合二为一；有的劳动者在同一用人单位往往被不止一次约定试用期，换一个岗位约定一次试用期。可见试用期问题是劳动合同立法中劳动者意见最多的问题之一。这种侵犯劳动者合法权益的做法，也常常导致用人单位面临很大的法律风险，承担较大的用工成本。

需要注意的是，《劳动合同法》（2007）与《劳动法》（1994）对试用期的规定存在以下细微的差异。

（1）试用期期限的不同：①不足1年的劳动合同的试用期限：《劳动法》（1994）规定，6个月以下的劳动合同的试用期不得超过15日，6个月以上的劳动合同的试行期不得超过30日；《劳动合同法》（2007）规定，不足3个月的劳动合同不得约定试用期，3个月以上的劳动合同试用期不得超过1个月。②1年以上的劳动合同的试用期限：《劳动法》（1994）规定，两年以下的劳动合同的试用期不得超过60日；《劳动合同法》（2007）规定，不满三年的劳动合同的试用期不得超过2个月，3年以上固定期限和无固定期限的劳动合同的试用期不得超过 6 个月。

（2）试用期适用的不同：①以完成一定工作任务为期限的劳动合同的试用期限：《劳动法》（1994）没有具体规定，可以约定试用期；《劳动合同法》（2007）规定不得约定试用期。②不能重复约定试用期的适用：《劳动法》（1994）规定，试用期适用于初次就业或再次就业时改变工作岗位或工种的劳动者，用人单位对工作岗位没有发生变化的同一劳动者只能试用一次；《劳动合同法》（2007）规定，同一用人单位与同一劳动者只能约定一次试用期。

根据同一位阶的法律存在不同规定时，须适用新法的原则，用人单位在使用"试用期"条款时应适用《劳动合同法》（2007）。

## 1.6.1 试用期的约定

### 1. 法理精解

用人单位必须明了试用期不是劳动合同的必备条款，只有在劳动者和用人单位认为有必要时，通过双方的协商一致才可以进行约定。根据我国《劳动合同法》（2007）第 20 条第 3 款的规定，"试用期包含在劳动合同期限内。劳动合同仅约定试用期的，试用期不成立，该期限为劳动合同期限。"劳动部《关于贯彻执行〈中华人民共和国劳动法〉若干问题的意见》第 18 条规定，"劳动者被用人单位录用后，双方可以在劳动合同中约定试用期，试用期应包括在劳动合同期限内。"

上述法律规定表明，试用期是劳动合同的约定条款，其具体含义有：①试用期必须以书面形式记载，否则无效。②试用期必须经双方同意才能约定，单方约定无效。③试用期必须且只能在劳动合同中载明。④试用期不得另行单独签订试用期合同，否则无效。

### 2. 案例剖析

**案例 1-9**

#### 仅约定试用期用人单位担责

刘先生称自己于 2007 年 10 月 11 日到中国节能担保公司（以下简称公司）工作，但公司未与其签订劳动合同。同年 12 月 21 日，公司与其签订试用人员协议书，试用期为 2 个月，月薪 4 000 元。2008 年试用期届满后，刘先生要求公司签订劳动合同被遭拒绝，便于5月26日提出离职，公司同意并与之办理了相关离职手续。后刘先生于6月10日向北京市东城区劳动争议仲裁委员会申请仲裁，要求公司支付未签订劳动合同期间的两倍工资16 000元。

**仲裁裁决**

仲裁庭的事实调查表明，刘先生于2007年10月11日到公司工作但未与刘先生签订劳动合同；12月21日公司与刘先生签订2个月的试用人员协议书。据此，仲裁委认定双方签订了期限为2个月的劳动合同。劳动合同到期后，刘先生继续为公司工作，公司依法应当与刘先生签订劳动合同。但公司未与刘先生签订劳动合同，故公司依法应支付刘先生未签订劳动合同期间的两倍工资。■



**案例1-10**

## 口头约定试用期企业担责案

张先生于2007年1月份入职深圳某电子厂，该厂未与张先生签订劳动合同。但张先生入职时填写的入职登记表下面有一行备注：新入职员工试用期为3个月。另外，电子厂的《员工手册》中也规定：凡是新入职的员工，试用期均为3个月。张先生工作两个多月后，公司以张先生试用期不合格为由将张先生解雇。张先生不服，提起劳动仲裁。

**法理分析**

根据《劳动合同法》（2007）第20条第3款的规定，可知本案中电子厂虽在入职登记表及员工手册中规定试用期，但并未与张先生签订劳动合同，因此，该试用期不存在，双方为事实劳动关系，电子厂将张先生解雇应当支付经济补偿金。■

## 1.6.2 试用期的次数

### 1. 法理精解

关于约定试用期的次数问题，在《劳动合同法》（2007）出台前后，法律有不同的规定。总的原则是，在《劳动合同法》（2007）颁布之前，试用期是可以重复约定的，只要是不同的工作岗位。例如，《劳动部办公厅印发〈关于《劳动法》（1994）若干条文的说明〉的通知》（劳办发［1994］289号）规定，试用期适用于初次就业或再次就业时改变劳动岗位或工种劳动者。《劳动部〈关于实行劳动合同制度若干问题的通知〉》（劳部发［1996］354号）第4条规定，用人单位对工作岗位没有发生变化的同一劳动者只能试用一次。

《劳动合同法》（2007）否定了上述重复约定试用期的做法，明确规定用人单位与所有的劳动者都只能约定一次试用，即使换了不同的工作岗位也不能重复约定。该法第 19 条第 2 款规定："同一用人单位与同一劳动者只能约定一次试用期。"用人单位必须掌握以下具体情形，明了其法理。

（1）在试用期内，无论是用人单位还是劳动者解除劳动合同，在用人单位再次招用该劳动者时，不得约定试用期。这是因为立法者认为，已经过一段试用时间，用人单位应该已经了解了该同一劳动者的人品道德、基本劳动技能等基本情况；因此再次招用，就不能再次约定试用期。

（2）已经经过试用期，但仍在劳动合同期限内，劳动者在同一用人单位工作而岗位发生变化的，不得再次约定试用期。这是因为立法者认为，岗位的变化与劳动者的人品道德等无关。

（3）已经经过试用期，但在劳动合同期限内解除了劳动合同（不管是用人单位解除还是劳动者解除）。后来用人单位再次招用该劳动者的，不得约定试用期。这是因为立法者认为，用人单位仍然招用曾被解除劳动合同的该劳动者，说明用人单位是认可该劳动者的。

（4）已经经过试用期，续订劳动合同的，对该劳动者，用人单位不得约定试用期。这是因为，劳动合同到期，或者约定的终止条件出现，但用人单位与劳动者按照原劳动合同条件再续延劳动合同期限，则不需要也不能约定试用期。

（5）已经经过试用期，劳动终止后一段时间，用人单位再次招用该劳动者的，不得约定试用期。这是因为立法者认为，试用期届满后，劳动者在同一用人单位又工作一段时间，用人单位对劳动者应该有充分的了解；而劳动者的人品道德、基本工作技能等情况是比较稳定的，无须也不得再次适用试用期进行考察。

总之，《劳动合同法》（2007）规定，只要是用人单位不变，该用人单位就只能与同一劳动者约定一次试用期。立法本意在于督促用人单位抓紧时间认真考察劳动者的基本情况，维护劳动者正当合法的劳动权。如果用人单位在第一次试用期内还未考察清楚，则只能自己承担风险，而不能通过再次约定试用期将风险转嫁给劳动者。

因此，在现行法律之下，如果同一用人单位与劳动者约定两次以上的试用期，将承担较大的法律风险和管理成本：约定两次以上试用期的将被视为违法行为，劳动行政部门可责令改正；违法约定的试用期已经履行的，由用人单位以劳动者试用期满月工资为标准，按已经履行的超过法定试用期的期间向劳动者支付赔偿金。

**2. 案例剖析**

**案例 1-11**

## 增加试用期次数无效案

王先生一直在某公司担任销售工作，双方最后一次签订的劳动合同于2010年3月1日到期。同年2月，公司因王某工做出色与其续签劳动合同，并将其升为市场主管。按公司规定，新上任人员必须有半年的试用期。王某虽然感觉不妥，但考虑到自己的职位升迁，便同意与公司重新签订一份为期3年的劳动合同，并约定了6个月的试用期。后来，王先生在新职位上并未做出好成绩，公司以其试用期内不符合录用条件为由解除了与他的劳动合同。王先生认为，与公司重新签订合同是续签，不存在试用期。公司则认为，工作岗位发生变化的可以再次约定试用期。为此，王先生向当地劳动争议仲裁委员会提起申请，要求撤销公司做出的解除劳动合同决定。

**仲裁裁决**

劳动仲裁经审理认为，《劳动合同法》第19条规定，同一用人单位与同一劳动者只能约定一次试用期。因此，无论同一劳动者的工作岗位是否发生变化，续订劳动合同都不得约定试用期，所以该公司和王某约定半年的试用期无效，公司不得以试用期内表现不合格为由解除王某的劳动合同，撤销公司做出的解除王某劳动合同的决定。■



### 1.6.3 试用期的薪资

**1. 法理精解**

《劳动法》（1994）对试用期的规定非常原则，导致实践中用人单位给予试用期劳动者薪金待遇低的现象非常普遍，成为“廉价期”、“白干期”。有些单位还硬性规定在试用期间一切意外伤害不列入工作范围。为了保护劳动者的合法权益，《劳动合同法》（2007）第20条规定：“劳动者在试用期的工资不得低于本单位同岗位最低档工资或者劳动合同约定工资的百分之八十，并不得低于用人单位所在地的最低工资标准。”对此，用人单位应该掌握以下要点。

（1）如果双方当事人在劳动合同里约定了试用期工资，且高于《劳动合同法》（2007）第20条规定的标准的，按约定执行。

（2）试用期的工资必须体现同工同酬原则，包括为劳动者缴纳社会保险等在内。实践中认为试用期间劳动者的工资就是最低标准，违背了同工同酬原则。

(3) 劳动者在试用期的工资，有两个最低标准：不得低于本单位相同岗位最低档工资的80%，不得低于劳动合同约定工资的80%，并不得低于用人单位所在地的最低工资标准。如果本单位相同岗位最低档工资，或者劳动合同约定工资的80%，与用人单位所在地的最低工资标准不一致的，则取其高者。

最低工资是一种保障制度，目的是为维持劳动者个人及其家庭成员的基本生活。最低工资保障制将劳动者因探亲、结婚、直系亲属死亡按规定休假以及依法参加国家和社会活动等，视为提供了正常的劳动，从法律上排除了用人单位以非劳动者本人原因没有提供正常劳动为由拒付工资的可能性。最低工资制度是法定最低标准条款，对违反最低工资保障制度的用人单位，劳动者本人可以要求有关部门进行处理或者向人民法院提起诉讼。

最低工资的数额随着社会经济发展水平的提升而改变。最低工资率发布实施后，如果确定最低工资时所参考的诸因素发生变化，如当地就业者增多、职工平均工资提高、经济发展水平提升等，或者本地区职工生活费用价格指数累计变动较大时，应当适时调整本地区的最低工资标准。以上海市为例，2006年上海市政府出台的政策规定，上海职工最低工资标准从2006年9月1日起由每月690元提高到每月750元，小时工最低工资标准由6元提高到6.5元；上述调整后的最低工资为实得收入，个人应缴纳的基本社会保险费和住房公积金，由单位另行支付。这意味着，上海职工每月最低能拿到剔除社保费等费用之后的750元净收入。

### 2. 案例剖析

**案例1-12**

## 随意设定试用期工资案

王先生（应届大学毕业生）于2006年4月份进入一家制鞋厂打工，在签订劳动合同时，公司告诉王先生试用期工资将低于该市的最低工资标准。王先生不同意，公司说根据有关政策的规定，试用期工资可以低于最低工资标准，并向王先生出具了一份文件，是劳动部对《工资支付暂行规定》有关问题的补充规定，该文件里面有一条："学徒工、熟练工、大中专毕业生在学徒期、熟练期、见习期、试用期及转正定级后的工资待遇由用人单位自主确定。"

**法理分析**

《关于贯彻执行〈中华人民共和国劳动法〉若干问题的意见》规定，劳动者与用人单位形成或建立劳动关系后，在试用、熟练、见习期间，在法定工作时间内提供了正常工作，所在单位应当支付其不低于最低工资标准的工资。《劳动合同法》（2007）进一步规定，劳动者在试用期的工资不得低于本单位相同岗位最低档工资或者劳动合同约定工资的80%，并不得低于用人单位所在地的最低工资标准。最低工资标准是法律的最低底线，用人单位不得突破。■



## 1.6.4 试用期的社保

### 1. 法理精解

劳资双方一旦建立劳动关系，用人单位就应当依法为劳动者缴纳社会保险。根据《劳动法》（1994）第21条、劳动部关于印发《关于贯彻执行〈中华人民共和国劳动法〉若干问题的意见》的通知第18项规定，劳动者的试用期包含在劳动合同期限内。根据《劳动法》（1994）第72、73条规定，与劳动者建立劳动关系的用人单位应当在建立劳动关系之日起为劳动者缴纳社会保险费，社保费包括法定强制缴纳的医疗保险。根据《劳动合同法》（2007）的规定，试用期包括在劳动合同期限内。

因此，用人单位在试用期必须为劳动者办理社会保险，劳动者在试用期内患病可以享受医疗期和医疗期的福利待遇。根据原劳动部办公厅《合同制工人在试用期内患病医疗问题给宁波市劳动局的复函》（劳办险字［1989］3号），以及原劳动部颁发的《企业职工患病或非因工负伤医疗期规定》（劳部发［1994］479号）第3条的规定，劳动者在试用期内患病或非因工负伤，可以享受的医疗待遇，医疗期限为3个月。如果用人单位未办理社会保险，就会面临劳动者向劳动和社会保障部门投诉的法律风险；如果因未办理社会保险而造成劳动者损失的，用人单位还须承担赔偿责任。

用人单位不应当存有在试用期内不缴纳社会保险费的侥幸心理，否则如果劳动者在试用期发生工伤、疾病、意外伤亡，用人单位将承担因此发生的大笔赔偿费用，得不偿失。试用期内用人单位未为劳动者缴纳社会保险费的，应当及时补缴，避免被投诉的风险。按照《劳动合同法》（2007）的规定，用人单位未依法缴纳社会保险费的，劳动者有权解除劳动合同，用人单位需支付经济补偿。

根据《关于贯彻执行〈中华人民共和国劳动法〉若干问题的意见》第59项的规定，职工患病或非因工负伤治疗期间，在规定的医疗期间内由企业按劳动合同或集体合同的约定支付其病假工资或疾病救济费，病假工资或疾病救济费可以低于当地最低工资标准支付。依法享有医疗期工资待遇是劳动者的法定权利，如果用人单位拒绝支付或者低于法定支付标准的，劳动者可以选择向劳动保障部门举报或是直接向劳动争议仲裁委员会提起仲裁申请，以维护自己的合法权益。

### 2. 案例剖析

**案例 1-13**

#### 试用期内须缴员工社保

王先生与某公司签订了为期 3 年的劳动合同，并约定试用期为 3 个月，试用期的工资为 2 000 元。该公司承诺，等到王先生通过试用转正成为正式员工后，立即为其办理医疗保险以及各种社会保险的手续，可以补缴在试用期的相关保险费用。但王先生在试用期刚过 2 个月时患病住院，经医院治疗并且休假一个月后仍未痊愈。在王先生住院治疗期间，该公司停发了他的全部工资，并以他在试用期间内不能适应工作岗位的要求、不符合公司对该岗位的录用条件为由解除了与王先生的劳动合同。王先生不服，向公司所在地的劳动争议仲裁委员会提出申诉，请求该公司收回解除劳动合同的决定，继续履行合同，并请求享受自己应该获得的医疗期以及医疗期的待遇。

**法理分析**

本案中的公司与王先生约定是违反法律规定的。根据现有劳动法有关规定，王先生享有 3 个月的医疗期及相关医疗待遇。根据《关于贯彻执行〈中华人民共和国劳动法〉若干问题的意见》第 59 项的规定，该公司不能停发王先生在医疗期内的工资等待遇。同时，根据有关法律规定，医疗期内的解除权限制是针对提前 30 天通知解除及经济性裁员而言的，并没有限制不符合录用条件的自主解除权。因此，本案中的公司只要有证据证明王先生不符合录用条件，就可以因其不符合录用条件为由解除劳动合同关系。■

**案例 1-14**

#### 试用期内可享医疗待遇

高先生参加工作 6 年后被某化肥厂录用，双方签订了为期 4 年的劳动合同，约定试用期为 4 个月，待高先生转正成为正式员工后再为高先生办理各种社会保险。高先生在试用期还没有结束时患病住院，经医院诊治一个月后仍未痊愈。住院期间，该厂停发了高先生的全部工资，并以他在试用期内不能适应工作、不符合录用条件为由解除劳动合同。高先生不服，向当地劳动争议仲裁委员会提出申诉，请求该厂收回解除劳动合同的决定，继续履行合同，并享受医疗期病假及相关的社会保险待遇。劳动争议仲裁委员会受案后，经调查核实，依照有关规定，裁决该厂解除高先生劳动合同的决定无效；补发高先生住院期间的病假工资，补办其在试用期的劳动保险，并支付相应的滞纳金。

**法理分析**

试用期属于劳动合同关系之内，所享受的权利同于劳动合同，按照《劳动法》（1994）第 73 条的规定，本案中化肥厂应当在高先生的试用期内为他办理各种社会保险。根据《企业职工患病或非因工负伤医疗期规定》（劳动部，1994）第 3 条的规定，本案中高先生患病在试用期内，属于工作年限 10 年以下，本单位工作年限 5 年以下的，按规定应给予 3 个月的医疗期。劳动部办公厅在《关于合同制工人在试用期内患病医疗问题给宁波市劳动局的复函》（劳办险字［1989］第 3 号）指出："合同制工人在试用期患病或非因工负伤，可以享受医疗待遇。"因此，本案中用人单位不给予高先生医疗期待遇的做法是违法的。■



## 1.6.5 违法约定的责任

### 1. 法理精解

用人单位在与劳动者约定试用期的时候，应当遵守劳动合同法有关试用期的最长时限、约定次数及其他有关规定，否则该试用期的约定就是违法的。[一]

（1）针对实践中用人单位短期用工的现象，现行法律规定不是所有劳动合同都可以约定试用期。根据《劳动合同法》（2007）第 19 条第 3 款的规定，以完成一定工作任务为期限的劳动合同或者劳动合同期限不满 3 个月的，不得约定试用期。《劳动合同法》（2007）第 19 条第 3 款规定，以完成一定工作任务为期限的劳动合同或者劳动合同期限不满 3 个月的，不得约定试用期。用人单位必须遵守上述强制性法律规定，否则会承担相应的法律责任。

（2）约定的试用期超过法律规定的最高时限，则属违法行为。我国《劳动合同法》（2007）第 19 条针对不同期限、不同种类的劳动合同，规定了长短不同的试用期：①劳动合同期限在 3 个月以上的，可以约定试用期。这意味着固定期限的劳动合同能够约定试用期的最低起点是 3 个月。②劳动合同期限 1 年以上 3 年以下的，试用期不得超过 2 个月；3 年以上固

[一] 《劳动合同法》（2007）第 19 条规定："劳动合同期限三个月以上不满一年的，试用期不得超过一个月；劳动合同期限一年以上三年以下的，试用期不得超过二个月；三年以上固定期限和无固定期限的劳动合同试用期不得超过六个月。""同一用人单位与同一劳动者只能约定一次试用期。""以完成一定工作任务为期限的劳动合同或者劳动合同期限不满三个月的，不得约定试用期。""试用期包含在劳动合同期限内。劳动合同仅约定试用期的，试用期不成立，该期限为劳动合同期限。"

定期限和无固定期限的劳动合同试用期不得超过6个月。这是针对用人单位不分情况，一律将试用期约定为6个月而做出的限制（见表1-1）。

表1-1　试用期长短的规定

| 劳动合同期限 | 试用期时间 |
| --- | --- |
| 3个月以上1年以下的 | 试用期不得超过1个月 |
| 1年以上3年以下的 | 试用期不得超过2个月 |
| 3年以上的 | 试用期不得超过6个月 |
| 无固定期限劳动合同 | 试用期不得超过6个月 |

（3）同一用人单位与同一劳动者约定了超过一次的试用期，违法。我国《劳动合同法》（2007）第19条第2款明确规定："同一用人单位与同一劳动者只能约定一次试用期。"尤其要注意的是，用人单位与劳动者约定的试用期未达到法律规定上限但有届满的，如果用人单位以此为由延长试用期的，仍然属于再次约定试用期的情形，违反了"同一用人单位与同一劳动者只能约定一次试用期"的规定，同样属于违法约定试用期。举例来说，如果用人单位与劳动者签订了试用期为3个月的5年期限的劳动合同（未达到6个月的上限），用人单位就不能在3个月试用期满后，以劳动者不符合要求为由延长试用期至6个月。

（4）劳动合同仅约定试用期，或者劳动合同期限与试用期相同的，根据《劳动合同法》（2007）第19条第4款的规定："劳动合同仅约定试用期或者劳动合同期限与试用期相同的，试用期不成立，该期限为劳动合同期限。"例如，假设某用人单位与劳动者签订了为期6个月的劳动合同，同时约定试用期也为6个月，法律此时认定用人单位与劳动者约定的6个月的期限为劳动合同期限；如果用人单位与劳动仅约定了试用期，而没有约定劳动合同的期限，则这一试用期的约定也是无效的。

用人单位违反《劳动合同法》（2007）的规定，与劳动者约定试用期，需要承担相应的法律责任。根据《劳动合同法》（2007）第83条规定，用人单位违反本法规定与劳动者约定试用期的，由劳动行政部门责令改正；违法约定的试用期已经履行的，由用人单位以劳动者试用期满月工资为标准，按已经履行的超过法定试用期的期间向劳动者支付赔偿金。

赔偿金是承担违约责任的一个重要方式，其前提必须是一方违反合同约定，给另一方造成了实际损失。举例来说，某位劳动者的月工资为每个月2 000元，违法约定的试用期期限为4个月，则用人单位应当向张先生支付2 000×4＝8 000元赔偿金。

对于违法约定的试用期，只要劳动者已经实际履行，用人单位须即按照已经履行的试用期的期限向劳动者支付赔偿金；对于劳动者尚未履行的期间，则无须支付赔偿金。在上述例子中，如果该位劳动者实际上只履行了 1 个月的试用期，用人单位应按一个月的期限向劳动者支付赔偿金，即赔偿 2 000 元。

**2. 案例剖析**



**案例 1-15**

### 违法约定试用期限

王先生与某公司签订了 2 年期限的劳动合同，合同中约定试用期为 6 个月，试用期工资为 3 000 元；试用期满后，工资为 3 500 元。

**法理分析**

本案中王先生与公司签订的劳动合同期限为 2 年，按照法律规定，试用期不得超过 2 个月。因此，王先生可以向劳动行政部门投诉，由劳动行政部门责令用人单位改正。假如该试用期已经履行了 5 个月，则该公司应当从第 3 个月开始每月按照 3 500 元的标准支付王先生赔偿金 10 500 元（3 500 元 ×3 个月），该赔偿金不包含该公司已经支付的工资 15 000 元（3 000 元 ×5 个月）。■

## 1.6.6 试用期内的解约

**1. 法理精解**

通常情况下，劳动者在试用期间被证明不符合录用条件的，用人单位可以解除劳动合同，这是用人单位的权利。但是，由于实践中我国用人单位随意解除试用期内劳动者的严重现象，对此《劳动合同法》（2007）对用人单位解除劳动合同关系进行了限制。[⊖]

根据《劳动合同法》（2007）第 21 条的规定，“在试用期中，除有证据证明劳动者不符合录用条件外，用人单位不得解除劳动合同。用人单位在试用期解除劳动合同的，应当向劳动者说明理由。”这意味着用人单位在试用期内，要解除与劳动者的劳动合同，必须有证据，有理由，证明劳动者哪些方面不符合录用条件，为什么不合格。如果用人单位恶意使用劳动

---

⊖ 需要注意的是，根据《劳动合同法》（2007）第 37 条和《劳动法》（1994）第 32 条规定，劳动者在试用期内可以通知用人单位解除劳动合同。说明在试用期内依法解除劳动合同是劳动者的权利。

者，不尽应尽的义务，劳动者可以诉诸法律，用人单位要承担败诉的风险。

根据《劳动合同法》（2007）第48条规定，用人单位违反本法规定，解除或者终止劳动合同，而劳动者要求继续履行劳动合同的，用人单位应当继续履行；劳动者不要求继续履行劳动合同或者劳动合同已经不能继续履行的，用人单位应当依照本法第47条规定的经济补偿标准的两倍向劳动者支付赔偿金；用人单位支付赔偿金后，劳动合同解除或者终止。具体来说，用人单位必须注意以下几点。

（1）试用期内劳动者解除劳动合同无须赔偿培训费用。根据《劳动部办公厅关于试用期内解除劳动合同处理依据问题的复函》（劳办发［1995］264号）规定，用人单位出资（指有支付货币凭证的情况）对职工进行各类技术培训，职工提出与单位解除劳动关系的，如果在试用期内，则用人单位不得要求劳动者支付该项培训费用。根据《劳动合同法》（2007）第37条的规定，劳动者在试用期内可以无条件地提前3日通知用人单位解除劳动合同。上述法律规定是强制性规定，不得约定排除。因此，约定劳动者在试用期内解除劳动合同的，无须赔偿用人单位支付的培训费用，即使劳动合同中有约定，该约定也无效。

（2）试用期内劳动者解除劳动合同无须赔偿招录费用。《劳动合同法》（2007）颁布之前，在试用期内劳动者解除劳动合同通常需要赔偿用人单位的招录费用等，[⊖]《劳动合同法》（2007）颁布之后，这一规定被取消了。根据《劳动合同法》（2007）第90条的规定，劳动者承担赔偿责任仅限于两种情形：一是违法解除劳动合同给用人单位造成损失的，即未提前30日书面通知用人单位解除劳动合同，或试用期内未提前3日通知用人单位解除劳动合同；二是劳动者违反保密或竞业限制约定，给用人单位造成损失的。也就是说，只要劳动者在试用期内履行提前3天通知解除劳动合同的义务，就无须承担赔偿责任。因此，劳动者在试用期内依法解除劳动合同无须赔偿用人单位的招录费用。

（3）用人单位不得约定试用期解除劳动合同时劳动者承担违约金。《劳动合同法》（2007）第37条规定，劳动者在试用期内提前3日通知用

---

⊖ 根据《劳动部办公厅关于试用期内解除劳动合同处理依据问题的复函》（劳办发［1995］264号）的规定，如果是由用人单位出资招用的职工，职工在合同期内（包括试用期）解除与用人单位的劳动合同，则该用人单位可按照《违反〈劳动法〉有关劳动合同规定的赔偿办法》（劳部发［1995］223号）第4条第1项规定向职工索赔。《违反〈劳动法〉有关劳动合同规定的赔偿办法》第4条第1项规定：“……劳动者应赔偿用人单位下列损失：（1）用人单位招收录用其所支付的费用。”

人单位，可以解除劳动合同，该解除权应当是无条件的。《劳动合同法》(2007) 规定劳动者承担违约责任只限于两种情况，即违反服务期约定和竞业限制约定。因此，用人单位在劳动合同中约定劳动者在试用期解除劳动合同须承担违约责任，是违反法律强制性规定的，是无效条款，用人单位须承担相应的赔偿责任。

(4) 试用期内用人单位解除劳动合同须遵守《劳动合同法》(2007) 设置的程序。㊀



1) 用人单位应当向劳动者说明不符合录用条件的理由。一般而言，录用条件必须经过公示，是用人单位和劳动者共知的。用人单位如果正在录用条件之外任意找一个理由解除劳动合同，则属于违反劳动法的行为。如果劳动者要求继续履行劳动合同，用人单位应当继续履行；劳动者不要求继续履行劳动合同，用人单位应向其支付一个月的工资作为赔偿金。现有法律对“说明理由”的形式并未规定相应的形式，但从举证角度出发，建议用人单位采用书面形式，并且要求劳动者签收。

2) 用人单位应当事先将解除劳动合同的理由通知工会。之所以如此，是因为用人单位违反法律、行政法规的规定，或者违反劳动合同的约定，工会有权要求用人单位纠正。因此，用人单位应当研究工会的意见，并将处理结果书面通知工会。

3) 用人单位须制作《解除劳动合同通知书》并送达给劳动者，同时向劳动者出具有解除或者终止劳动合同的证明，并在15日内为劳动者办理档案和社会保险关系转移手续。

### 2. 案例剖析

**案例1-16**

## 试用期内外解约争议

方先生与某建筑公司签订的劳动合同约定：合同期限为3年，试用期3个月。在试用期的最后一天，公司对方先生做了技术测试，讲明考试过关就能成为正式员工。因方先生没有通过技术测试考试，公司以方先生不符合公司的录用条件，做出解除与方先生的劳动合同的决定。方先生不服，提起了上诉。

---

㊀ 《劳动法》(1994) 第25条规定，劳动者在试用期间被证明不符合录用条件的，用人单位可以解除劳动合同。由于法律未对“不符合录用条件”做出规定，导致用人单位误认为是自己随便找个理由，就可以随时解除劳动合同且不承担任何违约责任。

**法理分析**

现行法律规定，试用期满后用人单位不得以劳动者“在试用期间被证明不符合录用条件”为理由解除劳动合同。本案中，公司在试用期内最后一天对方先生进行测试考核，在试用期满后得出考核不合格，说明方先生不符合录用条件的证明不是在试用期间而是在试用期后得出的。公司此时已不能以不符合录用条件为理由来解除方先生的劳动合同。■

**案例 1-17**

### 试用期间的不同解约

某公司招收 10 名工人后，出资 2 万元对其进行为期 10 天的技术培训，考试合格后上岗工作，合同期限为 2 年，试用期为 3 个月。张先生在试用期内工作 10 天后觉得工作吃力，书面通知公司解除劳动合同；李先生在试用期内由于不慎违反操作规程，将价值 4 000 元的毛坯件损毁，担心将来再出现类似问题而赔不起，也书面通知公司解除劳动合同；刘先生工作 1 年后，提出解除劳动合同；赵先生工作 2 年合同到期，要求办理终止劳动合同手续。公司认为赵先生技术水平高，提出与其续签合同。赵先生不同意，公司要求其退还 2 000 元培训费。该公司根据上述工人的不同情况，分别在法定申诉时效内向劳动争议仲裁委员会申请仲裁，要求裁决张先生、李先生、刘先生、赵先生各付公司 2 000 元培训费，李先生还应赔偿公司经济损失 4 000 元。

**仲裁裁决**

劳动争议仲裁委员会依据《关于试用期内解除劳动合同处理依据问题的复函》（劳办发［1995］264 号）分别就不同情况进行了处理：①用人单位向劳动者追索培训费，必须持有本单位出资培训职工的费用凭证，否则无权追索。本案中的公司已提交了合法有效的培训招收 10 名工人的出资凭证，因此该公司享有追索培训费的权利。②劳动者在试用期内要求解除劳动合同，用人单位不得要求劳动者支付培训费。由于本案中的张李二人是在试用期内提出与公司解除劳动合同的，因此公司不得要求其支付培训费。③只有在试用期满后劳动合同期内，劳动者要求解除劳动关系时，用人单位方可要求劳动者支付培训费用：约定服务期的，按服务期等分出资金额，按劳动者已履行的服务期递减支付；没有约定服务期的，按 5 年服务期等分出资金额，以劳动者已履行的服务期限递减支付；双方对递减计算方式已有约定的，遵从其约定。本案中工人刘先生工作 1 年后与公司解除劳动合同，未按约定的合同期限履行义务，属违约行为，应依据上述计算办法的精神，付给公司 1 000 元培训费。

资料来源：法律快车。■

## 1.6.7 试用期的防险技巧

为了达到既降低本单位的用工成本及用工风险，又不违反法律规定损害到劳动者的合法权益，建议用人单位采用以下有效措施。

（1）用人单位需要在观念上纠正“试用期内可随时无条件地辞退劳动者”的错误观念。

（2）注意试用期是劳动合同的约定条款，必须事先约定；否则，用人单位就不能以试用期劳动者不合格为由解除劳动合同。

（3）如果劳动合同要有试用期，请务必事先约与劳动者平等协商，取得一致同意后才签订试用期；如果用人单位把自己的意志强加给劳动者，或者以强迫命令、胁迫等手段签订劳动合同试用期条款的，该试用期条款无效。

（4）试用期是劳动合同条款之一，必须在劳动合同中订立，不允许单独约定试用期。尤其需要注意，不要将试用期登载在入职登记表或员工手册中，否则被视为没有约定试用期；如果这种状态超出 1 个月且不满 1 年，用人单位则须向劳动者每月支付两倍的工资；若超过 1 年的，则视为用人单位与劳动者已订立无固定期限劳动合同。

（5）不要存有侥幸心理，认为采取“适应期”、“实习期”，还是其他称呼就能够规避法律的规制。因为在司法实践中上述做法通常被视为变相的试用期，只要对其适用都会按照试用期的法律规定对待。

（6）用人单位在约定试用期时，应该结合自身的性质，从我国现存的 3 类试用期中选取符合自身特点的。《劳动合同法》（2007）第 19 条所规定的试用期适用于所有的用人单位。此外，法律规定，事业单位聘用合同试用期，期限一般不超过 3 个月，特殊情况可以延长，但最长不超过 6 个月；被聘人员为大中专应届毕业生的，可延长至 12 个月，该试用期包括在聘用合同期内。国家公务员的试用期，机关新录用的国家公务员实行 1 年试用期，试用期间实行试用期工资标准。期满合格正式录用，期满不合格的取消录用资格。

（7）试用期虽然可由劳资双方自行约定，但《劳动合同法》（2007）对其有强制性规定，目的在于保护劳动者在试用期间获得全部的劳动权利。因此，用人单位务必不要触及法律对试用期所做的强制性规定，不得通过约定加以排除。

1）建议用人单位在与劳动者建立劳动关系的同时，应当及时为劳动者缴纳社会保险；否则，用人单位如果不依法为劳动者缴纳社会保险致使劳动者无法享受医疗保险待遇时，用人单位应当赔偿劳动者由于无社会保险而造成的医疗待遇等方面损失。

2）建议与劳动者签订劳动合同时，用人单位可以与劳动者约定试用期内的医疗期单独于试用期。这种做法能够使得在医疗期开始时试用期处于中止状态，医疗期结束后，试用期继续计算，双方继续享有试用期的权利及承担试用期义务直至剩余的试用期限届满，以此可以防止在医疗期内无法对劳动者进行考核而以非常态过渡到正式员工阶段，保障用人单位及劳动者在试用期内的自主选择解除权。

3）提请用人单位应该注意，劳动合同期限长短不是约定试用期的唯一参照，还要参照工作的技术含量等因素。实践中，很多本来不需要较长试用期而劳动者就能胜任的工作，比如装卸工、建筑工地小工、出劳力的工人等没有什么技术含量，有些用人单位却动辄规定试用期为3~5个月，恶意用足法定试用期限上限，这是种加重劳动关系不平等性的可谴责行为。

4）提请用人单位注意应避免以下违法约定试用期的情形：①约定的试用期超过法律规定的最长期限。②在以完成一定工作任务为期限的劳动合同或期限不满3个月的劳动合同中约定试用期。③在劳动合同中仅约定试用期或劳动合同期限与试用期相同，试用期不成立，该期限为劳动合同期限。

5）鉴于试用期内劳动者解除劳动合同是无条件的，无须赔偿培训费用的强制性法律规定[㊀]，因而建议用人单位为了避免劳动者在试用期内获得用人单位的专业技术培训后离职，可采取以下可行的应对措施：①尽量不在试用期内支付专项培训费用对劳动者进行专业技术培训；②如急需对劳动者进行专业技术培训，且劳动者仍处于试用期的，可协商缩短试用期。

（8）用人单位要在试用期内解除劳动合同，须注意符合以下两个条件：①须在试用期内对劳动者是否符合录用条件进行考核，能够提供证据证明劳动者不符合录用条件。司法实践中一般从两方面进行认定证据，一是用人单位对某一岗位的工作内容、工作要求即录用条件有没有具体描述；二是用人单位对员工在试用期内的表现有没有做出客观的记录和评价。②解除劳动合同决定应当在试用期内做出并通知劳动者，超过试用期再以该理由提出解除劳动合同的将不能得到支持。实践中若试用期满后未办理劳动者转正手续，不能认为还处在试用期间，用人单位也不能以试用期不符合录用条件为由解除劳动合同。

---

㊀ 参见《劳动部办公厅关于试用期内解除劳动合同处理依据问题的复函》（劳办发［1995］264号）、《劳动合同法》（2007）第37条。

## 思考题

1. 招聘广告与录用条件的法律性质是否有区别？如何正确对待这种性质？
2. 有人认为，“就业歧视至多引发社会舆论的谴责，应聘者难以获得法律上的支持，对企业基本上没有不利影响，无须过多担心。”您是否赞成这种看法？
3. 有人认为，“对应聘者或劳动者收取有关费用属于企业自保行为，替员工保留身份证等证件对劳资双方来说是两利之事，法律对此进行的强制性规定是对企业的不公平。对此言论您的看法如何？
4. 有人认为，“既然法律赋予了企业知情权，因此在招聘录用阶段，对于企业的所有提问，应聘者都有告知的义务。”您如何看待这一说法？
5. 有人认为，“由于员工在试用期间已经和企业建立了劳动关系，也就意味着试用期间的员工的权利义务和正式员工的权利义务没有区别，因此，法律规定可以约定试用期对用人单位来说没有任何意义。”对此您是否赞成？

# 第2章

# 劳动合同管理

## 学习目标

- ◆ 掌握《劳动合同法》第3条确立的劳动合同订立原则；
- ◆ 明确三方协议的法律性质与三方当事人的权利与义务；
- ◆ 明了事实劳动合同法律关系中用人单位的法律义务；
- ◆ 掌握《劳动合同法》第12条规定的三种期限劳动合同；
- ◆ 区分并明了无效劳动合同的种类及其各自的法律后果；
- ◆ 掌握我国现行的三种工时制度及其保护的相应法律权利。

劳动合同管理在企业的员工关系管理工作中处于基础性地位。

我们从“人力资源规划⟶招聘录用⟶在职管理：绩效管理+培训管理+薪酬管理+…⟶离职管理”流程中可以看出，企业从招聘录用工作（涉及劳动合同的订立等问题），到培训管理（涉及劳动合同的服务期与保密等问题），薪酬管理（涉及员工的工资待遇、劳动安全卫生、休息休假等问题），绩效管理（涉及企业规章制度的合法性问题、经济性裁员等问题），直到最后的员工离职管理（涉及劳动合同的解除、终止等问题），所有这些人力资源管理工作阶段都涉及对劳动合同的管理。而且人才战略、企业文化建设等工作，也同样立基于劳动合同的管理工作。

从实践来看，企业的劳动合同管理包括以下主要工作，一是劳动合同的起草、拟制、修改；二是劳动合同的文档管理；三是劳动合同的签订、履行、变更、解除、续订、终止等操作流程；四是集体谈判和集体合同管理等。

## 2.1 劳动合同的订立原则

### 2.1.1 法理精解



**1. 合法原则**

根据我国《劳动合同法》（2007）第3条规定，订立劳动合同，应当遵循合法、公平、平等自愿、协商一致、诚实信用的原则。合法原则，是指订立劳动合同的行为不得与法律、法规抵触。合法是劳动合同有效的前提条件。包括：形式合法、主体适格、目的合法、内容合法、程序合法。

（1）劳动合同的形式要合法，是指除非全日制用工外，劳动合同需要以书面形式订立。如果是口头合同，当双方发生争议时，法律不承认其效力，《劳动合同法》（2007）第10条规定："建立劳动关系，应当订立书面劳动合同。"明确了订立劳动合同的形式，并对不订立书面劳动合同的行为追究责任，对劳动者造成损害的，还要承担赔偿责任（见《劳动合同法》第81条）。

（2）劳动合同的主体要适格。主体适格是指签订劳动合同的主体（用人单位和劳动者）必须具备订立劳动合同的主体资格。用人单位的主体资格是指必须具备法人资格或经国家有关机关批准依法成立，必须有经批准的经营范围和履行劳动关系权利义务的能力以及承担经济责任的能力；个体工商户必须具备民事主体的权利能力和行为能力。劳动者的主体资格，是指必须达到法定的最低就业年龄，具备劳动能力。任何一方如果不具备订立劳动合同的主体资格，所订立的劳动合同违法。

（3）劳动合同的目的要合法。目的合法是指当事人双方订立劳动合同的宗旨和实现法律后果的意图不得违反法律法规的强制性规定。它要求：劳动者订立劳动合同的目的是为了实现就业，获得劳动报酬；用人单位订立劳动合同的目的是为了使用劳动力来组织社会生产劳动，发展经济，创造效益。

（4）劳动合同的内容要合法。内容合法是指双方当事人在劳动合同中确定具体的权利与义务的条款必须符合法律、法规和政策的规定。《劳动合同法》（2007）第17条规定了劳动合同的9项内容，其中法律法规有强制性规定的，用人单位和劳动者必须遵守，不得违背。如关于劳动合同的期限，应当订立固定期限和无固定期限的情形；工作时间不得违反国家关于工作时间的规定；劳动报酬不得低于当地最低工资标准；劳动保护不得低于国家规定的劳动保护标准等。如果劳动合同的内容违法，劳动合同不仅不受法律保护，当事人还要承担相应的法律责任。

（5）劳动合同的程序要合法。程序合法是指劳动合同的订立，必须按照法律和行政法规所规定的步骤和方式进行，一般要经过要约和承诺两个步骤，具体方式是先起草劳动合同书草案，然后由双方当事人平等协商，协商一致后签约。

### 2. 公平原则

公平原则，是要求在劳动合同订立过程中以及劳动合同内容的确定上应当体现公平，要求在符合法律规定的前提下，劳动合同双方公正、合理地确立双方的权利和义务。之所以如此，是因为有些劳动合同的内容，劳动法律法规只规定了一个最低标准，在此基础上双方自愿达成协议，就是合法的；但合法的未必是公平合理的。例如，同一个岗位，两个资历、能力都相当的人，工资收入差别很大；或者能力强的收入比能力差的还低，这就是不公平。用人单位提供少量的培训费用培训劳动者，却要求劳动者订立较长的服务期，而且在服务期内不提高劳动者的工资或者不按照正常工资调整机制提高工资。这些都不违反法律的强制性规定，但不合理，不公平。有的用人单位滥用优势地位，迫使劳动者订立不公平的合同，等等。这些有违公平的地方，在劳动者诉诸仲裁或诉讼的时候，用人单位则有可能面临败诉的风险。

### 3. 平等原则

平等自愿原则，包含平等与自愿两个内容。其中，平等原则是指劳动者和用人单位在订立劳动合同时在法律地位上是平等的，没有高低从属之分，不存在命令和服从、管理和被管理的关系。只有地位平等，双方才能自由地表达真实的意思。当然在订立劳动合同后，劳动者成为用人单位的一员，受用人单位的管理，处于被管理者的地位，用人单位和劳动者的地位是不平等的。由于此处的平等，是法律上的、形式上的平等，但在我国劳动力供大于求的形势下，多数劳动者和用人单位的地位实际上是平等的。因此，法律规定用人单位不能用其优势地位，订立劳动合同时附加不平等的条件。自愿原则是指订立劳动合同完全是出于劳动者和用人单位双方的真实意志，是双方协商一致达成的，任何一方不得把自己的意志强加给另一方。自愿原则包括订不订立劳动合同由双方自愿，与谁订劳动合同由双方自愿，合同的内容双方自愿约定等。根据自愿原则，任何单位和个人不得强迫劳动者订立劳动合同。



**4. 协商一致原则**

协商一致原则，是指当事人双方依法就劳动合同订立的有关事项应采用协商的办法达成一致协议。因为合同是双方意思表示一致的结果，而劳动合同也是一种合同，因此也需要劳动者和用人单位双方协商一致，达成合意订立劳动合同。

在订立劳动合同时，用人单位和劳动者都要仔细研究合同的每项内容，进行充分的沟通和协商，解决分歧，达成一致意见。只有体现双方真实意志的劳动合同，双方才能忠实地按照合同约定履行。现实中劳动合同往往由用人单位提供格式合同文本，劳动者只需要签字就行了。格式合同文本对用人单位的权利规定得比较多，比较清楚，对劳动者的权利规定得少，规定得较模糊。这样的劳动合同就很难说是协商一致的结果。因此，在使用格式合同时，劳动者要认真研究合同条文，对自己不利的要据理力争。

**5. 诚信原则**

诚实信用原则，是指在订立劳动合同时要诚实，讲信用。如在订立劳动合同时，双方都不得有欺诈行为。根据《劳动合同法》（2007）第8条的规定，用人单位招用劳动者时，应当如实告知劳动者工作内容、工作条件、工作地点、职业危害、安全生产状况、劳动报酬，以及劳动者要求了解的其他情况；用人单位有权了解劳动者与劳动合同直接相关的基本情况，劳动者应当如实说明。双方都不得隐瞒真实情况。

现实中，有的用人单位不告诉劳动者职业危害，或者提供的工作条件与约定的不一样等；也有劳动者提供假文凭的情况，这些行为都违反了诚实信用原则。此外，现实中还有的劳动者与用人单位订立了劳动合同，劳动者找到别的工作后，就毁约，不到用人单位工作，这也违反了诚实信用原则。诚实信用是合同法的一项基本原则，也是劳动合同法的一项基本原则，它也是一项社会道德原则。

## 2.1.2 案例剖析

**案例 2-1**

### 招用内退职工应订劳动合同

2008 年年底李先生从潍坊市一家机械公司内退，2009 年 5 月起到一家汽车制造公司从事技术工作。公司一直没有与李先生订立劳动合同，李先生感觉公司不签合同自己的权益得不到保护，多次向公司交涉要求订立劳动合同，但始终未果。2010 年 10 月，李先生向当地劳动争议仲裁委员会提起仲裁，要求机械公司支付 2009 年 6 月至 2010 年 4 月的未订立劳动合同双倍工资 16 500 元。仲裁庭审中，机械公司提出李先生系内退职工，双方之间是雇用关系，公司没有义务与其订立劳动合同。

**仲裁裁决**

仲裁委审理后认为，《最高人民法院关于审理劳动争议案件适用法律若干问题的解释（三）》第 8 条规定，企业停薪留职人员、未达到法定退休年龄的内退人员、下岗待岗人员以及企业经营性停产放长假人员，因与新的用人单位发生用工争议，依法向人民法院提起诉讼的，人民法院应当按劳动关系处理。本案中，李先生作为内退职工由原单位为其按月发放工资，但并没有办理正式的退休手续，未享受基本养老保险待遇，李先生仍然是劳动法意义上的适格劳动者。因此，机械公司与李先生之间形成了劳动关系，而非雇用关系。因此，仲裁委裁决机械公司支付李某未订立劳动合同双倍工资 16 500 元。

资料来源：《黑龙江工人报》。■

## 2.1.3 防险技巧

在《劳动合同法》（2007）之下，用人单位对劳动人事管理应该建立书面化和证据化的劳动合同管理手段。否则，劳动者入职后不签订劳动合同，或者企业本身管理疏漏导致没有及时签订书面劳动合同，企业将面临各种各样的法律风险，并承担惩罚性的较重法律责任。建议用人单位采取以下措施来预防和控制法律风险。

（1）及时与劳动者签订劳动合同。要摒弃没有签订书面合同的劳动者就是临时工，可以随时辞退、随意安排工作内容的错误看法。《劳动法》（1994）的实施表明，用人单位只要用工就与劳动者建立了劳动关系，就受劳动法律的规范和调整。对于先用人后签约的情形，法律规定用人单位需要在用工 1 个月内与员工及时补签书面合同。补签合同还应当注意以下两点：一是补签劳动合同的合同期限应从实际用工之日起算，这样与劳动合同法的规定一致；二是补签劳动合同的内容应与事实劳动关系期间的劳动待遇一致，保证员工愿意补签。

（2）对于先签合同后用工的，用人单位可以预约劳动合同生效的规定，以规避部分法律责任。在实践中，由于市场的变化或者其他原因，往往会导致已经签订但是还没有生效的劳动合同不能履行。但是，劳动合同一经签订就具有法律约束力，用人单位如果不履行就应承担违约责任。这对用人单位来说是一种法律风险。针对这种情况，用人单位可以通过劳动合同生效的预约条件，来避免不能履行劳动合同而带来的部分法律风险。预约生效是指在建立劳动关系之前订立劳动合同，双方约定劳动合同生效的条件。

（3）建立“先录用后签约”的招聘流程。建议用人单位应当将实践中常见的将“先录用后签约”的做法调整为“先签约后录用”或“录用与签约同步”的方式。因为劳动合同的内容在双方招录过程中已经基本确定，将这些约定书面化为劳动合同，对用人单位和劳动者都没有增加不利影响，也无手续上的繁杂。

（4）确定录用条件。对于各种因客观原因无法在录用时签订劳动合同的员工，可以在劳动合同中明确约定，1 个月内不签订书面劳动合同的视为不符合录用条件，作为试用期考核的重要依据。如果是劳动者不愿签订劳动合同，用人单位应当在 1 个月内与该劳动者终止劳动关系，此时只须结清工资即可，不需要向劳动者另行支付经济补偿金。需要注意的是，即使用人单位有证据证明是劳动者拒签劳动合同，但是如果超过了 1 个月但不满 1 年仍未签订劳动合同的，用人单位不能免除向该劳动者支付双倍工资的义务。此时，如果用人单位再以劳动者拒签劳动合同而通知终止劳动关系的，则应依据《劳动合同法》（2007）第 46 条向劳动者支付经济补偿金。

（5）建立合同到期预警机制。劳动合同管理是企业劳动人事管理中的重要一环，劳动合同到期终止或续签是劳动合同管理的重要组成部分。建议用人单位对劳动者的劳动合同到期建立预警机制，即设定一个固定时间或者员工到期前 30 ~ 45 天作为预警时间，由专人或办公系统自动提醒人事部处理。

（6）设定合同到期顺延条款。在实践中，有些用人单位的用工主管部门虽然已经及时并催促办理劳动合同签订手续，但存在具体用工部门会出现拖延办理的情况，也有些用人单位因为劳动合同的到期时间不一致，造成未及时签订劳动合同。建议用人单位对劳动合同采取计算机系统管理，保持用工管理信息沟通等措施，避免出现不签订劳动合同的情形。用人单位也可以在与劳动者所签订的劳动合同中约定，本期劳动合同到期时，如无另外特别协商，劳动合同自动顺延，顺延时间为本期劳动合同期限。如此处理，可以防止万一人事部门出现疏漏，也不至于出现没有合同约定的情形。

## 2.2 三方协议与劳动合同

### 2.2.1 法理精解

“三方协议”（又称就业协议）是我国特有的一个概念，是我国高校毕业生就业制度改革的产物。在20世纪90年代之后，大学毕业生的就业制度由原来的国家统一计划分配逐渐向市场化方向转变：政府和学校的毕业生就业指导部门鼓励和引导大学毕业生自主就业，在自愿、平等的原则下与用人单位就毕业后的工作问题达成一致。但由于就业完全市场化之前有一过渡阶段，“三方协议”作为过渡性政策手段应运而生。㊀《普通高等学校毕业生就业工作暂行规定》第24条规定：“经供需见面和双向选择后，毕业生、用人单位和高等学校应当签订毕业生就业协议书，作为制定就业计划和派遣的依据。未经学校同意，毕业生擅自签订的协议无效。”㊁这里规定的就是“三方协议”。

在实践中，“三方协议”的签订程序大体如下：大学生和用人单位就该学生毕业后到该单位工作的有关事项达成一致之后，首先是大学生领取就业协议书并如实填写基本情况和应聘意见并签名，然后由用人单位签订意见，最后由学校就业指导中心或者就业主管部门签订意见。

违反三方协议对各方均有不利影响。对于用人单位，毕业生违约不仅会使单位为录取该毕业生花费的精力和费用付之东流，还会打乱单位的用人计划。对于在就业中处于弱势地位的毕业生而言，遭遇用人单位违约损失更大，毕业生往往会因此而错失就业的时间和其他机会，严重影响毕业

㊀ 随着我国社会主义市场经济与劳动就业机制的完善，政府的主要职责将定位于提供就业指导、免费就业服务、劳动法律执行监督检查等，而劳动者的择业自由和用人单位的用人自由，应当成为大学生乃至所有劳动者就业的基本方式，三方协议将最终淡出就业市场。

㊁ 我国《劳动法》（1994）、《劳动合同法》（2007）、《就业促进法》（2008）、《劳动争议调解仲裁法》（2008）等法律法规对作为政策性产物的“三方协议”均无明确规定。

生的顺利就业。对于学校来说，学生违约使用人单位对学校整体信誉产生负面评价，可能会导致对其他毕业生就业的不良影响；而用人单位违约会损害学生的利益也给学校的就业指导工作带来困难。

## 2.2.2 案例剖析



**案例 2-2**

### 劳动关系建立时间案

2007 年 12 月南京某高校的大四学生张先生与北京某跨国公司（以下简称公司）签订了三方就业协议，明确约定该学生毕业后在北京公司或其在天津的子公司工作，否则需要承担相应的违约金。2008 年 7 月 20 日，张先生毕业离校，该公司告知其到北京总公司报到，进行专业技术学习，1 个月后派往天津子公司正式上班。7 月 25 日，张先生抵达北京向公司报到，在结束 1 个月的专业技术学习后，于同年 8 月 25 日到天津子公司上班。2008 年 9 月 15 日，天津子公司与张先生签订了为期 3 年的书面劳动合同，合同约定的起始为 2008 年 9 月 15 日至 2011 年 9 月 14 日。

**法理分析**

本案中，2007 年 12 月所签订的三方签订协议并不意味着用工开始，因为尚未毕业的在校大学生并不具备劳动法上的主体资格，[⊖]2008 年 9 月劳动合同订立意味着劳动关系得到了书面上的确认，但劳动关系早于此建立。一般认为关联企业之间劳动关系的建立以最早的一家为准。本案中张先生到北京总公司报到之时，其所进行的专业技术学习是履行劳动的行为，故 2008 年 7 月张先生在北京报到入职的时间即为用工之日，应视为其与天津子公司劳动关系的建立时间。■

**案例 2-3**

### 毕业生就业协议违约案

某高校毕业生王先生于 2005 年 12 月与一家公司签订了《高校毕业生就业协议》。但王先生一直想在北京当一名公务员，由于国家公务员的录取要在次年的 5 月才有结果，北京公务员的录取一般也要到次年的 4 月或 5 月才能有结果。2006 年 5 月，王先生被某国家机关通知录取，于是王先生决定与原先签订了三方协议的公司解除协议。该公司要求王先生按照双方的约定交纳 3 000 元的违约金，因而王先生必须依约向公司交纳 3 000 元违约金。■

---

⊖ 对于在校大学生不具备劳动法上的主体资格问题，各地法院有不同看法，有越来越多的司法判决赋予了在校大学生劳动法上的主体资格，具体可参见本书中的相关案例。

**案例 2-4**

某高校毕业生郑先生于2005年12月与一家自己比较满意的公司签订了《高校毕业生就业协议》。协议签订以后郑先生就没有再找别的工作。2006年4月，郑先生收到签约单位的通知，说由于该公司经营策略上的变化，原本计划招收的员工数量减少，公司打算与郑先生解除就业协议，并提出愿意按照三方协议的约定承担违约责任。郑先生认为自己因为和该单位签订了三方协议，公司必须与自己签订劳动合同，不同意获得一笔违约金而解除协议。

**法理分析**

公司的做法符合法律规定，只要公司按照就业协议的约定向郑先生支付即可。■

## 2.2.3 防险技巧

建议用人单位重点关注“三方协议”的以下问题。

（1）明确“三方协议”的法律性质属于《合同法》上的合同而非劳动合同。“三方协议”通常是以毕业生、学校、用人单位作为主体签订，协议同时对三方产生约束力。对于用人单位来说，只有毕业生到用人单位报到，与用人单位签订劳动合同才算建立劳动关系，才须受《劳动合同法》（2007）调整，这是因为大学毕业生并不具备劳动法上的主体资格。

如果劳动合同订立之后，而原就业协议的期限尚未届满时，就会出现争议，建议采取如下解决方案：①若争议事项涉及劳动权利义务方面，应当适用劳动合同；②若争议事项并不涉及劳动权利义务方面，则在就业协议的有效期限内可以适用就业协议条款；③如果就业协议或劳动合同中明确约定劳动合同订立后原就业协议自动失效则从其约定。

（2）明了“三方协议”中违约金条款的法律适用和金额问题。实践中，用人单位和学生在三方协议中都会对违约金做出约定，无论协议中哪一方出现违约的情况都应按照协议中的约定承担支付违约金的责任。对于违约金的适用，首先应该根据我国《合同法》第107条的规定：“当事人一方不履行合同义务或者履行合同义务不符合约定的，应当承担继续履行、采取补救措施或者赔偿损失等违约责任。”这是因为违约金的约定是当事人双方平等自愿签订的。但是，同时也要受有关劳动法政策的制约，例如有的地方的高校就业协议中的违约金数额受到行政性规定的约束，例如《2005年上海高校毕业生就业协议书》中规定，毕业生与用人单位签订协议后，如果违约，违约金被限定不超过毕业生一个月的收入。

## 2.3 事实劳动法律关系

### 2.3.1 法理精解



根据《劳动法》(1994)和《劳动合同法》(2007)的有关规定，建立劳动关系应当订立劳动合同。但在实践中，有相当一部分劳动关系并没有依照上述法律规定订立劳动合同，这就是所谓的事实劳动关系。事实劳动法律关系，是指劳动者与用人单位之间并不存在书面的劳动合同，但双方实际履行了劳动权利义务而建立的劳动法律关系。

实践中存在着三种事实劳动法律关系：①劳动者与用人单位建立劳动关系时未签订书面劳动合同而形成的事实劳动关系；②用人单位与劳动者订立了书面劳动合同，但在届满后双方没有明确终止该期劳动合同，而以口头或者行为形式表示继续劳动关系所形成的事实劳动关系；③由于双方的书面劳动合同不符合法律规定的构成要件或者相关条款规定，致使其成为无效合同，但双方已依此确立了劳动关系。一般认为，事实劳动法律关系的认定必须同时具备以下法律要件：①用人单位和劳动者双方的主体适格；②用人单位的用工行为已经发生，劳动者已提供报酬性业务劳动；③劳动者与用人单位具有从属关系（即管理和被管理的关系）；④劳动关系的合法性要件存在一定缺陷，主要是没有签订劳动合同。

由于《劳动法》(1994)虽然明确规定用人单位与劳动者建立劳动关系应当订立书面劳动合同，但未规定不签订劳动合同的法律后果。因此，一些用人单位选择不与劳动者签订书面劳动合同的做法，以此逃避为员工缴纳社保、逃避工伤责任和经济补偿金等。而劳动者因为没有劳动合同，在与用人单位产生劳动争议时因无法证明存在有效的劳动关系而维权困难。《劳动合同法》(2007)弥补了上述缺陷，明确规定了用人单位不与劳动者签订书面劳动合同的不利法律后果，加大了用人单位的成本：一是最长应当支付劳动者11个月的双倍工资；二是不签订劳动合同满一年的，视为已经与劳动者建立无固定期限劳动合同。㊀例如，某公司在2008年1月1日

㊀ 如果用人单位自用工之日起超过一个月不满一年未与劳动者订立书面劳动合同的，应当向劳动者每月支付二倍的工资。如果用人单位自用工之日起超过一年没有与劳动者签订劳动合同的，视为用人单位与劳动者之间签订了无固定期限劳动合同。

招用了一名员工，但是直到2009年9月1日才开始签订书面劳动合同，那么该公司就要自2008年2月1日至2008年12月31日向劳动者支付双倍工资，并从2009年1月1日开始，视为和该劳动者已经建立了无固定期限的劳动合同。

## 2.3.2 案例剖析

**案例2-5**

### 未签书面劳动合同的代价

原告江先生从2007年7月起任被告天马设计有限公司的副经理，每月工资1 800元，但公司一直未与江先生签订书面劳动合同。2008年6月，江先生与天马公司法定代表人宋先生及他人共同投资设立赣州市美博会展服务有限公司，江先生任公司总经理。2009年5月，经股东同意，江先生退出了美博公司的经营。此后，江先生要求天马公司补发2008年6月至2008年9月的工资，补缴各项社会保险，并支付未与其签订劳动合同期间的双倍工资。双方协商未果，江先生向赣州市章贡区劳动争议仲裁委员会提出申请仲裁，被驳回。江先生遂向法院提起诉讼。

**一审判决**

区人民法院认为天马公司虽未与江先生签订书面劳动合同，但双方存在事实劳动关系。但在赣州市美博会展服务有限公司成立后，作为该公司股东的原告与天马公司的劳动关系应同时予以终止。根据《劳动合同法》（2007）第10条第1款、第82条第1款规定，区法院判令由被告天马设计有限公司支付未与原告江先生签订书面劳动合同期间（2008年1月至5月）的双倍工资计人民币9000元，驳回原告的其他诉讼请求。被告天马公司不服，上诉至市中法院。

**二审判决**

二审法院认为，一审法院认定事实清楚，但《劳动合同法》是从2008年1月1日起施行，则2008年1月月底前是天马公司应与江先生订立书面劳动合同的合理期限。天马公司向江先生支付二倍工资的期间，应从2008年2月起计算至同年5月。故判决由上诉人天马设计有限公司支付被上诉人江先生2008年2月至5月的加倍工资计人民币7 200元，驳回被上诉人的其他诉讼请求。

资料来源：中国法院网。■

**案例2-6**

### 员工不订合同企业担风险

2008年5月，苏州某机械制造公司在新进员工入职后一周内，公司人事部与新员工签订 3 年期书面劳动合同。但有部分员工不愿意与公司签定劳动合同，理由是签订 3 年期劳动合同限制了他们以后找工作。人事部经理告知这些员工，他们在签订了 3 年期的劳动合同后，依然可以提前 30 天行使单方解除权，对他们影响不大。但是这些不签劳动合同的员工并不听取其意见，坚持不签书面劳动合同。

**法理分析**

根据《劳动合同法》（2007）的规定，用人单位自用工之日起超过一个月不满一年未与劳动者订立书面劳动合同的，应当向劳动者每月支付二倍的工资。由于法律没有特别强调不签合同的原因是企业还是员工，所以即便是员工主动表示不签订书面劳动合同的，用人单位也是需要承担双倍工资赔偿责任的。■

**案例 2-7**

## 事实劳动关系入职时间案

2008 年 8 月 26 日，陶先生在上班途中因发生交通事故受伤而被送往上海市闵行区中心医院住院治疗，同年 9 月 16 日出院。出院后，为了申请工伤认定，陶先生于 2008 年 11 月 18 日向劳动争议仲裁委员会申请仲裁，要求确认原告和公司 2008 年 8 月 17 日至同年 11 月 18 日期间存在劳动关系等。陶先生声称，2008 年 8 月 17 日至公司处担任营业部经理一职，公司自 2008 年 9 月 1 日才开始为其缴纳综合保险。公司辩称，陶先生与公司之间于 2008 年 9 月 1 日至 2008 年 12 月 31 日期间存在劳动关系，公司也为陶先生缴纳了 2008 年 9 月至 2008 年 12 月期间的上海市外来从业人员综合保险，之前不存在劳动关系。劳动争议仲裁委员会裁决确认陶先生与公司自 2008 年 9 月 1 日起建立劳动关系。陶先生不服，诉至法院。

**法院判决**

法院经审理后认为，建立职工名册[1]、为劳动者办理招工登记备案手续，均系用人单位的法定义务，故用人单位对劳动者用工起始时间之事实负有举证责任。本案中，陶先生自述其于 2008 年 8 月 17 日与公司建立劳动关系。公司对陶先生所述入职时间不予认可，并称公司为陶先生缴纳了 2008 年 9 月至同年 12 月的综合保险，故双方劳动关系存续期间为 2008 年 9 月 1 日至同年 12 月 31 日。法院认为，用人单位应在使用外来从业人员之日起 30 日内，办理综合保险登记手续，故仅凭公司为陶先生缴纳了自 2008 年 9 月起的综合保险，尚不足以证明原告和公司于 2008 年 9 月 1 日起方才建立劳动关系之事实。现公司不能提供职工名册或招工登记备案手续等证据材料以证明原告、公司建立劳动关系的时间，故公司对此应承担相应的法律后果。综上，法院采信陶先生关于双方建

---

[1] 《劳动合同法》（2007）第七条　用人单位自用工之日起即与劳动者建立劳动关系。用人单位应当建立职工名册备查。《劳动合同法实施条例》（2008）第八条　劳动合同法第七条规定的职工名册，应当包括劳动者姓名、性别、公民身份证号码、户籍地址及现住址、联系方式、用工形式、用工起始时间、劳动合同期限等内容。

立劳动关系时间的陈述，确认双方于2008年8月17日建立劳动关系。现公司确认双方劳动关系存续至2008年12月31日，故对陶先生要求确认双方2008年8月17日至同年11月18日期间存在劳动关系之诉讼请求，法院予以支持。最后法院判决，陶先生与公司之间于2008年8月17日至同年11月18日期间存在劳动关系。

资料来源：http：//www. hrbaodian. cn/CaseView. aspx？ID = 3106. ■

**案例2-8**

## 认定大学生就业第一案

北京农学院的应届大学毕业生刘先生2009年7月正式毕业。2008年12月北京恒紫金投资顾问有限责任到北京农学院进行招聘。刘先生于2009年1月8日被招聘进入该公司工作，职务为投资顾问，负责开发行业市场，吸纳客户入金。双方约定试用期为一个月，试用期底薪800元，提成另计，第二个月转正，底薪提高到1 500元。2009年2月10日恒紫金公司以工资条形式发放刘先生工资539元。3月11日因为恒紫金公司拖欠工资，刘先生离开了该公司。由于恒紫金公司一直拖欠刘先生的工资至今不付，刘先生向劳动争议仲裁委员会提起了仲裁申请，仲裁委员会经审理认为，刘先生属于未取得毕业证的在校生，未完成学业并取得学历证明，在校期间到恒紫金投资公司从事工作，仅作为参与社会实践的活动，不属于《劳动合同法》中规定的劳动者，不是与用人单位订立劳动合同并建立劳动关系的适格主体，最终裁决驳回了他的仲裁申请。刘先生遂诉至北京市宣武区人民法院，要求恒紫金公司支付工资并向他赔礼道歉。在庭审中，恒紫金公司辩称刘先生尚未毕业，进入公司只能是实习，而非就业。因此无权索要工资。

**法院判决**

宣武区法院经过审理认为，劳动者与单位建立劳动关系，付出劳动，应当从单位取得相应的劳动报酬。本案中，恒紫金公司承认刘先生于2009年1月8日至3月11日在该公司工作，法院予以确认。对于双方是否存在劳动关系的问题，宣武区法院经审理认为，刘先生在进入恒紫金公司处工作时已年满16周岁，符合劳动法规定的就业年龄，其在校大学生的身份也非劳动法规定排除适用的对象，法律并没有禁止临近毕业的大学生就业的规定。被告明知刘先生尚未正式毕业，刘先生并未隐瞒和欺诈。因此，法院有理由确认刘先生为适格的劳动合同主体。恒紫金公司虽称刘先生在该单位属于实习。但鉴于该公司向刘先生明确了在单位的具体岗位和职责，并向其发放了1月份的工资。以上事实充分表明，刘先生在该公司并非实习，而应属于就业，属于劳动合同法管辖的范围。因此法院认定双方存在事实的劳动关系。对于恒紫金提出的无业务量就无底薪的说明，由于该项规定违反《劳动法》（1994）的规定，法院不予支持。现刘先生要求支付拖欠工资，理由正当，予以支持。据此，北京市宣武区人民法院于2009年10月13日判决恒紫金投资顾问有限责任公司支付刘先生自2009年2

月1日至3月11日的工资共计1 847元。㊀

**专家提示**

劳动合同的当事人，一方为用人单位，一方为劳动者。实践中对用人单位和劳动者的理解始终有很大分歧。《劳动合同法》（2007）认定的用人单位包括：企业、个体经济组织、民办非企业单位、国家机关、事业单位和社会团体等六类。《劳动合同法实施条例》（2008）对用人单位的外延进一步作了扩大解释，明确规定，依法成立的会计师事务所、律师事务所等合伙组织和基金会，属于劳动合同法规定的用人单位。同时还规定，用人单位设立的分支机构，依法取得营业执照或者登记证书的，可以作为用人单位；未依法取得营业执照或者登记证书的，受用人单位委托可以与劳动者订立劳动合同。但是，对“劳动者”的标准，《劳动合同法》（2007）、《劳动合同法实施条例》（2008）均一字未提，导致实践中有关退休人员、内退人员、在校学习的学生、未办理就业手续的外国人与港澳台人员等是否属于劳动合同法的适用范围，一直争论不休。而有关董事长、总经理等经营者的代表人是否不加区别地适用劳动合同法的问题，《实施条例》（2008）也没有做出说明。不过，司法实践中对此进行了界定，走在了立法之前，本案就是明显一例。■

## 2.4 劳动合同的期限

劳动合同期限是双方当事人相互享有权利、履行义务的时间界限，即劳动合同的有效期限。劳动合同期限可分为固定期限、无固定期限和以完成一定工作任务为期限。签订劳动合同主要是建立劳动关系，但建立劳动关系必须明确期限的长短。劳动合同期限与劳动者的工作岗位、内容、劳动报酬等都有紧密关系，更与劳动关系的稳定紧密相关。合同期限不明确则无法确定合同何时终止，如何支付劳动报酬、经济补偿等，易引发争议。因此一定要在劳动合同中加以明确双方签订的是何种期限的劳动合同。根据《劳动合同法》（2007）第17条的规定，劳动合同期限是劳动合同必备条款。

---

㊀ 本案是国内首例确定大学生劳动关系主体地位的判决，具有较大争议。关于劳动者的法律资格问题，《劳动合同法》（2007）没有专门予以界定，其标准参见于《劳动法》（1994）及其配套规定中。对于大学生是否能成为劳动关系的主体，劳动法学界一直存在较大争议。劳动部在1995年发布的《关于贯彻执行〈中华人民共和国劳动法〉若干问题的意见》中曾规定，在校生利用业余时间勤工助学，不视为就业，未建立劳动关系，可以不签订劳动合同。但由于该文件的效力等级低，学界认为对大学生的“实习”应适用《劳动合同法》中的“非全日制用工”的概念。本案则直接认定为只要年满16周岁，不论是否大学毕业，均有就业并与用人单位建立劳动关系的权利。

### 2.4.1 固定期限劳动合同

**1. 法理精解**

固定期限劳动合同，又称定期劳动合同，是指劳动合同双方当事人在劳动合同中明确规定了合同效力的起始和终止的时间（《劳动合同法》(2007) 第 13 条第 1 款）。劳动合同期限届满，劳动关系即告终止。如果双方协商一致，还可以续订劳动合同，延长期限。固定期限的劳动合同可以是较短时间的，如半年、1~2 年；也可以是较长时间的，如 5~10 年，甚至更长时间。不管时间长短，劳动合同的起始和终止日期都是固定的。具体期限由当事人双方根据工作需要和实际情况确定。

固定期限的劳动合同适用范围广，应变能力强，既能保持劳动关系的相对稳定，又能促进劳动力的合理流动，使资源配置合理化、效益化，是实践中运用较多的一种劳动合同。对于那些常年性工作，要求保持连续性、稳定性的工作，技术性强的工作，适宜签订较为长期的固定期限劳动合同。对于一般性、季节性、临时性、用工灵活、职业危害较大的工作岗位，适宜签订较为短期的固定期限劳动合同。

我国《劳动合同法》(2007) 第 13 条第 1 款规定了订立劳动合同应当遵循平等自愿、协商一致的原则，只要用人单位与劳动者协商一致，没有采取胁迫、欺诈、隐瞒事实等非法手段，符合法律的有关规定，就可以订立固定期限劳动合同。根据我国现行法律，用人单位要注意下面两个主要问题。

(1) 固定期限劳动合同期满终止，用人单位须支付经济补偿。我国《劳动合同法》(2007) 第 46 条规定："有下列情形之一的，用人单位应当向劳动者支付经济补偿：①劳动者依照本法第 38 条规定解除劳动合同的；②用人单位依照本法第 36 条规定向劳动者提出解除劳动合同并与劳动者协商一致解除劳动合同的；③用人单位依照本法第 40 条规定解除劳动合同的；④用人单位依照本法第 41 条第 1 款规定解除劳动合同的；⑤除用人单位维持或者提高劳动合同约定条件续订劳动合同，劳动者不同意续订的情形外，依照本法第 44 条第 1 项规定终止固定期限劳动合同的；⑥依照本法第 44 条第 4 项、第 5 项规定终止劳动合同的；⑦法律、行政法规规定的其他情形。"

上述法律规定意味着：①劳动合同期满时，用人单位同意续订劳动合同，且维持或者提高劳动合同约定条件，但劳动者不同意续订而导致劳动合同终止的，用人单位无须支付经济补偿；②如果用人单位同意续订劳动合同，但降低劳动合同约定条件，劳动者不同意续订的而导致劳动合同终止的，用人单位应当支付经济补偿；③如果用人单位不同意续订，无论劳动者是否同意续订，劳动合同终止，用人单位应当支付经济补偿。由此可见，在劳动合同到期又没有续签的情况下，用人单位提出终止劳动合同，是要支付经济补偿金的。

（2）固定期限劳动合同向无固定期限劳动合同的转化问题。具体说明参见案例和第 2.4.2 节“无固定期限劳动合同”。



### 2. 案例剖析

**案例 2-9**

## 固定期限合同期满须付经济补偿

孙先生在与某公司签订的为期两年的劳动合同（2006/02/20～2008/02/19）中约定：在合同到期前 30 天内，如果双方未对合同延续提出异议，则原劳动合同自动顺延 1 年。2008 年 2 月，孙先生多次向公司询问合同续签问题，公司始终未做答复。从 3 月起公司停发孙先生的工资；4 月 10 日公司通知孙先生，合同期满公司已与他终止了劳动关系。孙先生诉请公司承担责任并支付自己经济补偿金。

**法理分析**

我国《劳动合同法》（2007）规定用人单位须支付经济补偿的法定情形主要包括：①劳动者被迫解除劳动合同的；②协商解除劳动合同的；③非过失性辞退；④用人单位依法裁员；⑤固定期限劳动合同期满终止时；⑥特殊情形下劳动合同终止；⑦法律、行政法规规定的其他情形。本案中孙先生的情况属于固定期限劳动合同期满终止，用人单位须支付经济补偿。如果在合同到期又没有及时续签或者终止的情况下，按照相关规定，用人单位自用工之日起超过 1 个月不满 1 年未与劳动者订立书面劳动合同的，该单位还应当向孙先生每月支付两倍的工资。■

**案例 2-10**

## 固定期限与无固定合同的转化案

张先生与某公司签订 1 年期限的劳动合同（2008/02/01～2009/01/31）。合同到期后，双方续订了 1 年期限的劳动合同。2010 年 1 月 31 日，双方劳动合同到期，公司提出终止劳动合同，不再续签，张先生提出要求订立无固定期限劳动合同。

**法理分析**

根据《劳动合同法》（2007）的规定，本案中张先生与公司已经连续订立两次固定期限劳动合同，在合同到期后张先生提出签订无固定期限劳动合同符合法律规定，应当得到支持。公司提出终止劳动合同没有法律依据。

**专家提示**

用人单位在实践中须注意：用人单位与劳动者连续订立两次固定期限劳动合同，用人单位可以行使的终止权仅在第一次合同到期之时，当用人单位与劳动者签订第二次固定期限劳动合同时，实际上已经“等同于”订立了无固定期限劳动合同，因为第二次合同到期后，如果劳动者要求订立无固定期限劳动合同，用人单位必须订立。因此，用人单位在第一次固定期限合同到期时，就应当慎重决定是否续订下一期劳动合同。■

### 3. 合同范本[⊖]

---

**北京市劳动合同（固定期限）**

**使用说明**

一、本合同书可作为用人单位与职工签订劳动合同时使用。

二、用人单位与职工使用本合同书签订劳动合同时，凡需要双方协商约定的内容，协商一致后填写在相应的空格内。

签订劳动合同，甲方应加盖公章；法定代表人或主要负责人应本人签字或盖章。

三、经当事人双方协商需要增加的条款，在本合同书中第二十一条中写明。

四、当事人约定的其他内容，劳动合同的变更等内容在本合同内填写不下时，可另附纸。

五、本合同应使钢笔或签字笔填写，字迹清楚，文字简练、准确，不得涂改。

六、本合同一式两份，甲乙双方各持一份，交乙方的不得由甲方代为保管。

甲方：

乙方：

签订日期：　　　年　　月　　日

北京市劳动和社会保障局监制

⊖ 北京劳动合同范本（2008），北京市劳动和社会保障局监制（2007 年 11 月）。

根据《中华人民共和国劳动法》、《中华人民共和国劳动合同法》和有关法律、法规，甲乙双方经平等自愿、协商一致签订本合同，共同遵守本合同所列条款。

一、劳动合同双方当事人基本情况

第一条　甲方

法定代表人（主要负责人）或委托代理人

注册地址

经营地址

第二条　乙方

性别

户籍类型（非农业、农业）

居民身份证号码或者其他有效证件名称　　　　证件号码

在甲方工作起始时间　　　年　　　月　　　日

家庭住址　　　　　　　　　　　　　　邮政编码

在京居住地址邮政编码

户口所在地　　　省（市）　　　区（县）　　　街道（乡镇）

二、劳动合同期限

第三条　本合同为固定期限劳动合同。

本合同于　　年　　月　　日生效，其中试用期至　　年　　月　　日止。本合同于　　年　　月　　日终止。

三、工作内容和工作地点

第四条　乙方同意根据甲方工作需要，担任　　岗位（工种）工作。

第五条　根据甲方的岗位（工种）作业特点，乙方的工作区域或工作地点为

第六条　乙方工作应达到　　　　　　标准。

四、工作时间和休息休假

第七条　甲方安排乙方执行　　　　工时制度。

执行标准工时制度的，乙方每天工作时间不超过8小时，每周工作不超过40小时。每周休息日为

甲方安排乙方执行综合计算工时工作制度或者不定时工作制度的，应当事先取得劳动行政部门特殊工时制度的行政许可决定。

第八条　甲方对乙方实行的休假制度有

五、劳动报酬

第九条　甲方每月　　日前以货币形式支付乙方工资，月工资为元或按　　　　执行。

乙方在试用期期间的工资为　　　　元。

甲乙双方对工资的其他约定

第十条　甲方生产工作任务不足使乙方待工的，甲方支付乙方的月生活费为元或按　　执行。

六、社会保险及其他保险福利待遇

第十一条　甲乙双方按国家和北京市的规定参加社会保险。甲方为乙方办理有关社会保险手续，并承担相应社会保险义务。

第十二条　乙方患病或非因工负伤的医疗待遇按国家、北京市有关规定执行。甲方按支付乙方病假工资。

第十三条　乙方患职业病或因工负伤的待遇按国家和北京市的有关规定执行。

第十四条　甲方为乙方提供以下福利待遇

七、劳动保护、劳动条件和职业危害防护

第十五条　甲方根据生产岗位的需要，按照国家有关劳动安全、卫生的规定为乙方配备必要的安全防护措施，发放必要的劳动保护用品。

第十六条　甲方根据国家有关法律、法规，建立安全生产制度；乙方应当严格遵守甲方的劳动安全制度，严禁违章作业，防止劳动过程中的事故，减少职业危害。

第十七条　甲方应当建立、健全职业病防治责任制度，加强对职业病防治的管理，提高职业病防治水平。

八、劳动合同的解除、终止和经济补偿

第十八条　甲乙双方解除、终止、续订劳动合同应当依照《中华人民共和国劳动合同法》和国家及北京市有关规定执行。

第十九条　甲方应当在解除或者终止本合同时，为乙方出具解除或者终止劳动合同的证明，并在十五日内为乙方办理档案和社会保险关系转移手续。

第二十条　乙方应当按照双方约定，办理工作交接。应当支付经济补偿的，在办结工作交接时支付。

九、当事人约定的其他内容

第二十一条　甲乙双方约定本合同增加以下内容：

________________________________________。

十、劳动争议处理及其他

第二十二条　双方因履行本合同发生争议，当事人可以向甲方劳动争议调解委员会申请调解；调解不成的，可以向劳动争议仲裁委员会申请仲裁。

当事人一方也可以直接向劳动争议仲裁委员会申请仲裁。

第二十三条　本合同的附件如下

第二十四条　本合同未尽事宜或与今后国家、北京市有关规定相悖的，按有关规定执行。

第二十五条　本合同一式两份，甲乙双方各执一份。

甲方（公章）　　　　　　　　　　　　乙方（签字或盖章）

法定代表人（主要负责人）或委托代理人

（签字或盖章）

签订日期：　　年　　月　　日

---

**劳动合同续订书**

本次续订劳动合同期限类型为　　　　期限合同，续订合同生效日期为　　年　　月　　日，续订合同　　　　终止。

甲方（公章）　　　　　　　　　　　　乙方（签字或盖章）

法定代表人（主要负责人）或委托代理人

（签字或盖章）

年　　月　　日

**劳动合同变更书**

<table><tr><td>
经甲乙双方协商一致，对本合同做以下变更：<br><br><br><br>
甲方（公章）　　　　　　　　　　　　　乙方（签字或盖章）<br><br>
法定代表人（主要负责人）或委托代理人<br><br>
（签字或盖章）<br><br>
年　　月　　日
</td></tr></table>



## 2.4.2 无固定期限劳动合同

### 1. 法理精解

《劳动法》（1994）对无固定期限劳动合同做出了规定，但并未界定无固定期限劳动合同的定义。《劳动合同法》（2007）首次以法律的形式规定了无固定期限劳动合同的定义。根据《劳动合同法》（2007）第14条的规定，无固定期限劳动合同是指用人单位与劳动者约定无确定终止时间的劳动合同。[㊀]其中“无确定终止时间”是指劳动合同没有一个确切的终止时间，劳动合同的期限长短不能确定。也就是说，在没有双方约定或法律规定的解除条件出现时，劳动关系在劳动者退休时才终止。第14条的出台在社会上引起轩然大波，备受争议。部分用人单位认为这会导致“老人走不了，新人进不来”的局面，是员工的“终身制”，从而丧失用工的灵活性。而部分劳动者或者把无固定期限劳动合同作为自己成为“永久员工”的护身符，或者认为无固定期限劳动合同没有约定任何期限，因而是临时合同、短期合同。

---

㊀ 《劳动部关于贯彻执行〈中华人民共和国劳动法〉若干问题的意见》（1995）规定，无固定期限的劳动合同是指不约定终止日期的劳动合同。按照平等自愿、协商一致的原则，用人单位和劳动者只要达到一致，无论初次就业的，还是由固定工转制的，都可以签订无固定期限的劳动合同。无固定期限的劳动合同不得将法定解除条件约定为终止条件，以规避解除劳动合同时用人单位应承担支付劳动者经济补偿的义务。

其实无固定期限劳动合同与固定期限劳动合同相比，并无特殊之处，而仅仅是没有约定确定的终止时间而已，无固定期限劳动合同是长期合同还是短期合同，取决于每个无固定期限劳动合同的履行情况，并不能一概而论。在遇到法律规定或双方约定的劳动合同终止情形，同样可以解除。因此，无固定期限劳动合同既不是“临时工”，更不是“终身制”——在市场经济条件下，是不存在终身制合同的。作为《劳动合同法》（2007）规定的3种劳动合同之一，《劳动合同法》（2007）规定的合同解除条件当然地适用于无固定期限劳动合同的解除，具体来说，无固定期限劳动合同可以通过协商解除、法定解除、约定解除3种方式予以解除。㊀



《劳动法》（1994）与《劳动合同法》（2007）关于无固定期限劳动合同的比较如下表2-1所示。

特别要注意的是，《劳动合同法》（2007）第14条第3款规定的“视为用人单位与劳动者已订立无固定期限劳动合同的情形”。根据该规定，用人单位自用工之日起满1年不与劳动者订立书面劳动合同的，视为用人单位与劳动者已订立无固定期限劳动合同。法律之所以做出该规定，是为了规范用人单位的避法行为。

订立书面劳动合同是《劳动合同法》（2007）的强制性要求（《劳动合同法》第10条），用人单位自用工之日起满1年不与劳动者订立书面劳动合同的，虽然视为用人单位与劳动者已订立无固定期限劳动合同，但并不代表用人单位已经与劳动者签订了劳动合同，双方权利义务并不明确。因此，用人单位仍需根据《劳动合同法》（2007）的要求与劳动者订立书面

---

㊀ 所谓协商解除，是指根据劳动契约自由和当事人意思自治的原则，只要用人单位和劳动者协商一致，就可以解除无固定期限劳动合同。《劳动合同法》（2007）第36条规定，用人单位与劳动者协商一致，可以解除劳动合同。

所谓法定解除，是指只要符合法律规定，用人单位和劳动者都可以单方面解除无固定期限劳动合同。《劳动合同法》（2007）第38条对因用人单位违法及违反劳动合同约定而赋予劳动者可以解除劳动合同的情形进行了明确规定；第39条对因劳动者违法及违反劳动合同约定而赋予用人单位可以解除劳动合同的情形进行了明确规定；第40条对特殊情形下解除劳动合同进行了明确的规定。无固定期限劳动合同的劳动者单方解除劳动合同也应遵循劳动合同单方解除的一般规定，即应提前30天通知用人单位，30天后劳动者与用人单位的劳动合同自行解除，而不必支付违约金，但是因其单方的解除行为给用人单位造成损失的，劳动者也应承担相应的赔偿责任。

所谓约定解除，是指用人单位和劳动者在签订劳动合同时可以约定解除劳动合同的条件，在约定的解除条件成就时，无固定期限劳动合同解除。当然，约定解除无固定期限劳动合同应当按照自愿、平等原则进行协商，不能采取胁迫、欺诈、隐瞒事实等非法手段，还必须注意变更后的合同内容不违法，否则这种变更是无效的。

劳动合同，以明确双方的权利和义务。《劳动合同法实施条例》第7条同样规定，用人单位自用工之日起满1年未与劳动者订立书面劳动合同的，自用工之日起满1个月的次日至满1年的前1日应当依照《劳动合同法》(2007) 第82条的规定向劳动者每月支付两倍的工资，并视为自用工之日起满1年的当日已经与劳动者订立无固定期限劳动合同，应当立即与劳动者补订书面劳动合同。

**表2-1　无固定期限劳动合同的比较简图**

| 《劳动法》(1994) | 《劳动合同法》(2007) |
|---|---|
| 1. 经双方协商一致的，可以订立无固定期限劳动合同 | |
| 2. 在续订劳动合同的情形下，当劳动者在同一单位连续工作满10年以上，当事人双方同意续签（是指双方都同意续订的情况）劳动合同的，如劳动者提出订立无固定期限劳动合同的，应当续订无固定期限劳动合同 | 2. 劳动者在本单位连续工作满10年的，除劳动者提出订立固定期限合同外，应当订立无固定期限合同 |
| | 3. 单位初次实行劳动合同制度或者国有企业改制重新订劳动合同时，劳动者在本单位连续工作满10年并且距法定退休年龄不足10年的，除劳动者提出订立固定期限合同外，应当订立无固定期限劳动合同<br>4. 连续订立二次固定期限劳动合同，双方同意续订劳动合同的，除劳动者提出订立固定期限合同之外，应当订立无固定期限劳动合同 |
| 在上列两种情形下，用人单位可以（“可以”表明用人单位可能对签订无固定期限劳动合同具有决定权）与劳动者订立无固定期限劳动合同 | 第14条规定在上述四种情形下，用人单位应当（强制性规定，只要符合法定条件，用人单位就应无条件遵从）与劳动者订立无固定期限劳动合同 |

### 2. 案例剖析

**案例2-11**

## 无固定期合同不是终身制合同

2006年10月姜女士与日立数据系统（中国）公司签订无固定期限劳动合同，职务是商务经理。2007年起其年基本工资为40.7万元，目标奖金为4.7万元。2008年3月11日，姜女士接到日立数据的一纸解聘通知书。姜女士将日立数据告上法庭，要求继续履行劳动合同，理由是日立数据是在无事实依据和法律依据情况下突然解除劳动合同的。日立数据在庭审中称：姜女士的工作范围包括数据录入，但她在该项工作中经常出错，因此同事发邮件提醒她注意准确性。随后，姜女士给相关负责人发邮件，表示停止数据录入工作并多次拒绝参加PIP（职业培训提升计划）。至2008年3月，因姜女士拒绝录入工作已两个多月，公司不得不另行招人填补空缺。据此，公司才与姜女士解除劳动关系。

**法院判决**

东城法院审理认为，劳动者严重违反单位规章制度的，用人单位可以解除劳动合同。日立数据曾多次与姜女士沟通，但拒不接受，并擅自停止工作，且不参加公司的培训。姜女士的行为已严重违反了单位的规章制度。法院认为，日立数据以姜女士违反公司规章制度为由解除劳动合同并无不妥，并于2008年6月5日判决驳回了姜女士的全部请求。



**专家提示**

《劳动合同法》（2007）出台以后，不少单位都认为一旦签订无固定期限劳动合同就是终身制的，这是一种理解上的误区。根据《劳动合同法实施条例》（2008）的规定，用人单位有14种可以解除无固定期劳动合同的情形。本案中，姜女士拒绝录入工作长达两个多月，已严重违反公司的规章制度，所以可依法解除他的无固定期合同。■

**案例2-12**

## 无固定期限合同非临时性合同

马先生在一家公司里连续工作了13年，在劳动合同到期前，公司人力资源部负责人告诉他，可以与公司签订无固定期限的劳动合同。鉴于自己年龄偏大等原因，马先生就在合同到期前与单位签订了无固定期限的劳动合同。但公司的生产经营状况恶化使马先生对公司的未来失去信心，因此应聘了另外一家公司的总经理助理职务。随后马先生通知原单位解除无固定期限劳动合同。原公司以未同意解除劳动合同为由，通知马先生：公司可以与他解除劳动关系，但要按劳动合同中关于解除合同须承担违约责任的条款，追究马先生的违约责任。马先生则认为，无固定期限的合同就是临时性的合同，在合同签订后任何一方都可以随时终止合同关系，无须承担违约责任。

**法理分析**

马先生是否要承担违约责任，要看马先生在30日之内是否以书面形式提前通知了用人单位。我国《劳动合同法》（2007）规定，只要劳动者提前30日以书面形式通知用人单位，就可以解除劳动合同。只要马先生履行该程序，他就可以去新用人单位上班，且不用付违约责任。若马先生未提前30日书面通知其的用人单位，他是需要承担违约责任的。■

**案例2-13**

## 解除无固定期限劳动合同赔偿案

广东某设备制造公司（以下简称公司）员工赵先生于1971年8月入职，在1995年与公司签订了8年期合同（1995/10/01～2003/09/30）。2003年8月12日，公司向赵先生发出《续订劳动合同意向书》，赵先生表示愿意续订合同，但要求合同无固定期限。8月29日公司向赵先生发出《续订劳动合同通知书》，表示与赵先生续订合同，另提交合同期限为两年的合同文本。但赵先生坚持按照《劳动法》（1994）第20条规定签订无固定期限的合同。双方在续订劳动合同期限的问题上未能达成一致意见。公司在2003年9月12日向赵先生发出《终止劳动合同通知书》，表示不与赵先生续订于2003年9月30日届满的劳动合同，期限届满双方的劳动关系终止。赵先生对此有异议，并到有关部门投诉。

**法理分析**

本案中，赵先生已在同一单位连续工作30年以上（1971年8月入职至2003年），且双方已同意续延劳动合同，赵先生又提出了签订无固定期限劳动合同的要求，根据我国有关劳动法律的规定，用人单位应当与其订立无固定期限的劳动合同。因此，本案中公司不得终止双方的劳动关系。■

**案例 2-14**

## 必须签订无固定期限劳动合同

梁先生于1985年进入北京市水利工程基础处总队工作，并在1995年实行劳动合同制时与水利工程总队签订了劳动合同。2002年水利工程总队改制为北京市京水建设工程有限责任公司（以下简称京水公司），水利工程总队为该公司股东之一，梁先生进入京水公司继续从事原岗位工作。2007年5月，京水公司通知梁先生不再与他续签劳动合同。梁先生认为自己为单位服务长达22年，符合签订无固定期限劳动合同的条件。于是，梁先生申诉至北京市海淀区劳动争议仲裁委，仲裁委认为京水公司应当与梁先生签订无固定期限劳动合同。京水公司诉至法院，认为梁先生在该公司服务不满10年，不符合签订无固定期限劳动合同的条件。

**法院判决**

法院经审理认为，京水公司无法证明水利工程总队已经与梁先生解除劳动关系。因此，根据法律的有关规定，梁先生在水利工程总队的工作时间应计算在他为京水公司工作的时间内。因此，法院最终判决京水公司应当与梁先生签订无固定期限劳动合同。

资料来源：中国法院网。■

### 3. 防险技巧

（1）用人单位在观念上要认真对待无固定期限劳动合同制度，该制度对于劳资双方来说其实都有好处：有助于构建和谐稳定的劳动关系，增强劳动者对用人单位的认同感和信任度，提高劳动者积极性，促进用人单位的长期发展；同时保障劳动者的劳动权、职业稳定权，从而促进整个社会的和谐稳定。

（2）正确理解“劳动者在同一用人单位连续工作满十年以上，[㊀]当事人双方同意续延劳动合同的，如果劳动者提出订立无固定期限的劳动合同，应当订立无固定期限的劳动合同”的含义。(《劳动合同法》（2007）第20条)：“在同一用人单位连续工作满十年以上”是指劳动者与同一用人单位签订的劳动合同的期限不间断达到十年，劳动合同期满双方同意续订劳动合同时，只要劳动者提出签订无固定期限劳动合同的，用人单位应当与其签订无固定期限的劳动合同。在固定工转制中各地如有特殊规定的，从其规定。[㊁]“当事人双方同意续延劳动合同”是指已有劳动合同到期，双方同意续延的，并非指原固定工同意而一律订立无固定期限的劳动合同。[㊂]



（3）注意视为无固定期限劳动合同的情形。我国《劳动合同法》（2007）第14条规定，用人单位自用工之日起满一年不与劳动者订立书面劳动合同的，视为双方已经订立无固定期限劳动合同。

（4）掌握由固定工制度向劳动合同制度转变过程中签订无固定期限劳动合同的情形。我国劳动法律规定，在劳动者符合一定条件的情况下，如果劳动者提出订立无固定期限的劳动合同，用人单位应当与劳动者订立无固定期限的劳动合同。根据《劳动部关于实行劳动合同制度若干问题的通知》（1996）的规定，这些情形包括：①按照《劳动法》（1994）的规定，在同一用人单位连续工作满十年以上，当事人双方同意续延劳动合同的；②工作年限较长，且距法定退休年龄十年以内的；③复员、转业军人初次就业的；④法律、法规规定的其他情形。

（5）掌握对农民工这一特殊的劳动人群的法律规定。根据《劳动部关于贯彻执行〈中华人民共和国劳动法〉若干问题的意见》（1995）的规定，用人单位经批准招用农民工，其劳动合同期限可以由用人单位和劳动者协商确定。从事矿山、井下以及在其他有害身体健康的工种、岗位工作的农

---

㊀ 关于对“同一用人单位连续工作时间”和“本单位工作年限”的理解，劳动部办公厅在对上海市劳动局的《关于如何理解“同一用人单位连续工作时间”和“本单位工作年限”的请示》（沪劳保字［1996］18号）所作的复函《劳动部办公厅对〈关于如何理解“同一用人单位连续工作时间”和“本单位工作年限”的请示〉的复函》（1996）作了如下说明：“①同一用人单位连续工作时间是指劳动者与同一用人单位保持劳动关系的时间。②按照《劳动法》（1994）及有关配套规章的规定，劳动者患病或非因工负伤，依法享有医疗期，因此在计算‘同一用人单位连续工作时间’时，不应扣除劳动者依法享有的医疗期时间。③在计算医疗期、经济补偿时，‘本单位工作年限’与‘同一用人单位连续工作时间’为同一概念，也不应扣除劳动者此前依法享有的医疗期时间。”

㊁ 《劳动部关于贯彻执行〈中华人民共和国劳动法〉若干问题的意见》（1995）第22条。

㊂ 《劳动部关于〈中华人民共和国劳动法〉若干条文的说明》（1994）第20条第3款。

民工，实行定期轮换制度，合同期限最长不超过8年。

（6）掌握关于临时工是否订立无固定期限劳动合同的问题。《劳动部办公厅对〈关于实行劳动合同制度若干问题的请示〉的复函》（1997）明确指出，“关于临时工订立无固定期限劳动合同问题。全面实行劳动合同制度以后，用人单位在临时性岗位上用工，应当与劳动者签订劳动合同并依法为其建立各种社会保险。对于在本企业连续工作已满10年的临时工，续订劳动合同时，也应当按照《劳动法》（1994）的规定，如果本人要求，应当订立无固定期限的劳动合同，并在劳动合同中明确其工资、保险福利待遇。用人单位及其本人应当按照国家规定缴纳社会保险费用，并享受有关保险福利待遇。”

（7）了解对用人单位应当与劳动者签订无固定期限劳动合同而未签订的两者之间之劳动关系的认定。《最高人民法院关于在民事审判工作中适用范围〈中华人民共和国工会法〉若干问题的解释》（2003）做出了如下说明：“根据《劳动法》（1994）第20条之规定，用人单位应当与劳动者签订无固定期限劳动合同而未签订的，人民法院可以视为双方之间存在无固定期限劳动合同关系，并以原劳动合同确定双方的权利义务关系。”



**4. 合同范本**[㊀]

---

**北京市劳动合同书（无固定期限）范本**

甲方：__________________

乙方：__________________

签订日期：　　年　　月　　日

根据《中华人民共和国劳动法》、《中华人民共和国劳动合同法》和有关法律、法规，甲乙双方经平等自愿、协商一致签订本合同，共同遵守本合同所列条款。

一、劳动合同双方当事人基本情况

第一条　甲方_____________________

法定代表人（主要负责人）或委托代理人______________

注册地址__________________________________________

㊀ 北京市劳动合同书（无固定期限）范本，北京市劳动和社会保障局监制（2007年11月）。

经营地址____________________

第二条　乙方__________性别__________

户籍类型（非农业、农业）__________

居民身份证号码__________

或者其他有效证件名称__________证件号码__________

在甲方工作起始时间______年______月_____日

家庭住址__________邮政编码__________

在京居住地址__________邮政编码__________

户口所在地______省（市）______区（县）______街道（乡镇）

二、劳动合同期限

第三条　本合同为无固定期限劳动合同。

本合同于____年____月____日生效，其中试用期至____年____月____日止。

三、工作内容和工作地点

第四条　乙方同意根据甲方工作需要，担任____________________岗位（工种）工作。

第五条　根据甲方的岗位（工种）作业特点，乙方的工作区域或工作地点为__________。

第六条　乙方工作应达到__________标准。

四、工作时间和休息休假

第七条　甲方安排乙方执行__________工时制度。

执行标准工时制度的，乙方每天工作时间不超过8小时，每周工作不超过40小时。每周休息日为________。

甲方安排乙方执行综合计算工时工作制度或者不定时工作制度的，应当事先取得劳动行政部门特殊工时制度的行政许可决定。

第八条　甲方对乙方实行的休假制度有__________。

五、劳动报酬

第九条　甲方每月___日前以货币形式支付乙方工资，月工资为______元或按_____执行。

乙方在试用期期间的工资为__________元。

甲乙双方对工资的其他约定__________。

第十条　甲方生产工作任务不足使乙方待工的，甲方支付乙方的月生活费为__________元或按__________执行。

六、社会保险及其他保险福利待遇

第十一条　甲乙双方按国家和北京市的规定参加社会保险。甲方为乙方办理有关社会保险手续，并承担相应社会保险义务。

第十二条　乙方患病或非因工负伤的医疗待遇按国家、北京市有关规定执行。甲方按______支付乙方病假工资。

第十三条　乙方患职业病或因工负伤的待遇按国家和北京市的有关规定执行。

第十四条　甲方为乙方提供以下福利待遇

七、劳动保护、劳动条件和职业危害防护

第十五条　甲方根据生产岗位的需要，按照国家有关劳动安全、卫生的规定为乙方配备必要的安全防护措施，发放必要的劳动保护用品。

第十六条　甲方根据国家有关法律、法规，建立安全生产制度；乙方应当严格遵守甲方的劳动安全制度，严禁违章作业，防止劳动过程中的事故，减少职业危害。

第十七条　甲方应当建立、健全职业病防治责任制度，加强对职业病防治的管理，提高职业病防治水平。

八、劳动合同的解除、终止和经济补偿

第十八条　甲乙双方解除、终止劳动合同应当依照《中华人民共和国劳动合同法》和国家及北京市有关规定执行。

第十九条　甲方应当在解除或者终止本合同时，为乙方出具解除或者终止劳动合同的证明，并在十五日内为乙方办理档案和社会保险关系转移手续。

第二十条　乙方应当按照双方约定，办理工作交接。应当支付经济补偿的，在办结工作交接时支付。

九、当事人约定的其他内容

第二十一条　甲乙双方约定本合同增加以下内容：

____________________________________________________________。

十、劳动争议处理及其他

第二十二条　双方因履行本合同发生争议，当事人可以向甲方劳动争议调解委员会申请调解；调解不成的，可以向劳动争议仲裁委员会申请仲裁。

当事人一方也可以直接向劳动争议仲裁委员会申请仲裁。

第二十三条　本合同的附件如下______________________________。

第二十四条　本合同未尽事宜或与今后国家、北京市有关规定相悖的，按有关规定执行。

第二十五条　本合同一式两份，甲乙双方各执一份。

甲方（公章）　　　　　　　　　　　　　　乙方（签字或盖章）

法定代表人（主要负责人）或委托代理人

（签字或盖章）

签订日期：　　年　　月　　日

## 劳动合同变更书

经甲乙双方协商一致，对本合同做以下变更：

甲方（公章）　　　　　　　　　　　　乙方（签字或盖章）

法定代表人（主要负责人）或委托代理人

（签字或盖章）

年　　月　　日

## 使用说明

一、本合同书可作为用人单位与职工签订劳动合同时使用。

二、用人单位与职工使用本合同书签订劳动合同时，凡需要双方协商约定的内容，协商一致后填写在相应的空格内。

签订劳动合同，甲方应加盖公章；法定代表人或主要负责人应本人签字或盖章。

三、经当事人双方协商需要增加的条款，在本合同书中第二十一条中写明。

四、当事人约定的其他内容，劳动合同的变更等内容在本合同内填写不下时，可另附纸。

五、本合同应使钢笔或签字笔填写，字迹清楚，文字简练、准确，不得涂改。

六、本合同一式两份，甲乙双方各持一份，交乙方的不得由甲方代为保管。

## 2.4.3 以工作任务为期限的劳动合同

**1. 法理精解**

以完成一定工作任务为期限的劳动合同，根据《劳动合同法》(2007) 第 15 条第 1 款的规定，“是指用人单位与劳动者约定以某项工作的完成为合同期限的劳动合同。”订立以完成一定工作任务为期限的劳动合同的前提，根据《劳动合同法》(2007) 第 15 条第 2 款的规定：“用人单位与劳动者协商一致。”之所以签订以完成一定工作任务为期限的劳动合同，通常是用人单位无法预计到该项工作或工程结束的具体时间。因此，在实践中，某一项工作或工程开始之日，即为合同开始之时，此项工作或工作完毕，合同即告终止。

一般地，凡是符合以完成一定工作任务为目标的工作，用人单位与劳动者都可以通过协商一致签订，具体包括但不限于：①以完成某一单项任务的工作，如开发某一项技术等；②可按项目承包的工作，如装修某栋建筑物或办公楼等；③因季节性需临时用工的工作，如临时雇用工人促销空调产品等。

以完成一定工作任务为期限的劳动合同，在合同存续期间建立的是劳动关系。从实质上来说，以完成一定工作任务为期限的劳动合同属于固定期限的劳动合同，只不过表现形式不同。这意味着当事人双方的权利与义务基本上等同于一般的劳动合同，例如：劳动者要加入用人单位集体，参加用人单位工会，遵守用人单位内部规章制度，享受工资福利、社会保险，休息休假等待遇。如果存在加班的情况，用人单位应当按照固定期限劳动合同加班费支付办法支付加班费。

以完成一定工作任务为期限的劳动合同的用工形式，用人单位也同样应当与劳动者订立书面劳动合同。如果用人单位自用工之日起超过 1 个月不满 1 年，未与劳动者订立书面劳动合同的，应当向劳动者支付双倍工资。如果一旦符合满 1 年不订立书面合同的情况，则可以视为用人单位与劳动者已形成无固定期限劳动关系。因此，用人单位必须严格依照法律规定与其签订书面形式的劳动合同。

依据《劳动合同法》(2007) 第 46 条规定，因用人单位被依法宣告破产，或者用人单位被吊销营业执照、责令关闭、撤销或者用人单位决定提前解散，而终止劳动合同的，用人单位应当支付经济补偿。《劳动合同法实施条例》第22条规定，以完成一定工作任务为期限的劳动合同因任务完成而终止的，用人单位应当依照《劳动合同法》（2007）第47条的规定，向劳动者支付经济补偿。按照该条款的规定，用人单位需要在合同因任务完成而终止的情况下向劳动者支付经济补偿。[⊖]以完成一定工作任务为期限的劳动合同，不同于一般的劳动合同之处主要有两点。



（1）以完成一定期限的劳动合同不存在连续签订两次劳动合同之后，再次签约就要签订无固定期限劳动合同的问题。因为签订无固定期限劳动合同的前提前提条件是“连续订立二次固定期限劳动合同”，而没有包括“以完成一定工作任务为期限的劳动合同”。根据《劳动合同法》第14条第2款第3项的规定，只有连续订立两次固定期限劳动合同，且劳动者没有该法的第39条和第40条第1项、第2项规定的情形，续订劳动合同，在劳动者提出或者同意续订、订立劳动合同的，除劳动者提出订立固定期限劳动合同外，应当订立无固定期限劳动合同。因此，根据法律规定，签订两次以上“以完成一定工作任务为期限的劳动合同”，或者一次是固定期限劳动合同，一次是以完成一定工作任务为期限劳动合同，不符合“连续订立二次固定期限劳动合同”的情形，用人单位将在第三次订立劳动合同时无须订立无固定期限劳动合同。

（2）根据《劳动合同法》（2007）第19条的规定，以完成一定工作任务为期限的劳动合同，不得约定试用期。

### 2. 案例剖析

**案例2-15**

某计算机专业的大学毕业生张先生在和一家软件公司签订劳动合同时，所有条款的内容均已协商一致，但在确定劳动合同期限问题上双方产生了分歧。公司认为招聘张先

---

⊖ 在《劳动合同法实施条例》（2008）实施之前，按照《劳动合同法》（2007）规定，以完成一定工作任务为期限的劳动合同在终止时企业不需要支付经济补偿金。但是《劳动合同法实施条例》（2008）实施以后，根据该条例，以完成一定工作任务为期限的劳动合同因任务完成而终止的，用人单位应当依照《劳动合同法》（2007）第47条的规定向劳动者支付经济补偿。

生的目的是搞一个软件项目的开发，所以与张先生签订以完成一定工作任务为期限的劳动合同，约定软件项目开发完成并经验收合格后，合同终止。张先生则认为劳动合同必须明确合同的起始和终止日期，公司的做法是违法的。

**法理分析**

根据现行劳动法律法规，张先生的说法是错误的，法院会支持张先生的主张。■

**案例 2-16**

李先生和某贸易有限公司签订了以完成某一项目为期限（3 年）的劳动合同，每月工资 4 000 元。2009 年年初，劳动合同到期，李先生交割完工作后就离开了公司。后在朋友唐某的帮助下，向贸易公司要求劳动合同终止时的经济补偿金。贸易公司人事部门以没有先例为由拒绝了李先生的要求。李先生向劳动仲裁委员会提出申诉，要求贸易公司支付 3 个月的经济补偿金。劳动仲裁委员会在审理中查明，李先生与该贸易公司的劳动合同属于正常到期终止，双方都没有继续签订劳动合同的意愿，贸易公司也无意维持或者提高劳动合同的条件来进行续签，因此裁决贸易公司支付李先生经济补偿金 12 000 元。

**法理分析**

本案中，李先生和贸易公司的以完成某一项目为期限的劳动合同到期后，贸易公司没有维持或者提高劳动合同的条件来和李先生续约，李先生可以获得贸易公司的经济补偿金。按照李先生工作的年限，可以获得 3 个月的工资作为经济补偿金。

资料来源：法律快车网。■

**案例 2-17**

刘先生与某建筑工程队所签订的劳动合同约定：刘先生到建筑工程队工作，建筑工程队每月支付张先生 1 000 元工资；合同期限是某栋大楼建设工程完工。在大楼建设的半年时间里，该建筑工程队经常借故拖欠工资，刘先生多次向工程队索要拖欠工资。该建筑工程队负责人不胜其烦，遂解除了与刘先生的劳动合同，并拒绝支付经济赔偿金。刘先生不服，向当地劳动仲裁委员会提起仲裁，要求建筑工程队继续履行劳动合同。

**法理分析**

根据案情，当事人双方建立的是以完成一定工作任务为期限的劳动合同。用人单位要解除与劳动者的劳动合同，必须符合《劳动合同法》（2007）第 39 条、第 40 条、第 41 条的规定：按照第 40 条规定解除劳动合同的，用人单位提前 30 日以书面形式通知劳动者本人，或额外支付劳动者 1 个月的工资，并应当向劳动者支付经济补偿。本案中，刘先生不存在上述法定事由，建筑工程队无权提出解约，而应当按照合同约定，待该栋大楼建筑工程完工之际自动终止劳动合同。■

### 3. 合同范本[⊖]

---

**北京市劳动合同书（以完成一定工作任务为期限）范本**

根据《中华人民共和国劳动法》、《中华人民共和国劳动合同法》和有关法律、法规，甲乙双方经平等自愿、协商一致签订本合同，共同遵守本合同所列条款。

**一、劳动合同双方当事人基本情况**

第一条　甲方

法定代表人（主要负责人）或委托代理人

注册地址

经营地址

第二条　乙方　　　　　性别

户籍类型（非农业、农业）

居民身份证号码

或者其他有效证件名称　　　　　证件号码

在甲方工作起始时间　　　　　年　　　　月　　　日

家庭住址　　　　　　　　　　　　邮政编码

在京居住地址　　　　　　　　　　邮政编码

户口所在地　　　省（市）　　　　区（县）　　　　街道（乡镇）

**二、劳动合同期限**

第三条　本合同为以完成一定工作任务为期限的劳动合同。

本合同于_____年_____月_____日生效，本合同于__________________工作完成时终止。

**三、工作内容和工作地点**

第四条　乙方同意根据甲方工作需要，担任_____________________岗位（工种）工作。

第五条　根据甲方的岗位（工种）作业特点，乙方的工作区域或工作地点为________________________

---

⊖ 劳动合同书（以完成一定工作任务为期限），北京市劳动和社会保障局监制（2007年11月）。

第六条　乙方工作应达到______________________________标准。

**四、工作时间和休息休假**

第七条　甲方安排乙方执行__________________________工时制度。

执行标准工时制度的，乙方每天工作时间不超过8小时，每周工作不超过40小时。每周休息日为____________________

甲方安排乙方执行综合计算工时工作制度或者不定时工作制度的，应当事先取得劳动行政部门特殊工时制度的行政许可决定。

第八条　甲方对乙方实行的休假制度有：__________________________

**五、劳动报酬**

第九条　甲方每月___日前以货币形式支付乙方工资，月工资为______元或按____执行。

甲乙双方对工资的其他约定______________________________

第十条　甲方生产工作任务不足使乙方待工的，甲方支付乙方的月生活费为_____元或按____执行。

**六、社会保险及其他保险福利待遇**

第十一条　甲乙双方按国家和北京市的规定参加社会保险。甲方为乙方办理有关社会保险手续，并承担相应社会保险义务。

第十二条　乙方患病或非因工负伤的医疗待遇按国家、北京市有关规定执行。甲方按____支付乙方病假工资。

第十三条　乙方患职业病或因工负伤的待遇按国家和北京市的有关规定执行。

第十四条　甲方为乙方提供以下福利待遇：

______________________________________________________________

**七、劳动保护、劳动条件和职业危害防护**

第十五条　甲方根据生产岗位的需要，按照国家有关劳动安全、卫生的规定为乙方配备必要的安全防护措施，发放必要的劳动保护用品。

第十六条　甲方根据国家有关法律、法规，建立安全生产制度；乙方应当严格遵守甲方的劳动安全制度，严禁违章作业，防止劳动过程中的事故，减少职业危害。

第十七条　甲方应当建立、健全职业病防治责任制度，加强对职业病防治的管理，提高职业病防治水平。

**八、劳动合同的解除、终止和经济补偿**

第十八条　甲乙双方解除、终止劳动合同应当依照《中华人民共和国劳动合同法》和国家及北京市有关规定执行。

第十九条　甲方应当在解除或者终止本合同时，为乙方出具解除或者终止劳动合同的证明，并在十五日内为乙方办理档案和社会保险关系转移手续。

第二十条　乙方应当按照双方约定，办理工作交接。应当支付经济补偿的，在办结工作交接时支付。

**九、当事人约定的其他内容**

第二十一条　甲乙双方约定本合同增加以下内容：

______________________________________________

**十、劳动争议处理及其他**

第二十二条　双方因履行本合同发生争议，当事人可以向甲方劳动争议调解委员会申请调解；调解不成的，可以向劳动争议仲裁委员会申请仲裁。

当事人一方也可以直接向劳动争议仲裁委员会申请仲裁。

第二十三条　本合同的附件如下：

______________________________________________

第二十四条　本合同未尽事宜或与今后国家、北京市有关规定相悖的，按有关规定执行。

第二十五条　本合同一式两份，甲乙双方各执一份。

甲方（公　章）　　　　　　　　　　乙方（签字或盖章）

法定代表人（主要负责人）或委托代理人

（签字或盖章）

签订日期：　　年　　月　　日

______________________________________________

**劳动合同变更书**

经甲乙双方协商一致，对本合同做以下变更：

______________________________________________

______________________________________________

______________________________________________

甲方（公章）　　　　　　　　　　乙方（签字或盖章）

法定代表人（主要负责人）或委托代理人

（签字或盖章）

年　　月　　日

**使 用 说 明**

一、本合同书可作为用人单位与职工签订劳动合同时使用。

二、用人单位与职工使用本合同书签订劳动合同时，凡需要双方协商约定的内容，协商一致后填写在相应的空格内。

签订劳动合同，甲方应加盖公章；法定代表人或主要负责人应本人签字或盖章。

三、经当事人双方协商需要增加的条款，在本合同书中第二十一条中写明。

四、当事人约定的其他内容，劳动合同的变更等内容在本合同内填写不下时，可另附纸。

五、本合同应使钢笔或签字笔填写，字迹清楚，文字简练、准确，不得涂改。

六、本合同一式两份，甲乙双方各持一份，交乙方的不得由甲方代为保管。

## 2.4.4 三类期限劳动合同的比较

| 期限类型 | 具体内容 |
| --- | --- |
| 固定期限劳动合同 | • 该劳动合同有明确约定的终止日期（《劳动合同法》第13条）<br>• 固定期限劳动合同约定试用期的，试用期的约定应符合《劳动合同法》第19条的规定<br>• 固定期限劳动合同终止时，用人单位应依据《劳动合同法》第46条第5项的规定，向劳动者支付经济补偿金，但用人单位维持或者提高劳动合同约定条件续订劳动合同，劳动者不同意续订的除外<br>• 无固定期限劳动合同出现《劳动合同法》第14条第2款规定情形之一，劳动者提出或者同意续订、订立劳动合同的，用人单位应当与劳动者订立无固定期限劳动合同，但劳动者提出订立固定期限劳动合同的除外<br>(1) "劳动者在该用人单位连续工作满十年"是指不间断地连续工作十年，包括劳动合同法实施前的工作年限，但必须是连续的，如果中途曾经离开过，仅仅是在该用人单位累计工作满十年，不适用本规定<br>(2) 只有在用人单位初次实行劳动合同制度或者国有企业改制，需要重新签订劳动合同时，才能根据该款第2项签订无固定期限劳动合同，但同时要求该劳动者在该用人单位连续工作满十年，且离法定退休年龄不足十年<br>(3) 该款第3项的适用要求用人单位与劳动者连续订立二次固定期限劳动合同（对劳动合同的期限没有限制），劳动者不得有第39条、第40条第1、2项规定的情形<br>• 如果用人单位自用工之日起满一年没有与劳动者订立书面劳动合同，法律则视其为用人单位与劳动者已订立无固定期限劳动合同（《劳动合同法》14条第3款）<br>• 用人单位在裁员时，应当优先留用与本单位订立无固定期限劳动合同的人员（《劳动合同法》第41条第2款）<br>• 约定试用期的无固定期限劳动合同，试用期不得超过6个月，同时应符合《劳动合同法》第19条的其他规定 |
| 以完成一定工作任务为期限的劳动合同 | • 劳动合同签订后，劳动者成为用人单位的一员，有权利要求用人单位支付劳动报酬、提供劳动条件、劳动保险、福利等待遇，有义务完成约定工作任务并遵守单位内部规章制度<br>• 合同在约定的劳动任务完成之时即告终止<br>• 即使连续签订两次以完成一定工作任务为期限的劳动合同，用人单位也无签订无固定期限劳动合同的义务<br>• 不得约定试用期（《劳动合同法》第19条）<br>• 劳动合同因任务完成而终止时，劳动者有权请求用人单位依照《劳动合同法》第47条的规定支付经济补偿 |

## 2.5 劳动合同的效力

### 2.5.1 法理精解

**1. 劳动合同无效的种类**

无效的劳动合同是指用人单位和劳动者虽然签订成立了劳动合同，但是属于国家不予承认其法律效力的劳动合同。根据合同法的一般原则，合同一旦依法成立，就具有法律拘束力；但是，也存在着合同已经成立但无法律效力的情形，从而不发生履行效力。总结实践中的无效劳动合同，主要包括以下具体类型。

(1) 违反强制性法律规定的劳动合同。法律、行政法规的强制性规定排除了合同当事人的意思自治，即当事人在合同中不得合意排除法律、行政法规强制性规定的适用，如果当事人约定排除了强制性规定，则构成本项规定的无效情形。这里主要指国家制定的关于劳动者最基本劳动条件的法律法规，包括最低工资法、工作时间法、劳动安全与卫生法等。其目的是改善劳动条件，保障劳动者的基本生活，避免伤亡事故的发生。

1）主体不合格的劳动合同，如招用童工、冒签合同等。根据我国《劳动合同法》(2007) 规定，如签订劳动合同的劳动者一方必须是具有劳动权利能力和劳动行为能力的公民，企业与未满16周岁的未成年人订立的劳动合同就是无效的劳动合同（国家另有规定的除外)。

2）劳动合同的内容直接违反法律、法规的规定则为无效。例如：约定试用期超过6个月的劳动合同、不为劳动者购买社会保险的劳动合同等，这些劳动合同是无效的。口头约定的劳动合同，因为违反《劳动法》(1994) 第19条的规定而无效。用人单位未经批准采取特殊工时制度等违反法定程序订立的劳动合同无效。

3）劳动合同因损害国家利益和社会公共利益而无效。《民法通则》(1986) 第58条第5项确立了社会公共利益的原则，违反法律或者社会公共利益的民事行为无效。

(2) 违背劳动者真实意思的劳动合同。主要包括采取欺诈、胁迫、乘人之危等手段，损害劳动者生命、健康、荣誉、名誉、财产等强迫对方签订的劳动合同。

所谓“欺诈”，是指当事人一方故意制造假象或隐瞒事实真相，欺骗对方，诱使对方形成错误认识而与之订立劳动合同。欺诈的种类很多，主要包括：①劳动者伪造学历、履历、资格证书等虚假情况签订的劳动合同。例如根据《劳动法》的规定，从事特种作业的劳动者必须经过专门培训并取得特种作业资格。但应聘的劳动者并没有这种资格，提供了假的资格证书；②行为人负有义务向他方如实告知某种真实情况而故意不告知的。如化工企业招聘三班倒的化工工人，有的女性求职者在应聘时，故意隐瞒其已怀孕的情况，应聘上岗后不久就提出已经怀孕不能到班上岗。

所谓“威胁”，是指当事人以将要发生的损害或者以直接实施损害相威胁，一方迫使另一方处于恐怖或者其他被胁迫的状态而签订劳动合同。

（3）权利义务不对等的劳动合同。权利义务不对等，通常是用人单位在劳动合同中排除或降低自己应负的法定义务，排除或减少劳动者的正当权益。实践中出现较多的是用人单位规定造成劳动者人身伤害的免责条款。对于人身健康和生命安全，法律是给予特殊保护的，任何人和任何法律都不能剥夺。否则，无异于纵容用人单位利用合同形式对劳动者的生命进行摧残，这与保护公民人身权利的宪法原则是相违背的。

劳动者合同权利的放弃，如果与劳动法的维权宗旨相悖，劳动者放弃权利的行为应当受到限制。例如，目前煤矿这种高危行业用工，不经任何培训，没有任何技术，来了就签劳动合同，出事故死了给点钱就完事了，而劳动者又在高工资的引诱下自愿在用人单位不负责生命安全的合同上签字，这种情况下，劳动者放弃劳动保护权的行为，即便出于自愿，亦应认定无效。

实践中存在用人单位规定“生老病死都与企业无关”，“用人单位有权根据生产经营变化及劳动者的工作情况调整其工作岗位，劳动者必须服从单位的安排”等霸王条款就是明显的例子。此外，还有违反劳动安全保护制度的，如约定劳动者自行负责工伤、职业病，免除用人单位的法律责任等。违反规定收取各种费用的劳动合同，如强制收取培训费、保证金、抵押金、风险金、股金等。侵犯劳动者婚姻权利的劳动合同，如规定合同期内职工不准恋爱、结婚、生育。侵犯劳动者健康权利的劳动合同，如约定工作时间超过法律规定，损害劳动者正常休息休假。侵犯劳动者报酬权利的劳动合同，如加班不支付加班工资，支付低于最低工资标准的工资等。侵犯劳动者自主择业权利的劳动合同，如设定巨额违约金、培训费，限制职工流动以及设定无偿或不对价的竞业禁止条件的劳动合同等。

根据《劳动合同法》(2007)第26条的规定，劳动合同的无效可分为部分无效和全部无效两种。部分无效劳动合同是指有些合同条款虽然违反法律规定，但并不影响其他条款效力的合同。在部分无效的劳动合同中，无效条款如不影响其余部分的效力，其余部分仍然有效，对双方当事人有约束力。从实务的角度来看，如果劳动合同的条款之间是相对独立的，条款之间具有可分性，那么如果部分条款的无效不会影响其他条款的法律效力，整个劳动合同仍是有效的，双方当事人仍应当遵守。但是，如果劳动合同的目违法，违反了诚实信用和公平原则，那么整个劳动合同归于无效。

### 2. 合同无效的法律后果

由于劳动合同是一种具有人身属性、重实际履行的合同，已经发生的人身从属关系，无法按照一般民事关系的处理方式，恢复到合同关系发生前的状态；而已经履行的劳动给付义务，不应该恢复到合同关系发生前的状态。因此，为了适应劳动合同的特殊性，劳动合同被确认无效，劳动者已付出劳动的，用人单位应当向劳动者支付劳动报酬。[⊖]包括无营业执照经营的单位被依法处理，该单位的劳动者已经付出劳动的，由被处理的单位或者其出资人向劳动者支付劳动报酬。用人单位与劳动者有恶意串通，损害国家利益、社会公共利益或者他人合法权益的情形除外。

对因用人单位的过错导致劳动合同无效（包括全部无效和部分条款无效两种情形）的，不仅要求用人单位支付劳动报酬、社会保险、经济补偿以及其他劳动者应享受的待遇，同时还会受到劳动保障行政主管部门的行政处罚。根据《劳动合同法》(2007)的规定，订立的劳动合同被确认无效的，劳动行政部门可以处以五百元以上二万元以下的罚款；因为用人单位的过错给劳动者造成损害的，应当承担赔偿责任。

劳动合同是否有效，由劳动争议仲裁机构或者人民法院确认，其他任何部门或者个人都无权认定无效劳动合同。在实践中，用人单位常常任意



⊖ 《劳动合同法》(2007)第28条规定：劳动合同被确认无效，劳动者已付出劳动的，用人单位应当向劳动者支付劳动报酬。劳动报酬的数额，按照同工同酬的原则确定。劳动报酬的数额，参考用人单位同类岗位劳动者的劳动报酬确定；用人单位无同类岗位的，按照本单位职工平均工资确定。如果双方约定的报酬高于用人单位同岗位劳动者工资水平的，除当事人恶意串通侵害社会公共利益的情况外，劳动者已经给付劳动的，劳动报酬按照实际履行的内容确认。

扩大无效或劳动合同的范围，以此恶意解雇劳动者。例如，劳动者在应聘时隐瞒了一些并非重要的事实，向用人单位提供了不实的个人资料等，常常成为用人单位解除劳动合同的理由。这种做法并不能屡试不爽，因为在司法实践中，法院通常尽量促使劳动合同继续履行，维护劳动者的权益，判决部分无效劳动合同的无效条件消失。

## 2.5.2 案例剖析

**案例 2-18**

### 口头解除劳动合同无效

张先生于 2006 年 4 月 10 日与某公司签订劳动合同，双方约定工资标准为每月 6 000 元。2009 年 11 月张先生停止工作，随后公司要求张先生所管理的工作项目验收后解除与他的劳动关系。张先生主张因解除劳动合同系公司提出，故申请劳动仲裁请求支付解除劳动关系经济补偿金 20 000 元。公司不同意支付经济补偿金。对于停止工作原因双方各执一词，张先生表示因为某工程公司以他本人不同意单位降薪为由与其解除劳动合同，公司则认为张先生系本人提出辞职。双方均提供了离职交接清单予以佐证，该交接清单中只记载张先生在其公司的物品归还情况及培训情况等，并无解除劳动合同有关情况的记载，截至庭审结束，双方未办理解除或终止劳动合同的相关手续。

**仲裁裁决**

依据《劳动合同法》（2007）第 50 条规定，用人单位应当在解除或终止劳动合同时出具解除或终止劳动合同的证明。本案中，张先生虽主张被该公司辞退，但未能对此向仲裁委提供由某工程公司出具的解除或终止劳动关系的证明；同时，公司作为用人单位，当张先生提出辞职时，应依据《劳动合同法》（2007）第 37 条的规定，要求其本人以书面形式提出申请；如系自动离职行为，可依据本企业的规章制度及时进行管理，但公司仅凭庭审所陈述不足以证明其主张成立。综上，在双方均未能对解除劳动关系的事实提供证据加以证明，以及在未依法定事由和程序办理解除劳动关系的手续前，仲裁委确认双方劳动关系尚存，驳回张先生解除合同经济补偿金的请求。

资料来源：《工人日报》。

**专家提示**

实践中劳动双方为了图方便经常以口头方式提出解除劳动合同，这是存在潜在法律风险的。建议用人单位应严格按照法律规定，在解除劳动者劳动合同时，必须出示书面证明；劳动者本人提出辞职，用人单位有权利要求劳动者以书面形式提出申请，如系自动离职行为，可依据本单位的规章制度及时进行管理。■

案例 2-19

## 未盖公章劳动合同仍有效

某公司的文秘杜小姐最近由于在工作中出了几次差错，让总经理（兼法人代表）很不满意，公司决定解除她的劳动合同。杜小姐提起了劳动争议仲裁。仲裁机构在审查公司与杜小姐签订的劳动合同时发现，劳动合同没有加盖公司公章，也没有合同鉴证机关的鉴证，只有一个法人代表的个人签字。据此，有人认为这份合同属于无效。还有人认为，劳动合同上没有加盖公司的公章，本身就不符合订立合同的形式要件，再加上又没有经过鉴证，这份劳动合同当然无效了。

**法理分析**

根据法律规定，劳资双方签订劳动合同时，应该在劳动合同上由法人代表签字，并加盖企业公章。本案中的公司在劳动合同上没有加盖公司的公章不符合劳动法规定，但该问题的出现主要是由公司的过错造成的，公司应当承担主要责任。所以，虽然合同未加盖公章，但因有法人代表的签名，可认定该劳动合同是有效的。即使认定合同无效而不存在，因公司与杜小姐双方都已在一年多的时间里，按合同的约定履行了相应的义务，也享受了各自的权利，也以认定存在事实劳动合同关系。关于劳动合同的鉴证，我国目前的规定是“鼓励鉴证”，而不是“强制性鉴证”，并不是劳动合同成立的必备条件，也不是劳动合同是否有效的标志。

资料来源：徐州才好招聘网。■

案例 2-20

## 违法规定劳动合同条款无效

王小姐与公司订立劳动合同时被告知，鉴于公司的工作性质，王小姐在合同期内不得结婚，否则以自动离职处理，并须支付违约金 5 000 元。后来王小姐某想要结婚，公司根据劳动合同，提出如果王小姐非要结婚，则按照约定支付违约金 5 000 元。

**法理分析**

本案中劳动合同中关于 3 年内不得结婚的条款因违反强制性法律规定而属无效，[1] 王小姐可向劳动争议仲裁委员会提出仲裁，要求裁决确认其无效。公司应依法继续履行与王小姐订立的劳动合同。即使王小姐因结婚同意单位解除劳动合同，单位也无权要求其支付约定的违约金。■

---

[1] 婚姻自由是我国宪法中规定的公民的基本权利之一。婚姻法也明确规定，任何组织或个人都不得干预婚姻自由，否则要受到行政处分或法律制裁。本案中的合同条款实质上是对王小姐婚姻自由权的干涉和侵犯，是违法的，并不能因其是双方自愿签订而改变这种违法性质。

### 2.5.3 防险技巧

建议用人单位做好以下工作，以避免出现劳动合同的无效。

（1）在签订劳动合同时须注意劳动者的主体要合格。重点关注：①审查劳动者是否具有相应的劳动权利能力和行为能力；②审查劳动者是否存在双重劳动关系；③签订劳动合同的劳动者一方必须是劳动者本人；④签订的劳动合同必须有劳动者本人的签字。

（2）坚持签约的公平原则，注意避免出现不公平条款。凡是免除用人单位责任、排除劳动者权利的条款都是无效的，也就是说，并不是任何条款只要由劳动者签字确认了就具有法律效力，也不论是否已经与劳动者达成一致。比如“出现伤亡概不负责”、“由于甲方已经向乙方支付了高额劳动报酬，故甲方不再为乙方办理社会保险”这些条款都是无效条款。

（3）劳动合同的内容应当符合法律的规定。凡是违反法律法规禁止性规定的，无论是否经由劳动合同双方达成一致，这样的约定都是无效的。比如“在本合同存续期间乙方不得与甲方员工结婚”。

## 2.6 劳动工作时间制度

### 2.6.1 法理精解

工作时间是指劳动者在企业、事业、机关、团体等单位中，必须用来完成其所担负的工作任务的时间。一般由法律规定劳动者在一定时间内（工作日、工作周）应该完成的工作任务，以保证最有效地利用工作时间。工作时间包括工作时间的长短、工作时间方式的确定等，例如，是 8 小时工作制还是 6 小时工作制，是日班还是夜班，是正常工时还是实行不定时工作制，或者是综合计算工时制。工作时间的不同，对劳动者的就业选择、劳动报酬等均有影响，因而成为劳动合同不可缺少的内容。

《劳动法》（1994）以基本法律的形式第一次明确工时休假制度。《劳动法》（1994）明确规定了劳动者每日工作不超过 8 小时，平均每周不超过 44 小时；劳动者每日延长工作时间一般不超过 1 小时，特殊情况不超过

3 小时，每月不超过 36 小时；延长工作时间依法获得高于正常工作时间的报酬；劳动者享受国家法定节假日和带薪年休假等。

《劳动法》（1994）第四章对工作时间和休息休假进行了专章规定，共 10 条，规定了节假日和延长工作时间的各种情况。《关于〈劳动法〉若干条文的说明》（劳动部，1994）对《劳动法》（1994）的条文做了较详细的解释，具体包括第 36～42、第 44 条的说明。《关于贯彻执行〈劳动法〉若干问题的意见》（劳动部，1995）第 60、61、62 条和第 65～72 条对工作时间和休息休假以及延长工作时间的工资报酬作了进一步的解释。《国务院关于工作时间的规定》（1995）是我国现行工时制的主要依据，它将《劳动法》（1994）规定的工作时间为实行每天 8 小时，每周不超过 44 小时；改为每日 8 小时，每周不超过 40 小时。在适用法律的时候应以后者为标准工时。我国现行的工时制度可以分为标准工时制、特殊工时制和限制延长工时制度 3 种。



**1. 标准工时制度**

标准工作时间制度（standard working hours system），[㊀]是法律规定的企事业单位、社会团体等用人单位在正常情况下，普遍实行的工作时间制度，一般包括每日工作时间和每周工作时间，是各国最常见、适用最广泛的一种工作形式。我国现行的标准工作时间为：职工每日工作不超过 8 小时，每周工作不超过 40 小时；劳动者每周至少要有一个休息日。

标准工作时间的特点是：①它以正常情况作为适用条件，是正常的工作条件；②它普遍适用于一般职工；③它按正常作息办法安排工时，属于均衡工时制；④它一般以法定最长时间作为其时间长度，现行我国法律规定的时间长度是每天不超过 8 小时，每周不超过 40 小时；⑤它被作为确定其他工作日长度的基础。因此，用人单位在安排工作时间时，必须以此为标准，不能让劳动者超时劳动，否则企业将要承担相应的责任。

劳动部和人事部还分别制定了标准工时制度的实施办法，其主要区别如下：①劳动部将标准工时制解释为企业可以自行缩短，但不能随意延长的工时制度；而人事部将标准工时制解释为统一的工作时间，国家机关、

---

㊀ 《劳动法》（1994）第 36 条规定："国家实行劳动者每日工作时间不超过 8 小时，平均每周工作时间不超过 44 小时的工作时间制度。"第 38 条："用人单位应当保证劳动者每周至少休息一日。"《国务院关于工作时间的规定》（1995）第 3 条规定："职工每日工作时间 8 小时，每周工作时间 40 小时。"

事业单位既不能自行缩短，也不能随意延长。②企业由于生产经营需要，可依法延长工作时间；而国家机关、社会团体和事业单位则不得延长。③两个规定对“特殊情形和紧急任务”的范围做了不同的解释，劳动部的解释宽于人事部的解释。④对于延长工时，劳动部规定，既可采用支付工资报酬的办法，也可采用给予补休的办法；而人事部规定，只能给予补休。㊀



《关于职工全年月平均工作时间和工资折算问题的通知》（劳社部发［2008］3号）根据《全国年节及纪念日放假办法》，对职工全年月平均制度工作天数和工资折算办法做出了调整。制度工作时间的计算。年工作日：365天－104天（休息日）－11天（法定节假日）＝250天/年；季工作日：250天÷4季＝62.5天/季；月工作日：250天÷12月＝20.83天/月；工作小时数的计算：以月、季、年的工作日乘以每日的8小时。

**2. 特殊工时制度**

特殊工时制是相对标准工时制而言的，根据《国务院关于职工工作时间的规定》（1995）第5条的规定：“因工作性质或者生产特点的限制，不能实行每日工作8小时、每周工作40小时标准工时制度的，按照国家有关规定，可以实行其他工作和休息办法。”

我国目前实行的特殊工时制主要有：缩短工时制、综合计算工时制、不定时工时制、计件工时制。《关于企业实行不定时工作制和综合计算工时工作制的审批办法》（劳动部，1994）对特殊工时制进行了规范。

（1）缩短工时制。缩短工时制，也称为缩短工作制，是指劳动者每个工作日的工作时间少于标准工作日长度，或每周工作天数少于标准工作天数的工作时间制度。适用这种制度的对象主要是从事特别艰苦、繁重、有毒有害、过度紧张的劳动者以及在哺乳期的女员工。《关于职工工作时间的规定》（国务院，1995）第4条规定，在特殊条件下从事劳动和有特殊情况，需要适当缩短工作时间的，按照国家有关规定执行。我国目前实行缩短工时制的有四种情况。

一是从事矿山、井下、高空、高温、低温、有毒有害等特别繁重或过

㊀ 这种将劳动者按管理部门的不同，人为进行硬性划分，执行不同的规定，导致了法律适用上的一些弊端：人事部的规定对于实行国家公务员制度的机关干部是完全适用的，但是国家机关中不实行公务员制度的工人、一部分实行企业化管理的事业单位等因签订劳动合同而纳入劳动法调整范围，不按《劳动法》（1994）的规定执行，显然不妥。

度紧张的劳动的职工，每日工作少于8小时。《纺织工业部、国家劳动总局关于纺织企业实行“四班三运转”的意见》（1979）对纺织部门实行“四班三运转”工时制度。《化学工业部、国家劳动总局关于在有毒有害作业工人中改革工时制度的意见》（1981）对化工行业从事有毒有害作业的工人实行“三工一休”制、6小时至7小时工作制和“定期轮流脱离接触”制度。煤矿井下实行四班6小时工作制。此外，建筑、冶炼、地质、勘探、森林采伐以及装卸搬运等行业和部门均为从事繁重体力劳动，劳动强度高，应依本行业或部门的特点，实行各种形式的缩短工时制。

二是夜班工作时间实行缩短1小时。夜班工作时间一般指当晚10时至次日晨6时从事劳动或工作的时间。夜班工作改变了正常的生活规律，增加了神经系统的紧张状态，因而夜班工作时间比标准工时减少1小时。

三是《女职工劳动保护规定》（国务院，1998），对有不满1周岁婴儿的女职工可在每班劳动时间有两次哺乳（含人工喂养）时间，每次30分钟；多胞胎生育的，每多哺乳一个婴儿，每次哺乳时间增加30分钟。女职工每班劳动时间内的两次哺乳时间可以合并使用。

四是《中华人民共和国未成年人保护法》（1991）规定，未成年工（年满16岁未满18周岁的劳动者）实行低于8小时工作日。

（2）不定时工时制。不定时工时制，也称不定时工作制，是指因工作性质和工作职责的限制，劳动者的工作时间不能受固定时数限制的工时制度。实践中的标准工时制、缩短工时制、综合计算工时制都是一种定时工作制，是依据工作时间来计算劳动量，而不定时工作制是一种直接确定职工劳动量的工作制度。对于实行不定时工作制的职工，用人单位应按《劳动法》（1994）的规定，参照标准工时制核定工作量并采用弹性工作时间等适当方式，确保职工休息休假的权利和生产、工作任务的完成。

根据现行法律法规，不定时工时制的适用范围主要是指企业因生产特点不能实行标准工时制并具有如下条件之一的，可实行不定时工作制：①企业中的高级管理人员、外勤人员、推销人员、部分值班人员和其他因工作无法按标准工作时间衡量的职工；②企业中的长途运输人员、出租汽车司机和铁路、港口、仓库的部分装卸人员，以及因工作性质特殊须机动作业的职工；③其他因生产特点、工作特殊需要或职责范围的关系适合实行不定时工作制的职工。“其他”的范围各省市规定不一，但总的趋势是很广的。例如，上海是规定企业的消防和急救值班人员、值班驾驶员等，可实行不定时工时工作制。江苏省则规定，对于实行年薪制的企业高级管理人员，双方可约定不再另行支付其加班工资。实行不定时工时制的审批程序与实行综合计算工时制的审批程序完全一样。

（3）计件工时制。计件工时制，也称计件工作制，是以劳动者完成一定数量的合格产品或一定的作业量来确定劳动报酬的一种劳动形式。从本质上来说，计件工作的劳动者实行的是一种特殊类型的不定时工作制。其特点在于，直接用一定时间内完成的产品量或作业量来计算劳动者的工作成果，它能把工作量和工作成果联系起来，体现出劳动效率。《劳动法》（1994）第 37 条规定，对实行计件工作的劳动者，用人单位应当根据本法第 36 条规定的工时制度合理确定其劳动定额和计件报酬标准。

所谓劳动定额，是指在一定的生产技术和生产组织条件下，为生产一定量的合格产品或完成一定量的工作所预先规定的劳动消耗标准，或是在单位时间内预先规定的完成合格产品数量的标准。劳动定额包括两种形式：①时间定额，是指生产单位合格产品或完成一定工作所需要的时间；②产量定额，是指单位时间内应完成的合格产品的数量。劳动定额水平计算，必须有科学的依据，按“先进合理”的原则来确定。所谓“先进合理”，即在正常生产情况下，经过一定的努力，大多数工人按标准工作时间劳动，能够完成定额。

所谓计件报酬标准，是指预先规定的用以计算劳动者劳动报酬的计件单位。计件报酬标准体现了劳动成果与劳动报酬的关系，直接影响到职工的工资水平和企业的经济核算，因此，确定计件报酬标准，也必须以标准工时制为基础，根据科学的方法，使劳动报酬能够准确地反映出劳动者付出的劳动量，真正体现按劳分配原则。

（4）综合计算工时制。综合计算工时制，也称综合计算工时工作制，是以标准工作时间为基础，以一定的期限为周期，综合计算工作时间的工时制度。实行这种工时制度的用人单位，计算工作时间的周期可以是周、月、季、年，但其平均日工作时间和平均周工作时间应与法定标准工作时间基本相同。用人单位应在保障职工身体健康并充分听取职工意见的基础上，采用集中工作、集中休息、轮休轮调等适当方式，确保职工的休息休假权利和生产、工作任务的完成。

现行法律法规规定，综合计算工时制的适用范围主要是指企业因生产特点不能实行标准工时制并具有如下条件之一的可实行综合计算工时制：①交通、铁路、邮电、水运、航空、渔业等行业中因工作性质特殊，须连续作业的职工；②地质及资源勘探、建筑、制盐、制糖、旅游等受季节和自然条件限制的行业的部分职工；③其他适合实行综合计算工时工作制的职工。“其他”的范围很广，对于那些在市场竞争中，受外界因素的影响，生产任务不均衡的企业部分职工，经劳动行政部门严格审批后，可以参照综合计算工时工作制的办法实施。例如，上海市规定，因受季节条件限制，淡旺季节明显的瓜果、蔬菜等食品加工单位和服装生产，以及宾馆、餐馆的餐厅和娱乐场所的服务员等可实行综合计算工时工作制。

根据原劳动部《关于企业实行不定时工作制和综合计算工时工作制的审批办法》（劳部发［1994］503 号）规定，实行综合计算工时制的审批程序是：中央直属企业经国务院行业主管部门审核、报国务院劳动行政部门批准后，可实行综合计算工时制。地方企业实行综合计算工时制的审批办法由各省、自治区、直辖市人民政府劳动行政部门制定，报国务院劳动行政部门备案。上海市劳动局在转发劳动部规定时，根据上海市的实际情况，对审批办法做了进一步的具体规定：①中央直属企业，经其主管部门审核后，报国家劳动部批准，报市劳动局备案；②市属企业经其主管部门审核后，报市劳动局批准，报所在区、县劳动局备案；③区县属企业经其主管部门审核后，报区、县劳动局批准；④外商投资企业按现行管理体制分别报市、区、县劳动局审批；⑤其他无主管部门的企业，报所在区、县劳动局批准。各级主管部门和劳动行政部门在审批过程中要加强管理，严格执行。对不符合规定和未经批准而擅自实行综合计算工时制的企业，应坚决予以纠正。对情节严重的，还要依据有关规定给予处理或处罚。

### 3. 限制延长工时制度

延长工时制，是指用人单位在劳动者完成劳动定额或规定的工作任务后，根据生产或工作需要安排劳动者在法定工作时间以外工作的制度。延长工时主要有两种形式：一是加班，即按用人单位的要求，在法定节日、公休假日内进行工作。二是加点，是指在日法定标准工作时间以外进行工作。延长工时是劳动者超出正常工作时间，在应该休息的时间内进行工作，是工作时间在休息时间中的延伸，为了确保劳动者的休息权，必须对它进行限制。按《劳动法》（1994）的规定，我国将延长工时区别为两类情况，分别加以限制。

延长工时是受法律严格限制的。《劳动法》（1994）第43条规定："用人单位不得违反本法规定延长劳动者的工作时间。"《关于职工工作时间的规定》（国务院，1995）第6条规定："任何单位和个人不得擅自延长职工工作时间，因特殊情况和紧急任务确需延长工作时间的，按照国家有关规定执行。"一般情况下，延长工时的限制措施主要包括3方面内容。

一是程序限制。延长工作时间有两重协商程序，用人单位由于生产经营需要，须与工会和劳动者协商后，方可延长工作时间。二是时数限制。用人单位延长工时，一般每日不得超过1小时；因特殊原因需要延长工作时间的，在保障劳动者身体健康的条件下，工作时间每日不得超过3小时，每月不得超过36小时。《劳动法》（1994）第41条规定；"用人单位由于生产经营需要，经与工会和劳动者协商后可以延长工作时间，一般每日不得超过1小时；因特殊原因需要延长工作时间的，在保障劳动者身体健康的条件下延长工作时间每日不得超过3小时，但是每月不得超过36个小时。"三是报酬限制。用人单位安排劳动者延长时间工作，必须按照我国《劳动法》（1994）的规定支付高于正常工作时间工资的报酬：①用人单位依法安排劳动者在法定标准工作时间以外延长工作时间的，按照不低于劳动合同规定的劳动者本人小时工资标准的150%支付劳动者的工资；②用人单位依法安排劳动者在法定休息日工作，而又不能安排补休的，按照不低于劳动合同规定的劳动者本人日或小时工资标准的200%支付劳动者工资；③用人单位依法安排劳动者在法定休假节日工作的，按照不低于劳动合同规定的劳动者本人日或小时工资标准的300%支付劳动者工资。

为了更好地计算延长工时，地方政府如上海市颁布了《上海市企业工资支付暂行办法》（1995）对加班加点工资计算标准做了具体规定：在正常情况下，日工资是以本人月实得工资的70%，除以每月制度工作天数。实行每周40小时工时制的，每月制度工作天数为21.5天；实行每周44小时工时制的，每月制度工作天数为23.5天。小时工资的计算是以日工资除以8小时。我国除对延长工时做了一般规定，还针对特殊工时制度以及特殊情况做出了特殊规定。

（1）针对特殊工时制度的规定。实行计件工资的劳动者，在完成计件定额任务后，由用人单位安排延长工作时间的，应根据延长工时的规定，分别按照不低于其本人法定工作时间计件单价的150%、200%和300%的标准支付其工资。实行综合计算工时工作制的劳动者，其综合计算工作时间超过法定标准工作时间的部分，应视为延长工作时间，支付报酬；在规定时间内，工作日是周休息日的属于正常工作，工作日是法定节假日时，要依照劳动法关于延长工时的规定，支付工资报酬。实行不定时工时制度的劳动者，不执行延长工时的有关规定。

（2）针对经济和社会生活中的一些特殊情况的规定。根据《劳动法》（1994）第42条和《劳动部贯彻〈国务院关于职工工作时间的规定〉的实施办法》的规定，特殊情况包括5类：①发生自然灾害、事故或者因其他原因，威胁劳动者生命健康和财产安全，需要紧急处理的；②生产设备、交通运输线路、公共设施发生故障，影响生产和公众利益，必须及时抢修的；③必须利用法定节日和公休假日的停产期间进行设备检修、保养的；④为完成国防紧急任务，或者完成上级在国家计划外安排的其他紧急生产任务，以及商业、供销企业在旺季完成收购、运输、加工农副产品紧急生产任务的；⑤法律、行政法规规定的其他情形。出现特殊情况的，可以不受上述时数限制和程序限制，但仍受报酬限制，必须按规定支付高于劳动者正常工作时间工资的报酬。

（3）对用人单位违反法律、法规强迫劳动者延长工作时间的，劳动者有权拒绝。若由此发生劳动争议，可以提请劳动争议处理机构予以处理。



### 2.6.2 案例剖析

**案例2-21**

#### 标准工时制案

某酒店规章制度规定其职工每天工作5小时，但没有双休日。该制度一直得到员工们的遵守，但是2000年10月的一个星期天，酒店员工王先生因家中有事不能上班，于是提出公司应该有休息日，双方因此发生争议。王先生认为：“其他企业的职工每周都有两个休息日，我们公司每周至少也应安排一个休息日的。”公司总经理反驳：“其他企业员工每天工作时间是8小时，我们酒店每天工作时间只有5小时，每周工作时间总和只有35小时，比《国务院关于职工工作时间的规定》中规定的40小时还少5个小时，所以不再安排休息日。”王先生向当地劳动争议仲裁委员会提出申诉，要求酒店给予其享受休息日待遇。

**仲裁裁决**

仲裁委员会受案后，经调查确认了酒店的规章制度，指出该酒店的做法是错误的，裁决该酒店给予张先生每周一天的休息日。

资料来源：http：//www. chinalawedu. com/.

**法理分析**

本案涉及对标准工作制的理解。我国现行的强制性标准工时制的必备要求是：每天工作 8 小时，每周工作 44 小时（修改后的《国务院关于职工工作时间的规定》缩减为 40 小时），且用人单位应当保证劳动者每周至少休息一日（《劳动法》（1994）第 38 条）。其中“每周至少休息一日”是指用人单位必须保证劳动者每周至少有一次 24 小时不间断的休息。本案中酒店虽然每天仅工作 5 小时，但职工没有任何一天能 24 小时不间断地休息，所以是违法的。■



**案例 2-22**

## 计件工时制案

新任厂长对效益急剧下滑的某工艺品厂进行大刀阔斧的改革：要求各车间进行定岗定员，将富余职工统统下岗；要求各车间调整工人的工时定额。根据这个改革方案，加工车间的工人由原来的 25 名缩减到 16 名；原来一名工人每小时需加工 4 件产品的定额调整为 7 件。同时，厂里还规定：工人们每月按时完成定额的，可以领到全额工资；完不成定额的，只能领到本地的最低工资。工人们对新的劳动定额个个都感到了压力。为了完成定额以便领到自己的全额工资，他们出满勤干满点。工作一段时间后，工人们发现即使这样满负荷工作，到月底肯定完不成定额，势必会影响每个人的工资。于是，接下来的半个月中，全车间 16 名工人只得牺牲午休时间和下班后的部分时间抢活儿，这样每人每天至少额外工作 3 小时以上。但即使如此，到月底仍然有 9 名工人因未完成定额而只能领取 310 元的最低工资。为此，16 名工人集体联名上书，要求厂长压缩定额，并向 9 名未完成定额的工人支付全额工资，同时，还应向全车间工人支付延长工作时间的加班费。厂长坚持自己既定的改革措施：未完成定额的工人只能根据规定领最低工资，工人们要求厂里向他们支付全额工资纯属无理要求；延长工作时间是工人们自愿做的，厂里并没有进行强制性安排，也没有强行要求工人们加班；尽管工人们的这种做法和精神值得表扬，但厂里并不提倡工人因完不成定额而加班，所以厂里不能支付加班费。工人们则集体向劳动仲裁委员会提起了仲裁申请。

资料来源：http://www. chinalawedu. com/.

**法理分析**

根据《劳动法》（1994）的规定，计件工作的劳动者的工作定额应当是以多数劳动者在正常工作的情况下，能在每天工作 8 小时以内、每周 40 小时以内完成；超出这一标准，应认定为不合理的劳动定额。本案中的新任厂长制定的劳动定额，不符合上述标准，是不合理的劳动定额，仲裁委员会对此应予纠正。同时，对未完成定额的 9 名工人的工作情况进行审查，对不是因个人原因而没完成定额的，应要求厂方补发全额工资。尽管厂方并未要求工人们加班，只是安排他们在法定工作时间标准内工作，但由于定额过高，事实上是在单位时间要求工人们完成超出合理限度的工作任务，这种做法实际上构成变相延长劳动者的工作时间。因此，厂方应根据工人们的实际工作时间，付给工人们加班费。■

**案例 2-23**

## 请求撤销仲裁裁决申请被驳

刘先生于 2008 年 1 月 1 日入职婚纱摄影公司，但未与公司签订劳动合同。刘先生于 2008 年元旦、春节加班，但公司未支付任何的加班费用。刘先生遂于 2008 年 3 月向北京市劳动争议仲裁委员会提出申诉，要求某婚纱摄影公司支付 2008 年 2 月、3 月双倍工资以及 2008 年元旦、春节加班费、解除劳动合同经济补偿金。对此，婚纱摄影公司辩称，加班费已支付刘先生，但未就此提供证据予以证明。

**仲裁裁决**

北京市劳动争议仲裁委员会查明，婚纱摄影公司未与刘先生签订劳动合同，且刘先生确于 2008 年元旦、春节加班。于 2008 年 4 月裁决婚纱摄影公司支付刘先生 2008 年 2 月至 3 月的双倍工资以及元旦、春节加班费。婚纱摄影公司不服上述裁决，向二中院提出撤销北京市劳动争议仲裁委员会仲裁裁决的申请。

**法院判决**

二中院经审理认为，婚纱摄影公司认可刘先生所述 2008 年元旦加班 1 天、春节加班 4 天的事实且没有证据证明其已支付了加班费的情况下，北京市劳动争议仲裁委员会裁决婚纱摄影公司支付刘先生 2008 年元旦、春节加班费是正确的。婚纱摄影公司要求撤销裁决的理由不成立。

资料来源：中国法院网。

**法理分析**

本案是自《劳动争议调解仲裁法》（2008）施行以来，北京市法院受理的首例用人单位申请撤销劳动争议仲裁裁决的案件。本案中，用人单位未与劳动者签订合同在先；同时，不能提交员工未加班或单位已支付加班工资的证据，因此，法院驳回婚纱摄影公司撤销劳动争议仲裁裁决的申请合法亦合理。■

**案例 2-24**

## 工会主席遭辞退维权获支持

2003 年 12 月 6 日，罗先生与湖南株洲九洲四维实业有限公司签订了无固定期劳动合同。2005 年 8 月 25 日，罗先生经民主选举当选为该公司工会主席，并得到市总工会的批准。2006 年 9 月，该公司在未与工会协商一致的情况下修改了《薪酬制度》。该公司要求员工每周工作6日，每日工作7.5小时，每周工作45小时，每周超出《国务院关于工作时间的规定》5小时。罗先生积极为员工谋福利，多次在会上为一线职工的工资、福利等提出意见，遂与该公司负责人产生矛盾。2008年1月10日，该公司以辞退方式让罗先生办理了离职手续，罗先生除拿到1月份的工资2 059元外，经济补偿或赔偿金、2007年度年终奖分文未得。此外，罗先生5年前交纳的2 000元培训费也未退。罗先生对自己突然被辞退一事不服，于2008年3月向湖南省株洲市劳动争议仲裁委员会申请仲裁。劳动仲裁书称，该公司解除罗先生劳动合同的行为违法，应向罗先生补发加班工资，支付经济赔偿金13.5万元。双方均不服劳动仲裁，罗先生遂于2008年4月向法院提起民事诉讼。该公司提出反诉，称罗先生是因自身在履职过程中存在问题而申请辞职，公司没有过错。

**法院判决**

株洲荷塘区法院审理后于2008年6月做出判决，认定九洲四维公司解除与罗先生的劳动合同系违法解除，必须向罗先生支付2006年10月至2007年12月期间每周六的加班工资、赔偿金、年终奖、所收培训费利息等共计17.850 24万元。因2004年干股80 000元的分红及2005～2007年的利息864元的诉求不属于劳动争议范围，法院不予受理。

资料来源：中国法院网。■

### 2.6.3 防险技巧

一般情况下，用人单位应该合理安排劳动者工作量。如果用人单位因企业自身生产特点无法避免加班情况的，建议用人单位做到如下几点，以减少类似纠纷：①除了实施标准工时制之外，用人单位一定要与工会或劳动者进行事先协商。②实施特殊工时制，须经过有关部门的审批；特殊工时制超过期限的，应该重新申请，经批准后才能重新实施。③不要随意扩大特殊工时制的适用范围，或以实施特殊工时制为名随意延长劳动者工作时间、不支付加班费等。

## 2.7 劳动合同违约金

### 2.7.1 法理精解

违约金，是指按照当事人的约定或法律的规定，当合同当事人一方不履行或不适当履行合同时，向另一方支付一定数额的金钱。

劳动合同违约金是用人单位或者劳动者违反双方劳动合同约定时需要向对方支付的金钱。《劳动合同法》（2007）颁布前，我国法律未对劳动合同当事方支付违约金的情况作具体规定，根据“法无明文禁止即可行”的原则，用人单位为了保证用工人员的工作稳定性，在同劳动者签订劳动合同时往往会有一个违约金的约定，要求劳动者单方提前解除劳动合同时需要向用人单位支付一定数额的违约金，而该条款的签订往往使很多劳动者主动离开原单位时需要缴纳高额的违约金，很容易损害到劳动合同中往往处于弱势一方劳动者的权益。

《劳动合同法》（2007）增加了违约金的条款，对其适用范围及标准做出了规定：明确了在劳动合同中设定的违约金条款只限于劳动者违反服务期约定和违反保守商业秘密约定两种情况。除此之外，劳动者在履行“提前通知义务”后，可以与用人单位解除劳动合同关系，这是行使了法定的辞职权，不构成违约，也无须支付提前解除劳动合同违约金。



## 2.7.2 案例剖析

**案例 2-25**

### 面点师傅违反竞业限制须担责

被告何先生自2006年12月起在原告亳州市永和豆浆店打工，后原告聘请面点师将该店的面点制作方法传授给何先生。2008年8月13日，原被告双方签订了员工聘用合同，约定合同期限为一年，如解除合同，何先生两年内不得在亳州任何相同或相似的快餐店工作，不得从事相同或相似的食品加工类工作，如有违约赔偿违约金1万元。在合同履行期限内，何先生离开该店到该市另一豆浆店从事类似工作。为此，原告申请劳动仲裁，2009年元月7日，谯城区劳动争议仲裁委员会依据《劳动争议调解仲裁法》第2条之规定，做出不予受理案件通知书。同年4月21日，原告向谯城区人民法院起诉要求被告赔偿违约金1万元，并自合同终止之日起两年内停止侵权。

资料来源：中国法院网。

**法院判决**

法院审理后认为，原被双方告签订的劳动合同是双方真实意思表示，原被告均应按约定履行合同。被告在原告处学会永和豆浆店的面点制作方法，从事面点工作，应属于竞业禁止的对象。被告在合同履行期限内离开永和豆浆店与另一豆浆店建立劳动关系，从事类似于永和豆浆店的工作，违法了合同约定，应承担违约责任并履行竞业限制的约定。■

## 2.8 劳动合同范本

### 2.8.1 北京市劳动合同书（固定期限）示范文本㊀



**劳动合同书（固定期限）**

根据《中华人民共和国劳动法》、《中华人民共和国劳动合同法》和有关法律、法规，甲乙双方经平等自愿、协商一致签订本合同，共同遵守本合同所列条款。

**一、劳动合同双方当事人基本情况**

第一条 甲方

法定代表人（主要负责人）或委托代理人______________

注册地址________________________________________

经营地址________________________________________

第二条 乙方 性别

户籍类型（非农业、农业）

居民身份证号码

或者其他有效证件名称 证件号码

在甲方工作起始时间 年 月 日

家庭住址 邮政编码

在京居住地址 邮政编码

户口所在地 省（市） 区（县） 街道（乡镇）

**二、劳动合同期限**

第三条 本合同为固定期限劳动合同。

本合同于 年 月 日生效，其中试用期至 年 月 日止。

本合同于 年 月 日终止。

**三、工作内容和工作地点**

第四条 乙方同意根据甲方工作需要，担任 岗位

㊀ 北京市劳动和社会保障局监制（2007年11月）。

（工种）工作。

第五条 根据甲方的岗位（工种）作业特点，乙方的工作区域或工作地点为

第六条 乙方工作应达到　　　　　　　　　　标准。

**四、工作时间和休息休假**

第七条 甲方安排乙方执行　　　　　　工时制度。

执行标准工时制度的，乙方每天工作时间不超过8小时，每周工作不超过40小时。每周休息日为

甲方安排乙方执行综合计算工时工作制度或者不定时工作制度的，应当事先取得劳动行政部门特殊工时制度的行政许可决定。

第八条 甲方对乙方实行的休假制度有

**五、劳动报酬**

第九条 甲方每月　日前以货币形式支付乙方工资，月工资为　元或按　执行。

乙方在试用期期间的工资为　　　　元。

甲乙双方对工资的其他约定______________________________

第十条 甲方生产工作任务不足使乙方待工的，甲方支付乙方的月生活费为_____元或按________________________________执行。

**六、社会保险及其他保险福利待遇**

第十一条 甲乙双方按国家和北京市的规定参加社会保险。甲方为乙方办理有关社会保险手续，并承担相应社会保险义务。

第十二条 乙方患病或非因工负伤的医疗待遇按国家、北京市有关规定执行。

甲方按________________________支付乙方病假工资。

第十三条 乙方患职业病或因工负伤的待遇按国家和北京市的有关规定执行。

第十四条 甲方为乙方提供以下福利待遇：

__________________________________________________

**七、劳动保护、劳动条件和职业危害防护**

第十五条 甲方根据生产岗位的需要，按照国家有关劳动安全、卫生的规定为乙方配备必要的安全防护措施，发放必要的劳动保护用品。

第十六条 甲方根据国家有关法律、法规，建立安全生产制度；乙方

应当严格遵守甲方的劳动安全制度，严禁违章作业，防止劳动过程中的事故，减少职业危害。

第十七条　甲方应当建立、健全职业病防治责任制度，加强对职业病防治的管理，提高职业病防治水平。

**八、劳动合同的解除、终止和经济补偿**

第十八条　甲乙双方解除、终止、续订劳动合同应当依照《中华人民共和国劳动合同法》和国家及北京市有关规定执行。



第十九条　甲方应当在解除或者终止本合同时，为乙方出具解除或者终止劳动合同的证明，并在十五日内为乙方办理档案和社会保险关系转移手续。

第二十条　乙方应当按照双方约定，办理工作交接。应当支付经济补偿的，在办结工作交接时支付。

**九、当事人约定的其他内容**

第二十一条　甲乙双方约定本合同增加以下内容：

______________________________________________

**十、劳动争议处理及其他**

第二十二条　双方因履行本合同发生争议，当事人可以向甲方劳动争议调解委员会申请调解；调解不成的，可以向劳动争议仲裁委员会申请仲裁。

当事人一方也可以直接向劳动争议仲裁委员会申请仲裁。

第二十三条　本合同的附件如下：

______________________________________________

第二十四条　本合同未尽事宜或与今后国家、北京市有关规定相悖的，按有关规定执行。

第二十五条　本合同一式两份，甲乙双方各执一份。

甲方（公章）　　　　　　　　　　　　乙方（签字或盖章）

法定代表人（主要负责人）或委托代理人

（签字或盖章）

签订日期：　　　年　　月　　日

## 劳动合同续订书

本次续订劳动合同期限类型为　　　　期限合同，续订合同生效日期为　　年　　月　　日，续订合同　　　　　　　　　　　　终止。

甲方（公章）　　　　　　　　　　　乙方（签字或盖章）

法定代表人（主要负责人）或委托代理人

（签字或盖章）

年　　月　　日

## 劳动合同变更书

经甲乙双方协商一致，对本合同做以下变更：

甲方（公章）　　　　　　　　　　　乙方（签字或盖章）

法定代表人（主要负责人）或委托代理人

（签字或盖章）

年　　月　　日

## 使用说明

一、本合同书可作为用人单位与职工签订劳动合同时使用。

二、用人单位与职工使用本合同书签订劳动合同时，凡需要双方协商约定的内容，协商一致后填写在相应的空格内。

签订劳动合同，甲方应加盖公章；法定代表人或主要负责人应本人签字或盖章。

三、经当事人双方协商需要增加的条款，在本合同书中第二十一条中写明。

四、当事人约定的其他内容，劳动合同的变更等内容在本合同内填写不下时，可另附纸。

五、本合同应使钢笔或签字笔填写，字迹清楚，文字简练、准确，不得涂改。

六、本合同一式两份，甲乙双方各持一份，交乙方的不得由甲方代为保管。

## 2.8.2 上海市劳动合同书示范文本[㊀]



**使用说明**

一、用人单位与职工签订劳动合同时，双方应认真阅读劳动合同。劳动合同一经依法签订即具有法律效力，双方必须严格履行。

二、劳动合同必须由用人单位（甲方）的法定代表人（或者委托代理人）和职工（乙方）亲自签章，并加盖用人单位公章（或者劳动合同专用章）方为有效。

三、合同参考文本中的空栏，由双方协商确定后填写清楚；不需填写的空栏，请打上“/”。

四、乙方的工作内容及其类别（管理或专业技术类/工人类）应参照国家规定的职业分类和技能标准明确约定。变更的范围及条件可在合同参考文本第十二条中约定。

五、工时制度分为标准、不定时、综合计算工时三种。如经劳动行政部门批准实行不定时、综合计算工时工作制的，应在本参考文本第十二条中注明并约定其具体内容。

六、约定职工正常工作时间的工资要具体明确，并不得低于本市当年最低工资标准；实行计件工资的，可以在本参考文本第十二条中列明，或另签订补充协议。

七、本单位工会或职工推举的代表与用人单位可依法就工资、工作时间、休息休假、劳动安全卫生、保险福利等事项集体协商，签订集体合同。职工个人与用人单位订立劳动合同的各项劳动标准，不得低于集体合同的约定。

八、双方经协商一致后，对劳动合同参考文本条款的修改或未尽事宜的约定，可在参考文本第十二条中明确，或经协商一致另行签订补充协议；另行签订的补充协议，作为劳动合同的附件，与劳动合同一并履行。

九、签订劳动合同时请使用钢笔或签字笔填写，字迹必须清楚，并不得单方涂改。

十、本文本不适用非全日制用工使用。

---

㊀ 资料来源：http://www.51labour.com。

甲方（用人单位）：　　　　　　　　　　乙方（职工）：
名称：　　　　　　　　　　　　　　　姓名：
法定代表人（主要负责人）：　　　　　身份证号码：
　　　　　　　　　　　　　　　　　　户籍地址：
经济类型：
通讯地址：　　　　　　　　　　　　　通讯地址：
联系人：　　　　电话：　　　　　　　联系电话：

甲乙双方根据《中华人民共和国劳动合同法》（以下简称《劳动合同法》）和国家、省市的有关规定，遵循合法、公平、平等自愿，协商一致、诚实信用原则，订立本合同。

一、合同的类型和期限

第一条　本合同的类型为：________。期限为：________。

（一）有固定期限合同。期限________年，自________年________月________日至________年________月________日。

（二）无固定期限合同。自________年________月________日起。

（三）以完成一定工作任务为期限的合同。具体为：________。

二、试用期

第二条　本合同的试用期自________年________月________日至________年________月________日。

第三条　录用条件为：________。

三、工作内容和工作地点

第四条　乙方的工作内容为：________。

第五条　乙方的工作地点为：________。

四、工作时间和休息休假

第六条　乙方所在岗位执行________工时制，具体为：________。

第七条　甲方严格执行国家有关休息休假的规定，具体安排为：________。

甲方应严格遵守国家有关加班的规定，确实由于生产经营需要，应当与乙方协商确定加班事宜。

五、劳动报酬

第八条　本合同的工资计发形式为：________。

（一）计时形式。乙方的月工资为：________元（其中试用期间工资为：________元）。

（二）计件形式。乙方的劳动定额为：________，计件单价为：________。

第九条　甲方每月________日以货币形式足额支付乙方的工资。

第十条　本合同履行期间，乙方的工资调整按照甲方的工资分配制度确定。

第十一条　甲方安排乙方延长工作时间或者在休息日、法定休假日工作的，应依法安排乙方补休或支付相应工资报酬。

六、社会保险

第十二条　甲方应按国家和本市社会保险的有关规定为乙方参加社会保险。

第十三条　乙方患病或非因工负伤，其病假工资、疾病救济费和医疗待遇等按照国家和本市有关规定执行。

第十四条　乙方患职业病或因工负伤的工资和工伤保险待遇按国家和本市有关规定执行。

七、劳动保护、劳动条件和职业危害防护

第十五条　甲方建立健全生产工艺流程，制定操作规程、工作规范和劳动安全卫生制度及其标准。甲方对可能产生职业病危害的岗位，应当向乙方履行告知义务，并做好劳动过程中职业危害的预防工作。

第十六条　甲方为乙方提供必要的劳动条件以及安全卫生的工作环境，并依照企业生产经营特点及有关规定向乙方发放劳防用品和防暑降温用品。

第十七条　甲方应根据自身特点有计划地对乙方进行政治思想、职业道德、业务技术、劳动安全卫生及有关规章制度的教育和培训，提高乙方思想觉悟、职业道德水准和职业技能。

乙方应认真参加甲方组织的各项必要的教育培训。

八、劳动合同的履行和变更

第十八条　甲方应当按照约定向乙方提供适当的工作场所、劳动条件和工作岗位，并按时向乙方支付劳动报酬。乙方应当认真履行自己的劳动职责，并亲自完成本合同约定的工作任务。

第十九条　甲、乙双方经协商一致，可以变更本合同的内容，并以书面形式确定。

九、劳动合同的解除

第二十条　经甲、乙双方当事人协商一致，本合同可以解除。

第二十一条　乙方提前三十日以书面形式通知甲方，可以解除本合同。乙方在试用期内提前三日通知甲方，可以解除本合同。

第二十二条　甲方有下列情形之一的，乙方可以解除本合同：

（一）未按照本合同约定提供劳动保护或者劳动条件的；

（二）未及时足额支付劳动报酬的；

（三）未依法为乙方缴纳社会保险费的；

（四）甲方的规章制度违反法律、法规的规定，损害乙方权益的；

（五）因《劳动合同法》第二十六条第一款规定的情形致使本合同无效的；

（六）法律、行政法规规定乙方可以解除本合同的其他情形。

甲方以暴力、威胁或者非法限制人身自由的手段强迫乙方劳动的，或者甲方违章指挥、强令冒险作业危及乙方人身安全的，乙方可以立即解除本合同，不需事先告知甲方。

第二十三条　乙方有下列情形之一的，甲方可以解除本合同：

（一）在试用期间被证明不符合录用条件的；

（二）严重违反甲方的规章制度的；

（三）严重失职，营私舞弊，给甲方造成重大损害的；

（四）乙方同时与其他用人单位建立劳动关系，对完成甲方的工作任务造成严重影响，或者经甲方提出，拒不改正的；

（五）因《劳动合同法》第二十六条第一款第一项规定的情形致使本合同无效的；

（六）被依法追究刑事责任的。

第二十四条　有下列情形之一的，甲方提前三十日以书面形式通知乙方或者额外支付乙方一个月工资后，可以解除本合同：

（一）乙方患病或者非因工负伤，在规定的医疗期满后不能从事原工作，也不能从事由甲方另行安排的工作的；

（二）乙方不能胜任工作，经过培训或者调整工作岗位，仍不能胜任工作的；

（三）本合同订立时所依据的客观情况发生重大变化，致使本合同无法履行，经甲、乙双方协商，未能就变更本合同内容达成协议的。

第二十五条　乙方有下列情形之一的，甲方不得依据第二十四条的约定解除本合同：

（一）乙方如从事接触职业病危害作业但未进行离岗前职业健康检查，或者乙方为疑似职业病病人在诊断或者医学观察期间的；

（二）在甲方工作期间患职业病或者因工负伤并被确认丧失或者部分丧失劳动能力的；

（三）患病或者非因工负伤，在规定的医疗期内的；

（四）女职工在孕期、产期、哺乳期的；

（五）在甲方连续工作满十五年，且距法定退休年龄不足五年的；

（六）法律、行政法规规定的其他情形。

十、劳动合同的终止

第二十六条　有下列情形之一的，本合同终止：

（一）本合同期满的；

（二）乙方开始依法享受基本养老保险待遇的；

（三）乙方死亡，或者被人民法院宣告死亡或者宣告失踪的；

（四）甲方被依法宣告破产的；

（五）甲方被吊销营业执照、责令关闭、撤销或者甲方决定提前解散的；

（六）法律、行政法规规定的其他情形。

第二十七条　本合同期满，有第二十五条约定情形之一的，本合同应当续延至相应的情形消失时终止。但是，第二十五条第二项约定乙方丧失或者部分丧失劳动能力后终止本合同的情形，按照国家有关工伤保险的规定执行。

十一、经济补偿

第二十八条　有下列情形之一的，甲方应当向乙方支付经济补偿：

（一）乙方依照第二十二条约定解除本合同的；

（二）甲方依照第二十条约定向乙方提出解除本合同并与乙方协商一致解除本合同的；

（三）甲方依照第二十四条约定解除本合同的；

（四）除甲方维持或者提高本合同约定条件续订合同，乙方不同意续订的情形外，依照第二十六条第一项约定终止本合同的；

（五）依照第二十六条第四项、第五项约定终止本合同的；

（六）法律、行政法规规定的其他情形。

第二十九条　经济补偿按乙方在甲方工作的年限，每满一年支付一个月工资的标准向乙方支付。六个月以上不满一年的，按一年计算；不满六个月的，向乙方支付半个月工资的经济补偿。

如乙方月工资高于本市上年度职工月平均工资三倍的，向其支付经济补偿的标准按本市上年度职工月平均工资三倍的数额支付，向其支付经济补偿的年限最高不超过十二年。

本条所称月工资是指乙方在本合同解除或者终止前十二个月的平均工资。

十二、补充条款和特别约定

第三十条　乙方为甲方的服务期自________年________月________日至________年________月________日。

第三十一条　乙方的竞业限制期限自________年________月________日至________年________月________日。竞业限制的范围为：________。在竞业限制期间甲方给予乙方一定经济补偿，具体标准为：________，支付方式为：________。

十三、违反合同的责任

第三十二条　甲方违反本合同约定的条件解除、终止本合同或由于甲方原因订立的无效合同，给乙方造成损害的，应按损失程度承担赔偿责任。

第三十三条　乙方违反本合同约定的条件解除本合同或由于乙方原因订立的无效合同，给甲方造成经济损失的，应按损失的程度承担赔偿责任。

第三十四条　乙方违反服务期约定的，应承担违约金为：________。

第三十五条　乙方违反竞业限制约定的，应承担违约金为：________。

十四、其他

第三十六条　本合同未尽事宜，或者有关劳动标准的内容与今后国家、本市有关规定相悖的，按有关规定执行。

第三十七条　本合同一式两份，甲乙双方各执一份。经双方签字盖章后生效。

甲方（盖章）：　　　　　　　　　　乙方（签章）：

委托代理人（签章）

________年____月____日　　　　　　________年____月____日

## 2.8.3 广东省劳动合同书示范文本⊖

**使用说明**

一、双方在签订本合同前，应认真阅读本合同。本合同一经签订，即具有法律效力，双方必须严格履行。

二、本合同必须由用人单位（甲方）的法定代表人（或者委托代理人）和职工（乙方）签字或盖章，并加盖用人单位公章（或者劳动合同专用章）。

三、本合同中的空栏，由双方协商确定后填写，并不得违反法律、法规和相关规定；不需填写的空栏，划上“/”。

四、工时制度分为标准工时、不定时、综合计算工时三种。实行不定时、综合计算工时工作制的，应经劳动保障部门批准。

五、本合同的未尽事宜，可另行签订补充协议，作为本合同的附件，与本合同一并履行。

六、本合同必须认真填写，字迹清楚、文字简练、准确，并不得擅自涂改。

七、本合同（含附件）签订后，甲、乙双方各执一份备查。

甲方（用人单位）：

名称：

法定代表人（主要负责人）：

通讯地址：

经济类型：

联系电话：

乙方（劳动者）：

姓名：

身份证号码：

户籍地址：

通讯地址：

联系电话：

---

⊖ 《关于印发广东省劳动合同文本的通知》（2007年12月5日）。原文如下：“各地级以上市劳动保障局（劳动局）、省直有关单位：为更好地适应社会主义市场经济要求，维护劳动者和用人单位的合法权益，保持劳动关系的和谐稳定，我厅按照《中华人民共和国劳动合同法》的规定，重新制定了《广东省劳动合同》文本。现将文本发给你们，供工作中使用。情况特殊的行业或企业，确有需要的可在文本中增设格式条款，并报当地劳动保障部门审查。”

根据《中华人民共和国劳动法》、《中华人民共和国劳动合同法》和国家及省的有关规定，甲乙双方按照合法、公平、平等自愿、协商一致、诚实信用的原则订立本合同。

一、劳动合同期限

（一）合同期

双方同意按以下第　　种方式确定本合同期限：

1. 固定期限：从　　　年　　月　　日起至　　　年　　月　　日止。

2. 无固定期限：从　　　年　　月　　日起至法定终止条件出现时止。

3. 以完成一定工作任务为期限：从　　　　　　　　　　起至　　　　　工作任务完成时止。该工作任务完成的标志为　　　　　　　　　　　　。

（二）试用期

双方同意按以下第　　种方式确定试用期（试用期包含在合同期内）：

1. 无试用期。

2. 试用期从　　　年　　月　　日起至　　　年　　月　　日止。

（劳动合同期限三个月以上不满一年的，试用期不得超过一个月；劳动合同期限在一年以上不满三年的，试用期不得超过二个月；三年以上固定期限和无固定期限的劳动合同，试用期不得超过六个月。）

二、工作内容和工作地点

（一）乙方的工作部门为　　　　　　　　　　　　　　　　　　　　，

岗位（管理技术岗位或生产操作岗位）为　　　　　　　　　　　　，

职务（或工种）为　　　　　　　　　　　　　　　　　　　　　　。

（二）乙方的工作任务或职责是　　　　　　　　　　　　　　　　。

（三）乙方的工作地点为　　　　　　　　　　　　　　　　　　　。

（四）甲方在合同期内因生产经营需要或其他原因调整乙方的工作岗位，或派乙方到本合同约定以外的地点、单位工作的，应协商一致并按变更本合同办理，双方签章确认的协议书作为本合同的附件。

三、工作时间和休息休假

（一）甲、乙双方同意按以下第　　种方式确定乙方的工作时间：

1. 标准工时工作制，即每日工作　　小时，每周工作　　天，每周至少休息一天。

2. 不定时工作制，即经劳动保障部门审批，乙方所在岗位实行不定时工作制。

3. 综合计算工时工作制，即经劳动保障部门审批，乙方所在岗位实行

以　　为周期，总工时　　小时的综合计算工时工作制。

（二）甲方因生产（工作）需要，经与工会和乙方协商后可以延长工作时间。除《劳动法》第四十二条规定的情形外，一般每日不得超过一小时，因特殊原因最长每日不得超过三小时，每月不得超过三十六小时。

（三）甲方按规定给予乙方享受法定休假日、年休假、婚假、丧假、探亲假、产假、看护假等带薪假期，并应按本合同约定的工资标准支付工资。

四、劳动报酬

（一）乙方正常工作时间的工资按下列第　　种形式执行，并不得低于当地最低工资标准。

1. 计时工资：

（1）乙方正常工作时间工资按　　执行，初始工资额为　　元/月或　　元/时；

（2）乙方试用期工资为　　元/月（试用期工资不得低于甲方相同岗位最低档工资或者本合同约定工资的百分之八十，并不得低于甲方所在地的最低工资标准）；

2. 计件工资：

（1）计件单价　　；

（2）劳动定额　　（确定的劳动定额原则上应当使本单位同岗位百分之七十以上的劳动者在法定劳动时间内能够完成）；

3. 其他形式（如实行年薪制或者按考核周期支付工资）：　　。

4. 甲方根据本单位的生产经营状况、物价水平和政府颁布的工资增长指导线等情况，依法确定本单位的工资分配制度。经甲乙双方协商或者以集体协商的形式，依法确定工资正常增长的具体办法和幅度。

（二）乙方的绩效薪酬或奖金的计发办法为：　　。

（三）乙方的津贴、补贴的发放标准和办法为：　　。

（四）工资必须以货币形式支付，不得以实物及有价证券替代货币支付。

（五）甲方每月　　日发放　　（当月/上月）工资。如遇法定休假日或休息日，则提前到最近的工作日支付。

（六）甲方依法安排乙方延长工作时间或者在休息日、法定休假日加班的，应按《劳动法》、《广东省工资支付条例》的规定支付加班工资，但乙方休息日加班被安排补休的除外。

五、社会保险和福利待遇

（一）合同期内，甲方应按国家、省和本地区的有关规定，依法为乙方办理参加养老、医疗、失业、工伤、生育等社会保险的手续，按规定的缴费基数和缴费比例缴纳应由甲方承担的社会保险费，并按规定从乙方的工资中代为扣缴应由个人承担的社会保险费。甲方应将为乙方办理参加社会保险手续和扣缴社会保险费的情况如实告知乙方。

（二）乙方患病或非因工负伤，甲方应按国家和地方的规定给予医疗期和医疗待遇，按医疗保险及其他相关规定报销医疗费用，并在规定的医疗期内支付病假工资或疾病救济费，数额为　　　　元/月（不低于当地最低工资标准的80%）。

六、劳动保护、劳动条件和职业危害防护

（一）甲方按国家和省有关劳动保护规定提供符合国家劳动卫生标准的劳动作业场所，切实保护乙方在生产工作中的安全和健康。如乙方工作过程中可能产生职业病危害，甲方应如实告知乙方，并按《职业病防治法》的规定保护乙方的健康及其相关权益。

（二）甲方根据乙方从事的工作岗位，按国家有关规定，发给乙方必要的劳动保护用品，并按劳动保护规定每　　（年/季/月）免费安排乙方进行体检。

（三）甲方按照国家、省和当地的有关规定，做好女职工的劳动保护和保健工作。

（四）乙方有权拒绝甲方的违章指挥、强令冒险作业，对甲方及其管理人员漠视乙方生命安全和身体健康的行为，有权对甲方提出批评并向有关部门检举、控告。

（五）乙方患职业病、因工负伤或者因工死亡的，甲方应按《工伤保险条例》的规定办理。

七、合同的变更

（一）任何一方要求变更本合同的有关内容，都应以书面形式通知对方。

（二）甲方变更名称、法定代表人、主要负责人或者投资人等事项，不影响本合同的履行。

（三）甲方发生合并或者分立等情况，本合同继续有效，由承继甲方权利和义务的单位继续履行。

（四）甲乙双方经协商一致，可以变更本合同，并办理书面变更手续。

变更后的劳动合同文本由甲乙双方各执一份。

八、合同的解除和终止

（一）解除

1. 经甲乙双方协商一致，本合同可以解除。其中由甲方提出解除本合同的，应按规定支付经济补偿。

2. 有下列情形之一的，甲方可以解除本合同：

(1) 乙方在试用期内被证明不符合录用条件的；

(2) 乙方严重违反甲方规章制度的；

(3) 乙方严重失职，营私舞弊，对甲方造成重大损害的；

(4) 乙方同时与其他用人单位建立劳动关系，对完成甲方的工作任务造成严重影响，或者经甲方提出，拒不改正的；

(5) 乙方以欺诈、胁迫的手段或者乘人之危，使甲方在违背真实意思的情况下订立或者变更劳动合同致使本合同或者变更协议无效的；

(6) 乙方被依法追究刑事责任的；

(7) 乙方患病或非因工负伤，在规定的医疗期满后不能从事本合同约定的工作，也不能从事由甲方另行安排的工作的；

(8) 乙方不能胜任工作，经过培训或者调整工作岗位，仍不能胜任工作的；

(9) 本合同订立时所依据的客观情况发生重大变化，致使本合同无法履行，经双方协商未能就变更本合同达成协议的；

甲方按照第 (7)、(8)、(9) 项规定解除本合同的，需提前三十日书面通知乙方（或者额外支付乙方一个月工资），并按规定向乙方支付经济补偿，其中按第 (7) 项解除本合同并符合有关规定的还需支付乙方医疗补助费。

3. 有下列情形之一，甲方在履行规定程序后，可以裁减人员，并按规定支付经济补偿：

(1) 甲方依照企业破产法规定进行重整的；

(2) 甲方生产经营发生严重困难的；

(3) 甲方转产、重大技术革新或者经营方式调整的；

(4) 其他因劳动合同订立时所依据的客观经济情况发生重大变化，致使本合同无法履行的。

4. 乙方解除本合同，应当提前三十日以书面形式通知甲方；在试用期内的，提前三日通知甲方。

有下列情形之一的，乙方可以解除本合同，甲方应按规定支付经济补偿：

（1）甲方未按照劳动合同约定提供劳动保护或者劳动条件的；

（2）甲方未及时足额支付劳动报酬的；

（3）甲方未依法为乙方缴纳社会保险费的；

（4）甲方的规章制度违反法律、法规的规定，损害乙方权益的；

（5）甲方以欺诈、胁迫的手段或者乘人之危，使乙方在违背真实意思的情况下订立或者变更本合同，致使本合同或者变更协议无效的；

（6）甲方免除自己的法定责任、排除乙方权利，致使本合同无效的；

（7）甲方违反法律、行政法规强制性规定，致使本合同无效的；

（8）甲方以暴力、威胁或者非法限制人身自由的手段强迫乙方劳动，或者违章指挥、强令冒险作业危及乙方人身安全的；

（9）法律、行政法规规定乙方可以解除劳动合同的其他情形。

甲方有上述第（8）项情形的，乙方可以立即解除劳动合同，不需事先告知用人单位。

5. 有下列情形之一的，甲方不得依据《劳动合同法》第四十条、第四十一条的规定解除本合同：

（1）乙方从事接触职业病危害作业未进行离岗前职业健康检查，或者疑似职业病病人在诊断或者医学观察期间的；

（2）乙方在本单位患职业病或者因工负伤并被确认丧失或部分丧失劳动能力的；

（3）乙方患病或者非因工负伤，在规定的医疗期内的；

（4）女职工在孕期、产期、哺乳期的；

（5）乙方在本单位连续工作满十五年，且距法定退休年龄不足五年的；

（6）法律、行政法规规定的其他情形。

（二）终止

1. 本合同期满或法定终止条件出现，本合同即行终止。

2. 本合同因下列情形之一终止的，甲方应当按规定向乙方支付经济补偿：

（1）除甲方维持或者提高劳动合同约定条件续订劳动合同，乙方不同意续订的情形外，劳动合同期满的；

（2）甲方被依法宣告破产的；

（3）甲方被吊销营业执照、责令关闭、撤销或者甲方决定提前解散的；

(4) 法律、行政法规规定的其他情形。

3. 乙方有第八条第（一）项第5点情形之一，合同期满的，甲方应当续延乙方合同期至相应的情形消失时终止。但乙方在甲方患职业病或者因工负伤并被确认丧失或者部分丧失劳动能力的劳动合同的终止，按照国家和省有关工伤保险的规定执行。

（三）甲方违法解除或者终止本合同，乙方要求继续履行本合同的，甲方应当继续履行；乙方不要求继续履行本合同或者本合同不能继续履行的，甲方应按规定的经济补偿标准的二倍支付乙方赔偿金。

（四）合同解除或者终止的手续

甲方应当在解除或者终止本合同时出具解除或者终止劳动合同的证明，并在十五日内为乙方办理档案和社会保险关系转移手续。

九、调解与仲裁

双方履行本合同如发生争议，可先协商解决；不愿协商或协商不成的，可以向甲方劳动争议调解机构申请调解；调解无效的，可在法定仲裁时效内向有管辖权的劳动争议仲裁委员会申请仲裁；也可以直接向劳动争议仲裁委员会申请仲裁。对仲裁裁决不服的，可在法定期限内向人民法院提起诉讼。

十、服务期与竞业限制

（一）如甲方为乙方提供专项培训费用，对其进行专业技术培训，双方作如下约定：

　　　　　　　　。(乙方违反服务期约定的，应当按照约定向甲方支付违约金。违约金数额不得超过甲方提供的培训费用，并不得超过服务期尚未履行部分应分摊的培训费用)

（二）如乙方掌握甲方的商业秘密和与知识产权相关的保密事项，双方作如下约定：

　　　　　　　　。(乙方负有保密义务的，甲方可与其约定竞业限制，并约定在解除或者终止本合同后，在竞业限制期限内按月给予乙方经济补偿。乙方违反竞业限制约定的，应当按照约定向甲方支付违约金。竞业限制的人员仅限于甲方的高级管理人员、高级技术人员和其他负有保密义务的人员。解除或者终止本合同后的竞业限制期限不得超过二年。)

十一、其他

（一）本合同未尽事宜，按国家和地方有关政策规定办理。在合同期内，如本合同条款与国家、省有关劳动管理新规定相抵触的，按新规定执行。

（二）下列文件规定为本合同附件，与本合同具有同等效力：

1. 。
2. 。
3. 。
4. 。
5. 。

（三）双方约定（内容不得违反法律法规及相关规定，可另加双方签名或盖章的附页）：

甲方：（盖章） 乙方：（签名或盖章）
法定代表人：
（或委托代理人）
年 月 日 年 月 日

鉴证机构（盖章）：
鉴证人：
鉴证日期： 年 月 日

---

## 变更劳动合同协议书

甲、乙双方经平等协商，一致同意对本合同作以下变更：

______________________________

______________________________

______________________________

甲方：（盖章） 乙方：（签名或盖章）
法定代表人：
（或委托代理人）
年 月 日 年 月 日

## 思考题

1. 结合工作实务理解劳动合同的订立原则对企业构建和谐员工关系的影响。
2. 有人认为，“由于事实劳动法律关系不存在书面的劳动合同，因此在发生争议时员工就缺乏强有力的证据，企业可以借此扩张自己的权利。”对于这种看法您是否赞成？
3. 根据我国《劳动合同法》的规定，不同期限的劳动合同，劳资双方的权利与义务有何不同？企业如何选择劳动合同期限？
4. 结合法律规定和实践中的做法，请归纳无效劳动合同的主要类型以及避免劳动合同无效的方法。
5. 我国现行的工时制度分为几种类型？企业如何结合自身情况选择工时制度并防范相应的法律风险？

# 第3章

# 集体合同管理

## 学习目标

- 清晰掌握集体合同的签订程序及相应法律问题；
- 完整掌握《集体合同规定》的集体合同主要内容；
- 明晰规章制度、劳动合同、集体合同的异同之处；
- 掌握集体合同发生纠纷的类型及其解决办法；
- 区分单方、双方违反集体合同的法律责任。

## 3.1 集体合同的订立

### 3.1.1 法理精解

签订集体劳动合同所遵守的原则，与签订劳动合同所遵守的原则是一样的，包括：①合法原则，是指实行集体协商制度必须遵守国家的法律法规，主要包括集体协商（签订集体合同）的主体合格、内容合法和程序合法三项。②平等合作原则，是指参加签订集体合同的双方代表法律地位平等，要互相合作，不存在隶属关系，并拥有各自法定的权利与义务；双方应当相互信任、尊重、兼顾三者利益，彼此真诚合作，在协商过程中不得采取任何激化矛盾的言行。③协商一致原则，是指参与协商的双方在充分表达自己意愿的基础上，进行协商达成共识。签订集体合同的主要有8个步骤，程序如下图3-1所示（订立集体合同的程序示意图）。

1. 提出签订建议 ⟶ 2. 产生协商代表 ⟶ 3. 酝酿协商内容 ⟶ 4. 进行平等协商 ⟶ 5. 起草合同草案 ⟶ 6. 签订集体合同 ⟶ 7. 集体合同审查[㊀] ⟶ 8. 公布集体合同

图 3-1

上述8个步骤可以归纳概括为以下5项程序：

（1）制订集体合同草案。集体合同应由工会代表职工与企业签订，没有建立工会的企业，由职工推举的代表与企业签订。一般情况下，各个企业应当成立集体合同起草委员会或者起草小组，主持起草集体合同。起草委员会或者起草小组由企业行政和工会各派代表若干人，推举工会和企业行政代表各一人为主席或组长和副主席或副组长。起草委员会或者起草小组应当深入进行调查研究，广泛征求各方面的意见和要求，提出集体合同的初步草案。

（2）审议集体合同草案。将集体合同草案文本提交职工大会或职工代表大会审议。职工大会或职工代表大会审议时，由企业经营者和工会主席分别就协议草案的产生过程、依据及涉及的主要内容作说明，然后由职工大会或职工代表大会对协议草案文本进行讨论，做出审议决定。劳动和社会保障部于2004年颁布的《集体合同规定》第36条规定：经双方协商代表协商一致的集体合同草案或专项集体合同草案应当提交职工代表大会或者全体职工讨论。职工代表大会或者全体职工讨论集体合同草案或专项集



㊀ 1. 集体合同审查的主要内容：①集体合同双方当事人的资格是否符合法律、法规的规定；②集体协商是否按照法律法规的原则和程序进行；③集体合同内容中的各项具体劳动标准是否符合法律、法规、规章规定的最低标准。

2. 集体合同的审查程序：①劳动合同管理机构接到报送的集体合同文本后进行登记、编号；②劳动合同管理机构对涉及有关部门确认的集体合同，可将副本送交有关部门于5日前提出意见；③劳动合同管理机构汇总有关部门提出的意见，对集体合同中不符合法律、法规和政策规定的条款，提出综合修改意见，填写在《集体合同审查意见书》内，经主管负责人签字批准，送达集体合同双方代表；④将《集体合同审查意见书》、集体合同文本及情况说明备案、存档。

3. 劳动保障行政部门在审查集体合同中对有关条款提出问题，集体合同有关方应给予解释，并按要求提供书面说明材料。

4. 劳动保障行政部门在收到集体合同文本之日起15日内将《集体合同审查意见书》送达集体合同双方代表。15日内未提出异议的，集体合同即行生效。

5. 《集体合同审查意见书》包括以下内容：①集体合同双方的名称、地址、代表人姓名、身份证号码等；②集体合同的收到日期；③审查意见；④通知时间；⑤劳动保障行政部门印章。

6. 签订集体合同双方在收到劳动行政部门的审查意见书后，对其中无效或部分无效的条款应进行修改，并于15日内报送劳动行政部门重新审查。

体合同草案，应当有2/3以上职工代表或者职工出席，且须经全体职工代表半数以上或者全体职工半数以上同意，集体合同草案或专项集体合同草案方获通过。

（3）双方首席代表签字。集体合同草案经职工大会或职工代表大会审议通过后，由双方首席代表签字或盖章。

（4）集体合同登记备案。集体合同签订后，应将集体合同的文本及其各部分附件一式三份提请县级以上劳动行政主管部门登记备案。劳动行政部门有审查集体合同内容是否合法的责任，如果发现集体合同中的项目与条款有违法、失实等情况，可不予登记或暂缓登记，发回企业对集体合同进行修正。如果劳动行政部门在收到集体合同文本之日起15日内，没有提出意见，集体合同即发生法律效力。

（5）公布集体合同。集体合同一经生效，用人单位应及时向全体职工公布。



## 3.1.2 案例剖析

**案例3-1**

### 集体劳动合同的签约主体须合法

章先生一直在一家制衣厂打工，收入颇丰。2010年3月1日“元宵节”刚过，其老乡沈小姐等12人自愿要跟随章先生一同外出打工，并称章先生为她们的“包工头”，并同意其从沈小姐等12人工资中适度提成作为回报。次日，章先生以“包工头”的身份代沈小姐等12人与制衣厂签订了劳动合同。一个月后，沈小姐等12人发现自己的工资低于当地政府规定的最低标准，遂要求增加。制衣厂则以其和沈小姐等12人的集体劳动合同中，对工资已有明确约定为由予以拒绝。

资料来源：《工人日报》。

**法理分析**

本案所涉的劳动合同不属于集体合同。本案中沈小姐等12人只是同意从自己工资中适度提成给章先生作为报酬或感谢费用，并没有推举章先生代表与制衣厂签订劳动合同，章先生也不是上级工会指派的人员。根据《劳动法》（1994）第33条第2款、《劳动合同法》（2007）第51条第2款的规定，章先生不是签订集体劳动合同的主体。根据《劳动合同法》第55条的规定，即使本案的集体劳动合同成立，沈小姐等12人的工资也不得低于当地人民政府规定的最低标准。■

**案例 3-2**

## 签订集体劳动合同必须遵守程序

2010 年元旦，李先生等两人作为公司 60 名员工推举的代表，代表大家与公司签订了集体劳动合同。但合同草案事先并未让大家讨论并通过。合同签订后，也未报送劳动行政部门备案。不久，大家发现，公司的上班时间并无规律，甚至绝大多数情况下一天要超过 10 小时。陈女士等 6 名员工遂要求公司明确工作时间，加班则应另付加班工资。但员工的要求遭到公司拒绝，理由是依法订立的集体合同对用人单位和劳动者具有约束力。而他们的集体合同并没有限定工作时间，公司自然有权支配，员工们也必须无条件服从。

资料来源：《工人日报》。

**法理分析**

陈女士等员工有权要求公司明确劳动时间及加班工资。首先，劳动时间、加班工资属于集体合同的内容（参见《劳动法》（1994）第 33 条、《劳动合同法》（2007）第 51 条），而且“集体合同草案应当提交职工代表大会或者全体职工讨论通过”。本案中的集体合同草案未经员工讨论，其有损劳动者利益的部分当然无效。其次，《劳动合同法》第 54 条规定：“集体合同订立后，应当报送劳动行政部门；劳动行政部门自收到集体合同文本之日起十五日内未提出异议的，集体合同即行生效。”本案并未报送集体合同，因而尚未生效，也就没有法律约束力。■

### 3.1.3 防险技巧

在订立集体合同时，集体协商最为关键，用人单位必须特别关注以下几点。

（1）集体协商的主体是企业和职工。企业由企业法定代表人或其委派的人员作为协商的代表。职工由本企业工会为代表，在工会的协商代表中应包括女职工委员会的负责人。未建立工会的企业由职工民主推举代表。集体协商代表每方 3～10 人，双方人数应对等。企业方面的首席代表应为企业法定代表人；职工方面的首席代表为企业工会主席。工会可以聘请有关专业人员（上级工会代表）作为参加集体协商的顾问。企业法定代表人不能参加协商时，应由其书面委托的授权代表为首席代表；企业工会主席因故不能参加协商时，应由书面委托的工会代表为首席代表。参加协商的双方代表在全部协商期间内应保持稳定，双方都应设记录员，参与起草或修改合同。

（2）集体协商代表的权利责任及保障。协商（谈判）代表一经产生，无特殊情况必须履行其义务。遇到不可抗力造成空缺的，应由企业法人代表、工会主席或全体职工推举相等的协商代表。职工一方代表在劳动合同期内，自担任代表之日起，5年内除个人严重过失外，企业不得与其解除劳动合同。个人严重过失包括严重违反劳动纪律或用人单位规章制度，严重失职，营私舞弊，对用人单位利益造成重大损害，以及被依法追究刑事责任等。企业违反规定对职工代表解除劳动合同，或做不利其就业条件的岗位变动时，工会组织有权要求其改正，也可以要求劳动行政部门予以纠正。

（3）参与集体协商的工会代表的产生、条件、权利和保护。除工会主席是工会参加集体协商的指定、首席代表外，工会方的其他代表应由工会提名，经职代会或其他民主程序选举产生。代表的名单应向全体职工公布。代表因特殊原因不能履行其义务，应事先说明情况，并由工会另行指派代表替代。参加集体协商的工会代表的条件：①本企业在册职工，是工会会员；②熟悉政策法规，有一定的理论水平和相关业务知识；③有一定的群众基础，有较强的责任感，能够代表职工的意志；有较强的表达能力。参加集体协商的工会代表的权利：①有权根据协商的需要做出相关调查；②有权了解与协商有关的企业情况和资料；③有权参加协商活动，其所占用的生产、工作时间应作正常出勤计算；④有权参加定期或不定期地对履行协议的情况进行监督检查；⑤有权履行工会或职代会赋予的其他权利。参加集体协商的工会代表的义务：①密切联系群众，及时准确地反映职工的合理要求和意愿；②严格遵守集体协商制度的各项规定；③贯彻执行工会或职代会对协商的各项意图；④积极发挥作用，敢于和善于维护职工合法权益；⑤定期向职代会、会员代表大会或职工大会报告协商情况和协议的履行情况，并接受职工代表的审议、质询。参加集体协商的工会代表要受到保护。可根据实际情况，制定对工会方代表的奖励制度。

（4）集体协商的程序如下：①企业必须建立定期协商机制，双方首席代表应当在协商前1周，将拟定协商的事项项通知对方。属不定期协商的事项，提议方应当与对方共同商定平等协商的内容、时间和地点。在不违反有关保密规定和不涉及企业商业秘密的前提下，协商双方有义务向对方提供与集体协商有关的情况和资料。②协商开始时，由提议方将协商事项按双方议定的程序，逐一提交协商会议讨论。③一般问题，经双方代表协商一致，协议即可成立。重大问题的协议草案，应当提交职工代表大会或全体职工审议通过。④协商中如有临时提议，应当在各项议程讨论完毕后始得提出，取得对方同意后方可列入协商程序。⑤经协商形成一致意见，由双方代表分别在有关人员及职工中传达或共同召集会议传达。⑥平等协商未达成一致或出现未预料的问题时，经双方同意，可以暂时中止。协商中止期限最长不超过60天，具体中止期限及下次协商的具体时间、地点、内容由双方共同商定。协商中有争议的问题尽可能自行协商解决。一次协商不成，可在下次协商中再议。经过多次协商无效，双方有权向劳动行政部门的劳动争议协调处理机构书面提出协商处理申请，由劳动行政部门组织同级工会代表、企业方面的代表及其他有关方面的代表共同协商处理。



## 3.2 集体合同的内容

### 3.2.1 法理精解

根据劳动部《集体合同规定》（2004）第6条规定，集体合同主要包括以下内容：

（1）劳动报酬。它主要包括：①用人单位工资水平、工资分配制度、工资标准和工资分配形式；②工资支付办法；③加班加点工资及津贴、补贴标准和奖金分配办法；④工资调整办法；⑤试用期及病假、事假等期间的工资待遇；⑥特殊情况下职工工资支付办法；⑦其他劳动报酬分配办法。

（2）工作时间。工作时间主要包括：①工时制度；②加班加点办法；③特殊工种的工作时间；④劳动定额标准。

（3）休息休假。它主要包括：①日休息时间、周休息日安排、年休假办法；②不能实行标准工时职工的休息休假；③其他假期。

（4）劳动安全与卫生。它包括：①劳动安全卫生责任制；②劳动条件和安全技术措施；③安全操作规程；④劳保用品发放标准；⑤定期健康检查和职业健康体检。

（5）补充保险和福利。它主要包括：①补充保险的种类和范围；②基本福利制度和福利实施；③医疗期待遇；④职工家属福利制度。

（6）女职工和未成年工特殊保护。它主要包括：①女职工和未成年工禁忌从事的劳动；②女职工的“四期”劳动保护；③女职工、未成年工定期健康检查；④未成年工的使用和登记制度。

（7）职业技能培训。它主要包括：①职业技能项目规划及年度计划；

②职业技能培训费用的提取和使用；③保障和改善职业技能培训的措施。

（8）劳动合同管理。它主要包括：①劳动合同签订时间；②确定劳动合同期限的条件；③劳动合同变更、解除、终止及续订一般原则及条件；④试用期期限及转正条件。

（9）考核奖惩。它主要包括：①劳动纪律；②奖励制度；③惩罚制度；④奖惩程序；⑤考核制度；⑥考核程序。

（10）裁员。它主要包括：①裁员方案；②裁员程序；③裁员实施办法和补偿标准。

（11）集体合同期限。它主要包括：①本合同期限；②期满后的处理方法。

（12）集体合同的变更和解除。它主要包括：①集体合同可以变更的情形；②可以解除集体合同的情形；③集体合同变更解除的程序。

（13）违反集体合同的责任。它主要包括：①违反集体合同的情形；②因违反合同所应承担责任的形式；③不视为违反集体合同的情形。

（14）争议的处理。它主要包括：①协商处理的原则；②协商处理的程序。

（15）双方认为应当协商的其他内容。



## 3.2.2 案例剖析

**案例 3-3**

### 集体劳动合同内容案

1999 年李先生与某公司北京分公司建立劳动关系，但双方未签书面劳动合同。自 2000 年 4 月 1 日起，李先生在该公司续签劳动合同名册上签字，双方确认李先生到职时间为 2000 年 4 月 1 日。2002 年 3 月 21 日，公司工会主席代表全体职工与公司签订集体合同，并向该市劳动人事局备案。集体劳动合同第 21 条约定：职工为公司连续工作满 1 年，每年享受不少于 7 天的有薪休假，并对企业职工的聘用培训、工资与津贴、社会保险与福利、合同的履行和保证等均做了约定。2003 年 4 月 1 日，李先生再次在公司续签劳动合同名册上签字，确认合同起止时间为 2003 年 4 月 2 日 ~ 2004 年 4 月 1 日。2004 年 2 月 20 日，李先生与及其部门主管在公司《续订劳动合同单》签字，约定合同期限为 3 个月（2004/04/02 ~ 2004/07/02）。2 月 26 日，公司未批准与李先生续订 3 个月的劳动合同。同年 3 月 2 日，公司向李先生下发劳动合同期满通知书，内容为：李先生与公司签订的劳动合同将于 2004 年 4 月 2 日期满，公司决定在劳动合同期满时，不再续签聘用合同。李先生工作至2004年4月1日，并于当日办理工作交接手续。李先生主张其于1999年10月25日到公司处工作。公司不予认可。李先生要求公司支付2004年2月、3月的加班费，并称公司的考勤记录可以证明自己的加班情况。公司以李先生未填报加班审批表为由，否认李先生在2004年2月、3月加班，但该公司未能提供李先生的考勤记录。2004年5月，李先生申请仲裁。公司不服仲裁裁决，诉至法院，李先生亦不同意仲裁裁决，提出反诉。

资料来源：工人日报。

**法院判决**

一审法院判决：公司支付李先生2004年4月休假期间的工资，驳回李先生的其他反诉请求。判决后，李先生不服，向二审法院提出上诉，请求法院判令公司支付其解除劳动合同经济补偿金和额外经济补偿金，给付李先生2004年2月、3月的加班费。其上诉理由是：公司未召开过职工大会，职工也未授权工会主席代表职工签订集体合同，属于无效合同；原审判决认定李先生与公司于2004年2月26日所签劳动合同未生效属于适用法律错误；2004年2月20日，李先生与公司续签劳动合同3个月，后该公司于同年3月2日通知李先生终止劳动合同，故公司应支付李先生经济补偿金和额外经济补偿金；关于加班费的问题，李先生认为应由公司承担举证责任。请求二审法院判令公司支付李先生解除劳动合同经济补偿金和额外经济补偿金，给付2004年2月、3月的加班费。二审法院判决维持原判公司支付李先生2004年4月休假期间的工资，并同时判决公司给付李先生加班费。■



## 3.3 集体合同的履行

集体合同的履行，通常是指集体合同双方当事人根据集体合同的规定，在约定的时间、地点全面完成各自承担的义务的行为。集体合同履行必须坚持全面履行的原则。集体合同全面履行在很大程度上有赖于对集体合同履行所实施的监督检查。这些监督检查主要有：一是在企业内部组建对集体合同履行的监督检查组织。企业可组建由职工（工会）和企业等双方人数相等的代表参加的监督检查小组，负责对本企业集体合同履行情况的监督检查。同时，建立必要的监督检查制度，包括定期检查制度，及时通报制度和反馈调整制度等。二是上级工会和劳动行政管理机关可采取一系列措施，依法对集体合同履行情况进行监督检查。

## 3.4 集体合同的变更和解除

集体合同的变更，是指双方当事人在集体合同没有履行或虽已开始履行但尚未完全履行之前，因订立集体合同的主客观条件发生了变化，依照法律规定的条件与程序，对原合同中的部分条款进行修改、补充的法律行为。

集体合同的解除，是指集体合同依法签订后，未履行完前，由于某种原因导致当事人一方或双方提前终止集体合同的法律效力，停止履行双方劳动权利义务关系的法律行为。一般而言，集体合同的变更或者解除，可以分为法定和约定的变更和解除。

就约定变更和解除而言，根据劳动和社会保障部《集体合同规定》（2004）第 39 条的规定，只需要双方意思表示一致即可以变更或者解除集体合同。

就法定变更和解除而言，根据劳动和社会保障部《集体合同规定》（2004）第 40 条的规定，有下列情形之一的，可以变更或解除集体合同或专项集体合同：①用人单位因被兼并、解散、破产等原因，致使集体合同或专项集体合同无法履行的；②因不可抗力等原因致使集体合同或专项集体合同无法履行或部分无法履行的；③集体合同或专项集体合同约定的变更或解除条件出现的；④法律、法规、规章规定的其他情形。



就变更和解除集体合同的程序而言，劳动和社会保障部《集体合同规定》（2004）第 41 条规定：变更或解除集体合同或专项集体合同适用本规定的集体协商程序。

集体合同的终止，是指双方当事人约定的集体合同期满或者集体合同终止条件出现以及集体合同一方当事人不存在，无法继续履行劳动合同时，立即终止劳动合同的法律效力。劳动和社会保障部《集体合同规定》（2004）第 38 条规定：集体合同或专项集体合同期限一般为 1 ~ 3 年，期满或双方约定的终止条件出现，即行终止。集体合同或专项集体合同期满前 3 个月内，任何一方均可向对方提出重新签订或续订的要求。

## 3.5　集体合同近似制度

劳动合同，根据《劳动法》（1994）第 16 条第 1 款的规定，是指劳动者与用人单位确立劳动关系、明确双方权利义务的协议。

集体合同，根据《集体合同规定》（2004）第 3 条的规定，是指用人单位与本单位职工根据法律、法规、规章的规定，就劳动报酬、工作时间、休息时间、劳动安全卫生、职业培训、保险福利等事项，通过集体协商签订的书面协议。《劳动法》（1994）第33条规定，企业职工一方与企业可以就劳动报酬、工作时间、休息休假、劳动安全卫生、保险福利等事项，签订集体合同。

规章制度、劳动合同、集体合同，都是确立劳资双方权利和义务的重要依据、规范劳动行为的准则、协调劳动关系的重要制度，是用人单位调整劳动关系的三大支柱。从三者的目的来看，具有一致性，均是为调整企业劳动关系而存在的。但是，三者的区别也是明显的，具体区别主要体现在以下几个方面。



（1）参与主体和制定要求不同。根据《劳动合同法》（2007）的规定，规章制度制定是劳资双方共同决定的事项，需要经过民主程序，最后通过平等协商程序确定。不过，规章制度的制定对劳资双方“共决”的要求程度比较低。根据《劳动合同法》（2007）第4条第2款的规定：“用人单位在制定、修改或者决定直接涉及劳动者切身利益的劳动报酬、工作时间、休息休假、劳动安全卫生、保险福利、职工培训、劳动纪律以及劳动定额管理等规章制度或者重大事项时，应当经职工代表大会或者全体职工讨论，提出方案和意见，与工会或者职工代表平等协商确定。”也就是说，制定规章制度只需将用人单位起草的规章制度草案交由职工代表大会或全体职工讨论，不必由职工代表大会或全体职工“讨论通过”；员工讨论后，让员工提意见和方案，最后由用人单位和工会或职工代表通过平等协商确定。但是，法律规定集体合同的制定需要劳资双方共同决定，其劳资双方的“共决”程度比规章制度要高。根据《劳动合同法》（2007）第51条的规定：“企业职工一方与用人单位通过平等协商，就劳动报酬、工作时间、休息休假、劳动安全卫生、保险福利等事项，可以订立集体合同。集体合同草案应当提交职工代表大会或者全体职工讨论通过。”显然，集体合同所要求的“讨论通过”比规章制度所要求的“讨论”在“共决”程度要高。劳动合同订立是劳动者与用人单位的双方法律行为，劳动合同的内容均由用人单位和劳动者遵循平等自愿、协商一致的原则共同确定。也就是说，劳资双方在劳动合同事项上的“共决”程度最高，且是用人单位与单个劳动者进行“共决”。

（2）内容指向不同。规章制度、劳动合同、集体合同都会涉及劳动报酬、工作时间、休息休假等内容。但是，三者的内容指向与侧重点不同：

劳动合同中的内容是企业与单个劳动者约定的事项，而集体合同与规章制度的事项一般来说都是适用企业和全体劳动者之间的事项。就同一问题而言，集体合同与规章制度的侧重点也不同。比如，对于工作时间事项的规定，集体合同侧重于工时标准以及延长时间的工作要求，主要目的是对劳动者在工作时间上进行保护；而规章制度侧重于规定实行何种工时制度、上下班时间以及违反规定的处理等，主要目的是要求员工遵守工作时间。又如对于休假制度的规定，集体合同和规章制度都会涉及，但集体合同主要侧重于为劳动者享有各类假期提供保障，而规章制度主要侧重于员工请假的手续、要求以及违反的后果等。

（3）实施方式不同。规章制度的实施主要靠用人单位通过奖励和惩罚两种手段来落实，在实践中，一般是通过教育为主、惩罚为辅的原则来督促员工遵守规章制度的自觉性，维护正常的生产工作秩序。而劳动合同、集体合同作为双方的协议，主要靠协议的约束力来确保落实。

（4）效力范围不同。规章制度的内容是集体性的，它的效力范围也是整个用人单位，对象是全体员工。集体合同的效力范围一般也是适用整个用人单位，针对特定群体的集体合同仅适用特定的群体，如企业内部的女员工权益保护专项集体合同仅适用企业内部的女员工。而劳动合同的效力仅适用于企业的单个劳动者，对其他劳动者无法发生法律效力。

（5）效力等级不同。一般而言，如果规章制度与劳动合同、集体合同规定的事项不一样，三者具有同等的法律效力，因为从法律规定来看，规章制度和劳动合同、集体合同都具有法律效力；如果三者对不同的事项做出不同规定的，则各自在各自的范围内适用。如果规章制度与劳动合同、集体合同对同一事项做出规定且规定的内容不一致定的，三者的效力高低适用《最高人民法院关于审理劳动争议案件适用法律若干问题的解释（二）》第16条的规定："用人单位制定的内部规章制度与集体合同或者劳动合同约定的内容不一致，劳动者请求优先适用合同约定的，人民法院应予支持。"最高人民法院确定劳动合同和集体合同的优先适用效力，主要目的是为了防止用人单位、特别是企业的经营管理者不正当行使劳动用工管理权，借少数人的民主侵害多数职工依法享有的民主权利，从而倡导运用协商对话、集体谈判的机制建立和谐劳动关系，维护和推行集体劳动合同制，促进劳动力市场管理秩序的规范。

## 3.6 集体争议的解决途径

《劳动法》（1994）第84条将集体合同发生纠纷情况分为两种，一是因签订集体合同发生的争议，二是因履行集体合同发生的争议。



### 3.6.1 因签订集体合同发生的争议

签订集体合同争议是在职工代表与企业代表进行集体协商过程中发生的，此时集体合同尚未订立，因此属于利益争议范围。此类争议无法依据《企业劳动争议处理条例》（1993年7月6日，国务院令第117号）处理，而须根据《集体合同规定》（2004）进行处理。

根据《集体合同规定》，签订集体合同争议的处理机构为县级以上劳动保障行政部门的劳动争议处理机构，它是受理和协调处理签订集体合同争议的日常工作机构。其主要职责是组织同级工会代表、企业方面的代表，以及其他有关方面的代表共同履行以下职责：调查了解争议的情况；研究、制定协调处理争议的方案；具体协调处理争议；制定《协调处理协议书》并监督双方执行；统计归档并将处理结果报上级劳动保障行政部门；必要时向政府报告提出有关建议。对签订集体合同争议的管辖划分的规定是：地方各类企业和不跨省的中央直属企业发生争议的处理，由省级劳动保障行政部门确定管辖范围。全国性集团公司、行业公司以及跨省的中央直属企业发生争议的处理，由国务院劳动保障行政部门指定有关省级劳动保障行政部门受理，或由国务院劳动保障行政部门组织有关方面协调处理。

签订集体合同争议的协调处理程序：①争议双方当事人应先自行协商解决。②协商解决不成的，当事人一方或双方均可向劳动保障行政部门的劳动争议处理机构申请协调处理。未提出申请的，劳动保障行政部门认为必要时，也可进行协调处理。③案件受理后，应组织同级工会代表、企业方面的代表及有关方面的代表组成一临时协调处理机构负责具体处理工作。④处理争议时，双方当事人应各自选派3～10名代表，并指定一名首席代表。⑤处理争议应自受理之日起30日内结束。须延长期限的，延期最长不得超过15日。⑥争议处理结束，劳动保障行政部门应制作《协调处理协议书》，双方当事人的首席代表和协调处理的负责人共同签订、盖章。

### 3.6.2 因履行集体合同发生的争议

《劳动法》（1994）第84条第2款明确规定："因履行集体合同发生争议，当事人协商解决不成的，可以向劳动争议仲裁委员会申请仲裁；对仲裁裁决不服的，可以自收到仲裁裁决书之日起15日内向人民法院提起诉讼。"需要注意的是，对于由于集体合同发生的争议，企业劳动争议调解委员会无权调解。

## 3.7 违反集体合同的责任



承担违反集体合同责任的条件主要有两个：一是客观上当事人有违约行为，二是主观上违约方须有过错。

违约行为是当事人承担违约责任的客观依据，是首要条件。所谓违约行为，即指当事人违反法律和合同约定的义务的行为，包括不履行集体合同或不完全履行集体合同两种情况。不履行，又称完全不履行，是指集体合同当事人根本没有履行集体合同规定的任何义务；不完全履行，是指集体合同当事人没有全面履行集体合同规定的义务或者没有按照集体合同规定的标准条件、履行方式等履行集体合同规定的义务。在实践中，一般来说大多数违反集体合同违约行为表现为不完全履行，真正不履行的情形比较少。

过错是集体合同当事人承担违约责任的主观要件。所谓过错，是指违约当事人对自己的违约行为及其后果的一种心理状态，包括故意和过失两种表现形式。故意，是指当事人明知自己的行为会造成违约后果，并希望或放任这种违约结果的发生；过失，是指当事人应该预见自己的行为发生违约的结果，但因疏忽大意没有预见或已经预见但由于轻信能够避免以致引起违约结果的发生。集体合同依法订立后，当事人无论是故意或过失造成合同不能履行或不能完全履行，都应承担违反集体合同的责任。

在实践中，集体合同的违约多属一方的行为。因此，由于当事人一方的过错，造成集体合同不能履行或不能完全履行的，则应由有过错的一方承担违约责任。集体合同的违约行为，有时也表现为双方的过错造成的，在这种情况下，就应由双方当事人分别承担各自应承担的法律责任。

### 3.7.1 用人单位违约责任

用人单位违反集体合同的责任，即指由于用人单位的作为或不作为的过错行为，造成集体合同不能履行或者不完全履行。根据法律规定和集体合同的约定必须承受的法律制裁。用人单位一方违反集体合同所应承担的责任形式主要有：①行政责任。应对其主管机关负纪律责任，如果由于其违约行为致使集体合同不能履行时，其主管机关就应依法对用人单位主要责任人员给予警告、记过、撤职等行政处罚或者是批评、教育一类的纪律处分。②经济责任。用人单位违反集体合同规定的法定义务，如违反法律规定的由用人单位负责提供的劳动保护措施时，集体合同管理部门就可以对其处以罚款处理。如果用人单位的违约行为致使集体合同不能履行或不完全履行时，则应视其为违约情形和侵犯工会与职工利益的事实，承担赔偿责任，以补偿对方当事人和职工个人的损失。③继续履行，是指用人单位不履行集体合同规定的义务时，根据工会和职工的要求，继续履行集体合同。④支付违约金。用人单位违反集体合同规定的义务，不履行或没有完全履行集体合同，按照法律规定或合同的约定付给对方当事人一定数额的货币。违约金一般由用人单位直接责任人支付。⑤刑事责任。如果用人单位管理人员恶意违反集体合同，造成严重后果的，应根据《刑法》及其有关规定，追究其刑事责任。

### 3.7.2 工会组织的违约责任

用人单位的工会作为集体合同的一方当事人，同样负有履行集体合同的义务。如果由于企业工会自己的过错，造成集体合同不能履行或不能完全履行时，工会同样应承担违反集体合同的法律责任。按照国际惯例，工会不履行集体合同规定的义务，应对工会会员承担道义上和政治上的责任，但工会本身不负担、不履行物质赔偿责任。在我国的集体合同中，一般都规定有工会承担对职工进行宣传教育，组织劳动竞赛，协助企业行政实现集体合同所定各项措施等义务。这些义务都是道义上和政治上的。

### 3.7.3 劳动者的违约责任

劳动者违反集体合同的有关规定，不履行集体合同或不完全履行集体合同规定的义务，同样也应承担相应的法律责任。劳动者的责任条件同样须具备违约行为和主观过错两个条件，另外常常还有造成严重后果一类的事实。

职工承担的违约责任一般有：①行政责任。由于职工不履行集体合同规定的义务，同时还违反了劳动纪律和企业内部劳动规则，所以应该依据企业内部规章和《企业职工奖惩条例》等法规承担行政责任。②支付违约金。是指职工违反约定义务，支付企业行政一定数额的货币的责任形式。

## 3.8 集体合同范本

---

**上海市集体合同**（参考文本）㊀

上海__________________公司工会与上海__________________公司本着合作共事的精神，经充分的集体协商，取得一致意见，特签订以下合同。

**总　　则**

1. 根据中华人民共和国劳动法及有关法律、法规签订合同，协调公司与劳动者群体及其组织之间的权利和义务关系，保障劳动者的劳动报酬、劳动条件和保险福利，建立良好稳定的劳动关系，共谋公司的发展。

以中华人民共和国法律为依据，协调企业与职工权利义务关系，建立适应社会主义市场经济的劳动关系协商机制，保持和谐的劳动关系，保障企业、工会和职工的合法权益。

2. 本合同是双方必须遵守的共同准则。双方在发展生产、提高经济效益的基础上，通过集体协商，不断提高公司的劳动标准和保险福利，不断提高公司的社会声誉和形象。

3. 本合同对公司和公司全体职工具有约束力。公司与职工个人签订的劳动合同（含劳务合同）不得与本合同相抵触，劳动合同（含劳务合同）

---

㊀ 上海市集体合同参考文本，资料来源：http://www.mhedu.sh.cn/cms/app/info/doc/index.php/67483。

规定的劳动标准和保险福利低于本合同的，视为无效，并以本合同确定的劳动标准和保险福利为准。

4. 公司制定或修改各项涉及职工切身利益的规章制度，均应符合本合同的规定，并应当有工会代表参加，听取工会意见，取得工会的合作。

**劳动报酬**（含工资协商）

1. 本合同的劳动报酬是指职工按劳动合同规定提供劳动后公司应当支付的基本工资。

2. 公司支付给职工的基本工资由双方按照国家法律、法规的有关规定，通过以工资集体协商按如下形式确定。

a. 工资基数根据本区、镇的工资发放水平和企业经济效益由签约双方协商确定，但不得低于上海市公布的最低工资额。

b. 基本工资额不含加班加点费、交通补贴、伙食补贴、高温补贴、有毒有害工种的营养费补贴及相关的劳动福利待遇等。

3. 本合同期内，在公司经济效益增长的条件下，职工的工资水平在原工资基础上实行同步增长。

4. 工资发放时间：固定于每月　　日发放，公司不得无故拖延工资发放日。

5. 工资应当用人民币支付，不得用实物、欠条等形式代替。

6. 职工劳动报酬以计件形式计算基本工资的，应以劳动者在规定的8小时劳动时间内最低能完成的劳动量所得到的报酬不低于日平均基本工资。

7. 在不影响生产经营的情况下，公司应积极支持职工参加工会活动，并照发工资。但职工在参加工会活动前应征得公司同意，不得擅自离岗位。

8. 加班加点劳动报酬计算方法：

A. 平时延长工作时间按工资的150%计算报酬；

B. 双休日加班时间按工资的200%计算报酬；

C. 节假日加班时间按工资的300%计算报酬；

D. 加班加点的报酬每月结算一次，于发工资日一起发放。

**工 作 时 间**

1. 公司实行每周40小时，每日8小时工作制。公司由于生产经营需要，经与工会和劳动者协商后可以延长工作时间，一般每日不得超过1小时；因特殊情况需延长工作时间的，每日不得超过3小时，每月累计不得超过36小时。

2. 除护厂保卫值班外，职工的工作值班应当视为工作时间。

## 休息休假

1. 每周六、周日两天为公司休息日（各企业可根据实际情况另外确定休息日）。

2. 除法律、法规规定或不可抗力的因素外，每逢法定节假日公司一律放假。

3. 职工符合下列情况之一的，公司酌情给予假期：

（一）婚假：

职工本人结婚，享受3天婚假（不包括计划生育奖励的假期）。

职工子女结婚或父母再婚，职工可享1天假期。

（二）丧假：

职工的配偶、父母、子女逝世的，享受3天丧假。

职工的祖父母、外祖父母、公婆和岳父母逝世的，享受2天丧假。

在婚、丧假期中包含外地职工的路程假（具体由各基层单位协商确定）。

（三）公假：

职工符合本项规定的，给予公假，其标准是：

公司组织的疗休养，疗休养期间作公假。

子女服兵役或配偶因公出国，给公假一天。

自愿献血200cc有公假10天，400cc的公假20天。

4. 公司在周末休息日延长工作时间的，应在一周内给予补休，无法安排补休的以及平常和法定假日延长工作时间的，应当支付延长工作时间工资。其标准按《劳动法》有关规定执行。

## 劳动安全与卫生

1. 公司应严格执行国家有关劳动卫生和法律、法规和规章，采取切实有效的措施，不断完善和改善劳动安全、工业卫生、劳动防护以及特殊保护，以保护职工的生命安全和身体健康。

公司有权根据国家规定，制度劳动安全卫生和操作规程。

工会支持公司劳动保护管理，参与公司劳动安全和操作规程的制订，配合公司检查、监督保护措施的贯彻执行。

2. 职工应当积极参加公司举办的劳动安全卫生方面的教育与培训，职工要自觉遵守劳动卫生制度和操作规程，听从安全卫生管理人员的指挥及其采取的有关措施。

3. 职工对管理人员违章指挥、强令冒险作业，有权拒绝，对危害生命安全和身体健康的行为，有权提出批评、检查和控告。

4. 公司对新进职工和转岗职工应当进行劳动安全卫生培训后，再安排上岗。

公司在引进、推广新技术、新工艺时，必须同时引进或采用可靠的劳动保护设备和措施，并对上岗职工进行必要的培训，经考核合格后上岗操作。

5. 公司应定期对机器设备进行检测，消除安全隐患，发现问题应当迅速采取措施，严禁职工在这期间进行生产。

6. 公司不能让未成年人或女职工从事危险的或者有害健康的工作，也不让无操作经验及不具备一定技能的职工从事危险的工作。

7. 为使公司实现无工伤死亡、无重伤、无火灾、无食物中毒、无重大交通事故的目标，公司支持工会开展班组安全宣传教育活动，不断提高职工自我保护意识。

8. 公司按照国家规定，对女职工进行特殊劳动保护。

女职工生育，依法享有90天产假（不包括难产、多胎生育应增加计划生育增加的产假），工资照发。

公司应对接触有害物质的职工和从事饮食供应工作的有关职工，每年进行一次健康检查，其费用由公司支付，因体检离岗时间应视为正常工作时间。

9. 公司按国家规定，发放劳动防护用品。

10. 每年的夏季，公司采取防暑降温措施。

11. 公司发生工伤事故或其他危及职工安全的重大事故，应当及时处理并立即通知工会。

工会有权参加调查，提出处理意见和建议。

### 保险福利

1. 公司按照国家和区、镇政府的有关规定，及时为职工办理养老和医疗等社会保险，并按时缴纳社会保险费。

2. 公司按国家和区、镇的有关规定定期提取职工福利基金，福利基金归职工集体所有，由工会监督使用。

福利基金应用于职工集体福利，不得挪作他用。

3. 公司在盈利的情况下提供必要的资金，保证工会组织职工疗休养。

4. 公司为丰富职工的业余生活，应当提供一定的文化娱乐场所、设施及经费，每年为职工组织班组联谊活动。

### 奖励与惩处

1. 公司可以根据中华人民共和国的法律、法规，结合本合同的实际，广泛听取意见，经过一定民主程序制定和完善劳动纪律和规章制度，经总经理批准后公布生效。

公司制定和完善前款规定的制度时，应当由工会的代表参加，听取工会的意见。

2. 公司有权根据规章制度，对成绩优秀者给予荣誉和物质奖励；对违反规章制度的，应及时给予批评教育；对情节严重或屡教不改者，按公司规定给予必要的惩处。

3. 公司惩处职工，应当经调查取得确凿证据，经经理办公会议讨论，并在听取职工本人申辩后依法慎重决定。

公司在听取职工本人申辩时，应当由工会代表在场。未经职工本人申辩或者申辩时工会代表未在场而对职工的任何惩处，均为无效。

4. 公司惩处职工，应当征求工会意见，工会有权提出意见，共同协商解决。

工会采取前款的任何行动，公司应予以谅解和配合，共同协商解决争议，不得采用任何形式的干预和指责。

**录用规则**

1. 公司授权企业根据生产经营状况，编制招工计划，按择优录用的原则，公开招聘职工。

2. 公司授权企业招聘职工应依法一律签订劳动合同和劳务合同。以确立劳动关系，明确双方的权利和义务。劳动合同当事人可以约定试用期。劳动合同期限不满六个月的，不得设试用期；满六个月不满一年的，试用期不得超过一个月；满一年不满三年的，试用期不得超过二个月；满三年的，试用期不得超过六个月。

3. 劳动合同和劳务合同的标准文本应当由公司提供，并于签订前十日交给职工，保证职工有充分的思考时间，允许职工就劳动合同和劳务合同的内容进行充分的协商。

4. 工会依法指导和帮助职工签订劳动合同和劳务合同，有权监督劳动合同和劳务合同履行。

公司在制订和修改劳动合同和劳务合同标准文本时，应当听取工会的意见。

5. 为保持职工队伍的稳定，各企业在生产经营正常的情况下，对每年评价能胜任的职工，合同期满后，在职工同意的条件下，一般应续订劳动合同和劳务合同。

职工在本公司连续工作满十年的，双方同意续订劳动合同时，如果职工提出订立无固定期限的劳动合同，应当订立无固定期限的劳动合同。

## 工会活动

1. 公司尊重工会代表和维护职工合法权益，公司在研究、决定和制定各项涉及职工切身利益的问题和规章制度时，应当有工会代表参加。

工会代表依法参加董事会会议，费用有公司承担。

工会支持公司依法行使职权，教育职工认真履行劳动合同和劳务合同，遵守劳动纪律，完成生产和工作任务。

2. 为保障工会开展工作，履行职能，公司保障工会的工作人员全部劳动报酬。

3. 工会主席、副主席和委员在任职期间，未经上级工会和工会委员会同意，公司不得调动其工作，也不得终止与其劳动关系。

4. 公司应当按《中华人民共和国工会法》的规定，按全部职工工资总额的2%提取拨交工会经费。公司从会员职工工资中按规定代扣的会员会费，应当在一周内全数转交工会。

5. 公司支持工会开展各项活动，并为工会免费提供办公场所和所需设施，公司为公司干部组织和参加工会活动提供方便和时间保证，并保证不因此而影响工会干部的待遇和劳动报酬。

## 合同的保障

1. 公司和工会在本合同有效期内，除本合同规定的变更和解除条件外，不得提出变更和废除本合同规定的具体劳动标准等规定的要求。

2. 公司和工会每季度召开一次协商会议，就本合同履行情况以及公司重大事项进行平等协商，互通信息，交换意见，共谋发展。

3. 公司和工会双方或一方有权通知对方就下列事项进行集体协商，相互沟通情况，决定解决问题的措施。

(1) 本合同履行过程中，产生的热点和难点问题。

(2) 有关劳动报酬、工作时间、休息休假、安全卫生、保险福利等事项。

(3) 其他双方一致同意要解决的事项。

经集体协商决定的事项在双方确认基础上形成书面文件，与本合同有同等效力。

(4) 集体协商的代表为各方3人（其中包括一名首席代表），由公司和工会自行决定。双方可自行指定一名书记员进行记录。

出席集体协商的人员不得泄露谈判中涉及的不宜公开的有关公司的机密事项。

4. 集体协商之前，提出协商的一方提前4日递交书面协商通知书，通知书应包括下列内容：

（1）协商的事项和内容；

（2）协商的时间和预计需要的时间；

（3）协商代表名单；

（4）其他有关事项。

收到集体协商书面通知的一方，没有正当理由不得拒绝，如果确有正当理由，应当在三日内与对方协商，另行商定集体协商的时间和地点。

5. 本合同生效期间，成立由公司代表，工会代表和职工代表按人数对等原则组成的集体合同联合检查监督小组，每年两次对本合同履行情况进行监督检查，并以书面形式提交公司和工会，通报全体职工。

**附　　则**

1. 本合同生效后双方应当严格遵守，任何一方违约，应当承担违约责任。

2. 公司生产经营发生重大变化时，经双方协商一致，可对本合同部分相关内容进行变更，并按签订程序审议、签字、登记后生效。

3. 有下列情况之一的，按合同签订程序可解除本合同。

（1）双方协商一致；

（2）因不可抗力，使本合同无法继续履行；

（3）公司破产或关、停、并、转的；

公司提出解除本合同，造成工会和会员经济损失的，除不可抗力因素外，应当承担赔偿责任。

4. 本合同履行过程中发生争议，由双方协商解决。协商不成的可请上级工会调解或按法定程序申请仲裁和诉讼。任何一方不得采取过激行为。

5. 公司所属有关企业必须认真履行本合同。

6. 本合同期满即终止。本合同期满前60天，双方应当进行新一轮集体协商，并依法签订新的集体合同。

7. 本合同未尽事宜，按中华人民共和国法律、法规规定或由双方集体协商解决。

8. 本合同经区劳动行政部门审核批准之日起至　　年　　月　　日止。

企业方（签章）：　　　　　　　　　　职工方（签章）：

年　月　日　　　　　　　　　　　　　年　月　日

**附件：工资专项协议**（参考文本）

本工资专项协议为集体合同的附件，与集体合同具有同样的法律效力。

1. 工资调整

根据企业年度经营目标，参照本市颁布的工资增长指导线，如果　　年度企业利润能同比增长　　%，则　　年度除经营者外职工平均工资在上年　　万元的基础上，增幅不低于　　%。

若企业未完成年度利润计划，则职工年人均工资水平在上年基础上，下降幅度不大于　　%。

若企业超额完成年度利润计划，则在超出部分中提取　　%，作为职工的额外奖励。

2. 工资结构和工资标准

职工工资由　　和　　构成，(比如：基本工资和浮动工资构成，基本工资占全部工资的比例不低于　　%。基本工资根据岗位的工作职责和任职要求确定，并参照本市工资指导价位进行调整。浮动工资指根据工作业绩经考核后兑现的奖金等。)

企业最低工资标准在本市最低工资标准基础上提高　　%。

3. 工资支付

企业的工资支付周期为自然月，支付日为每月　　日。如遇节假日或休息日，则提前发放。

工资按月存入职工个人银行账户。

加班工资按月结算，在下一个月工资支付日发放。

4. 加班工资和各类假期工资计算基数

加班工资和各类假期工资的计算基础为职工本人的工资。本人工资低于本市月最低工资标准的，按最低工资标准确定。

附：上年度职工平均工资　　元/年。

本年度职工计划平均增长　　%。

企业月最低工资标准　　月/年。

企业方（签章）：　　职工方（签章）：

年　月　日　　年　月　日

## 思考题

1. 签订集体合同的程序主要有哪些步骤，与各步骤相应的法律问题有哪些？
2. 劳动部《集体合同规定》（2004）第6条规定的集体合同主要内容是强制性的规定，还是提示性的任意性规定？请结合自己的工作进行分析。
3. 规章制度、劳动合同、集体合同三者的某些规定发生冲突，如何正确处理？
4. 因签订集体合同发生的争议，与因履行集体合同发生的争议，其解决办法分别是什么？
5. 企业如何避免违反集体合同，在劳动者违反集体合同时如何维护自己的权利？

# 第4章

# 薪 酬 管 理

## 学习目标

- 掌握工资水平、支付时间、支付方式等货币工资法律制度；
- 明晰掌握各种休息休假时间内安排加班所需支付的报酬；
- 完整掌握《企业职工带薪年休假实施办法》(2008)；
- 透彻理解社会保险的强制性及企业所承担的义务；
- 掌握培训费的构成及违约时的责任追究问题。

薪酬管理，简单来说就是指一个组织根据员工所提供的服务来确定他们应当得到的总报酬（包括报酬结构和报酬形式）的一个过程。在这个过程中，企业就薪酬水平、薪酬体系、薪酬结构、薪酬构成以及特殊员工群体的薪酬做出决策。

薪酬管理对任何一个组织来说都是一个极为重要的问题，是因为企业的薪酬管理系统设计的好坏关乎组织的生存与发展。就薪酬管理来讲，受到的限制因素呈现出日益增多的趋势，其中除了组织的经济承受能力、不同时期的战略、内部人才定位、外部人才市场以及行业竞争者的薪酬策略等因素，还要受到政府法律法规的制约。

现代薪酬管理的原则一般有以下几项：①补偿性原则，要求补偿员工恢复工作精力所必要的衣食住行等费用，以及补偿员工为获得工作能力以及身体发育所先行付出的费用。②公平性原则，要求薪酬分配全面考虑员工的绩效、能力及劳动强度、责任等因素，考虑外部竞争性、内部一致性要求，达到薪酬的内部公平、外部公平和个人公平。③透明性原则，要求组织的薪酬方案公开。④激励性原则，要求薪酬与员工的贡献挂钩。⑤竞争性原则，要求薪酬有利于吸引和留住人才。⑥经济性原则，要求比较投入与产出效益。⑦方便性原则，要求内容结构简明、计算方法简单和管理手续简便。⑧合法性原则，要求薪酬制度不违反国家法律法规。

根据美国耶鲁大学的克雷顿·奥尔德弗（Clayton Alderfer）在马斯洛“需要层次理论”的基础上提出的“ERG 需要理论”，人们共存在 3 种核心的需要，即生存（existence）需要、相互关系（relatedness）需要以及成长发展（growth）需要。其中“生存需要”与人们基本的物质生存需要有关，它包括马斯洛提出的生理和安全需要。“相互关系需要”指人们对于保持重要的人际关系的要求，这种社会和地位需要的满足是在与其他需要相互作用中达成的，与马斯洛的社会需要和自尊需要分类中的外在部分是相对应的。“成长发展需要”表示个人谋求发展的内在愿望，包括马斯洛的自尊需要分类中的内在部分和自我实现层次中所包含的特征。这就要求用人单位的薪酬福利制度必须体现出合理性、公平性和激励性。例如，基本工资、奖金、股票期权等需要体现薪酬福利制度的合理性；社会保险、健康保险、带薪休假等需要体现薪酬福利制度的公平性；职业晋升、培训机会、技能发展等需要体现薪酬福利制度的激励性。

一般认为，薪酬包括以下 4 种基本形式：①基本薪资，这是企业为已完成工作而支付的基本现金薪酬，反映的是工作或技能价值。②绩效工资，这是对员工过去工作行为和已取得成就的认可，通常随员工业绩的变化而进行调整。③激励工资，也和业绩直接挂钩，包括短期激励工资和长期激励工资（例如高管或高级专业技术人员的股份或红利）。④福利待遇，通常包括休假（假期）、服务（医药咨询、职业培训等）和保障（医疗保险、人寿保险和养老金）等，通常是非货币的收益。

目前，我国的劳动者报酬主要包括 3 部分：一是货币工资，用人单位以货币形式直接支付给劳动者的各种工资、奖金、津贴、补贴等；二是实物报酬，即用人单位以免费或低于成本价提供给劳动者的各种物品和服务等；三是社会保险，指用人单位为劳动者直接向政府和保险部门支付的失业、养老、人身、医疗、家庭财产等保险金。

## 4.1 工资待遇

### 4.1.1 法理精解



现实中的用工形式是多种多样的，因此法律允许用人单位和劳动者双方在法律允许的范围内对劳动报酬的金额、支付时间、支付方式等进行平等协调，在劳动合同中约定一种对当事人而言更切合实际的劳动报酬制度。

但与此同时，法律法规也对用人单位向劳动者发放劳动报酬制订了一些必要的强制性规范，用人单位不得规避或突破，否则需要承担相应的法律责任。

**1. 工资的概念与构成**

劳动法中的工资，是劳动者劳动收入的主要组成部分，是指用人单位根据国家有关规定或者劳动合同的约定，以货币形式直接支付给本单位劳动者的劳动报酬。

根据劳动部《关于贯彻执行〈中华人民共和国劳动法〉若干问题的意见》（劳部发［1995］309号）第53条的规定，《劳动法》（1994）中的"工资"是指用人单位依据国家有关规定或劳动合同的约定，以货币形式直接支付给本单位劳动者的劳动报酬，一般包括计时工资、计件工资、奖金、津贴和补贴、延长工作时间的工资报酬以及特殊情况下支付的工资等。①计时工资是指按计时工资标准（包括地区生活费补贴）和工作时间支付给个人的劳动报酬。②计件工资是指对已做工作按计件单价支付的劳动报酬。③奖金是指支付给劳动者的超额劳动报酬和增收节支的劳动报酬。④津贴和补贴是指为了补偿劳动者特殊或者额外的劳动消耗和因其他特殊原因支付给劳动者的津贴，以及为了保证劳动者工资水平不受物价变化影响支付给劳动者的各种补贴。⑤延长工作时间的劳动报酬，是指劳动者在法定的标准工作时间之外超时劳动所获得的额外的劳动报酬，即加班费。⑥特殊情况下支付的工资，是指在非正常情况下或者暂时离开工作岗位时，按照国家法律、法规规定的对劳动者的工资支付。

这些特殊情况主要包括：①劳动者依法参加社会活动期间的工资支付。比如劳动者在法定工作时间内参加乡（镇）、区以上政府、党派、工会、共青团、妇联等组织召开的会议；依法行使选举权与被选举权；出席劳动模范、先进工作者大会等。②非因劳动者原因停工期间的工资支付。非因劳动者原因造成用人单位停工、停产在一个工资支付周期内，用人单位应按劳动合同规定的标准支付劳动者工资。超过一个工资支付周期的，若劳动者提供了正常劳动，则支付劳动者的劳动报酬不得低于当地最低工资标准；若劳动者没有提供正常劳动，则按照国家有关规定办理。③劳动者休假期间的工资支付。劳动者依法享受年休假期间，用人单位应按劳动合同规定的标准支付劳动者工资。④劳动者在法定休假日的工资支付。法定休假日，用人单位应当支付劳动者工资。⑤劳动者在享受探亲假期间的工资支付。劳动者在国家的规定探亲休假期内探亲的，用人单位应按劳动合同规定的标准支付劳动者工资。⑥婚丧假期间的工资支付。婚丧假是指劳动者本人结婚假期或者直系亲属死亡的丧事假期。一般为1～3天，不在一地的，可根据路程远近给予路程假，在此期间工资照发。⑦产假期间的工资支付。另外，为了鼓励计划生育，有关法律法规对产假间的工资发放也做了相应规定。

该《意见》第53条同时规定，劳动者的以下劳动收入不属于工资范围：①单位支付给劳动者个人的社会保险福利费用，如丧葬抚恤救济费、生活困难补助费、计划生育补贴等；②劳动保护方面的费用，如用人单位支付给劳动者的工作服、解毒剂、清凉饮料费用等；③按规定未列入工资总额的各种劳动报酬及其他劳动收入，如根据国家规定发放的创造发明奖、国家星火奖、自然科学奖、科学技术进步奖、合理化建议和技术改进奖、中华技能大奖等以及稿费、讲课费、翻译费等。

**2. 工资支付相关问题**

工资支付，简而言之就是工资的具体发放办法，包括如何计发在制度工作时间内职工完成一定的工作量后应获得的报酬，或者在特殊情况下的工资如何支付等问题。主要包括：工资支付项目、工资支付水平、工资支付形式、工资支付对象、工资支付时间以及特殊情况下的工资支付等。

关于工资支付的项目，一般包括计时工资、计件工资、奖金、津贴和补贴、延长工作时间的工资报酬，以及特殊情况下支付的工资。具体内容参见上一节。

关于工资支付水平，尤其要注意最低工资制度。《劳动法》（1994）第48条规定了国家实行最低工资保障制度，用人单位支付劳动者的工资不得低于当地的最低工资标准。最低工资是指劳动者在法定工作时间内履行了正常劳动义务的前提下，由其所在单位支付的最低劳动报酬。最低工资不包括延长工作时间的工资报酬，以货币形式支付的住房和用人单位支付的伙食补贴，中班、夜班、高温、低温、井下、有毒、有害等特殊工作环境和劳动条件下的津贴，以及国家法律、法规、规章规定的社会保险福利待遇。此外，在劳动合同中约定的劳动者在未完成劳动定额或者承包任务的情况下，用人单位可低于最低工资标准支付劳动者工资的条款不具有法律效力；劳动者与用人单位形成或者建立劳动关系后，试用、熟练、见习期内在法定工作时间内提供了正常劳动，其所在的用人单位应当支付其不低于最低工资标准的工资。当然，企业下岗待工人员，由企业依据当地政府的有关规定支付其生活费，生活费可以低于最低工资标准。



关于工资支付的形式。我国《劳动法》（1994）第50条明确规定工资应当以货币形式，不得以发放实物或有价证券等形式代替货币支付。

关于工资的支付时间。依照《劳动法》（1994）和其他有关法律法规的规定，用人单位应当每月至少发放一次劳动报酬。实行月薪制的用人单位，工资必须按月发放，实行小时工资制、日工资制、周工资制的用人单位的工资，也可以按小时、按日或者按周发放。如遇节假日或休息日，则应提前在最近的工作日支付。对完成一次性临时劳动或某项具体工作的劳动者，用人单位应按有关协议或合同规定在其完成劳动任务后即支付工资。超过用人单位与劳动者约定的支付工资的时间发放工资的，即构成拖欠劳动者劳动报酬的违法行为，应当依照本法和其他有关法律法规承担一定的法律责任。

用人单位应当足额向劳动者支付劳动报酬。用人单位对履行了劳动合同规定的义务和责任，保质保量地完成生产工作任务的劳动者，应当足额支付劳动报酬。工资不得随意扣除，企业不得将扣发工资作为处理职工的一种处罚性手段。

用人单位不得克扣或者无故拖欠劳动者工资，否则构成不支付或者未足额支付劳动报酬，劳动者可以依法向当地人民法院申请支付令（《劳动合同法》（2007）第30条第2款），用人单位还须受法律处罚。但下列情况不属于克扣或拖欠劳动者工资：①用人单位代扣代缴的个人所得税；②用人单位代扣代缴的应由劳动者个人负担的各项社会保险费用；③法院判决、裁定中要求代扣的抚养费、赡养费；④法律、法规规定可以从劳动者工资中扣除的其他费用。

以下减发工资的情况也不属于“克扣”：①国家的法律、法规中有明确规定的；②依法签订的劳动合同中有明确规定的；③用人单位依法制定并经职代会批准的厂规、厂纪中有明确规定的；④企业工资总额与经济效益相联系，经济效益下浮时，工资必须下浮的（但支付给提供正常劳动职工的工资不得低于当地的最低工资标准）；⑤因劳动者请事假等相应减发工资等。

“无故拖欠”不包括：①用人单位遇到非人力所能抗拒的自然灾害、战争等原因，无法按时支付工资；②用人单位确因生产经营困难、资金周转受到影响，在征得本单位工会同意后，可暂时延期支付劳动者工资，延期时间的最长限制可由各省、自治区、直辖市劳动行政部门根据各地情况确定。除上述情况外，拖欠工资均属无故拖欠。



### 3. 支付令救济手段

支付令程序又称为督促程序，是指人民法院根据债权人提出的要求债务人给付一定金钱或者有价证券的申请，向债务人发出附有条件的支付令，以催促债务人限期履行义务，若债务人在法定期限内不提出异议又不履行支付义务的，则该支付令具有执行力的一种程序。支付令原是《民事诉讼法》（2006）中的一种制度，所适用的主体及法律关系一般限于民事，《劳动合同法》（2007）引进了这一程序机制。根据《劳动合同法》（2007）第30条第2款的规定：“用人单位拖欠或者未足额支付劳动报酬的，劳动者可以依法向当地人民法院申请支付令，人民法院应当依法发出支付令。”使得劳动者的司法维权手段又多了种新的选择。

根据《劳动合同法》（2007）和《民事诉讼法》（2006）的有关规定，用人单位拖欠或者未足额发放劳动报酬的，劳动者与用人单位之间没有其他债务纠纷且支付令能够送达用人单位的，劳动者可以向有管辖权的基层人民法院申请支付令。劳动者在申请书中应当写明请求给付劳动报酬的金额和所依据的事实和证据；劳动者提出申请后，人民法院应当在5日内通知其是否受理；人民法院受理申请后，经审查劳动者提供的事实、证据，对工资债权债务关系明确、合法的，应当在受理之日起15日内向用人单位发出支付令；人民法院经审查认为劳动者的申请不成立的，可以裁定予以驳回；用人单位应当自收到支付令之日起15日内清偿债务，或者向人民法院提出书面异议；用人单位在前款规定的期间不提出异议又不履行支付令的，劳动者可以向人民法院申请强制执行；人民法院收到用人单位提出的书面异议后，应当裁定终结支付令这一督促程序，支付令自行失效，劳动者可以依据有关法律的规定提出调解、仲裁或者起诉。

工资支付令对于劳动者来说，相比于其他程序具有3大优势：①快捷。人民法院受理申请后，经审查是合格合法的，应当在受理之日起15日内向债务人发出支付令；而债务人应当自收到支付令之日起15日内清偿债务，或者向人民法院提出书面异议。也就是说30日内就能有结果，这明显快于仲裁与诉讼的时限。②低成本。根据人民法院诉讼收费标准规定，申请支付令，比照财产案件受理费标准的1/3交纳。③具有强制执行力。如果用人单位在收到支付令15日内，既不提出书面异议也不支付所欠劳动报酬的，劳动者就有权向受诉人民法院申请强制执行，这样有利于迅速地督促用人单位履行义务，及时有效地维护劳动者合法利益。



## 4.1.2 案例剖析

**案例4-1**

### 工资额与支付方式纠纷

张先生与东万设备公司签订了“试用员工工资、奖金制度”协议，约定：张先生担任润滑油的销售工作，试用期为3个月，基本工资为1 000元，奖金在公司所派任务完成的情况下每桶提取10元；如未完成销售任务每月结款10桶润滑油，公司有权给予处罚或者不发试用期基本工资。张先生从合同签订之日起便开始上班，但是由于在职期间未能推销出润滑油，公司拒绝向其支付工资。张先生在试用期内申请辞职，后向劳动争议仲裁委员会提出仲裁申请，要求公司支付工资，仲裁委员会裁决支持了张先生的请求。

**法院判决**

法院经审理认为，本案中双方当事人的有关协议违反了《劳动法》（1994）以下规定：①用人单位支付给劳动者的工资不得低于当地最低工资标准，②工资应当按月支付给劳动者本人，③不得克扣或者无故拖欠劳动者的工资。法院遂裁定该条款的约定不具有法律效力，公司应按协议约定1 000元每月的标准向张先生支付试用期工作期间的工资。■

**案例4-2**

### 上海首个劳动报酬支付令

周先生在上海市一家房地产开发集团公司担任主管行政的副总经理一职逾10年。作为公司的高级管理人员，周先生为公司立下不少汗马功劳，对老东家也深怀感情。但2008年随着房市持续波动，单位的经营状况也每况愈下，连员工的工资都很难支付，身为公司副总的周先生也未能幸免。2008 年 3 月已拖欠其工资两年有余的公司，在周先生的要求下写了一份承诺书，承诺公司在 2008 年 4 月 4 日前支付拖欠周先生的工资共计 20 万元。但时隔多日仍未兑现，周先生遂向上海市徐汇区人民法院提出支付令申请，要求所在工作单位支付其 2005 年 11 月至 2008 年 3 月工资共计 20 万元。

**法院判决**

徐汇区人民法院于 2008 年 5 月对该案做出处理，并对周先生所在单位发出支付令：判令其自收到支付令之日起 15 日内，支付周先生 2005 年 11 月至 2008 年 3 月的工资共计 20 万元及相关诉讼费用。■

## 4.2 休息休假

### 4.2.1 法理精解



休息休假是指企业、事业、机关、团体等单位的劳动者按规定不必进行工作，而自行支配的时间。休息休假的权利是每个国家的公民都应享受的权利。我国《宪法》第 43 条规定："中华人民共和国劳动者有休息的权利。"该规定被确定为劳动法的基本原则之一。《劳动法》（1994）第 38 条规定："用人单位应当保证劳动者每周至少休息一日。"休息休假的具体时间根据劳动者的工作地点、工作种类、工作性质、工龄长短等各有不同，用人单位与劳动者在约定休息休假事项时应当遵守劳动法及相关法律法规的规定。因此，《劳动法》（1994）第 39 条规定："企业因生产特点不能实行本法第三十六条、第三十八条规定的，经劳动行政部门批准，可以实行其他工作和休息方法。"《全国年节及纪念日放假办法》（2007）[⊖]规定了全体公民放假的节日、部分公民放假的节日及纪念日、少数民族习惯的节日以及纪念日的放假办法等。

#### 1. 工作日内的休息时间

工作日内的休息时间，又称工作日的间歇时间，是指劳动者在劳动过程中的休息和用膳时间，包括一个工作日内的间歇时间和两个工作日之间的间歇时间。

---

⊖ 1949 年 12 月 23 日政务院发布，根据 1999 年 9 月 18 日《国务院关于修改〈全国年节及纪念日放假办法〉的决定》第一次修订，根据 2007 年 12 月 14 日《国务院关于修改〈全国年节及纪念日放假办法〉的决定》第二次修订。

一个工作日内的间歇时间，是指劳动者在每日的工作岗位上生产或工作的过程中的工间休息时间和用膳时间。工间休息时间和用膳时间因工作岗位和工作性质的不同而有不同，一般休息 1 至 2 小时，最少不能少于半小时。间歇时间一般于工作 4 小时后开始，不算作工作时间。有的岗位由于生产不能间断不能实行固定的间歇时间，也应使职工在工作时间内有用膳时间。有些单位实行工间操制度，即在上午和下午各 4 小时的工作时间中间规定 20 分钟的休息时间，一般在工作两小时后开始，这种工间操时间与间歇时间不同，计入工作时间。



两个工作日之间的间歇时间，是指劳动者在一个工作日结束后至下一个工作日开始的期间内所享有的休息时间，其长度应以保证劳动者的体力和工作能力得到恢复为标准，一般为 15 ~ 16 小时。实行轮班制的，其班次必须平均调换，一般可在休息日之后调换。在调换班次时，不得让工人连续工作两个工作日。

**2. 休息日**

休息日是指在不违反劳动法规定的情况下，劳动者与用人单位双方约定的休息日，这是法律保障劳动者休息权利的强制性要求。

按惯例，休息日一般是指周末双休，但具体到劳动者个人则与劳动合同具体约定有关，如果劳动合同约定员工享有双休，则双休日为休息日；如果因为工作岗位及工种性质不同而约定其他休息方式的，只要不违反劳动法对劳动者休息时间的最低保障规定，都是合法的。

安排劳动者在休息日工作的，首先应该安排其补休，补休时间应等同于加班时间；如果不能安排补休的，则按照不低于劳动者本人日工资或小时工资的 200% 支付加班工资。

**3. 法定节假日**

法定休假日，也就是通常所说的节假日。《全国年节及纪念日放假办法》（2007）第 2 条规定了全体公民放假的节日：①元旦，放假 1 天（1 月 1 日）；②春节，放假 3 天（农历除夕、正月初一、初二）；③清明节，放假 1 天（农历清明当日）；④劳动节，放假 1 天（5 月 1 日）；⑤端午节，放假 1 天（农历端午当日）；⑥中秋节，放假 1 天（农历中秋当日）；⑦国庆节，放假 3 天（10 月 1 日、2 日、3 日）。第 3 条规定了部分公民放假的节日及纪念日：①妇女节（3 月 8 日），妇女放假半天；②青年节（5 月 4

日），14 周岁以上的青年放假半天；③儿童节（6 月 1 日），不满 14 周岁的少年儿童放假 1 天；④中国人民解放军建军纪念日（8 月 1 日），现役军人放假半天。第 4 条规定的是少数民族习惯的节日，由各少数民族聚居地区的地方人民政府，按照各该民族习惯，规定放假日期。

《全国年节及纪念日放假办法》（2007）第 6 条规定，“全体公民放假的假日，如果适逢星期六、星期日，应当在工作日补假。部分公民放假的假日，如果适逢星期六、星期日，则不补假。”《劳动法》（1994）第 44 条第 3 项规定，法定休假日安排劳动者工作的，用人单位应支付不低于工资的 300% 的工资报酬。

**4. 探亲假**

探亲假，是指职工享有保留工作岗位和工资而同分居两地又不能在公休日团聚的配偶或父母团聚的假期。我国关于探亲假及其待遇的规定主要有:《国务院关于职工探亲待遇的规定》（国发［1981］36 号）、《国务院探亲规定实施细则的若干问题的意见》（［1981］劳总险字 12 号）。

根据《国务院关于职工探亲待遇的规定》（国发［1981］36 号），享受探亲假必须具备以下条件：①主体条件。只有在国家机关、人民团体和全民所有制企业、事业单位工作的职工才可以享受探亲假待遇。②时间条件。工作满一年。③事由条件。一是与配偶不住在一起，又不能在公休假日团聚的，可以享受探望配偶的待遇；二是与父亲、母亲都不住在一起，又不能在公休假日团聚的，可以享受探望父母的待遇。“不能在公休假日团聚”是指不能利用公休假日在家居住一夜和休息半个白天。职工与父亲或与母亲一方能够在公休假日团聚的，不能享受本规定探望父母的待遇。需要指出的是，探亲假不包括探望岳父母、公婆和兄弟姐妹。新婚后与配偶分居两地的从第二年开始享受探亲假。此外，学徒、见习生、实习生在学习、见习、实习期间不能享受探亲假。

《国务院关于职工探亲待遇的规定》（国发［1981］36 号）第 4 条规定，探亲假期分为以下几种：①探望配偶，每年给予一方探亲假一次，30 天。②未婚员工探望父母，每年给假一次，20 天，也可根据实际情况，2 年给假一次，45 天。③已婚员工探望父母，每 4 年给假一次，20 天。探亲假期是指职工与配偶、父、母团聚的时间，另外，根据实际需要给予路程假。上述假期均包括公休假日和法定节日在内。④凡实行休假制度的职工（例如学校的教职工），应该在休假期间探亲；如果休假期较短，可由本单位适当安排，补足其探亲假的天数。

《国务院关于职工探亲待遇的规定》（国发［1981］36 号）第 5 条规定，职工在规定的探亲假期和路程假期内，按照本人的标准工资发给工资。第 6 条规定，职工探望配偶和未婚职工探望父母的往返路费，由所在单位负担。已婚职工探望父母的往返路费，在本人月标准工资 30% 以内的，由本人自理，超过部分由所在单位负担。需要指出的是，对非国有企事业单位的职工是否有探亲假，国家无规定。因此，这类用人单位可根据本单位的实际情况，决定是否参考国务院有关规定制定本单位有关探亲假的规章制度。

我国的探亲制度是 1958 年建立的，其主要目的是为了解决职工与亲属长期分居两地的团聚问题。而 1981 年制定的《职工探亲规定》则是与当时的计划经济模式相适应的。时隔近 30 年，我国社会情况发生了巨大的变化。现在的劳动者对该规定知之甚少，即使有些了解该条例的劳动者绝大多数也不敢申请，从而引发了社会对该项“形同虚设”的探亲假的政策是否应该延续的讨论。

**5. 婚丧假**

婚假待遇：①按法定结婚年龄（女 20 周岁，男 22 周岁）结婚的，可享受 3 天婚假。②符合晚婚年龄（女 23 周岁，男 25 周岁）的，可享受晚婚假 15 天（含 3 天法定婚假）。③结婚时男女双方不在一地工作的，可视路程远近，另给予路程假。④在探亲假（探父母）期间结婚的，不另给假期。⑤婚假包括公休假和法定假。⑥再婚的可享受法定婚假，不能享受晚婚假。⑦婚假期间工资待遇：在婚假和路程假期间，工资照发。

关于婚假的法律法规：①《人口与计划生育法》第 25 条规定：“公民晚婚晚育，可以获得晚婚假、生育假的奖励或者其他福利待遇。”②《婚姻法》、《劳动法》中未提及婚假。③现在仍然有效的国家劳动总局、财政部《关于国营企业职工请婚假和路程假问题的通知》（1980 年 2 月 20 日［1980］劳总薪字 29 号）规定：“一、职工本人结婚或职工的直系亲属（父母、配偶和子女）死亡时，可以根据具体情况，由本单位行政领导批准，酌情给予一至三天的婚丧假。二、职工结婚时双方不在一地工作的；职工在外地的直系亲属死亡时需要职工本人去外地料理丧事的，企业应该根据路程远近，另给予路程假。三、在批准的婚假和路程假期间，职工的工资照发。途中的车船费等，全部由职工自理。四、以上规定从本通知下达之月起执行。”

《国家劳动总局、财政部关于国营企业职工请婚丧假和路程假问题的通知》（[1980] 劳总薪字29号）规定：婚假1~3天，结婚双方不在一地的另外给予路程假。而晚婚假天数，各地不一，但多在10~30天。具体参见如下：

（1）北京：婚假3天+晚婚假7天=10天（北京市人口与计划生育条例（2003年7月18日北京市第十二届人民代表大会常务委员会第五次会议通过）第20条）。

（2）上海：婚假3天+晚婚假7天=10天（上海市人口与计划生育条例（2003年12月31日上海市第十二届人大常委会第九次会议审议通过）第33条）。

（3）天津：婚假3天+晚婚假7天=10天（天津市人口与计划生育条例（2003年7月11日天津市第十四届人民代表大会常务委员会第四次会议通过）第23条）。

（4）重庆：婚假3天+晚婚假10天=13天（重庆市人口与计划生育条例（2005年9月29日重庆市第二届人民代表大会常务委员会第十九次会议修订）第28条）。

（5）安徽：婚假3天+晚婚假20天=23天（安徽省人口与计划生育条例（2004年6月26日安徽省第十届人民代表大会常务委员会第十次会议修改）第39条）。

（6）福建：晚婚的婚假=15天（福建省人口与计划生育条例（2002年7月26日福建省第九届人民代表大会常务委员会第三十三次会议修订）第38条）。

（7）甘肃：晚婚的婚假=30天（甘肃省人口与计划生育条例（2005年11月25日省十届人大常委会第十九次会议修正）第25条）。

（8）广东：婚假3天+晚婚假10天=13天（广东省人口与计划生育条例（2002年7月25日广东省第九届人民代表大会常务委员会第三十五次会议修订）第36条）。

（9）广西：婚假3天+晚婚假12天=15天（广西壮族自治区人口与计划生育条例（2004年6月3日广西壮族自治区第十届人民代表大会常务委员会第八次会议修正）第29条）。

（10）贵州：婚假3天+晚婚假10天=13天（贵州省人口与计划生育条例（2002年9月29日贵州省第九届人民代表大会常务委员会第三十一

次会议修订）第 52 条）。

（11）河北：婚假 3 天 + 晚婚假 15 天 = 18 天（河北省人口与计划生育条例（2003 年 7 月 18 日河北省第十届人民代表大会常务委员会第四次会议通过）第 32 条）。

（12）河南：婚假 3 天 + 晚婚假 18 天 = 21 天（河南省人口与计划生育条例（2002 年 11 月 30 日河南省第九届人民代表大会常务委员会第三十一次会议通过）第 33 条）。

（13）黑龙江：婚假 3 天 + 晚婚假 15 天 = 18 天（黑龙江省人口与计划生育条例（2002 年 10 月 18 日黑龙江省第九届人民代表大会常务委员会第三十二次会议通过）第 46 条）。

（14）湖北：婚假 3 天 + 晚婚假 15 天 = 18 天（湖北省人口与计划生育条例（2002 年 12 月 1 日湖北省第九届人民代表大会常务委员会第三十七次会议通过）第 31 条）。

（15）湖南：婚假 3 天 + 晚婚假 12 天 = 15 天（湖南省人口与计划生育条例（2007 年 9 月 29 日湖南省第十届人民代表大会常务委员会第二十九次会议修正）第 24 条）。

（16）吉林：婚假 3 天 + 晚婚假 12 天 = 15 天（吉林省人口与计划生育条例（2004 年 6 月 18 日吉林省第十届人民代表大会常务委员会第十一次会议修改）第 48 条）。

（17）江苏：婚假 3 天 + 晚婚假 10 天 = 13 天（江苏省人口与计划生育条例（2004 年 6 月 17 日江苏省第十届人民代表大会常务委员会第十次会议修订）第 30 条）。

（18）江西：婚假 3 天 + 晚婚假 15 天 = 18 天（江西省人口与计划生育条例（2002 年 7 月 29 日江西省第九届人民代表大会常务委员会第三十一次会议第三次修订）第 42 条）。

（19）辽宁：婚假 3 天 + 晚婚假 7 天 = 10 天（辽宁省人口与计划生育条例（2006 年 1 月 13 日辽宁省第十届人民代表大会常务委员会第二十三次会议修订）第 30 条）。

（20）内蒙古：婚假 3 天 + 晚婚假 15 天 = 18 天（内蒙古自治区人口与计划生育条例（2002 年 9 月 27 日内蒙古自治区第九届人民代表大会常务委员会第三十二次会议修订）第 42 条）。

（21）宁夏：婚假 3 天 + 晚婚假 15 天 = 18 天（宁夏回族自治区人口与计划生育条例（2002 年 11 月 7 日宁夏回族自治区第八届人民代表大会常

务委员会第二十九次会议修订）第31、35条）。

（22）青海：婚假3天+晚婚假15天=18天（青海省人口与计划生育条例（2002年9月20日青海省第九届人民代表大会常务委员会第三十二次会议通过）第19条）。

（23）山东：婚假3天+晚婚假14天=17天（山东省人口与计划生育条例（2002年9月28日山东省第九届人大常委会第31次会议通过）第30条）。

（24）山西：晚婚的婚假=1个月（山西省人口与计划生育条例（2002年9月28日山西省第九届人民代表大会常务委员会第三十一次会议修正）第42条）。

（25）陕西：婚假3天+晚婚假20天=23天（陕西省人口与计划生育条例（2002年9月29日陕西省第九届人民代表大会常务委员会第三十二次会议通过）第36条）。

（26）四川：婚假3天+晚婚假20天=23天（四川省人口与计划生育条例（2004年9月24日四川省第十届人民代表大会常务委员会第十一次会议修正）第32条）。

（27）新疆：婚假3天+晚婚假20天=23天（新疆维吾尔自治区人口与计划生育条例（2006年5月25日新疆维吾尔自治区第十届人民代表大会常务委员会第二十四次会议修正）第25条）。

（28）云南：婚假3天+晚婚假15天=18天（云南省人口与计划生育条例（2002年7月25日云南省第九届人大常委会第二十九次会议通过）第26条）。

（29）浙江：婚假3天+晚婚假12天=15天（浙江省人口与计划生育条例（2007年9月28日浙江省第十届人民代表大会常务委员会第三十四次会议修正）第36条）。

（30）中国人民解放军：婚假3天+晚婚假7天=10天（中国人民解放军计划生育条例第28条）。

### 6. 工伤假

**《企业职工患病或非因工负伤医疗期规定》（1995）**

第一条　为了保障企业职工在患病或非因工负伤期间的合法权益，根据《中华人民共和国劳动法》第二十六、二十九条规定，制定本规定。

第二条　医疗期是指企业职工因患病或非因工负伤停止工作治病休息

不得解除劳动合同的时限。

第三条　企业职工因患病或非因工负伤，需要停止工作医疗时，根据本人实际参加工作年限和在本单位工作年限，给予三个月到二十四个月的医疗期：

（一）实际工作年限十年以下的，在本单位工作年限五年以下的为三个月；五年以上的为六个月。

（二）实际工作年限十年以上的，在本单位工作年限五年以下的为六个月；五年以上十年以下的为九个月；十年以上十五年以下的为十二个月；十五年以上二十年以下的为十八个月；二十年以上的为二十四个月。

第四条　医疗期三个月的按六个月内累计病休时间计算；六个月的按十二个月内累计病休时间计算：九个月的按十五个月内累计病休时间计算：十二个月的按十八个月内累计病休时间计算：十八个月的按二十四个月内累计病休时间计算：二十四个月的按三十个月内累计病休时间计算。

第五条　企业职工在医疗期内，其病假工资、疾病救济费和医疗待遇按照有关规定执行。

第六条　企业职工非因工致残和经医生或医疗机构认定患有难以治疗的疾病，在医疗期内医疗终结，不能从事原工作，也不能从事用人单位另行安排的工作的，应当由劳动鉴定委员会参照工伤与职业病致残程度鉴定标准进行劳动能力的鉴定。被鉴定为一至四级的，应当退出劳动岗位，终止劳动关系，办理退休、退职手续，享受退休、退职待遇；被鉴定为五至十级的，医疗期内不得解除劳动合同。

第七条　企业职工非因工致残和经医生或医疗机构认定患有难以治疗的疾病，医疗期满，应当由劳动鉴定委员会参照工伤与职业病致残程度鉴定标准进行劳动能力的鉴定。被鉴定为一至四级的，应当退出劳动岗位，解除劳动关系，并办理退休、退职手续，享受退休、退职待遇。

第八条　医疗期满尚未痊愈者，被解除劳动合同的经济补偿问题按照有关规定执行。

第九条　本规定自 1995 年 1 月 1 日起施行。

**7. 女职工的保护休假**

根据《劳动法》（1994）及国务院发布的《女职工劳动保护规定》（1988），任何用人单位的女职工均享有产假，假期为 90 天，其中产前休假 15 天。难产的，增加产假 15 天。多胞胎生育的，每多生育一个婴儿，增加产假15天。女职工怀孕流产的，所在单位应当根据医务部门的证明，给予一定时间的产假。女职工怀孕不满4个月流产时，给予15天至30天的产假；怀孕满4个月以上流产者，给予42天产假。

关于产假期间的工资待遇。如果企业没有参加生育保险社会统筹，女职工产假期间的工资应该由企业支付。《女职工劳动保护规定》(1988) 规定，不得在女职工怀孕期、产期、哺乳期降低其基本工资。如果企业参加了当地劳动保障部门建立的生育保险，并且按时足额缴纳生育保险费的，根据《企业职工生育保险试行办法》(劳部发［1994］504号) 规定，女职工产假期间，由社会保险经办机构发给生育津贴，其标准是本企业上年度职工月平均工资。

除了国家统一规定的产假外，各省、自治区、直辖市颁布的计划生育条例中一般都规定了奖励产假，各地奖励产假的期限有所不同。《山东省人口与计划生育条例》规定，已婚妇女年满二十三周岁妊娠生育第一个子女的为晚育。女方晚育的，除国家规定的产假外，增加产假六十日，并给予男方护理假七日。增加的婚假、产假、护理假，视为出勤，工资照发，福利待遇不变。

另外，根据国务院《女职工劳动保护规定》(1998) 的规定，怀孕的女职工在劳动时间内进行产前检查，应当算作劳动时间。原劳动部《〈女职工劳动保护规定〉问题解答》(劳安字［1989］1号) 进一步明确规定，为了保护孕妇和胎儿的健康，应按卫生部门的要求作产前检查。女职工产前检查应按出勤对待，不能按病假、事假、旷工处理。对在生产第一线的女职工，要相应地减少生产定额，以保证产前检查时间。

**8. 加班事实的认定**

计算加班工资的一个前提就是“加班的事实”必须是法律意义上的加班。在实践中，应该注意以下几点。

(1) 劳动者自愿延长工作时间的不属于加班。用人单位支付加班工资的前提是“用人单位根据实际需要安排员工在法定标准工作时间以外工作”，即由用人单位安排加班的，用人单位才应支付加班工资。如果员工的工作既不是用人单位的要求、决定，也没有在用人单位认可的加班记录，而只是自愿加班的情况，则不属于加班，用人单位无须支付加班费。但是，如果用人单位对员工的加班予以追认的话，就是单位安排的加班，就应该支付相应的加班工资。

（2）劳动者必须有证据证明为单位安排可确认为“事实加班”。例如，用人单位的部门主管总是在放长假前，安排下属在长假结束后交一份企划书。这实际上是间接要求该下属员工在长假期间留出时间完成工作，是变相延长了员工的工作时间，属于加班。但要注意，前提是员工必须有证据证明，确属因用人单位安排了过多的工作任务，而使员工不得不在正常的工作时间以外加班。

（3）综合计算工时制人员在标准工作时间内没有加班收入。按照劳动部《关于企业实行不定时工作制和综合计算工时工作制的审批办法》（劳部发［1994］503号）和《关于员工工作时间有关问题的复函》（劳部发［1997］271号）规定，经批准实行综合计算工时工作制的企业，在综合计算周期内的总实际工作时间不应超过总法定标准工作时间，超过部分应视为延长工作时间并按《劳动法》（1994）第44第1款的规定支付工资报酬（不低于工资标准的150%支付加班工资），其中法定休假日安排员工工作的，按《劳动法》（1994）第44第3款的规定支付工资报酬（不低于工资标准的300%支付加班工资），而且延长工作时间的小时数平均每月不得超过36小时。

（4）实行不定时工作制的领导者没有加班收入。我国《劳动法》（1994）规定，实行每天不超过8小时，每周不超过44小时或40小时标准工作时间制度的企业，以及经批准实行综合计算工时工作制的企业，应当按照《劳动法》（1994）的规定支付员工延长工作时间的工资报酬。但依照《民法通则》（1986）第5条、最高人民法院《关于贯彻执行〈中华人民共和国劳动法〉若干问题的意见》第60条、《关于企业实行不定时工作制和综合计算工时工作制的审批办法》（劳部发［1994］503号）的规定，实行不定时工作的人员除外。实行不定时工作制的岗位通常包括“企业中的高级管理人员、外勤人员、推销人员、部分值班人员和其他因工作无法按标准工作时间衡量的员工；企业中的长途运输人员、出租汽车司机和铁路、港口、仓库的部分装卸人员以及因工作性质特殊，需机动作业的员工；其他因生产特点、工作特殊需要或职责范围的关系，适合实行不定时工作制的员工。”不过，如果用人单位在法定休假日安排员工工作的，仍然应当按照不低于本人工资标准的300%支付加班费。

（5）实行计件工资制的，在定额外安排工作的应认定为“加班”。实行计件工资的员工，在完成计件定额任务后，由用人单位安排延长工作时间的，应根据《劳动法》（1994）第44条规定的原则，分别按照不低于其本人法定工作时间计件单价的150%、200%、300%支付其工资。

**9. 加班工资基数的确定**

在确认了加班时间事实的基础上，要准确计算加班费，接下来就必须确定加班费的计算基数，即劳动者的小时工资率，其计算公式为：小时工资率=月工资收入÷月计薪天数。

第一，关于月工资收入。现行法律法规没有明确规定月工资收入，实践中对月工资收入的确定应把握以下几点。

（1）如果劳动合同对工资数额有明确约定的，则按不低于劳动合同约定的工资标准确定；如果集体合同（工资集体协议）确定的工资标准高于劳动合同约定标准的，则按集体合同（工资集体协议）标准确定；劳动合同、集体合同均未约定的，可由用人单位与员工代表通过集体协商确定，协商结果应签订工资集体协议；如果劳动合同的工资项目分为“基本工资”、“岗位工资”、“职务工资”等，应当以各项工资的总和作为基数计发加班费，不能以“基本工资”、“岗位工资”或“职务工资”单独一项作为计算基数。

（2）如果劳动合同没有明确约定工资数额，或者合同约定不明确时，原则上“月工资收入”以员工实际月工资为标准。如果有具体的地方法规，遵照相应的地方法规执行。应当注意一点，尽管原则上以实际工资收入作为“月工资收入”计算加班费基数，但是未在工资条中体现的补贴及津贴，可以不计入“月工资收入”。

实行计件工资的，应当以法定时间内的计件单价为加班费的计算基数。月工资收入如果低于当地最低工资标准的，则以最低工资确定月工资收入。

第二，关于月计薪天数。根据《全国年节及纪念日放假办法》（国务院令第513号）和《关于员工全年月平均工作时间和工资折算问题的通知》（劳社部发20083号）的相关规定，按照《劳动法》（1994）第51条的规定，法定节假日用人单位应当依法支付工资，即折算日工资、小时工资时不剔除国家规定的11天法定节假日。由此可知，月计薪天数法律明确规定一律为21.75天。计算公式如下：

日工资=月工资收入÷月计薪天数

小时工资=月工资收入÷（月计薪天数×8小时）

月计薪天数=（365天-104天）÷12月=21.75天

## 4.2.2 案例剖析

**案例 4-3**

### 补发探亲假期工资获得支持

1995 年，孙先生大学毕业后分配至上海某建筑公司任技术员。该建筑公司为振兴企业生产经营，在 1997 年春节期间安排孙先生参加科技攻关小组。1998 年春节前，攻关小组攻关成功，孙先生向公司提出回云南探望父母，公司只批准其 20 天的假期。孙先生到家后，因其父亲患病住院需有人照料，遂向厂方请求补休上一年 20 天的探亲假。前后只用 45 天，路途时间 4 天。某建筑公司对批准孙先生探亲的 20 天假按事假扣发了当月工资，另 25 天作为超假按高于工资 2 倍的标准扣发了工资，同时不报销其往返路费。孙先生提起仲裁。

**法理分析**

根据《关于职工探亲待遇的规定》（国务院，1981）第 2 条规定，本案中的孙先生分配至某建筑公司后，1997 年应享有探亲假 20 天，因工作原因未休假，可放在 1998 年补休或合并使用。两年给假一次的按上述规定应为 45 天。孙先生实际休假 41 天，加上 4 天路途时间合计为 45 天，并未超过法定假期。根据该规定第 5 条、第 6 条的规定，建筑公司扣发孙先生休假期间工资，不予报销路费的做法是错误的，应予纠正。■

**案例 4-4**

### 已婚职工享有探亲假权利

赵先生在远离父母的一个城市工作，最近因母亲生病，赵先生向单位提出休假回家探亲，被所在单位拒绝。单位认为，赵先生今年已在本地结婚成家，无权再享受探亲假。赵先生向劳动争议仲裁委员会提起仲裁，要求单位同意休探亲假。

**法理分析**

已婚职工仍然享有探望父母的探亲假的权利，只不过是每 4 年享受一次。赵先生所在单位以赵某已在本地结婚为由剥夺其享受探望父母的探亲假的权利，是违反劳动法关于劳动者休假权利的规定的，应予纠正。■

**案例 4-5**

### 病假期间禁止从事第二职业

1998 年 5 月，郑州某机械厂职工吴先生因患接触性皮炎，休息治疗。单位发现吴先生在医疗期间从事第二职业，通知上班未果。10 月 15 日，单位以旷工为由，将吴先生除名。吴先生不服，诉至当地劳动仲裁委。经查，1998 年 5 月 23 日，吴先生到某职业病医院诊断，结果为“患接触性皮炎，需休息治疗半年观察”。厂方同意其休息。3 个月后，吴先生到其弟开办的公司做推销，厂方发现后，停止了吴先生的病假工资，并通知他回厂上班。吴先生以患病为由拒绝上班。厂方派人将吴先生送到某医院检查，诊断结果为“均正常”。于是，厂方书面通知吴先生回厂上班，吴先生仍不服从。厂方按规定程序，以吴先生连续旷工超过 15 天为由，将其除名。

资料来源：http://www.rednet.cn。

**法理分析**

劳动部等五部门《关于加强企业伤病长休职工管理工作的通知》（劳险字［1992］14 号）之四规定：“伤病休假职工不得从事有收入的活动，机关、事业单位、社会团体和企业不得聘用伤病休假职工。对利用伤病假从事有收入活动的职工，要停其伤病保险待遇，不予报销医药费，并限期返回单位复工。经批评教育不改的，可按《企业职工奖惩条例》和辞退违约职工的规定处理。”本案中的吴先生凭医院出具的诊断证明，经厂方批准后休假，是其享有的合法权利。但吴先生利用休假从事有收入的活动，形成新的事实上的劳动关系，违反了法律规定。厂方合理合法安排吴先生工作却被无理拒绝，已造成旷工事实，厂方对其除名是合法的。■



**案例 4-6**

## 各类休假日加班付费综合案

李小姐是广东某服装生产企业的工资核算员，其与企业签订的劳动合同中明确约定月工资为 900 元。加上三种补贴 300 元（包括交通费 80 元/月、通讯补贴 40 元/月、伙食补贴 180 元/月），实际上每月收入达到 1 200 元。三种补贴是以充值卡和现金的形式发放的，未在工资总额中体现。当地最低保障收入为 750 元/月。2008 年春节前一月，由于工作忙，李小姐被要求在一个周末加班两天。在春节前第二周，由于工作未完成，李小姐自己决定每天加班 2 小时。在春节期间，李小姐被公司安排了值班 3 天（初一、初四和初五）。当月累计加班时间 50 小时。春节后上班，李小姐向人力资源部递交了辞职申请，并在第二天获得同意辞职的批复。在结算工资的时候，李小姐获得的加班工资为 180 元，过节费 150 元。并在春节上班后的第一周安排李小姐补休 1 天。李小姐认为加班费的计算不合理，要求人力资源部提供加班工资的算法。人力资源部计算出来的李小姐的加班工资是 240 元（计算方法是 $750 \div 25 \div 8 \times 32 \times 2$）。李小姐主张：①计算加班工资基数应该是每月的实际收入 1 200 元；②春节前一周的加班 10 小时应该计算加班费；③补休只能补休休息日加班，而不应补休初一的三倍加班工资。因此，李小姐主张自己的加班工资是 522 元［计算方法是 $1\,200 \div 25 \div 8 \times (24 \times 2 + 10 \times 1.5 + 8 \times 3)$］，要求企业补发 282 元。企业不同意李小姐的要求，认为：①加班工资基数在不低于当地最低生活保障的情况下可以自行决定；②春节前每天加班 2 小时是李小姐的自愿行为，企业无须支付加班费；③企业给李小姐发了过节费，又给了补休，因此，可以不按 3 倍计发初一的加班工资。双方不能达成一致，李小姐向当地劳动仲裁部门申请仲裁。仲裁委员会认定李小姐的加班工资为 372 元［计算方法是 $900 \div 21.75 \div 8 \times (24 \times 2 + 8 \times 3)$］，裁定企业补发李小姐加班工资 132 元。同时认为服装公司在 1 月内安排李小姐的累计加班时间 40 小时，超过了规定的 36 小时，对服装公司做出行政处罚。

资料来源：法律快车。

**法理分析**

①劳动法上的加班必须是用人单位安排的加班，劳动者自愿加班不属于法律意义上加班，不会得到法律的支持和保护。本案中的李小姐在春节前一周每天 2 小时的加班由于不能提供是单位安排加班的证据，不能被确认为法律意义上的加班，企业可以不支付加班费。②本案中李小姐在劳动合同中约定月收入为 900 元/月，因而应以此作为其月工资收入，其加班工资基数 $= 900 \div 21.75 = 41.38$。如果李小姐的工作地点在上海地区，按照 70% 计算其"月工资收入"的结果为 630 元，低于当地最低工资标准。在此情况下，其月工资收入以最低工资标准 750 元。③根据《劳动法》（1994）第 44 条规定的各种情形（相互之间不能代替），本案中李小姐初一的加班，应该按 300% 支付加班费；如果企业追认了春节前一周李小姐每天自愿 2 小时的加班，其加班费应按正常小时工资的 150% 支付。④根据规定，又如单位在法定节假日安排员工加班的，应当按照不低于劳动者本人日或小时工资的 300% 的标准支付加班工资，而不得以调休等方式代替。但是依据《劳动法》（1994）第 44 条的规定，休息日安排员工加班工作的，应当首先安排补休；只有在不能补休时，才应该支付不低于工资的 200% 的工资报酬；补休时间应等同于加班时间。[㊀]也就是说，在休息日安排员工工作，安排了补休可以不再支付加班工资。需要注意的是，加班工资是对劳动者在额外工作时间提供额外工作的报偿，不管用人单位是否支付过节费（属于福利政策），如果安排员工加班，就必须按照相关规定安排补休或计算加班工资。因此，本案中服装公司的说法没有依据，李小姐初一的加班可以获得 300% 的加班工资，补休可以抵消李小姐周末或初四、初五四天中的两天。⑤根据《劳动法》（1994）第 41 条的规定，[㊁]用人单位安排员工加班必须遵守一定的程序，加班时间的长短也有强制性的规定。如果超时，无论用人单位支付多少加班费，均属违法。本案中，服装公司安排李小姐的有效加班时间为 40 小时，超出了《劳动法》（1994）规定的 36 小时，因而仲裁机构对服装公司做出了行政处罚。■

---

㊀ 《劳动法》（1994）第 44 条对延长工作时间支付高于正常工作时间工资的工资报酬问题规定了三种情形：①安排劳动者延长工作时间的，支付不低于工资的 150% 的工资报酬；②休息日安排劳动者工作又不能安排补休的，支付不低于工资 200% 的工资报酬；③法定休假日安排劳动者工作的，支付不低于工资的 300% 的工资报酬。由此可知，对于第二种情形，劳动者在休息日被用人单位安排工作的，其待遇有两种选择：一是安排补休；二是支付不低于工资 200% 的工资报酬，而且能够安排补休的不再支付工资 200% 的工资报酬。第一种和第三种情形下则只能支付法律规定的工资报酬。

㊁ 《劳动法》（1994）第四十一条　用人单位由于生产经营需要，经与工会和员工协商后可以延长工作时间，一般每日不得超过一小时；因特殊原因需要延长工作时间的，在保障员工身体健康的条件下延长工作时间每日不得超过三小时，但是每月不得超过三十六小时。

### 4.2.3 防险技巧

建议用人单位采取以下措施：

（1）建立健全加班审批管理制度，严格加班申请流程。确因工作需要进行加班的，应由所在部门将加班申请交人力资源部审核后，报公司经理批准后才可以进行加班，规定员工非因特殊情况未经批准不得擅自在公司加班。用人单位也可以将加班审批制度约定在劳动合同中。

（2）核准劳动者加班工资，实行加班与绩效考核相挂钩的薪酬制度；正确计算劳动者加班工资，建议用人单位在劳动合同中具体载明劳动者的工资数额；在发放工资时必须制定包含加班工资在内的工资对账结算单，由员工亲笔签字后才能领取当月各项工资。

（3）利用调休取代休息日加班费。根据《劳动法》（1994）第44条第2项的规定，“休息日安排劳动者工作又不能安排补休的，支付不低于工资的百分之二百的工资报酬”。因此，如果用人单位安排劳动者休息日加班的，有权优先选择安排劳动者补休代替支付加班费。



## 4.3 带薪年假

### 4.3.1 法理精解

我国《劳动法》（1994）第45条规定：“国家实行带薪年休假制度。劳动者连续工作1年以上的，享受带薪年休假。具体办法由国务院规定。”2007年12月国务院第198次常务会议通过的《职工带薪年休假条例》（2007）于2008年1月1日起正式施行的。为了保障和增强《职工带薪年休假条例》（2007）实施的可操作性，人力资源和社会保障部于2008年9月18日以第1号令的形式发布了《企业职工带薪年休假实施办法》（2008）。这些法规为我国劳动者享受带薪年假提供了夯实的法律依据。

根据《职工带薪年休假条例》（2007）第2条规定：“机关、团体、企业、事业单位、民办非企业单位、有雇工的个体工商户等单位的职工连续工作1年以上的，享受带薪年休假（以下简称年休假）。单位应当保证职工享受年休假。职工在年休假期间享受与正常工作期间相同的工资收入。”

《企业职工带薪年休假实施办法》（2008）第3条规定："职工连续工作满12个月以上的，享受带薪年休假。"可见带薪年假的适用对象非常宽泛，只要是每一位有工作单位的人均可享受，享受带薪年假的前提条件只须满足连续工作1年以上的工作时间，且该工作时间不要求必须是在当前单位的工作时间。

但享受带薪年假的长短，要根据该员工在当前单位本年度的工作时间来确定，根据《企业职工带薪年休假实施办法》（2008）第5条第1款的规定："职工新进用人单位且符合本办法第3条规定的，当年度年休假天数，按照在本单位剩余日历天数折算确定，折算后不足1整天的部分不享受年休假。"根据《企业职工带薪年休假实施办法》（2008）第3条规定的计算方式，累计工作时间不满10年的跳槽职工在新单位当年休带薪假的临界点为73天，意即在新单位须工作满73天以上方可休带薪年假，因此在每年10月20日之后跳槽而还未休年假者，当年的年假基本上就不能享受。

用人单位应当保障每位劳动者休带薪年假的法定权利，除由劳动者本人做出书面放弃休假权利的承诺外，任何单位都无权剥夺。用人单位对职工未休年假的天数均应给予法定的报酬，且应当在应休年假年度内给付。

用人单位如果不能安排职工休假或者安排职工休假的天数不够法定天数的，应当在本年度内对职工未休年假的天数，按照其日工资收入的300%支付工资报酬。日工资收入按照职工本人的月工资除以月计薪天数（21.75天）进行折算。这里的月工资是指职工在用人单位支付其未休年休假工资报酬前12个月剔除加班工资后的月平均工资。在本用人单位工作时间不满12个月的，按实际月份计算月平均工资。

用人单位应当在当年度内给付职工应休年假的报酬。这意味着用人单位如果未能在应休年假年度内将职工未休年休假的报酬支付给职工的话，就构成拖欠职工的工资。对于用人单位拖欠职工工资的行为，根据《劳动合同法》（2007）的相关规定，劳动者有权随时通知解除劳动合同并可以被迫为由，主张获得解除劳动合同的经济补偿金。

劳动者离职时，可以就其应当享受而未享受的年休假天数要求用人单位支付300%的工资报酬，其应享受的年休假天数按职工当年已工作时间折算，不足1整天的部分不支付未休年休假工资报酬。但职工在离职前已休年休假的，多于折算应休年休假的天数不再扣回。

## 4.3.2 案例剖析

**案例 4-7**

### 辞职员工获年休假工资

2006 年 1 月，黄女士与上海某婚庆公司签订劳动合同，约定黄女士担任公司仓库管理员；2007 年度约定月工资为 1 800 元；2008 ~ 2009 年度约定月工资为 1 000 元。2008 年 6 月 3 日，黄女士向公司提出辞职，理由为公司在用工方面不规范、其自身利益受到侵害。同月 13 日，双方劳动关系解除。其间，黄女士向劳动争议仲裁委员会申请仲裁，要求公司支付 2008 年年休假工资 688.5 元，2008 年 8 月，仲裁委员会裁决对此不予支持。黄女士不服仲裁裁决，向南汇区法院提起诉讼。在法庭上，黄女士认为，因公司未按相关条例安排其年休假，现要求法院判令公司支付 2008 年应休未休年休假的工资报酬。公司方称，2008 年，黄女士在公司未做满整年，不应该享受年休假，故不同意支付黄女士年休假工资，要求法院驳回黄女士的这一诉讼请求。

**法院判决**

法院审理后认为，根据相关规定，黄女士在公司工作已满 1 年未满 10 年，2008 年其年休假应为 5 天。黄女士在公司工作至 2008 年 6 月 13 日，根据工作时间折算，黄女士 2008 年应休未休年休假为 2.26 天。现公司未能提供证据证明已安排过黄女士年休假，因此，作为公司方应支付黄女士未休年休假的工资报酬。据此，上海市南汇区人民法院于 2008 年 11 月一审判决上海某婚庆公司支付黄女士 2008 年未休年休假工资 561.10 元。

**法理分析**

根据《职工带薪年休假实施办法》（2008）的规定，在解除或者终止合同时，当年度未安排员工休满应休年假的，应当根据员工已工作的时间折算未休年假的工资报酬。因此，公司认为只有在员工做满整年的前提下才能享有年休假的说法错误，南汇区法院所作的上述判决正确。■

**案例 4-8**

### 年休假时间的计算公式

某公司规章制度规定：凡是在本单位连续工作满 5 年的职工，可享受 15 天的带薪年假。现有甲、乙、丙 3 人是该单位职工。其中，甲从学校毕业后一直在该公司上班，已在该单位连续工作 7 年；乙在其他单位已经有 14 年工作经验，但是在该公司工作是 3 年前的事；丙已经有 20 年的工作经验，其中包括在该公司连续工作的 3 年。

甲、乙、丙 3 人在本年度应分别享受的年休假天数如下：根据《职工带薪年休假条例》（2007）第 3 条规定："职工累计工作已满 1 年不满 10 年的，年休假 5 天；已满 10 年不满 20 年的，年休假 10 天；已满 20 年的，年休假 15 天。"由于该条文所确立的带薪年休假标准是法定的最低标准，任何用人单位安排劳动者休假都不能低于法定的5天或10天或15天（但可以高于该标准），由此可以得出甲、乙、丙3人应享受年休假天数的最低标准分别为5天、10天、15天。结合该公司规章制度中的规定，甲因在该公司已连续工作满5年，应当享受公司给予的15天年休假福利；乙和丙均不具备该条件，只能按法定标准享受。因此，甲、乙、丙3人在本年度应享受年休假的天数是：甲为15天、乙为10天、丙为15天。■



## 4.4 社会保险

社会保险是政府通过立法强制实施，由劳动者、劳动者所在的工作单位或社区以及国家3方面共同筹资，帮助劳动者及其亲属在遭遇年老、疾病、工伤、生育、失业等风险时，防止收入的中断、减少和丧失，以保障其基本生活需求的社会保障制度。

社会保险由国家成立的专门性机构进行基金的筹集、管理及发放，不以赢利为目的。社会保险体系主要由养老保险、医疗保险、失业保险、工伤保险和生育保险5个项目组成。

社会保险强调劳动者、劳动者所在用人单位以及国家三方共同筹资。体现了国家和社会对劳动者提供基本生活保障的责任。劳动者所在用人单位的缴费，使社会保险资金来源避免了单一渠道，增加了社会保险制度本身的保险系数。由于社会保险由国家强制实施，因此成为劳动合同不可缺少的内容。

### 4.4.1 法理精解

**1. 工伤保险**

工伤，又称为职业伤害、工业伤害，是指劳动者在从事职业活动或者与其相关的活动中所遭受的不良因素的伤害和职业病伤害。工伤事故与职业病时有发生，一旦发生工伤，会对工伤职工的身体、经济收入和家庭生活带来严重影响。

《工伤保险条例》（2010年修订）作为一部保护工伤职工权益的重要立法，从工伤认定、劳动能力鉴定、工伤保险待遇、法律责任等方面都作了具体规定。一旦被认定为工伤，劳动权益受损方便得以寻求法律救济。作为劳动者，要加强自身的安全保护意识和自我维权意识，切实保护自身合法权益（见表4-1）。

**表4-1　工伤职工的风险规避措施**

| 办理项目 | 注意事项 |
| --- | --- |
| 保留表明存在劳动关系的相关证据 | • 工伤认定，需要提交劳动合同文本复印件或其他建立劳动关系的有效证明、工伤事故发生时的原始病历卡复印件或医疗诊断证明原件；如果是职业病认定，则需要职业病诊断书原件；因机动车事故引起的伤亡事故提出工伤认定申请的，须提交公安交通管理等部门提供的责任认定书或其他有效证明<br>• 劳动者应注意保存上述证据，特别是要保留劳动合同、工资单、考勤表等能够证明自己与单位存在劳动关系的相关证据<br>• 如果没有劳动合同或其他和用人单位建立劳动关系的有效证明，而用人单位又不承认劳动关系的，则劳动者可以先申请劳动仲裁以确认劳动关系。只有认定了劳动关系，才可以申请工伤认定 |
| 1. 在工伤事故发生之日起一年内申请工伤认定 | • 工伤职工可以要求所在单位自事故伤害发生之日或者被诊断、鉴定为职业病之日起30日内，向统筹地区劳动保障行政部门提出工伤认定申请<br>• 用人单位未按规定提出工伤认定申请的，工伤职工或者其直系亲属、工会组织在事故伤害发生之日或者被诊断、鉴定为职业病之日起1年内，可以直接向用人单位所在地统筹地区劳动保障行政部门提出工伤认定申请。超过一年一般不再受理<br>• 提起工伤认定的，一般应提交下述材料：<br>1）工伤认定申请表一式一份；<br>2）劳动合同书复印件；若无则提供与用人单位存在事实劳动关系的材料；<br>3）事故发生时原始病例卡复印件或医疗诊断证明原件或职业病诊断书原件；<br>4）受伤害人身份证复印件；<br>5）因机动车事故引起的伤亡事故提出工伤认定申请的，提交公安交通管理等部门提供的责任认定书或其他有效证明；<br>6）以单位名义申报的，附工伤事故详细书面报告；以个人名义申报的，附工伤事故经过书面报告；<br>7）民工或未参保单位职工申请工伤认定的，提供工商行政管理部门出具的被申请人工商登记（即《企业基本情况》）。 |
| 2. 申请劳动能力鉴定 | • 职工取得工伤认定结果后，经治疗伤情相对稳定后存在残疾、影响劳动能力的，可申请劳动能力鉴定<br>• 职工对市级劳动能力鉴定委员会做出的鉴定结论不服的，可以在收到该鉴定结论之日起15日内向省、自治区、直辖市劳动能力鉴定委员会提出再次鉴定申请<br>• 省级劳动能力鉴定委员会做出的劳动能力鉴定结论为最终结论 |

（续）

| 办理项目 | 注意事项 |
| --- | --- |
| 3. 工伤待遇项目 | • 工伤医疗待遇、辅助器具待遇、停工留薪待遇、生活护理待遇、伤残补助待遇、伤残津贴待遇、工亡补助待遇、丧葬补助待遇、供养亲属抚恤待遇等，一般需要参照当地工伤待遇规定。 |
| 4. 工伤争议解决程序 | • 若对工伤待遇方面的争议，双方应当协商解决。<br>• 不愿协商或者协商不成的，可以向本企业劳动争议调解委员会申请调解。调解不成的，有权向劳动争议仲裁委员会申请仲裁。<br>• 当事人也可以不经企业调解委员会调解直接向劳动争议仲裁委员会申请仲裁。对仲裁裁决不服的，应当在接到仲裁结果15天内向人民法院起诉。 |



### 2. 生育保险

生育保险是国家通过立法，在女性劳动者因生育子女而导致劳动力暂时中断时，由国家和社会给予生活保障和物质帮助的一项社会保险制度，其宗旨在于通过向职业妇女提供生育津贴、医疗服务和产假，帮助他们恢复劳动能力，重返工作岗位。

生育保险提供的生活保障和物质帮助，通常由现金补助和实物供给两部分组成。现金补助主要是指给予生育妇女发放的生育津贴，有些国家还包括一次性现金补助或家庭津贴。实物供给主要是指提供必要的医疗保健、医疗服务以及孕妇、婴儿需要的生活用品等，提供的范围、条件和标准主要根据本国的经济实力而确定。

我国现行法律规定的生育待遇主要有3类：①产假，是指国家法律法规规定，给予职工在生育过程中休息的期限。法定正常产产假为90天，其中产前假期为15天，产后假期为75天。难产的，增加产假15天。若系多胞胎生育，每多生育一个婴儿增加产假15天。流产产假以4个月划界，其中不满4个月流产的，根据医务部门的证明给予15~30天的产假；满4个月以上流产的，产假为42天。②生育津贴（生育现金补助），是指国家法律、法规规定对职业妇女因生育而离开工作岗位期间，给予的生活费用。③生育医疗服务，是由医院、开业医生或合格的助产士向职业妇女和男性员工之妻提供的妊娠、分娩和产后的医疗照顾及必需的住院治疗。我国生育保险医疗服务项目主要包括检查、接生、手术、住院、药品、计划生育手术费用等。

我国现行有效的生育保险法律依据是：《劳动法》（1994）、《关于女职工生育待遇若干问题的通知》（劳险字［1988］2号）以及《社会保险法》

（2010）第六章。《女职工劳动保护规定》（国务院1998年第9号令）明确了“不得在女职工怀孕期、产期、哺乳期降低其基本工资或解除劳动合同”。并将产假由56天延长到90天，产假期间的工资以及医疗费用由职工所在单位负担。该规定的颁布，统一了机关、事业单位和企业的生育保险制度。《企业职工生育保险试行办法》（劳部发［1994］504号）将生育保险的管理模式由用人单位管理逐步转变为实行社会统筹，由各地社会保障机构负责管理生育保险工作。

**3. 失业保险**

失业保险，是指国家通过立法强制实行的，由社会集中建立基金，对因失业而暂时中断生活来源的劳动者提供物质帮助的制度。它是社会保障体系的重要组成部分，是社会保险的主要项目之一。

失业保险具有以下主要特点：一是普遍性。它主要是为了保障有工资收入的劳动者失业后的基本生活而建立的，其覆盖范围包括劳动力队伍中的大部分成员。因此，在确定适用范围时，参保单位应不分部门和行业，不分所有制性质，其职工应不分用工形式，不分家居城镇、农村，解除或终止劳动关系后，只要本人符合条件，都有享受失业保险待遇的权利。我国《失业保险条例》（国务院，1998）充分体现了普遍性原则。二是强制性。它是通过国家制定法律、法规来强制实施的。按照规定，在失业保险制度覆盖范围内的单位及其职工必须参加失业保险并履行缴费义务。根据有关规定，不履行缴费义务的单位和个人都应当承担相应的法律责任。三是互济性。失业保险基金主要来源于社会筹集，由单位、个人和国家三方共同负担，缴费比例、缴费方式相对稳定，筹集的失业保险费，不分来源渠道，不分缴费单位的性质，全部并入失业保险基金，在统筹地区内统一调度使用以发挥互济功能。

我国《社会保险法》（2010）第五章对失业保险做了专门规定。将该制度提升至基本的法律层面。

**4. 医疗保险**

医疗保险就是当人们生病或受到伤害后，由国家或社会给予的一种物质帮助，即提供医疗服务或经济补偿的一种社会保障制度。它是国家社会保障制度的重要组成部分，也是社会保险的重要项目之一。医疗保险具有社会保险的强制性、互济性、社会性等基本特征。医疗保险通过建立基金制度，费用由用人单位和个人共同缴纳，医疗保险费由医疗保险机构支付，以解决劳动者因患病或受伤害带来的医疗风险。

我国职工医疗保险制度（包括公费医疗和劳保医疗）建立于20世纪50年代。1998年《国务院关于建立城镇职工基本医疗保险制度的决定》（国发［1998］44号）要求在1999年内全国基本建立职工基本医疗保险制度。医疗保险的范围很广。医疗费用是病人为治病而发生的各种费用，它不仅包括医生的医疗费和手术费，还包括住院、护理、医院设备的使用等费用。

我国《社会保险法》（2010）第三章对医疗保险进行了专门规定，将该制度提升至基本法律层面。

**5. 养老保险**

养老保险是社会保险五大险种中最重要的险种之一。所谓养老保险（或养老保险制度）是国家和社会根据一定的法律和法规，为解决劳动者在达到国家规定的解除劳动义务的劳动年龄界限，或因年老丧失劳动能力退出劳动岗位后的维持基本生活而建立的一种社会保险制度。

我国《社会保险法》（2010）第二章对基本养老保险进行了专门规定，据此员工的基本养老保险关系可以随工作转移，且缴费年限累计计算。

### 4.4.2 案例剖析

**案例4-9**

#### 工伤保险索赔获支持

某国有企业于2004年10月参加工伤保险。员工杨先生于2004年5月7日因工受到伤害，经市劳动保障部门认定为工伤，并被鉴定为六级伤残。工伤发生后，企业为其支付了全部的医疗费用并报销了随后几年旧伤复发产生的各项医疗费用。事后杨先生再未上班，企业出于同情，也未要求其返岗，在其工伤停工留薪期和医疗期满后也未与其解除劳动合同，并允许其享受与在岗员工相同的工资福利待遇。2009年，公司每月支付其工资2000余元。同年，西安市下发文件，提高了工伤人员的伤残津贴，杨先生找到企业，要求依照市劳动保障部门文件规定提高其伤残待遇，并依据《工伤保险条例》规定支付其14个月的一次性伤残补助金和旧伤复发住院所产生的医疗护理费。企业认为，虽然当初未支付杨先生一次性伤残补助金，但是全额支付了杨先生的医疗费用和旧伤复发产生的医疗费用，并且杨先生自发生工伤以来没有工作但其所享受的福利待遇水平远远高于其六级伤残应享受的伤残津贴水平。对于杨先生的医疗护理费的要求，企业认为其是个人为方便和享受需要，并非医疗机构要求，不予支付。

**法理分析**

①根据《工伤保险条例》第 34 条第 1 款规定，杨先生经市劳动保障部门认定为工伤，并被鉴定为六级伤残，企业应当依照相关规定支付其一次性伤残补助金。杨先生主张旧伤复发住院期间的护理费，符合《工伤保险条例》第 36 条规定，企业应当支付。②杨先生为六级伤残职工，企业可以依据《劳动合同法》第 36 条和 39 条解除劳动合同，但应当支付一次性工伤医疗补助费和伤残就业补助金。③但由于杨先生的工资已高于当地同等级别工伤人员，新调整后的伤残津贴标准，可以不作调整。④如果企业未和杨先生就伤残津贴有特别约定，企业可以停发原工资标准，依法支付法定伤残津贴。本案中，企业只需按照杨先生原工资待遇的 60% 计发伤残津贴。■

**案例 4-10**

## 自杀认定为工伤首案

2007 年 5 月 10 日，北京铁路局职工杨先生参加单位组织的施工时，被一根 10 多公斤重的铁棍击中头部，造成头部 3 厘米的皮裂伤。单位将杨先生送到卫生站，为其简单包扎，打了一针破伤风疫苗，没有进行影像学检查。此后，回到家中休养的杨先生时常感到头晕、恶心、头痛、失眠。2007 年 5 月 15 日凌晨，杨先生从厨房拿来菜刀，挥刀砍伤熟睡中的妻儿，然后割腕身亡。警方委托精神疾病司法鉴定中心对这起案件进行司法精神医学鉴定，结论为杨先生作案时存在严重的抑郁情绪，在抑郁情绪影响下发生扩大性自杀。杨妻认为，丈夫是在单位施工中头部受伤后造成的外伤性精神病，并最终导致自杀，因此于 2007 年 5 月 25 日向海淀区劳动保障局提出申请，要求将杨先生的死亡认定为因公死亡。海淀区劳动保障局以《工伤保险条例》中规定“自残或自杀不得认定为工伤”为由，于 2007 年 6 月 28 日裁决认定杨先生自杀不属于因公死亡。杨妻不服，提起行政复议和行政诉讼均败诉。于是杨妻对行政诉讼一审判决提起上诉。

**法院判决**

法院审理认为，既无证据证明杨先生在头部受伤后还受过其他伤害，也无证据证明杨先生受伤前有精神疾病，应认定杨先生自杀时的精神状态是由于头部受伤引起的。在该精神状态下，杨先生的自杀行为与工作中受到的头部伤害存在因果关系，应认定为工伤。因此，法院在 2008 年 1 月 3 日做出终审判决，杨先生自杀被认定属于因公死亡，要求海淀区劳动保障局重新做出处理。

**法理分析**

《工伤保险条例》将“员工自残或者自杀”列为不得认定为工伤的情形之一；但是本案的具体案情，使得法院将因工伤造成受害者精神疾患而导致自杀认定为工伤。二审法院基于对《工伤保险条例》的灵活运用，做出了自杀认定为工伤的判决，而不是对《工伤保险条例》的违反。■

**案例 4-11**

## 过失犯罪受伤定工伤

张先生的工作是在工地守夜。某天晚上炉子失火，棚里设备全部被烧毁。他也被烧成重伤，并有可能因过失犯罪追究刑事责任。

**法理分析**

根据《工伤保险条例》规定，“职工符合本条例第 14 条、第 15 条的规定，但是有下列情形之一的，不得认定为工伤或者视同工伤：①故意犯罪的；②醉酒或者吸毒的；③自残或者自杀的”。本案中的张先生是过失犯，不属于《工伤保险条例》的排除在工伤之外的情况。因此，只要符合工伤认定的条件，可以认定张先生为工伤，可以享有工伤保险权益。■



**案例 4-12**

## 搭车出车祸受伤定工伤

某公司后勤职工王先生在下班时乘坐朋友的车回家。途中发生车祸，左腿受伤，住院治疗 1 个月，经鉴定为 10 级伤残。出院后，王先生认为自己是在下班途中发生车祸受伤的，应该享受工伤待遇，公司应该承担医药费、支付停工留薪期的工资及 10 级伤残待遇。公司认为王先生是乘坐朋友的车发生车祸受伤的，不是工伤，不能按照工伤的标准支付其待遇。双方就此问题多次交涉未果，王先生便向当地劳动争议仲裁委员申请仲裁。

**仲裁裁决**

仲裁委依据《关于实施〈工伤保险条例〉若干问题的意见》（劳动和社会保障部）第 2 项规定：《工伤保险条例》第 14 条规定上下班途中，受到机动车事故伤害的，应当认定为工伤。这里“上下班途中”既包括职工正常工作的上下班途中，也包括职工加班加点的上下班途中。受到机动车事故伤害的“既可以是职工驾驶或乘坐的机动车发生事故造成的，也可以是职工因其他机动车事故造成的”。因此王先生应当认定为工伤，因该公司未给王先生缴纳工伤保险费，故工伤待遇应由公司承担。在仲裁委调解下，王先生继续在该公司工作，公司给予报销医药费，并支付给王先生 7 个月的工资作为停工留薪期工资及一次性伤残就业补助金。■

**案例 4-13**

## 退休再聘受伤属工伤

王先生退休前在一家单位从事会计工作，因其业务熟练而被一家公司聘请为公司会计。王先生参加了工伤保险并缴纳了费用。某天，王先生在上班时因椅子断裂而摔伤，花去了近 20 000 余元医疗费用。对于公司为王先生申请的工伤认定及待遇，被有关部门拒绝，理由是离退休人员与新工作单位的关系属雇用关系，期间因工受伤不适用《工伤保险条例》。

**法院判决**

法院根据《工伤保险条例》第61条的规定（“存在劳动关系”是认定职工的唯一条件），确认王先生属于公司的劳动者。根据劳动部《关于实行劳动合同制度若干问题的通知》第13条的规定（离退休人员再聘可以享受工伤保险待遇），法院认为，王先生已经参加工伤保险并缴纳了相关费用，表明在公司为王先生申请参加工伤保险、为其缴纳工伤保险费用时，工伤保险部门予以接受，因而不得拒绝认定并给予工伤待遇。法院经审理后，判决王先生的情形属于工伤，应当享受工伤待遇。■

**案例4-14**

### 高薪不能代养老保险

某外商独资公司高薪聘用了赵先生担任副总经理。双方约定，公司支付赵先生每月万元的高薪，但不再负责医药费报销、养老等福利待遇。赵先生认为自己还年轻，同意了公司的做法，同时自己每月从工资中拿出1000元向保险公司投了一份养老保险。后来因与公司董事长在公司的经营管理等重大问题上产生了分歧，被董事长辞退。赵先生遂要求公司为自己补缴养老保险。在劳动争议仲裁委员会上，赵先生提出公司未给他缴纳养老保险，因而是侵犯他合法权益的行为。但公司认为不为赵先生缴纳养老保险，是双方事先协商好的，赵先生不得反悔。

**法理分析**

根据《劳动法》（1994）第72条的规定，参加社会保险、缴纳社会保险费是用人单位和劳动者的共同义务。养老保险作为一种强制性的保障制度，不同于商业保险，二者不可互相替代。因此，本案中的公司以高薪来取代职工的养老保险，是违反法律规定的。■

## 4.5 员工培训

### 4.5.1 法理精解

实践中，有些企业根据自身实际需要，为劳动者出资进行培训，而一些劳动者为了获得更高的收入，在通过企业出资培训后跳槽到其他的企业。针对这种侵害企业合法权益的现象，《劳动合同法》（2007）第22条规定了服务期：“用人单位为劳动者提供专项培训费用，对其进行专业技术培训的，可以与该劳动者订立协议，约定服务期。”此处的“服务期”的含义是指用人单位出资培训劳动者，受训劳动者有义务为用人单位服务一定的年限。如果劳动者违反服务期约定，根据《劳动合同法》（2007）第22条的规定，应当按照约定向用人单位支付违约金。同时，为保护劳动者的合法权益，违约金的数额不得超过用人单位提供的培训费用，且用人单位要求劳动者支付的违约金不得超过服务期尚未履行部分所应分摊的培训费用。但是，《劳动合同法》（2007）没有规定培训费的具体构成。对此，《劳动合同法实施条例》（2008）第16条对《劳动合同法》（2007）第22条第2款规定的“培训费用”进行了明确规定，包括用人单位为了对劳动者进行专业技术培训而支付的有凭证的培训费用、培训期间的差旅费用以及因培训产生的用于该劳动者的其他直接费用。这样，本条就具有很强的操作性了。需注意的是，培训费用里面不应当包括培训期间向劳动者支付的工资。另外，《劳动合同法》（2007）第22条还规定了用人单位与劳动者约定服务期的，不影响按照正常的工资调整机制提高劳动者在服务期期间的劳动报酬。

需要注意的是，专业技术培训与职业培训是不同的。专业技术培训包括专业知识和职业技能。例如，从国外引进一个项目，企业有可能把劳动者送到国外去培训，回来以后可以接手这个项目，这种培训就属于专业技术培训。专业技术培训可以约定服务期。而职业培训则是用人单位对劳动者的义务。根据《劳动法》（1994）的规定，用人单位应当建立职业培训制度，按照国家规定提取和使用职业培训经费，根据本单位实际，有计划地对劳动者进行职业培训。从事技术工种的劳动者，上岗前必须经过培训。劳动者有接受职业技能培训的权利。

## 4.5.2 案例剖析

**案例 4-15**

2002年11月张先生与某机车有限公司签订的劳动合同约定，张先生担任公司技术总监为期4年，月薪4万元人民币。两年半后，公司决定出资2万元支持张先生完成一个与德国合作伙伴的交流项目，共培训4个月。双方签订了培训协议，并作为劳动合同的附件，协议如下：张先生必须为公司服务3年（即张先生与机车有限公司的劳动合同期限延后1年半直至2007年5月），若张先生不按劳动合同及培训协议履行合同义务，必须赔偿公司为其支付的所有培训费用、培训期间的工资，以及由于张先生违约而导致的相应经济损失。2006年6月，一家德国机车制造公司向张先生发出聘用邀请，张先生接受并于当月到该德国公司设在中国的一个分办事处工作。对此张先生对原公司只字未提，也未向公司提出辞职。原公司多次找到张先生要求其上班，继续履行合同，张先生敷衍应对，连续两个月一直未回原机车公司上班。公司无奈之下，对张先生做出了除名的决定，解除了劳动合同，并要求张先生赔偿培训费用及培训期间的工资。张先生拒绝，认为解除劳动合同是公司单方做出的决定，公司没有理由让自己赔付培训费及工资，于是向当地劳动争议仲裁委员会申请仲裁。

**仲裁裁决**

劳动争议仲裁委员会经调查，做出以下裁决：自机车有限公司将张先生除名之日起，双方解除劳动关系；自裁决书生效之日起30日内，申诉人一次性赔偿被申诉人培训费及培训期间工资16万元及由于张先生擅自离职给公司造成的经济损失114 900元；本案仲裁费用由被申诉人张先生承担。

资料来源：徐州才好招聘网。

**法理分析**

本案中双方约定的培训协议合法，故劳动合同及附件对双方均具有法律效力。对于张先生擅自离职的行为，机车公司可以根据《企业职工奖惩条例》第18条的规定做出除名决定；而且张先生的无故旷工行为属于严重违反劳动纪律或者用人单位规章制度的行为，所以机车公司有权解除合同。由于张先生的违约给公司造成了经济损失，故应当承担违约责任，具体包括培训费用及培训期间的工资（共18万元）、公司招收录用费用和因违约而导致的直接经济损失。虽然劳动者在试用期内解除合同不用支付试用期内的培训费，但如果还在合同期内，单位要求劳动者支付试用期满后的培训费用的，劳动者必须支付；而且如果劳动者给公司造成了经济损失，也要承担赔偿责任。■



## 4.6 劳动安全卫生

劳动保护是指用人单位为了防止劳动过程中的安全事故，采取各种措施来保障劳动者的生命安全和健康。在劳动生产过程中，存在着各种不安全、不卫生因素，如不采取措施加以保护，将会发生工伤事故。如矿井作业可能发生瓦斯爆炸、冒顶、水火灾害等事故；建筑施工可能发生高空坠落、物体打击和碰撞等。所有这些都会危害劳动者的安全健康，妨碍工作的正常进行。国家为了保障劳动者的身体安全和生命健康，通过制定相应的法律和行政法规、规章，规定劳动保护。用人单位也应根据自身的具体情况，规定相应的劳动保护规则，以保证劳动者的健康和安全。

劳动条件主要是指用人单位为使劳动者顺利完成劳动合同约定的工作任务，为劳动者提供必要的物质和技术条件，如必要的劳动工具、机械设备、工作场地、劳动经费、辅助人员、技术资料、工具书以及其他一些必不可少的物质、技术条件和其他工作条件等。

职业危害是指用人单位的劳动者在职业活动中，因接触职业性有害因素如粉尘、放射性物质和其他有毒、有害物质等而对生命健康所引起的危害。根据《职业病防治法》（2002）第30的规定，用人单位与劳动者订立劳动合同时，应当将工作过程中可能产生的职业病危害及其后果、职业病防护措施和待遇等如实告知劳动者，并在劳动合同中写明，不得隐瞒或者欺骗。此外，《职业病防治法》（2002）中还规定了用人单位在职业病防护中的义务：用人单位应当为劳动者创造符合国家职业卫生标准和卫生要求的工作环境和条件，并采取措施保障劳动者获得职业卫生保护；应当建立、健全职业病防治责任制，加强对职业病防治的管理，提高职业病防治水平，对本单位产生的职业病危害承担责任；必须采用有效的职业病防护设施，并为劳动者提供个人使用的职业病防护用品；应当对劳动者进行上岗前的职业卫生培训和在岗期间的定期职业卫生培训，普及职业卫生知识，督促劳动者遵守职业病防治法律、法规、规章和操作规程，指导劳动者正确使用职业病防护设备和个人使用的职业病防护用品。用人单位应当按照有关法律、法规的规定严格履行职业危害防护的义务。



## 思考题

1. 何谓工资支付令，其对企业来说有何风险或成本？
2. 在各种休息休假期间安排员工加班，企业应如何支付报酬？
3. 请根据《企业职工带薪年休假实施办法》（2008）为本企业制定带薪年休假规定。
4. 我国社会保险体系主要由哪些险种组成，各险种所附加给企业的义务分别如何？
5. 企业应如何与员工约定培训费？

# 第5章

# 绩效管理

## 学习目标

- 掌握企业规章制度所涉及的具体内容；
- 掌握企业变更劳动合同的法律要求；
- 正确把握末位淘汰与企业单方解约的关系；
- 掌握企业罚款权的合法性问题。

绩效管理（performance management），简而言之，是指通过设定组织目标，采取一系列激励措施和管理手段，帮助与促使员工取得优异绩效，从而实现组织目标的管理方法。绩效管理的目的在于通过激发员工的工作热情和提高员工的能力和素质，以达到改善组织绩效的效果。

绩效管理的目标是根据组织的发展战略来制定的（见图5-1）。通过将组织的战略目标层层分解变为部门和员工的目标，在此基础上确定部门和个人的绩效目标，通过绩效评价，对员工的工作结果进行反馈，及时发现工作中存在的问题并进行修正，通过提升员工的业绩从而完成组织的业绩，实现组织的战略目标。与此同时，绩效管理也要满足员工的需求。根据马斯洛的需求理论，当员工基本的需求得到满足后，尊重和自我实现的需求所表现出来的就是员工希望知道自己的绩效水平到底如何，以便为了今后的发展而明确努力的方向。

作为经济生活中最重要的一类组织，企业在制定自身的绩效管理制度时，一般须遵守以下基本原则：①实用性原则。绩效管理制度应充分考虑企业人力资源管理的水平、企业的经营特点和行业特点、考虑绩效

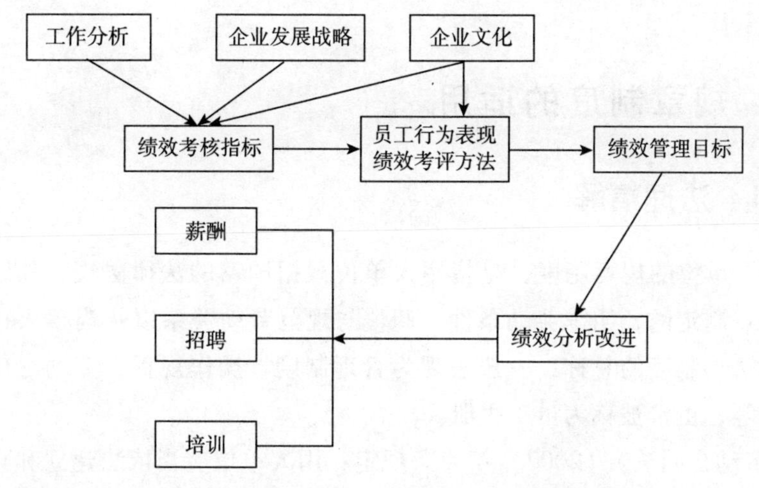


图 5-1　绩效管理与其他人力资源管理流程的关系

资料来源：http：//www. mbalib. com/。



管理方案制订和实施所需的人力、财力和物力。考评工具和方法是否适合员工的素质特点。②客观公平原则。员工的实际工作表现和职务说明书中对工作内容的描述应该是绩效评价的唯一客观依据，以此对接受考评者实事求是地做出评价。同时，应在考评中一视同仁，避免人为因素使绩效评价结果与员工的实际工作绩效有较大的差距，影响绩效评价结果的可信度。为此，要建立科学实用的考评指标体系和考评标准，应尽量采用客观公正的尺度。③全面性原则。由于绩效评价的结果是为了提高员工的工作绩效，所以在绩效评价要素的选择方面，应尽量能够概括所需绩效评价工作岗位的工作内容和任职者的素质要求是否符合岗位的要求。在时间的选取和在绩效事件的选取上都要把握全面的原则。④公开性原则。绩效评价工作应是公开的，要对评价的标准、考评的程序、考评的方法及时间的选择等内容公开宣布，使员工心里有数，积极参与到考评中来。考评的结果也应该是公开的，以有利于员工横向和纵向的比较，明确自己在整个企业中的绩效水平，自己可以确定今后的努力方向。⑤相对稳定原则。绩效评价的要素和绩效评价方法及绩效评价的频度一旦制定出来，就要保持其在一定的时段内的持续性。但是，稳定性是相对的，应随着企业内外部情况的变化，及时丰富和完善现有的绩效评价方式以适应实际情况的变化。

## 5.1 规章制度的适用

### 5.1.1 法理精解

用人单位的规章制度，是指用人单位根据国家的法律法规，并结合自身的特点制定的，明确劳动条件，调整与规范劳动关系以及当事人行为的各种规章、制度的总称，一般表现为管理制度、操作规程、劳动纪律和奖惩办法等，也常被称为员工手册。

《劳动合同法》（2007）第4条规定：用人单位应当依法建立和完善劳动规章制度，保障劳动者享有劳动权利、履行劳动义务。用人单位在制定、修改或者决定有关劳动报酬、工作时间、休息休假、劳动安全卫生、保险福利、职工培训、劳动纪律以及劳动定额管理等直接涉及劳动者切身利益的规章制度或者重大事项时，应当经职工代表大会或者全体职工讨论，提出方案和意见，与工会或者职工代表平等协商确定。在规章制度和重大事项决定和实施过程中，工会或者职工认为不适当的，有权向用人单位提出或提供建议，通过协商予以修改完善。用人单位应当将直接涉及劳动者切身利益的规章制度和重大事项决定公示或告知劳动者。

《最高人民法院关于审理劳动争议案件适用法律若干问题的解释》（2001）第19条的规定，用人单位通过民主程序制定的规章制度，在不违反国家法律、行政法规及政策规定的情况下，并已向劳动者公示的，可以作为人民法院审理劳动争议案件的依据。

由此可见，合法有效的规章制度是劳资双方权利义务的重要依据，在发生劳动争议时，合法有效的规章制度关系着劳动者权益的保障。但是，人员流动是每个公司不可避免的问题，而用人单位的原有规章制度不一定顾及到每个员工，这就会因新员工对用人单位原有规章制度的不满和质疑而引起纠纷，可是用人单位因为某个或某些新员工而再重新制定规章制度，对用人单位来说是很不现实的问题。

我们认为，用人单位通过民主程序制定的规章制度，可以适用新员工，前提是必须向新员工公示——即向新员工公示后的规章制度对新员工有效。尽管可能会出现先成立一个公司，招聘一个员工，然后按照法定程序制定规章，再大量招人来损害后进员工的利益，但这是不好操作的，因为前规章制度并不是自动适用新员工的，需要向新员工公示，新员工有权提出异议，对于该异议，劳资双方应当协商解决。如果双方谈不拢，劳动关系无从建立，也就不存在损害后来员工权益的情况了。

### 5.1.2 案例剖析



**案例5-1**

#### 经公示的规章制度适用于新人

某食品公司于2008年10月经过法定程序制定了规章制度。刘先生等5人于2009年2月入职，公司以合同附件形式向刘先生发放了公司规章制度。2009年5月，公司因刘先生严重违犯公司的规章制度，而与刘先生解除劳动合同。事后刘先生以公司规章制度没有经过他们这些后来入职的新员工同意为由，要求公司支付违法解除劳动合同的赔偿金。公司则认为规章制度已经过民主程序，且在后来新招员工时也要求员工对此予以签名确认，刘先生是因为严重违纪而被解除劳动关系，不同意支付赔偿金。双方协商不成，刘先生申请劳动仲裁。

**法理分析**

本案的争议焦点是企业的规章制度对新招的新员工是否适用的问题。根据仲裁庭的查证核实，公司在刘先生入职前经过民主程序通过了规章制度，在刘先生入职时又组织刘先生签名确认，因此，该规章制度对刘先生而言是有效的。公司以刘先生严重违反公司规章制度为由解除劳动关系是合法的，无须支付赔偿金。■

**案例5-2**

#### 规章制度未公示无效职工获赔

2010年某商贸公司以韩先生违反了公司《员工处罚条例》第6条为由，与其解除劳动合同。韩先生对该公司与其解除劳动合同的理由不予认可，申请仲裁，要求该公司支付违法解除劳动合同赔偿金15 000元。庭审中，韩先生称从未学习过该公司提供的《员工处罚条例》，并表示不愿意再回该公司工作，商贸公司也未就该《员工处罚条例》曾经公示或告知韩先生提供有效证据。经审理，依法裁决某商贸公司向韩先生支付违法解除劳动合同赔偿金。

**法理分析**

根据《劳动合同法》（2007）第4条规定，未经公示或告知的公司管理制度不可以作为用人单位与劳动者解除劳动合同的合法依据。本案中商贸公司不能出示已将《员工处罚条例》公示告知韩先生的证据，应承担不能举证的责任。商贸公司在未履行告知义务的前提下，做出的解除劳动合同行为属程序违法。因韩先生不愿意继续履行劳动合同，

公司应根据《劳动合同法》（2007）第 48 条、第 87 条规定，向其支付违法解除劳动合同赔偿金。■

**案例 5-3**

## 规章制度不能变更劳动合同

江先生与某公司签订了为期 4 年的劳动合同（1998/04/07 ~ 2002/04/06），约定：一方解除合同不当，应支付违约金 1 万元，或违约期限 X 前一年工资总额的 30%。1999 年 3 月公司发出文件，将提前解除劳动合同违约金的计算办法变更为：违约期限 X 前一年公司月人均收入的 30%。2001 年，公司效益大幅滑坡，决定解聘部分员工。2001 年 7 月公司向江先生发出通知，称"因公司生产经营需要，公司拟提前解除与你所签劳动合同，现通知你办理离职手续，公司将根据有关规定支付合同违约金及经济补偿金"。江先生收到通知书后，即移交了部分工作，但在办理离职手续的过程中，双方对违约金的给付标准意见不统一。江先生要求按劳动合同的规定支付违约金，而公司称已经颁布了文件，统一了违约金的计算方法，坚持按公司规定支付违约金。双方无法达成统一，江先生向市劳动争议仲裁委员会申请仲裁。

**仲裁裁决**

劳动争议仲裁委员会审理后认为，江先生与公司签订的劳动合同合法有效，具有法律约束力，双方当事人应当遵守。公司提前解除劳动合同构成违约，应按双方所签劳动合同的标准向江某支付违约金，即人民币 1 万元整。公司不服仲裁裁决，诉至法院。

**法院判决**

法院审理后认为，市劳动争议仲裁委员会所作裁决正确，判定维持仲裁裁决。公司服从判决，按劳动合同的规定向江先生支付了违约金。

**法理分析**

《劳动法》（1994）第 17 条规定了变更劳动合同应当遵循平等自愿、协商一致的原则。因此，通过协议变更劳动合同，须达成一致意见，并签订协议。提出变更劳动合同的一方，给对方造成经济损失的，还应当承担赔偿责任。本案中的劳动合同是合法有效的，双方应该遵照执行。对其中的违约金问题的变更，应由双方协商一致，并重新签订协议，方才产生变更的法律效力。公司 1999 年颁布的文件重新规定违约金的计算办法，是一种单方变更行为，不能产生更改与江先生先前所签订的劳动合同中关于违约金计算办法的条款的效力。■

**案例 5-4**

## 规章制度与劳动合同的效力

王小姐于 2003 年 12 月 29 日与某外资公司签订了为期 3 年的劳动合同，约定每年年底，公司将对王小姐进行业绩考评，并根据考评的结果发放当年的年终奖。2005 年

12 月，公司人事经理召集部分职工代表，经过充分协商、讨论，制订了新的年终奖制度，并通过公司的公告栏进行了公示。新制度规定，从 2006 年 1 月 1 日起，公司将根据员工的工作时间实行年底双薪制度，即只要当年工作时间满 12 个月，且至当年 12 月 31 日仍在职的员工，就可以获得年底双薪作为奖励。2006 年 11 月 28 日，公司通知王小姐，双方的劳动合同将于 12 月 28 日终止，公司将不再与其续签劳动合同。王小姐同意，但要求公司按劳动合同约定支付她当年的年终考评奖金。公司只同意按照王小姐的实际工作时间，支付了王小姐 12 月份的工资，按照新的年终双薪制度，拒绝支付王小姐任何年终奖金。王小姐认为，虽然新的规章制度实行年底双薪制度，但是自己和单位的劳动合同签订在前，而规章制度更改在后，单位仍应该按照双方劳动合同的约定履行义务。况且，自己也为公司干满了一年。公司方认为，虽然公司和王小姐在劳动合同中约定了年终考评奖金，但是公司已采用了新的年终双薪制度来代替旧的年终考评奖金制度，并将新制度纳入了规章制度中，公司还公示了《关于实行新的年终奖制度的通知》。王小姐早已知道，但从来没有提过任何反对意见，应该视为对新制度的默认。而根据新的规定，只有当年工作时间满 12 个月，并且至当年 12 月 31 日仍在职的员工，才可以获得年底双薪作为奖励。由于王小姐不符合当年 12 月 31 日仍在职的员工条件，因此不同意支付王小姐任何年终奖金。双方争议不下，王小姐将公司告到劳动争议仲裁委员会，仲裁委支持公司的意见，驳回王小姐的仲裁请求。王小姐不服，诉至法院。

**法院判决**

法院审理后认为，虽然单位以规章制度的方式对年终奖励制度进行了变更，并且程序合法有效；但由于年终考评奖励制度属于双方当事人协商签订的劳动合同条款，而规章制度虽经民主协商程序，但属于用人单位单方制订的，因此其效力应低于合同条款，故而支持了王小姐的诉讼请求。■

**案例 5-5**

## 拒绝加班并非违反规章制度

李先生于 2010 年 2 月到苍山某加工厂工作，该厂属加工行业，经常隔三差五地需要职工加班赶产量。2010 年 8 月，该厂接到一订单，需限期交货，由于已经连续加班加点 2 个星期，每天加班 3 个小时，李先生多次向厂领导提出意见，均被驳回。李先生遂自行决定按照厂内规章规定的工作时间，到了下班时间后自行离厂。厂领导几次严厉批评李先生无效后，以违反厂规厂纪为由，做出了对李先生予以辞退的决定。李先生不服，诉至当地劳动争议仲裁委员会，要求恢复劳动关系。

**仲裁裁决**

仲裁委经审理认为，依据《劳动法》第 41 条的规定："用人单位由于生产经营需要，经与工会和劳动者协商一致后可延长工作时间，一般每日不得超过 1 小时，因特殊原因需要延长工作时间的，在保障劳动者身体健康的条件下延长工作时间每日不得超过

3小时，但是每月不得超过36小时。”该厂已经违反了法律规定，以拒绝加班为由辞退李先生是不合法的。仲裁委裁决厂方对李先生做出的辞退决定无效，恢复双方的劳动关系。

资料来源：《山东工人报》。■

**案例5-6**

### 以未婚先孕违纪解除合同违法

张小姐2006年1月应聘某大卖场收银员，在面试填写的登记表中登记了婚姻状况为未婚，并口头向人事部表示近一年内不可能结婚。2006年7月4日张小姐在当班时发现身体不适，多次暂停收银，致使当时三名顾客不满，向当天值班经理投诉。次日张小姐前往医院，经检查发现已经怀孕65天。7月6日一早当班经理将前日顾客投诉情况和领导处理意见告知张小姐，通知她被记过一次，并扣发当月奖金100元。张小姐当即告诉值班经理，自己已经怀孕，由于身体反应不适合再从事收银工作，要求换岗。值班经理答复要等领导决定才能安排，并要求张小姐写书面换岗申请。张小姐当即写完书面申请后，经理要求她回家等公司的书面通知。当天张小姐回家之后再未上班。7月13日公司向她寄送了书面通知和退工单一份，以她“未婚先孕，违反企业规章制度”为由，被违纪解除劳动合同处理。张小姐不服，拿着结婚证到公司来要求恢复劳动关系。公司发现其结婚证的发证日期为2006年8月5日。因而认为她属于未婚先孕，根据公司规章制度已经构成严重违纪，该规章制度张小姐已经签收过，公司与张小姐解除合同。

**法理分析**

本案中的公司规章制度虽经由员工签收，但该规章制度本身违反了法律强制性规定而无效。根据有关规定，对违反计划生育规定的女职工，用人单位确有权认定为严重违纪。但未婚先孕并不违反计划生育规定，从法律规定来看，只要双方在孕期补办了结婚手续，其未婚先孕所生育的子女，仍然是符合计划生育规定的，也属于婚生子女，该女职工仍有权享受计划生育待遇。因此，公司以此进行违纪处理无效。公司应和该女员工继续履行原劳动合同，并按规定将合同顺延至张小姐“四期”结束。■

## 5.2 劳动合同的变更

### 5.2.1 法理精解

根据《劳动合同法》（2007）第16条和第3条的规定，劳动合同由用人单位与劳动者协调一致，并经用人单位与劳动者在劳动合同文本上签字或者盖章生效。因此，劳动合同一经依法订立，即具有法律约束力，受法律保护，双方当事人应当严格履行，任何一方不得随意变更劳动合同约定的内容。

但在，在实践中，当事人在订立合同时，有时不可能对涉及合同的所有问题都做出明确的规定；合同订立后，在履行劳动合同的过程中，由于社会生活和市场条件的不断变化，订立劳动合同所依据的客观情况发生变化，使得劳动合同难于履行或者难于全面履行，或使合同的履行可能造成当事人之间权利义务的不平衡，这就需要用人单位和劳动者双方对劳动合同的部分内容进行适当的调整，如调整工作岗位、调整劳动报酬、工作地点的变动、工作内容的变动等。这就是劳动合同的变更问题。

所谓“劳动合同的变更”，是指劳动合同依法订立生效以后，合同尚未履行或者尚未履行完毕之前，用人单位与劳动者就劳动合同内容做部分修改、补充或者删减的行为。劳动合同的变更是对劳动合同内容的局部的更改，一般说来不是对劳动合同主体的变更，不是签订新的劳动合同。变更后的内容对于已经履行的部分往往不发生效力，仅对将来发生效力。同时，劳动合同未变更的部分，劳动合同双方还应当履行。劳动合同变更并不涉及经济补偿金等方面的问题。但是，由于劳动合同的变更对对方造成损失的，提出变更的一方应当承担损害赔偿责任。

在实践中，劳动合同的变更分为协商变更[1]和单方变更两种情形。

由于劳动合同的订立遵循的是双方平等协商的原则，因此，对于合同的变更也需要双方协商一致。但是，为了尊重用人单位对劳动过程的组织管理自主权，法律规定在特定情况下，也允许用人单位单方变更劳动合同。根据《劳动合同法》（2007）第40条第3款的规定，劳动合同订立时所依据的客观情况发生重大变化，致使劳动合同无法履行，经用人单位与劳动者协商，未能就变更劳动合同内容达成协议的，用人单位在提前30日以书面形式通知劳动者本人或者额外支付劳动者1个月工资后，可以解除劳动合同。也就是说，用人单位只能在“劳动合同订立时所依据的客观情况发生重大变化”的情形下，单方面变更劳动合同才是合法的。实践中，“劳动合同订立时所依据的客观情况发生重大变化”主要包括以下几点。

---

[1] 《劳动合同法》（2007）第35条：用人单位与劳动者协商一致，可以变更劳动合同约定的内容。变更劳动合同，应当采用书面形式，变更后的劳动合同文本由用人单位和劳动者各执一份。

(1) 订立劳动合同所依据的法律、法规已经修改或者废止。劳动合同的订立与履行均须以不得违反法律、法规的规定为前提。如果合同签订时所依据的法律、法规发生修改或者废止，合同如果不变更，就可能出现与法律、法规不相符甚至是违反法律、法规的情况，导致合同因违法而无效。因此，根据法律、法规的变化而变更劳动合同的相关内容是必要而且是必需的。

(2) 用人单位方面的客观原因。用人单位的生产经营不是一成不变的，而是根据上级主管部门批准，或自身根据市场变化，可能会经常调整自己的经营策略和产品结构，这就不可避免地发生转产、调整生产任务或者生产经营项目的情况。在这种情况下，有些工种、产品生产岗位就可能因此而撤销，或者为其他新的工种、岗位所替代，原劳动合同就可能因签订条件的改变而发生变更。

(3) 劳动者方面的客观原因。这些情况通常包括：①劳动者的身体状况发生变化导致劳动能力的部分丧失，如患病或者非因工负伤，在规定的医疗期满后不能从事原工作，也不能从事用人单位另行安排的工作的；②劳动者的职业技能不能胜任工作，经过培训或调整工作岗位，仍然不能胜任工作的；③劳动者的职业技能提高了一定等级，造成原劳动合同不能履行或者如果继续履行原合同规定的义务对劳动者明显不公平等。

(4) 其他客观方面的原因。这些客观原因的出现使得当事人原来在劳动合同中约定的权利义务的履行成为不必要或者不可能，因而应当允许当事人对劳动合同有关内容进行变更。主要有：①由于不可抗力的发生，使得原来合同的履行成为不可能或者失去意义。不可抗力是指当事人所不能预见、不能避免并不能克服的客观情况，如自然灾害、意外事故、战争等。②由于物价大幅度上升等客观经济情况变化，致使劳动合同的履行会花费太大代价而失去经济上的价值。这是民法的情势变更原则在劳动合同履行中的运用。

一般来说，诸如增加员工工资、调到劳动者住所附近的地点工作等劳动合同的变动，都是劳动者所希望的，因此，这类合同变更基本不会产生劳动争议。但是，如果劳动合同的变更使得劳动者的收入、待遇、工作环境等变得不如从前，则往往会挫伤员工士气，以至于发生劳动纠纷。这是人力资源管理工作的重点所在。

## 5.2.2 案例剖析

**案例 5-7**

### 因调岗引发的劳动合同变更

某 IT 公司因市场竞争压力激烈，对公司的战略部署进行了调整，裁减部分研发中心的技术人员转为售后服务人员。公司研发人员洪先生不愿到售后服务部上班，并找到了人力资源部理论。人力资源部经理告诉洪某：“你与公司签订了劳动合同，公司就可以根据经营需要调整你的工作岗位，你应当服从，这是企业的用人自主权。”洪先生不服从调动。公司以洪先生不服从管理，构成严重违纪为由解除了与洪先生的劳动合同，不支付任何经济补偿。

资料来源：http：//www. laodonglawyer. com/。

**法理分析**

在本案中，公司因客观情形对经营战略进行调整，有权将研发岗位富余人员进行调岗，具体到洪先生，其劳动合同无法再履行下去，存在着变更劳动合同的法定理由。洪先生不服从公司的岗位调整，公司与洪先生就劳动合同变更问题没有达成一致，公司以此为由解除劳动合同的行为是符合法律规定的。但是，公司应当向洪先生支付经济补偿金。■

**案例 5-8**

### 孕妇要求换岗获仲裁委支持

王女士在 1996 年 10 月被某棉纺厂招聘为合同制工人，在纺织车间工作，合同期 5 年。1999 年 8 月，王女士向厂劳资处报告经医院检查自己已怀孕 8 个月，医院建议停止上夜班劳动，并在工作时间内安排中间休息，以免影响胎儿和孕妇健康。由于车间温度高，噪声大，站的时间久，加之要上夜班。为此，王女士要求厂部调换相对轻松的不上夜班的工作岗位。而厂方以车间人手不够，没有先例为由拒绝调换，提出要么继续上夜班，要么扣发工资、奖金。王女士遂以自己身体实在吃不消为由向当地劳动争议仲裁委员会申诉。

**法理分析**

孕妇在身体状况不能胜任工作时，有权要求用人单位调换工作，变更其工作内容。国务院《女职工劳动保护规定》第 7 条规定，怀孕 7 个月以上（含 7 个月）的女职工，一般不得安排其从事夜班劳动，在劳动时间内应当安排一定的休息时间。本案中王女士怀孕 8 个月，按上述规定可以要求停止夜班劳动，享受工间休息待遇，用人单位应该为其变更工作岗位，厂方拒不同意，并以扣工资奖金相威胁是错误的，应当纠正。■

**案例 5-9**

### 公司单方变更劳动合同有效

某批发部业务员黄先生与所在公司签订了长期劳动合同。2008 年 11 月该批发部为扩大业务范围，搞活经营，将原批发部一分为二，分别成立某批发公司及某有限公司，黄先生随之也安排到某有限公司工作。在该有限公司要求与黄先生重新签订劳动合同时，遭黄先生拒绝。黄先生要求给予经济补偿，再重新签订劳动合同。法院驳回了黄先生的诉请。

**法理分析**

根据原劳动部《关于贯彻执行〈劳动法〉若干问题的意见》（劳部发［1995］309 号）第 37 条规定，用人单位发生分立、合并等情况重新签订劳动合同视为原劳动合同的变更，用人单位变更劳动合同，劳动者不能依据《劳动法》（1994）第 28 条要求给予经济补偿。■



**案例 5-10**

### 公司单方变更劳动合同无效

李先生大学会计专业毕业后到一家外资公司工作，根据双方签订的劳动合同，李先生的工作岗位是会计，收入为 2 800 元左右。但是，不久前公司销售科的一名职工离职了，于是公司将李先生的岗位变更为销售员，报酬也变更为基本工资 1 000 元，绩效工资随销售业绩浮动。李先生对此表示不同意，认为自己不适合干销售，并且调动岗位要协商一致。但该外资公司不顾李先生的反对，发出一份通知书，宣布他的岗位调整为销售员，双方于是发生争议。李先生到劳动仲裁委员会申诉，要求公司继续履行劳动合同。

**法理分析**

根据《劳动合同法》（2007）的规定，变更劳动合同以用人单位与劳动者协商一致为原则，以单方变更为例外（如《劳动合同法》（2007）第 40 条第 3 款）。本案不属于劳动合同订立时所依据的客观情况发生重大变化的例外情形，因此用人单位的单方变更行为是无效的。■

## 5.2.3 防险技巧

（1）尽可能采取协商的方式变更劳动合同。我国劳动法律以“平等自愿、协商一致”为变更劳动合同的原则，以用人单位单方变更劳动合同为例外，这就要求企业尽可能地采取协商的方式变更劳动合同，尤其是在劳动合同的变更不利于劳动者的情形下，诸如收入的下调、待遇的降低、工作环境的改变等，用人单位应尽量和劳动者进行协商，否则会导致变更合同无效，发生劳动纠纷。

用人单位尤其要注意被认为是变相的变更劳动合同的手段，如用人单位根据工作的需要，决定采取公开考试的办法，对考试不通过的职工，一律另行安排工作岗位或予以辞退。这种擦边球的方式也应该尽量避免，因为采取公开考试的办法看似公平，但若未经劳动者同意，对劳动者就不具有约定力，用人单位对原合同仍应履行。

（2）事先在劳动合同中约定合同变更条款。用人单位在和劳动者订立劳动合同的过程中，可以事先在劳动合同中约定变更的情形。只要这些情形不违背劳动法等法律法规的强制性规定，法律都会尊重当事人的意愿自治，当出现约定的情形时，用人单位一方就可以变更劳动合同。

（3）务必采取书面形式变更劳动合同。要杜绝实践中变更劳动合同采取口头形式，直接通知劳动者变更劳动合同的做法，比如通知劳动者即日起去某某岗位工作等，双方按变更后的内容履行。这是因为《劳动合同法》（2007）设置了建立劳动关系、变更劳动合同均应当采用书面形式的强制性规定，若违反用人单位将会面临较大风险。在实务中，如果用人单位与劳动者对变更的内容未作书面记载，就无法举证来确认和证明劳动合同法律关系发生变化的相关证据；在此情况下，劳动者要求按原劳动合同履行的，用人单位将处于不利的地位。

需要注意的细节是，变更后的劳动合同仍然需要由劳动者签字、用人单位盖章且签字，方能生效。劳动合同变更书应由劳动合同双方各执一份；同时，对于劳动合同经过鉴证的，劳动合同变更书也应当履行相关手续。

（4）严格遵守劳动合同变更法律手续。提出变更劳动合同的主体包括用人单位和劳动者双方，但无论是哪一方提出变更劳动合同，都要及时向对方提出，说明变更劳动合同的理由、内容和条件等；另一方应在合理期限内及时做出答复，不得对对方的提出的变更劳动合同的要求置之不理，否则将导致一定的法律后果。这在很多地方法规都有规定，例如《北京市劳动合同规定》就规定：当事人一方要求变更其相关内容的，应当将变更要求以书面形式送交另一方，另一方应当在 15 日内答复，逾期不答复的，视为不同意变更劳动合同。劳动合同变更失败，原内容继续履行。

需要注意的是，在特定情况无须办理劳动合同变更手续，只须向劳动者说明情况。这些特定的情况包括但不限于：用人单位变更名称、法定代表人、主要负责人或者投资人等事项发生变更等，对此不需要办理变更手续，劳动关系双方当事人应当继续履行原合同的内容。

## 5.3 员工末位淘汰

### 5.3.1 法理精解

末位淘汰是指用人单位根据其企业战略和具体目标，结合各个职位的实际情况，设定一定的考核指标体系，以此指标体系为标准对员工进行考核，根据考核的结果对得分靠后的员工进行淘汰的绩效管理制度。

末位淘汰并不是《劳动法》（1994）上的一个概念，而是由美国通用电气公司前 CEO 杰克·韦尔奇提出的一种企业管理方式，因具有在企业内部引入竞争机制，提高企业劳动生产率的积极作用，故而被许多企业采用和推广。

用人单位采取末位淘汰、辞退员工的做法，本质上是用人单位与劳动者单方解除劳动合同的行为。根据我国《劳动合同法》（2007）的规定，用人单位与劳动者解除劳动合同，必须符合法定的条件和遵循法定的程序，不允许用人单位自行在法律规定以外创设解除条件。因此，用人单位以末位淘汰为由单方与劳动者解除劳动合同的行为是没有法律根据的。现实劳动关系中，用人单位往往套用劳动法中规定的“不胜任工作”条款，强行与劳动者解除劳动合同。但事实上，单位绩效考核中排名末位的劳动者并不一定是不胜任工作的，即使不胜任工作，用人单位也应当根据法律规定为其提供培训或调整工作岗位，如果劳动者仍不胜任工作的，才可以单方解除劳动合同，并须支付经济补偿金。否则企业就要承担违法解除劳动合同的法律风险。

### 5.3.2 案例剖析

**案例 5-11**

**末位淘汰解除劳动合同违法**

杨先生在其所在公司的考核排名末位而被解聘，遂向南宁市劳动仲裁委员会申请仲裁，要求裁令公司按工龄支付自己 3 个月的劳动赔偿金差额、支付额外 1 个月工资差额共计 1.68 万多元。南宁市仲裁委认为，杨先生与公司签订的《解除劳动合同通知书》是双方真实意思的表示，单位与杨先生解除劳动关系合法。据此南宁市仲裁委做出裁决：驳回杨先生的申诉请求。杨先生不服，向南宁市兴宁区人民法院提起诉讼，要求公司向其支付赔偿金等共计 1.68 万多元。

**法院判决**

法院审理后认为，南宁市某公司以杨先生 2008 年度绩效考核分数排名在本部门末位为由，通知杨先生解除劳动合同关系，属单方要求解除劳动合同关系的行为。即使杨先生确经考核不能胜任工作，该公司也应先对杨先生进行培训或调整工作岗位，故该公司 2009 年 2 月 1 日对杨先生所作的解除劳动合同关系通知没有事实及法律依据，因此，杨先生虽然收到了解除劳动关系的通知，但双方的劳动关系并不必然因杨先生收到该通知而解除，而应以杨先生实际不再为该公司提供劳动或双方确认解除时间等事项为准。2009 年 3 月 9 日，杨先生与某公司双方签订《解除劳动合同协议》是双方在自愿的前提下所订立，是双方协商一致的结果，并未违反法律、行政法规的禁止性规定，合法有效，对双方均有约束力。在该协议中，杨先生与某公司双方已确认劳动合同关系于 2009 年 2 月 28 日解除，并明确了某公司应支付给杨先生的解除劳动关系经济补偿金、额外支付一个月工资，杨先生也已领取了该款。在该协议合法有效的前提下，杨先生再次要求某公司按违法解除劳动关系的相关规定标准支付解除劳动合同关系赔偿金及一个月额外工资，无事实和法律依据。据此，法院依法驳回杨先生的诉讼请求。

**法理分析**

我国《劳动法》（1994）规定了 3 种情形用人单位可以解除劳动合同，但应当提前 30 日以书面形式通知劳动者本人。“末位淘汰”不属于用人单位单方解除劳动合同法定条件。因此本案中的公司以“末位淘汰”为由解聘杨先生的行为不合法。但是，杨先生与单位签订了《解除劳动合同协议》，并领取了补偿金，意味着杨先生认可了公司的解聘行为。因此，杨先生要求单位再支付违法解除劳动关系赔偿金，就没有法律依据。■



**案例 5-12**

## 孕妇被开除，法院判公司违法

兰小姐于 2006 年进入上海某净化技术公司担任品检工作，后双方签订了一年期劳动合同（2007/11/01～2008/10/31）。在劳动合同到期前一日，兰小姐体检怀孕的结果，并有先兆流产可能，医院开出病假单建议其卧床休息一周。之后，兰小姐将此情况告知其主管李先生，并向其请一周病假，李先生要求兰小姐向公司的胡先生请假，同时李先生将兰小姐请假的事情转告了胡先生。2008 年 11 月 10 日，兰小姐再次体检时，医院建议其继续休息一周。兰小姐听从医生的建议休息 4 天后回到单位上班，但被单位通知其因连续旷工 4 天，严重违反厂规厂纪而被开除。2009 年 6 月兰小姐向劳动争议仲裁委员会申请仲裁，要求公司恢复其劳动关系，后又向法院提起诉讼。法庭上，兰小姐认为她是因为怀孕需要治疗和休息才向单位请假，且已经尽量减少休息时间以保证单位的工作进度，因此，单位没有理由开除她。公司则辩称，双方合同本就要到期了，各部门对兰小姐的工作表现反映并不好；合同到期后，兰小姐还严重违反了被告的劳动纪律和规章制度。因此，公司做出开除她的决定，符合法律规定。审理中，单位向法院提供了其制定的厂规厂纪，规定员工请假必须当面向胡某提前一天提出，如不请假不来上班者按旷工处理，连续3天旷工者按自动辞职处理。

**法院判决**

法院审理认为，我国《劳动合同法》（2007）明确规定，用人单位对于在孕期、产期、哺乳期的女职工，即使劳动合同期满，劳动合同应当顺延至相应的情形消失时终止。兰小姐在双方劳动关系存续期间因怀孕有先兆流产迹象而在医生的建议下休息，且已向其部门主管李先生请过假，李先生也向胡先生转告了原告请假的事实。因此，兰小姐的行为并不符合严重违反公司劳动纪律和规章制度的情形，其要求单位恢复劳动关系的诉讼请求合法有据，应当予以支持，遂做出了恢复劳动关系的一审判决。■



## 5.4 企业罚款权

### 5.4.1 法理精解

目前，一些用人单位往往根据本单位的规章制度、员工手册等的规定，对员工违反规章制度的行为予以一定数额的罚款。根据我国《宪法》规定：公民合法的私有财产权不受侵犯。罚款，在一定意义上说，就是剥夺公民的财产权。因此罚款属于财产处罚的范畴。而依照《立法法》和《行政处罚法》的规定，对财产的处罚只能由法律、法规和规章设定。

公司和企业是以营利为目的的经济组织，当然无权在规章制度中设定罚款条款，除非有相关法律法规的明确授权。《企业职工奖惩条例》（国务院，1982）第11条曾规定："对于有下列行为之一（共7项）的职工，经批评教育不改的，应当分别情况给予行政处分或者经济处罚。"该《条例》第12条规定："……在给予上述行政处分的同时，可以给予一次性罚款"。这是我国劳动法律关系中对企业职工罚款的直接法律渊源，现实中很多用人单位也是参照了这两条规定在其规章制度中赋予自己对员工罚款的权利。但是，《企业职工奖惩条例》被《关于废止部分行政法规的决定》（国务院令第516号，2008）明确废止，说明自2008年1月15日始，用人单位已经不能再根据该条例的规定在规章制度中设立罚款条款了。根据《劳动法》（1994）和《劳动合同法》（2007）的规定，对于劳动者严重违反法律、规章制度以及严重失职、营私舞弊造成用人单位重大损害的行为，用人单位只能采取解除劳动合同、要求劳动者赔偿损失以及按约定支付违约金等措施，而并不能采取罚款的处罚。也就是说，现实中某些单位在规章制度规定或员工手册中约定，对于员工的违章行为采取罚款的措施是没有法律授权的，从而是违法的。



### 5.4.2 防险技巧

首先，用人单位必须明了，自2008年1月15日起《企业职工奖惩条例》被宣布废止，直接行使罚款权已经没有法律依据。用人单位应该正确使用企业的管理权，应尽快完善本单位的管理制度，以适应依法管理的制度需要。

其次，用人单位还须明了，尽管对劳动者没有罚款权，但是用人单位对劳动者仍然有经济管理权。建议用人单位在规章制度或员工手册中设立“月考核奖或年考核奖”等类型的综合考核奖项，范围包括但不限于出勤、安全、质量、劳动纪律等方面，来行使管理权和规范员工行为。如果劳动者达到规章制度规定的考核要求，则全额享受奖励，否则就按比例或不能享受奖励。

在设定劳动者的奖金额度时，用人单位要注意确保员工获得的工资符合当地最低工资标准的要求；否则，该制度规定就有可能因违法而形同虚设。根据《劳动部印发〈关于贯彻执行《劳动法》若干问题的意见〉的通知》（1995）第56条的规定：“在劳动合同中，双方当事人约定的劳动者在未完成劳动定额或承包任务的情况下，用人单位可低于最低工资标准支付劳动者工资的条款不具有法律效力。”也就是说，在规章制度中规定或在劳动合同中约定，当劳动者超额完成定额时给予奖励；在劳动者没完成定额时，可酌情扣减工资，直至等同于当地最低工资标准。

## 思考题

1. 有人认为，“企业规章制度只要和员工协商，而且员工同意了，企业就可以自行确定相应的内容，这也是企业自主权的体现。”您是否赞成这种观点？理由何在？

2. 变更劳动合同为何要坚持双方协商一致的原则？什么情况下企业可以单方变更劳动合同？

3. 有观点认为，“员工末位淘汰制是企业用人权的体现，劳动法律法规对此不应该进行强制性规定，否则对企业不公。”您的见解如何？理由何在？

4. 有人认为，“企业罚款权作为企业绩效管理制度的一个组成部分，只要不违反劳动法律法规的强制性规定，都是合理有效的。”对此您有何看法？

# 第6章

# 离职管理

## 学习目标

- 掌握《劳动合同法》所规定的六种劳动合同终止的情形；
- 掌握法律规定的解除劳动合同的具体类型及其权利义务；
- 正确把握“经济性裁员”的合法性尺度；
- 清晰掌握员工离职的程序及其法律问题。

员工离职（staff dimission），是指雇员和雇主之间结束雇用关系，员工离开原企业的行为。员工离职是员工流动的一种重要的正常方式，对企业人力资源的配置会产生重大的影响，利弊兼具。根据美国劳动力市场的调查研究，约有20%的比例属于必然离职，80%的离职大多属于可避免的离职，因此减少或消灭这部分离职是企业人力资源管理的任务和价值所在。企业应当意识到，离职员工也是企业的人力资源，要善于利用这笔资源。

一般来讲，根据性质的不同，员工离职大致可以分为自愿离职和非自愿离职。自愿离职包括员工辞职和退休；非自愿离职包括辞退员工和集体性裁员。其中，退休是对符合法定退休条件的雇员的一种福利待遇，在正常环境下其数量和比例是可以预期的，它的发生对于企业更新人员年龄结构具有正面价值。集体性裁员只发生在企业经营出现严重困难且只能通过裁员来降低成本的情况下，这是一种偶发行为。辞退员工则往往是企业对行为严重违反企业规定或无法达到工作岗位要求的员工惩罚，这部分离职具有惩罚性，但所占比例极小。员工辞职可以分为两种情况：一种是企业认为不符合自身要求，在企业内部绩效评定中处于被列入竞争淘汰行列的员工，企业通常通过较低的加薪、缓慢的升迁等制度或方式暗示员工主动辞职，以此规避给付员工经济赔偿金。另一种辞职则是真正意义上的企业内部人才流失，这是企业人力资源管理中的重点，应该是企业留人战略的核心任务所在。

## 6.1 劳动合同的终止

劳动合同终止[㊀]是指劳动合同的法律效力依法被消灭，即劳动关系由于一定法律事实的出现而终结，劳动者与用人单位之间原有的权利义务不再存在。劳动合同终止，并不是说劳动合同终止之前发生的权利义务关系消灭，而是说合同终止之后，双方不再执行原劳动合同中约定的事项。因此，例如，用人单位在合同终止前拖欠劳动者工资的，劳动合同终止后劳动者仍可依法请求法律救济。

我国《劳动合同法》（2007）第44条规定了六种劳动合同终止的情形：①劳动合同期满的；②劳动者开始依法享受基本养老保险待遇的；③劳动者死亡，或者被人民法院宣告死亡或者宣告失踪的；④用人单位被依法宣告破产的；⑤用人单位被吊销营业执照、责令关闭、撤销或者用人单位决定提前解散的；⑥法律、行政法规规定的其他情形。

### 6.1.1 劳动合同期限届满

劳动合同期满主要适用于固定期限劳动合同和以完成一定工作任务为

㊀ 由于我国《劳动合同法》（1999）的合同终止包括合同解除的情形，使得劳动法学界也一直对劳动合同终止与解除的关系存在争议，有并列说和包容说两种观点。《劳动法》（1994）第23条规定，劳动合同期满或者当事人约定的劳动合同终止条件出现，劳动合同即行终止。说明《劳动法》（1994）坚持的是劳动合同终止与劳动合同解除的并列说。《劳动合同法》（2007）延续了《劳动法》（1994）并列说的做法。但学术界通常认为劳动合同终止与劳动合同解除存在以下不同之处：①阶段不同：劳动合同终止是劳动合同关系的自然结束，而解除是劳动合同关系的提前结束。②结束劳动关系的条件都有约定条件和法定条件，但具体内容不同：劳动合同终止的条件中，约定条件主要是合同期满的情形，而法定条件主要是劳动者和用人单位主体资格的消灭。劳动合同解除的条件中，约定条件主要是协商一致解除合同情形，而法定条件是一些违法违纪违规等行为。③预见性不同。劳动合同终止一般是可以预见的，特别是劳动合同期满终止的，而劳动合同解除一般不可预见。④适用原则不同：劳动合同终止受当事人意思自治的程度多一点，一般遵循民法的原则和精神，而解除受法律约束的程度较高，更多的体现社会法的性质和国家公权力的介入，体现对劳动者的倾斜保护。

期限的劳动合同两种情形。劳动合同期满，除依法续订劳动合同的和依法应延期的以外，劳动合同自然终止，双方权利义务结束。根据劳动保障部的规定，劳动合同的终止时间，应当以劳动合同期限最后一日的24时为准。

实践中，通常出现劳动合同期满后，劳动者仍在原用人单位工作，而原用人单位未表示异议的，但也未办理终止或者续订劳动合同的情形。劳动部《关于实行劳动合同制度若干问题的通知》（劳部发［1996］354号）对此作了规定：有固定期限的劳动合同期满后，因用人单位方面的原因未办理终止或续订手续而形成事实劳动关系的，视为续订劳动合同。用人单位应及时与劳动者协商合同期限，办理续订手续。由此给劳动者造成损失的，该用人单位应当依法承担赔偿责任。最高人民法院在《关于审理劳动争议案件适用法律若干问题的解释》（2001）中规定：劳动合同期满后，劳动者仍在原用人单位工作，原用人单位未表示异议的，视为双方同意以原条件继续履行劳动合同。一方提出终止劳动关系的，人民法院应当支持。劳动保障部在《关于对事实劳动关系解除是否应该支付经济补偿金问题的复函》（2001）中规定：在上述情形下，"终止"是指劳动合同期满后，劳动者仍在原用人单位工作，用人单位未表示异议的，劳动者和用人单位之间存在的是一种事实的劳动关系，而不等于双方按照原劳动合同约定的期限续签了一个新的劳动合同。一方提出终止劳动关系的，应认定为终止事实上的劳动关系。按照《劳动合同法》（2007）的规定，劳动合同期满自然终止，原劳动合同消灭。如果劳动者仍在原用人单位工作，用人单位未表示异议的，应视为一个新劳动合同的开始。考虑到用人单位续签劳动合同的实际情况，以及在这种情形下劳动者也有一定责任，所以可依照《劳动合同法》第10条的规定，在前一劳动合同终止之日后劳动者提供劳动的第一天起1个月内订立书面劳动合同，否则用人单位就要承担劳动合同法第14条第4款、第81条的法律责任。后一劳动合同的内容除了期限外应视为与原劳动合同一致。

### 6.1.2 劳动者开始享受养老保险

《劳动法》（1994）第73条规定："劳动者在下列情形下，依法享受社会保险待遇：①退休；②患病、负伤；③因工负伤或者患职业病；④失业；⑤生育。劳动者享受社会保险待遇的条件和标准由法律、法规规定。"可见在劳动者退休的情况下，可以享受基本养老保险。《关于深化企业职工养老保险制度改革的通知》（国发［1995］6号）规定职工到达法定离退休年龄，凡个人缴费累计满15年，或本办法实施前参加工作连续工龄（包括缴费年限）满10年的人员，均可享受基本养老保险待遇，按月领取养老金。《关于建立统一的企业职工基本养老保险制度的决定》（国发［1997］26号）规定，本决定实施后参加工作的职工、个人缴费年限累计满15年的，退休后按月发给基本养老金。本决定实施前参加工作、实施后退休且个人缴费和视同缴费年限累计满15年的人员，按照新老办法平衡衔接、待遇水平基本平衡等原则，在发放基础养老金和个人账户养老金的基础上再确定过渡性养老金，过渡性养老金从养老保险基金中解决。由此可知，根据现行法律法规的规定，我国劳动者开始依法享受基本养老保险待遇的条件主要有两个：一是劳动者已退休；二是个人缴费年限累计满15年或者个人缴费和视同缴费年限累计满15年。

关于退休制度，按照劳动和社会保障部的解释（劳社厅函［2001］125号），“国家法定的企业职工退休年龄”，是指国家法律规定的正常退休年龄，即：“男年满60周岁，女工人年满50周岁，女干部年满55周岁”。《劳动法》（1994）并没有规定劳动者退休时，劳动合同终止的情形。因此，劳动者退休但并没有依法享受基本养老保险待遇的，其劳动合同是否终止不明。但是根据《劳动合同法》（2007）的规定，劳动者退休并不必然导致劳动合同终止，除非其他法律、行政法规另有规定。



### 6.1.3 劳动者死亡或被宣告失踪

《民法通则》（1986）第9条规定，公民自出生时起到死亡时止，具有民事权利能力，依法享有民事权利，承担民事义务。第20条规定，公民下落不明满两年的，利害关系人可以向人民法院申请宣告他为失踪人。第23条规定，公民有下列情形之一的，利害关系人可以向人民法院申请宣告他死亡：①下落不明满四年的；②因意外事故下落不明，从事故发生之日起满两年的。在民事领域中，公民死亡、被人民法院宣告失踪或者宣告死亡的，将丧失民事权利能力和民事行为能力。

在劳动领域中，公民死亡、被人民法院宣告失踪或者宣告死亡的，劳动合同签订一方主体资格消灭，客观上丧失劳动能力，之前签订的劳动合同因为缺乏一方主体而归于消灭，属于劳动合同终止的情形之一。

## 6.1.4 用人单位被依法宣告破产

《企业破产法》（2006）第 107 条第 1 款规定，人民法院依照本法规定宣告债务人破产的，应当自裁定做出之日起 5 日内送达债务人和管理人，自裁定做出之日起 10 日内通知已知债权人，并予以公告。第 121 条规定，管理人应当自破产程序终结之日起 10 日内，持人民法院终结破产程序的裁定，向破产人的原登记机关办理注销登记。根据《企业破产法》（2006）的规定，用人单位一旦被依法宣告破产，就进入破产清算程序，用人单位的主体资格即将归于消灭，因此用人单位一旦进入被依法宣告破产的阶段，意味着劳动合同一方主体资格必然消灭，劳动合同归于终止。

## 6.1.5 用人单位受到行政处罚

《公司法》（2005）第 181 条规定，公司因下列原因解散：①公司章程规定的营业期限届满或者公司章程规定的其他解散事由出现；②股东会或者股东大会决议解散；③因公司合并或者分立需要解散；④依法被吊销营业执照、责令关闭或者被撤销；⑤人民法院依照本法第 183 条的规定予以解散。

根据《公司法》（2005）的规定，公司解散是指已经成立的公司，因公司章程或者法定事由出现而停止公司的经营活动，并开始公司的清算，使公司法人资格被取消的法律行为。由于公司解散将会导致公司法人归于消灭，因此公司解散的情况下，劳动合同由于缺乏一方主体，而归于终止。考虑到与后面条文中有关经济补偿规定的衔接，因此本项仅规定用人单位被吊销营业执照、责令关闭、撤销或者用人单位决定提前解散的，劳动合同终止。

所谓吊销营业执照，是指剥夺被处罚用人单位已经取得的营业执照，使其丧失继续从事生产或者经营的资格。所谓责令关闭，是指行为人违反了法律、行政法规的规定，被行政机关做出了停止生产或者经营的处罚决定，从而停止生产或者经营。所谓被撤销，是指由行政机关撤销有瑕疵的公司登记。用人单位被依法吊销营业执照、责令关闭或者被撤销，已经不能进行生产或者经营，应当解散，以该用人单位为一方的劳动合同终止。所谓用人单位决定提前解散，是指在股东会或者股东大会决议解散，或者公司合并或者分立需要解散，或者持有公司全部股东表决权百分之十以上的股东，请求人民法院解散公司的情形下，用人单位提前于公司章程规定的公司终止时间而解散公司的。

### 6.1.6 法律法规规定的其他情形

有关劳动终止的情形，《劳动合同法》（2007）规定的五种情形之外的，可由法律行政法规做出规定。但是考虑到保持整个劳动合同终止制度的统一性和劳动合同终止并没有地方独特性等情况，《劳动合同法》（2007）并没有授权地方性法规创设劳动合同终止制度。

## 6.2 劳动合同的解除

### 6.2.1 双方协商一致解除

**1. 法理精解**

我国《劳动合同法》（2007）第36条规定："用人单位与劳动者协商一致，可以解除劳动合同。"这里的协商一致解除，是指合同履行中的协商解除，合同事先约定以某种法定以外的条件解除，不是该条规定的立法内涵。因此，当事人依据合同中约定的解除条件单方做出解除，不是合同履行中的协商解除，这种约定的解除仍因违反法定条件而不能成立。

**2. 案例剖析**

**案例6-1**

#### 约定的单方解除仍有风险

张先生与某工程公司的劳动合同约定：任何一方均有提前30天书面通知对方解除合同的权利；由公司解除劳动合同的，须按规定支付解除合同的经济补偿金。2009年10月，公司人事部怀疑张先生私自收取了客户贿赂，属于公司规章制度中规定的严重违纪情形，但因没有证据，不能作为违纪处理。于是，公司依据双方劳动合同的约定，提前一个月通知张先生，与张先生解除劳动合同，要求张先生在最后1个月完成工作交接。张先生认为自己并没有违纪的情形，也不同意依据合同约定解除。张先生向劳动争议仲裁委员会申诉，要求恢复劳动关系，继续履行劳动合同。在仲裁庭审中，公司认为，公司与张先生在协商签订的劳动合同中约定了提前通知解除合同条款，公司根据双方合同协商约定的条款提前通知解除合同是协商解除，并无不当。

**仲裁裁决**

经仲裁庭审理，裁决支持了张先生的请求，确认公司依据劳动合同约定的解除条款和做出的解除劳动合同的通知无效，裁决双方继续履行劳动合同。■



## 6.2.2 用人单位单方解除

用人单位单方解除，又称为及时解雇，指的是在劳动者严重违反用人单位规章制度等情况下，为了维护企业的生产经营秩序，以对劳动者进行惩罚、恢复企业秩序为目的进行的解雇。用人单位单方解除权的行使，无须劳动者的同意而生效。这种解雇对用人单位来说，成本最低，但是《劳动合同法》（2007）对于用人单位的规章制度合法性的审查也是最严格的，用人单位行使单方解除权必须具备法定的解除情形。

根据《劳动合同法》（2007）第 21 条规定，在试用期中，除劳动者有本法第 39 条和第 40 条第 1 项、第 2 项规定的情形外，用人单位不得解除劳动合同；用人单位在试用期解除劳动合同的，应当向劳动者说明理由。除上述情形外，用人单位不得在试用期内解除劳动合同。

用人单位在试用期解除劳动合同负有举证义务：举证证明劳动者有《劳动合同法》（2007）第 39 条和第 40 条第 1 项、第 2 项规定的情形；否则，须承担因违法解除劳动合同所带来的法律后果，即：劳动者要求继续履行劳动合同的，用人单位应当继续履行；劳动者不要求继续履行劳动合同或者劳动合同已经不能继续履行的，用人单位应当按照经济补偿金两倍的标准向劳动者支付赔偿金。

### 1. 试用期内证明不符合录用条件

（1）法理精解

实践中存在着这样的误解，即用人单位和劳动者在试用期内无须理由均有权随时解除合同。但是根据现行法律规定，只有劳动者拥有单方解除权，用人单位则没有，而是须证明劳动者不符合录用条件（参见《劳动合同法》（2007）第 39 条）。此前，劳动部办公厅对《关于如何确定试用期内不符合录用条件可以解除劳动合同的请示》的复函（劳办发［1995］16 号）还进一步对此进行了具体的规定，对试用期内不符合录用条件的劳动者，企业可以解除劳动合同；若超过试用期，则企业不能以试用期内不符合录用条件为由解除劳动合同。

表面上看来，这对用人单位是“不平等”的，但实际上对双方来说是“实质上的平等”。因为劳动者在入职前几乎不可能深入地了解用人单位的情况，工作后发现不适应就应当有进一步选择的权利；但用人单位在招聘员工时有明确的职位描述，在试用期内发现员工不符合录用条件并能够证明的可以单方解除劳动合同。对于员工是否合格，应当以法定的最低就业年龄等基本录用条件，以及招用时规定的文化、技术、身体、品质等条件为准，不合格（包括完全不具备录用条件、部分不具备录用条件）须由用人单位对此提出合法有效的证明。

是否在试用期间，应当以劳动合同为准；若劳动合同约定的试用期间超出法定最长时间，则以法定最长期限为准；若试用期届满后仍未办理劳动者转正手续，则不能认为还处在试用期间，即不能再以试用不合格为由辞退劳动者。



（2）案例剖析

**案例 6-2**

## 试用超期以不符录用条件解聘违法

2009 年张小姐从无锡的人才报上看到一则某合资企业招聘一名采购助理的招聘广告，招聘要求是：25 ~ 30 岁，大专以上毕业，英语四级以上，熟练操作办公软件（EXCEL、WORD、PPT）。张小姐过五关斩六将被顺利录用了。该公司人力资源部通知张小姐于 10 月 4 日上班，报到后张小姐提交了英语四级证书并签订了一份为期一年的劳动合同，约定工资 3 500 元，试用期 3 000 元，合同为制式合同，没有具体的岗位录用条件也没有另外约定。试用期自 10 月 4 日起到 12 月 3 日止。王小姐以 11 月 20 日将员工试用考核表提交给采购部经理杨先生，并在考核表上注明须以 11 月 28 日前将考核表送回人力资源部。采购部杨经理与采购主管徐小姐对是否录用张小姐商议未决，待人力资源部催促时已经 12 月 4 日了。杨经理表示张小姐态度不积极，英语口语又差，客户纷纷投诉，决定不录用了。人力资源部经理向杨经理提出张小姐已过试用期了，不能再以试用期内不符合录用条件为由辞退。2010 年 4 月张小姐向当地劳动仲裁委申诉，要求用人单位支付 4 个月的工资外加 25% 的赔偿金，以及 2 个月工资的违法解除劳动合同赔偿金。

**法理分析**

根据我国《劳动合同法》第 39 条的规定，劳动者在试用期间被证明不符合录用条件的，用人单位可以解除劳动合同。因此，本案中的人力资源经理向杨经理提出张小姐已过试用期了，不能再以试用期内不符合录用条件为由辞退是合法的。张小姐如果能出具用人单位辞退她的书面证明，她所主张的2009年12月5日到2010年4月4日的4个月工资，以及25%赔偿金的以及违反解除劳动合同的2个月赔偿金（4×3 500×1.25+3 500=21 000元）的诉求能获得支持。■

### 2. 劳动者严重违纪或规章制度



（1）法理精解

内部规章制度是用人单位对内进行管理的重要依据，是员工行为的准则。通过建立规章制度来约束、激励和管理员工，是用人单位的权利，员工不得违反。正因如此，我国《劳动合同法》第39条规定，劳动者有严重违反用人单位的规章制度的，用人单位可以解除劳动合同，且无须支付经济补偿金。但是，内部制定的规章制度的法律效力必须完全具备三个法定有效要件，㊀即合法、经过民主程序和公示。三个条件缺一就会出现规章制度无效的后果。因用人单位做出的开除、除名、辞退、解除劳动合同和减少劳动报酬等决定而发生的劳动争议，用人单位负举证责任。所以用人单位一定要谨慎，严格遵守相关法律规定，降低风险，达到管理的制度化和规范化的目的。

是否违纪，应当以劳动者本人有义务遵循的劳动纪律以及用人单位规章制度为准，其范围既包括全体劳动者都有义务遵循的，也包括劳动者本人依其职务、岗位有义务遵循的。

违纪是否严重，法律法规不可能也无法详细做规定，不可能有统一的量化指标，因为各行各业各用人单位的情况均不同。用人单位可根据自身情况，对“违纪”、“严重违纪”等加以界定。但在现实生活中，很多企业认为既然法律把“严重违纪”的界定权交给企业，就可以为所欲为，无限地放大员工的责任，减少自身风险，将并不严重的违纪行为规定为“严重违纪”以此来解除劳动合同，这种现象严重侵犯了劳动者的合法权益。劳动者如果发现公司的规章制度严重违纪的，界定不合理、不合法，侵犯到自己的合法权益，依法有权对该界定的有效性提出异议。但如果根本就没有规章制度或者规章制度对该违纪情形未做规定，就无法对违纪职工进行处理。

---

㊀ 根据《最高人民法院关于审理劳动争议案件适用法律若干问题的解释》规定，必须符合以下三个要件：①要符合国家法律、行政法规及政策规定；②要通过民主程序制定；③已向劳动者公示。

（2）案例剖析

**案例 6-3**

## 琐事顶撞经理被除名违法

上海市外来从业人员刘先生于 1996 年进入某加热设备公司任油漆工。2008 年 6 月，刘先生与公司经理因是否为刘先生更换工作鞋的问题起了争执。同日，公司向刘先生发出书面通知称，因刘先生在上班时间，不服从上级主管分配的工作，出言顶撞，恶言相向，严重违反劳动纪律，此行为违反《劳动法》（1994）及公司《职工管理条例》，公司决定予以除名。后经过嘉定区劳动争议仲裁委员会裁决后，刘先生不服，诉至嘉定法院。庭审中被告辩称，原告在被告要求其给一批货物刷底漆的指示后，以鞋坏为理由拒绝工作，并口出秽言，引起员工围观。原告的行为严重违反了公司的劳动纪律，用人单位可以解除劳动合同，被告经工会讨论后，做出的除名决定是合法的。

资料来源：中国法院网。

**法院判决**

嘉定法院审理后认为，违纪是否严重，一般应当以劳动法规所规定的限度和用人单位内部劳动规则关于严重违纪行为的具体规定作为衡量标准。原告与被告的经理因工作鞋的问题发生争执，该行为未达到严重违纪的程度，被告做出给予原告除名处分决定的理由并不充分，法院不予支持。最终，法院依法判决被告支付解除劳动合同关系赔偿金、当月工资、加班费差额等共计 3 万余元。■



**案例 6-4**

## 合同到期前遭辞退获补偿金

2007 年 8 月 30 日，陈先生与某运输公司续订了为期两年的劳动合同。在距离劳动合同期满仅差一天的 2007 年 8 月 29 日陈先生因违反了劳动纪律，公司对其做出除名的行政处分，并在公司的告示栏上公布。尽管在 2009 年 9 月 3 日双方办理了终止劳动合同手续，但事后陈先生还是向劳动争议仲裁委员会提出，公司未按“终止劳动合同应在劳动合同期满前 30 日通知本人”的规定办理手续，请求劳动仲裁部门裁令公司支付其经济补偿金 9 480 元。运输公司辩称：陈先生在上班时与公司的另外一名员工打架，根据公司《员工手册》规定，对其做出违纪解除劳动合同的决定，无须支付经济补偿金。而之所以将“解除劳动合同”改为“终止劳动合同”，主要是考虑到因违纪解除劳动合同的日期与终止劳动合同日期仅相差一天，陈先生如违纪被公司除名会给求职带来困难，且不能领取失业救济金，所以公司同意陈先生的再三请求，进行了友情操作。而陈先生却提出上述无理要求，公司表示难以接受。

**法理分析**

公司解雇陈先生是否合理，要看陈先生的打架行为是否构成了严重违反公司规章制度的行为，以及公司的规章制度是否合法有效且已经向陈先生告知。陈先生要求的经济补偿金或者赔偿金能否得到仲裁支持，需具体分析：①如果陈先生有证据证明公司有违法解除劳动合同的行为，而公司也坚持认为自己是“解除”而非“终止”的话，应当认定解除行为是违法，应支持陈先生关于经济补偿的仲裁请求。②如果陈先生没有证据证明公司是违法解除，而公司有证据证明公司发出的“终止劳动合同通知”实为“解除劳动合同通知”，那么陈先生将得不到任何经济补偿金。③如果陈先生虽然没有证据证明公司是违法解除，但是手中确有公司终止劳动合同的通知书，而公司又无证据证明该“终止劳动合同通知书”实为合法“解除通知书”的话，应支持陈先生要求公司支付终止劳动合同经济补偿金的仲裁请求。关于陈先生主张公司支付终止劳动合同未提前30天通知补偿金，因《劳动合同法》（2007）未做出强制性的规定，是否需要提前通知，须视陈先生的劳动合同履行地所在省市的规章制度是否有规定。■



（3）因严重违纪等离职的防险技巧

第一，确保公司规章制度制定程序的合法有效性和确保已经向该员工公示。

第二，确信被解雇员工的行为确实为严重违反规章制度的行为。

第三，保留员工确实严重违纪的证据。因为只有认定无误严重违反公司合法有效且已经向该员工公示的规章制度以后，公司才可以以员工严重违反规章制度为由立即通知解除劳动合同，且不用支付任何经济补偿金。而被处理员工有可能不认可公司的处理，认为自己的行为不足以构成严重违反公司规章制度或者认为自己根本不存在这种行为。如果公司没有证据证明员工存在这种行为，就涉嫌违法解除劳动合同。

### 3. 劳动者严重失职等造成重大损失

（1）法理精解

劳动者对用人单位利益造成重大损失，是指劳动者在履行劳动合同期间，违反其忠于职守、维护和增进用人单位利益的义务，有未尽职责的严重过失行为，或者利用职务之便牟取私利的故意行为，使用人单位的有形财产、无形财产或人员遭受重大损失，但未达到受刑事处罚的程度。例如：因玩忽职守而造成事故的；因工作不负责任而经常产生废品、损坏设备和浪费材料等。

企业规章制度不仅仅在管理过程中扮演着极其重要的角色，同时也是企业在劳动争议中制胜的关键所在。单位因员工严重违反劳动纪律或规章制度而解除劳动合同关系的，必须要有明确、合法的规章制度存在。“明确”要求单位必须能拿出符合法律规定形式的规章制度，以证明员工确实违反了相应制度，且程度严重，这两点缺一不可。

（2）案例剖析

**案例6-5**

## 员工造成重大损失担责案

一家大型中外合资企业一位流水线上的员工，因为要求增加过节补贴的问题和单位领导发生争议。由于一时情绪难以控制，该员工将流水线上的关键生产设备拆下并藏匿起来，致整条生产线停工一天，单位无法按时交货，不得不承担延迟交货的违约金5万元。企业当即决定解除与该名员工的劳动合同关系，员工不服，提起了劳动争议仲裁申请。仲裁过程中，单位提供了经员工签字认可的《员工手册》，在违纪行为这一章，包括了破坏生产设备等情形。《员工手册》同时明确规定了关于“严重”违反劳动纪律或规章制度的标准，即对公司造成直接经济损失达到3万元及以上者为“严重”。因此，企业为其解除劳动合同的行为提供了充分合法的依据，履行了完整的举证义务，员工的诉请被劳动争议仲裁委员会依法驳回。■



### 4. 行使单方解除权的其他情形

（1）劳动者被依法追究刑事责任

在实践中存有疑义的是：劳动者被劳动教养处罚是否可以解除劳动关系。

劳动教养是对有轻微犯罪行为，但尚不够刑事处罚条件且有劳动能力的人，实行强制教育改造的一种行政处罚。可见劳动教养只是一种行政处罚，追究的是违法者的行政责任，而不是刑事责任。根据《关于贯彻执行〈劳动法〉若干问题的意见》第31条规定，劳动者被劳动教养的，用人单位可以依据被劳教的事实解除与该劳动者的劳动合同。因为对于被劳动教养的人员，在教养期间，必须由教养机关执行强制性劳动，此时他们与用人单位订立的劳动合同实际上已无法履行，所以规定用人单位可以与其解除劳动合同是有道理的。

建议用人单位对已经被依法追究刑事责任的劳动者尽快做出是否解除其劳动合同的决定。若决定解除其劳动合同，应及时将该决定以书面形式通知劳动者。

（2）多重劳动关系严重影响本职工作等

劳动合同的特点之一是劳动合同必须由劳动合同当事人亲自履行。一般情况下，在常年性工作岗位上工作的劳动者同时与其他用人单位建立劳动关系，必然影响劳动合同的正常履行。所以我国劳动者普遍只与一家用人单位签订劳动合同、建立劳动关系。《劳动合同法》（2007）第 91 条规定，用人单位招用与其他用人单位尚未解除或者终止劳动合同的劳动者，给其他用人单位造成损失的，应当承担连带赔偿责任。对于兼职的人员一定要经原单位同意。如员工在外兼职未经单位同意且对本职工作产生严重影响，用人单位可以依据该条解除劳动合同。



（3）出现劳动合同法 26 条 1 款 1 项的情形

出现劳动合同法 26 条 1 款 1 项的情形而导致劳动合同无效或部分无效的，是指以欺诈、胁迫的手段或者乘人之危，使对方在违背真实意思的情况下订立或者变更劳动合同的情形。

## 6.2.3 用人单位单方预告解除

**1. 法理精解**

单方预告解除权是指具备《劳动合同法》（2007）第 40 条规定的 3 种情形，用人单位可以解除合同，但应当提前 30 日以书面形式通知劳动者本人或者额外支付劳动者 1 个月工资。一般限于在劳动者无过错的情况下由于主客观情况变化而导致劳动合同无法履行的情形。

（1）《劳动合同法》第 40 条第 1 项

《劳动合同法》（2007）第 40 条第 1 项规定，劳动者患病或者非因工负伤，在规定的医疗期满后不能从事原工作，也不能从事由用人单位另行安排的工作的，用人单位提前 30 日以书面形式通知劳动者本人或者额外支付劳动者 1 个月工资后，可以解除劳动合同。

医疗期是指劳动者因患病或非因工负伤，停止工作治病休息，不得解除劳动合同的时限。劳动者因患病或非因工负伤，需要停止工作治病休息的，根据本人实际参加工作年限和在本单位工作年限，给予 3 个月到 24 个月的医疗期：①实际工作年限 10 年以下的，在本单位工作年限 5 年以下的为 3 个月，5 年以上的为 6 个月。②实际工作年限 10 年以上的，在本单位工作年限 5 年以下的为 6 个月，5 年以上 10 年以下的为 9 个月，10 年以上 15 年以下的为 12 个月；15 年以上 20 年以下的为 18 个月；20 年以上的为 24 个月（参见《企业职工患病或非因工负伤医疗期规定》（劳部发［1994］479 号））。

根据本条规定，医疗期满后，劳动者如不能从事原工作，同时也不能从事用人单位另行安排的工作的，用人单位可以解除合同。

(2)《劳动合同法》第40条第2项

《劳动合同法》(2007) 第40条第2项规定，劳动者不能胜任工作，经过培训或者调整工作岗位，仍不能胜任工作的，用人单位提前30日以书面形式通知劳动者本人或者额外支付劳动者一个月工资后，可以解除劳动合同。

“不能胜任工作”是指不能按要求完成劳动合同中约定的任务或者同工种、同岗位人员的工作量。劳动者在试用期满后不能胜任劳动合同所约定的工作，用人单位应对其进行培训或者为其调整工作岗位，如果劳动者经过一定期间的培训仍不能胜任原约定的工作，或者对重新安排的工作也不能胜任，就意味着劳动者缺乏履行劳动合同的劳动能力。但对此目前无法律上统一的标准，只能从个案中得出规律。实践中能得出结论的，两类情形是不能成立的：①单一的领导对单一的下属的结论；②采用末位淘汰制认定不能胜任。认定是否胜任工作一般应采用公开、公平、公正的原则，员工有权复核，不能因人而异，对同一群体统一标准。通常采用360度考核办法，上级、下级、客户的综合评价一般认为是公平的。

需要提示用人单位的是：用人单位在管理中不要使用“末位淘汰制”的办法，与劳动者解除劳动合同。因为排在末尾的劳动者不一定不能胜任工作。即使对不能胜任工作的劳动者，用人单位也应当在证明其不能胜任后，对劳动者进行培训或者为其调整工作岗位。只有对那些经过培训或者调整工作岗位，仍不能胜任工作的劳动者，用人单位才可以解除劳动合同。

(3)《劳动合同法》第40条第3项

《劳动合同法》(2007) 第40条第3项规定，劳动合同订立时所依据的客观情况发生重大变化，致使劳动合同无法履行，经用人单位与劳动者协商，未能就变更劳动合同内容达成协议的，用人单位提前30日以书面形式通知劳动者本人或者额外支付劳动者1个月工资后，可以解除劳动合同。

“客观情况发生重大变化”一般是指劳动合同在履行过程中，发生了诸如企业被兼并、合并、分立，企业进行转产，企业进行重大技术改造，使员工的原工作岗位不复存在等情况。

需要提示用人单位的是：当出现“客观情况发生重大变化，致使原劳动合同无法履行”的情况后，用人单位要想解除劳动合同还应清楚地知道：①必须是当事人协商不能就变更劳动合同达成协议时。也就是说，如果经当事人协商能够就变更劳动合同达成协议，用人单位就不能解除劳动合同。②必须提前30天以书面形式通知劳动者本人。③必须按规定给予经济补偿金。

（2）案例剖析

**案例 6-6**

刘先生是一家合资公司的业务部经理。2008 年 8 月份，公司以刘先生不能胜任业务部经理工作，影响公司业务的推动和开展为由，向刘先生发出了解除劳动合同的通知。刘先生不服，把公司告到了劳动争议仲裁委员会。在仲裁调查中，公司称有 4 个理由认定刘先生不胜任工作，而对其解除劳动合同的。一是刘先生任职以来的考核成绩不佳，在公司七个部门经理中，刘先生在全年 12 个月中 8 个月排名第五，全年总成绩也排名第五。根据公司的《考核制度》，该考核结果应判定为“一般”，达不到“中等”水平。二是刘先生工作纪律较差，经常迟到，全年共迟到 50 多次，最高纪录 1 个月迟到 14 次。三是其他几个部门的经理均认为其团队合作性差。四是刘先生在业务上拓展无任何思路与行动。

**法理分析**

本案主要涉及不胜任工作的判断标准，以及在此基础上以法定的程序和方式解除与劳动者的劳动关系问题。①《劳动法》（1994）、《劳动合同法》（2007）均未规定劳动者不胜任工作的标准，而是将其留给了用人单位，但是用人单位一般要遵守以下做法：首先，要求用人单位内部规章制度有对员工工作业绩进行考核的标准；其次，考核标准需要履行向员工告知的程序；再次，企业要有员工不胜任工作的证据，并且这些证据要与考核标准相对应。以此对照本案案情，用人单位给出的 4 个不胜任工作的理由是不成立的。根据《劳动合同法》（2007）第 40 条第 2 款规定，以不胜任工作为由解除劳动合同的前提必须是劳动者存在两次不胜任工作的情形，并且用人单位还须对此承担举证责任，以及履行提前 30 日通知的程序义务。■

## 2. 劳动合同的禁止解除

根据《劳动合同法》（2007）第 42 条的规定，企业对下述老、弱、病、残等员工不得裁减：

（1）从事接触职业病危害作业的劳动者未进行离岗前职业健康检查，或者疑似职业病病人在诊断或者医学观察期间的；

（2）在本单位患职业病或者因工负伤并被确认丧失或者部分丧失劳动能力的；

（3）患病或者非因工负伤，在规定的医疗期内的；

（4）女职工在孕期、产期、哺乳期的；

（5）在本单位连续工作满 15 年，且距法定退休年龄不足 5 年的；

（6）法律、行政法规规定的其他情形。

实践中，用人单位裁员时往往最先考虑的需裁减的人员就是劳动能力降低、竞争能力减弱的上述四类人员，但是这四类人员却是法律侧重保护的对象，如果用人单位裁员时违法裁减上述人员，将面临违法解除劳动合同的风险。

**案例 6-7**

## 企业解除简历造假的怀孕女工合法案

2004 年 8 月，李小姐在应聘某建设公司时说自己是某广播电视大学毕业、学士学位。但在填新进人员申请表时写的是某名牌理工大学机电一体化专业毕业的，并注明自己是高级工程师。公司看过李小姐的毕业证书等材料后，经过简单面试便与李小姐签订了为期 1 年的劳动合同（2004/11 ~ 2005/11）。由于李小姐交给人事部的材料都是齐全的，所以公司并没有发现李小姐两次所说的学历不一致。后来随着公司业务的开展，公司逐渐发现李小姐的工作能力与她所提供的学历水平相去甚远。2005 年 9 月，公司向李小姐发出了调整岗位的通知，安排其从事文秘工作，工资由原来的 5 000 元降为 2 500 元。李小姐随即以自己已经怀孕，不得降低基本工资为由提出异议。后来公司到职业能力审查部门对李小姐毕业证书的真实性进行了鉴定，发现李小姐所提供的学历证书确系伪造件，其毕业证书也是经过涂改的，所谓的高级工程师资格也属于子虚乌有。同年 9 月 30 日，公司向李小姐发出了解聘通知。李小姐承认自己的某名牌理工大学的毕业证书是伪造的，但她认为自己现在处于怀孕期间，公司不得以任何理由解聘自己。李小姐接到通知后就向劳动争议仲裁委员会提起劳动仲裁，要求撤销该通知，继续履行原合同并补发其工资。仲裁委做出裁决，没有支持李小姐的请求。李小姐又起诉至一审法院，一审法院也没有支持李小姐的诉讼请求。李小姐上诉至中级人民法院。

**法院判决**

中级人民法院审理后认为：订立和变更劳动合同应当遵循平等自愿、协商一致的原则，否则属于无效劳动合同。无效的劳动合同，从订立的时候起，就没有法律约束力。本案中双方订立的劳动合同，是由于李小姐采取欺骗手段而订立的，故导致该劳动合同无效。因此，中院做出终审判决，维持了原判，没有支持李小姐的诉讼请求。■

**案例 6-8**

## 三期内兼职拒不改正可解除劳动合同

汤女士是静安区甲广告公司聘请的设计员，在业内小有名气。她于 2008 年 7 月产假期满后，经单位批准，请哺乳假在家休息。在休假开始后的一个月，朋友告知汤女士，普陀区乙广告公司想请她利用在家休息时间完成一项创意项目，报酬非常丰厚。汤女士爽快地与乙广告公司签订了劳动合同，在家为其工作。汤女士原单位知道此事后，经理亲自出面找她谈话，要求她立即停止为其他公司工作，回公司上班。但是，汤女士认为项目很快就要完成了，所以向公司表示自己休完哺乳期就会回公司工作。为了尽快结束项目，她在家投入了更多的精力。两个星期后，静安区这家广告公司向汤女士发出了解除劳动合同的通知书。

**法理分析**

《劳动合同法》（2007）规定：女职工在孕期、产期、哺乳期的，用人单位不得依照第40条、第41条的规定解除劳动合同，但劳动者有第39条规定情形之一的，用人单位可以解除劳动合同。本案中，汤女士在哺乳期内与普陀区乙广告公司建立了劳动关系，经原公司批评仍拒不改正，原公司可以与其解除劳动合同。■



### 3. 行使解约权的防险技巧

用人单位在行使解约权的时候，建议重点关注以下问题。

（1）制定合法、规范，具有可操作性的内部规章制度，以防范在发生劳动争议时出现的法律风险，确保使用人单位处于主动地位。

（2）完善用人单位的人力资源管理制度，特别是用人单位要完善劳动合同的签订与管理、员工考勤、绩效考核等方面的制度。

（3）加强对劳动合同的动态管理。用人单位要建立劳动关系预警机制，定期清理和跟踪管理现有的劳动关系和劳动合同的履行情况，对快要到期的劳动合同要预留2～3个月的时间提前操作，以方便劳动合同的续订或终止，避免出现劳动合同已经到期，员工还在继续工作，形成事实劳动关系。

（4）树立证据意识，在单位内部形成一整套的签字、公示、备案、归档制度，为可能发生的劳动争议提供证据。在日常管理工作中，用人单位对劳动合同的变更、解除或终止，对违反单位劳动规章制度的事件以及对劳动者的处理，都要进行详细记录，履行签字手续，并以书面形式存档。以避免由于操作不当，承担法律责任。

（5）依法为劳动者出具证明、转移关系。用人单位应当在解除或终止劳动合同时，出具解除或终止劳动合同的书面证明。在出具书面证明的同时，还应在15日内为劳动者办理人事档案和社会保险关系的转移手续。对解除或终止的劳动合同文本及出具的书面证明、转移关系的手续、工作交接的清单等材料，存档保存至少两年以上。

（6）在劳动者行使解约权的时候，用人单位应该注意以下细节，维护自己的合法权利。

1）劳动者在行使辞职权时，必须履行法定程序（即提前30日以书面形式，在试用期内须提前3日通知用人单位）方可解除劳动合同。如果劳动者自动离职就属于违法解除劳动合同，无权享受经济补偿金；给用人单位造成损失的，还应当承担赔偿责任。

2）劳动者在行使提前30天解除权时，一定要保留好通知凭证。如果劳动者没有有效的通知凭证，一旦用人单位否认未收到提前30日解除通知，且主张劳动者违法辞职，并提出巨额索赔，劳动者可能面临败诉的风险。

## 6.3 经济性裁员

经济性裁员，是指用人单位濒临破产在进行法定整顿期间或者生产经营状况发生严重困难之时，为改善生产经营状况而辞退成批人员。因此，严格来说，经济性裁员属于用人单位单方面解除劳动合同的行为，只不过是解除劳动合同关系的对象是劳动者集体而非劳动者个人而已。

当前各国的劳动法律普遍承认经济性裁员的做法，但是由于裁员涉及人数多，社会影响大，因而设置的裁员程序相当严格，这常常导致用人单位在裁员过程中操作不慎而产生严重的法律后果。因此，正确适用裁员的法律规定，控制裁员过程中的法律风险，是用人单位急需面对的问题。



### 6.3.1 法理精解

**1. 裁员的适用条件**

根据《劳动合同法》（2007）的规定，用人单位只有符合第41条[1]的

[1] 《劳动合同法》（2007）第41条规定：有下列情形之一，需要裁减人员二十人以上或者裁减不足二十人但占企业职工总数百分之十以上的，用人单位提前三十日向工会或者全体职工说明情况，听取工会或者职工的意见后，裁减人员方案经向劳动行政部门报告，可以裁减人员：①依照企业破产法规定进行重整的；②生产经营发生严重困难的；③企业转产、重大技术革新或者经营方式调整，经变更劳动合同后，仍需裁减人员的；④其他因劳动合同订立时所依据的客观经济情况发生重大变化，致使劳动合同无法履行的。

裁减人员时，应当优先留用下列人员：①与本单位订立较长期限的固定期限劳动合同的；②与本单位订立无固定期限劳动合同的；③家庭无其他就业人员，有需要抚养的老人或者未成年人的。

用人单位依照本条第一款规定裁减人员，在六个月内重新招用人员的，应当通知被裁减的人员，并在同等条件下优先招用被裁减的人员。

《上海市劳动合同规定》第21条规定：劳动者有下列情形之一的，用人单位不得依据本规定第19条、第20条的规定解除劳动合同：①患职业病或者因工负伤并经劳动鉴定委员会鉴定丧失或者部分丧失劳动能力的；②患病或者负伤，在规定的医疗期内的；③女职工在孕期、产期、哺乳期内的；④在本单位工作满10年，距法定退休年龄3年以内的；⑤法律、法规、规章规定的其他情形。

规定才能进行裁员。根据第 41 条规定，用人单位裁员的法定条件包括以下几种情况。

一是依照企业破产法规定进行重整的。用人单位应提供人民法院出具的关于重整的裁定书即可，无法院出具的重整的裁定，就不能以此为由裁员。

二是生产经营发生严重困难的。用人单位必须举证证明生产经营发生了困难，且是严重的困难，这需要对企业相关财务状况进行举证。否则，企业的裁员行为会陷入违法解雇的风险中。

三是企业转产、重大技术革新或者经营方式调整，经变更劳动合同后，仍需裁减人员的。此项裁员条件的适用有一个前提条件，即用人单位须先与劳动者变更劳动合同，否则也属于违法解除合同，须承担违法解除合同的法律责任。

四是其他因劳动合同订立时所依据的客观经济情况发生重大变化，致使劳动合同无法履行的。“客观经济情况发生重大变化”一般是指发生不可抗力，或出现致使劳动合同全部或部分条款无法履行的其他情况，如企业迁移、兼并、分立、合资等。



**2. 裁员的法定程序**

我国《劳动合同法》（2007）第 41 条对用人单位裁员的程序做出了相应规定，可以图 6-1 简略概括：

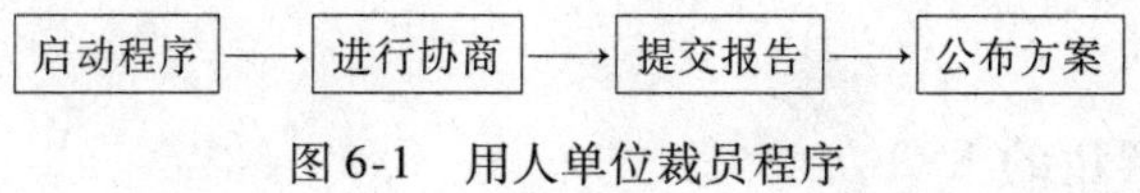


图 6-1　用人单位裁员程序

第一，启动程序。用人单位的领导层应当对自身经营状况进行讨论，提出初步的裁员方案。启动裁员程序，必须满足一定的人数要求，即裁减人员需达到 20 人以上或者裁减不足 20 人但占企业职工总数 10% 以上才可启动裁员程序。如果裁减人员人数不足上述法定标准，就不能启动裁员程序成批解除劳动合同，只能根据《劳动合同法》（2007）第 36 条、第 39 条、第 40 条的规定，单个解除劳动合同；否则裁员行为违法，应当承担违法解雇的法律风险。对此，用人单位可以采取协商解除方式来避免法律风险。根据上海市的有关规定，经济性裁员方案的内容包括：①被裁减人员名单；②裁减时间及实施步骤；③符合《上海市劳动合同规定》或集体合同约定的被裁减人员的经济补偿办法。

第二，进行协商。在初步决定裁员后，用人单位应提前 30 日向工会或者全体职工（不包括职工代表）说明情况，并提供有关生产经营状况的资料。同时，应当保留提前通知工会或者全体职工的书面证据，未提前通知或不能举证证明的均会导致违法裁员风险。在提出裁减人员方案并征求工会或者全体职工的意见后，对裁员方案进行修改和完善；工会或职工对裁减提出的合理意见，用人单位应认真听取；如用人单位违反法律、法规规定和集体合同约定裁减人员的，工会有权要求重新处理。根据上海市的有关规定，协商时须向工会代表提供以下资料：①企业经济性裁减人员方案；②所有证明符合经济性裁减人员条件的材料；③企业支付被裁减人员经济补偿金的资金准备情况。

第三，提交报告。用人单位的裁员方案须向当地劳动行政部门报告并听取其意见；劳动行政部门对用人单位违反法律、法规和有关规定裁减人员的，应依法制止和纠正。用人单位应当保留劳动行政部门签收的相关证据。现行法律没有要求劳动行政部门批准后才可裁员，只要履行报告程序即可。根据上海市的有关规定，企业经济性裁减人员方案，应按本市集体合同的审核管辖规定分别向市劳动和社会保障行政部门、区县劳动行政部门报告。报告时须提交以下材料：①企业经济性裁减人员方案；②企业代表与工会代表对经济性裁减人员方案的协商意见。

第四，公布方案。由用人单位正式公布裁减人员方案，与被减人员办理解除劳动合同手续，按照有关规定向被裁减人员本人支付经济补偿金，出具裁减人员证明书。

**3. 优先留用的人员**

我国《劳动合同法》（2007）第41条规定，用人单位在裁减人员时，应当优先留用下列人员：①与本单位订立较长期限的固定期限劳动合同的；②与本单位订立无固定期限劳动合同的；③家庭无其他就业人员，有需要抚养的老人或者未成年人的。用人单位裁减人员后，在6个月内重新招用人员的，应当通知被裁减的人员，并在同等条件下优先招用被裁减的人员。

《关于实行劳动合同制度若干问题的通知》第19条规定，因经济性裁员而被用人单位裁减的职工，在六个月内又被原单位重新录用的，对职工裁减前和重新录用后的工作年限应当连续计算为本单位工作时间。

另外，用人单位还要注意遵守地方法规的，尤其是地方法规的更高规定。例如，《上海市劳动合同条例》（2002）第34条规定："劳动者有下列情形之一的，用人单位不得依据本条例第三十二条、第三十五条的规定解除劳动合同：①患职业病或者因工负伤并被确认丧失或者部分丧失劳动能力的；②患病或者负伤，在规定的医疗期内的；③女职工在孕期、产期、哺乳期内的；④法律、法规规定的其他情形。”

如果用人单位裁员不注意上述法律要求优先留用的人员范围，将会涉嫌违法裁员。



**4. 裁减试用期员工**

实践中，用人单位在裁员时往往首先考虑的是先裁减试用期员工，其实这往往是裁员过程中最容易忽视的风险。《劳动合同法》（2007）第21条规定，“在试用期中，除劳动者有本法第三十九条和第四十条第一项、第二项规定的情形外，用人单位不得解除劳动合同。”本条规定了试用期中解除劳动合同的依据限于第39条和第40条第1项、第2项，排除了第41条（即裁员）的适用。换句话说，如果劳动者在试用期内，用人单位依据第41条之规定裁减无法律依据，将面临违法解除劳动合同的风险。为了避免法律风险，建议用人单位对试用期员工可选择协商解除劳动合同，或在试用期届满后再裁减。

## 6.3.2 案例剖析

**案例6-9**

### 裁员程序非法戴尔败诉

2009年3月30日，戴尔公司以“业务调整、岗位撤销”为由，以书面形式通知杨先生解除劳动合同。2009年4月30日，戴尔公司通过银行转账向杨先生支付了经济补偿金等共计268 378.63元。杨先生表示确已收到上述款项，但认为该款项应为其销售提成和报销款项。杨先生主张：自己与公司签订了3年的固定期限劳动合同（合同到期日为2011年9月），职位为销售高级客户经理；公司提出解雇时，自己正处于医疗期内。杨先生要求戴尔公司支付工资损失33 336元及25%赔偿金8 334元，未报销的电话费、交通费、招待费472 411.62元。庭审中，戴尔公司提交了公司经营情况恶化的新闻报道，决定取消部分工作岗位。公司在通知杨先生解除劳动合同之前与其进行了协商，并试图通过协商与杨先生解除劳动合同，但杨先生拒绝。戴尔公司请求法院确认他们解除与杨先生的劳动合同合法有效。

**法院判决**

朝阳区法院经审理认为，杨先生与戴尔公司的劳动关系成立。2009年3月30日，戴尔公司以“业务调整、岗位撤销”为由，书面通知杨先生解除劳动合同，但未就变更劳动合同与杨先生进行协商。同时，戴尔公司未就其解除劳动合同的理由提供充分的证据，因此其单方提出解除劳动合同的行为构成了违法解除。法院据此判决双方继续履行劳动合同。

资料来源：中工网，《劳动午报》。■

### 6.3.3 防险技巧

由于现行《劳动合同法》（2007）所规定的裁员条件与程序要求相当严格，而且设置了裁员禁止规定，以及优先留用人员规定，因此，用人单位必须慎重考虑法律风险。用人单位除了需要明了上述法律规定，作为替代方案，在实践中建议用人单位采用以下一些手段来达到裁员目的。

第一，通过协商减少薪资。用人单位减少员工薪资（以下简称减薪）的方式可分为单方减薪[⊖]和协商减薪两种。由于单方减薪是用人单位在未经劳动者同意的情况下降低劳动者的劳动报酬，会被视为克扣或者未足额支付劳动报酬，劳动者有权要求足额发放，而且用人单位还会面临劳动监察方面的法律责任。所以，用人单位尽量不要采用单方降薪的方式。建议用人单位采取协商降薪的方式，通过用人单位与劳动者协商一致，来降低劳动报酬的比例，共渡难关。由于这种方式基于劳资双方合意，不会存在任何法律风险。用人单位在具体运用中须保留与劳动者协商一致的书面证



---

⊖ 单方减薪是用人单位在未经劳动者同意的情况下降低劳动者的劳动报酬，但是这种降薪方式法律风险很大。由于劳动报酬属于劳动合同必备条款（《劳动合同法》（2007）第17条），用人单位单方降薪实际上是变更劳动合同的必备条款，而变更该必备条款须用人单位和劳动者协商一致才行（《劳动合同法》（2007）第35条）。因此，未经劳动者同意强行降低劳动报酬，会被视为克扣或者未足额支付劳动报酬，劳动者有权要求足额发放，而且用人单位还会面临劳动监察方面的法律责任。此外，用人单位还要注意以下两种错误的看法。一是想当然地认为劳动报酬属于用人单位的规章制度的内容，可以通过与职工代表大会讨论，以及与工会协商等民主程序来修改事涉劳动报酬的规章制度。这种做法是行不通的，因为现行法律规定，用人单位的规章制度的修改并不会导致劳动合同中劳动报酬的降低，劳动者可以请求优先适用合同约定。（参见《最高人民法院关于审理劳动争议案件适用法律若干问题的解释（二）》第16条：用人单位制定的内部规章制度与集体合同或者劳动合同约定的内容不一致，劳动者请求优先适用合同约定的，人民法院应予支持）。二是想当然地认为用人单位可与工会协商变更集体合同达到降薪的目的。因为根据现行法律规定，在劳动者与用人单位存在个体劳动合同的情况下，变更集体合同并不会影响个体劳动合同的约定。值得注意的是，如果劳动合同约定部分奖金福利与企业经济效益挂钩，则用人单位在效益下滑时不支付该部分奖金福利，是合法的行为，但这不是单方减薪，而是按照劳动合同的约定履行。

据，比如劳动合同变更协议书、劳动报酬变更协议书等。

第二，缩减加班时间。由于我国现阶段处于生产力尚不发达，我国的企业有相当一部分是劳动密集型企业。在这些企业中，劳动者往往靠长时间加班获取较高的劳动报酬，而一旦加班时间降低或者不安排加班，劳动者的劳动报酬可能只是最低工资标准或略高于最低工资标准。但这实际上是合法的行为，减少加班时间或不安排加班是用人单位的一种合法的裁员代替方案，用人单位不必担心由此会带来法律风险。因为加班加点一直是我国劳动法不鼓励的行为（参见《劳动法》（1994）第41条）。

第三，带薪放假。用人单位需要注意，在使用放假作为裁员替代手段时，只有带薪放假是合法的，而无薪放假是非法的。因为无薪放假属于严重损害劳动者利益的行为。根据《工资支付暂行规定》（劳动部，1994）第12条的规定，非因劳动者原因造成单位停工、停产在一个工资支付周期内的，用人单位应按劳动合同规定的标准支付劳动者工资。超过一个工资支付周期的，若劳动者提供了正常劳动，则支付给劳动者的劳动报酬不得低于当地的最低工资标准；若劳动者没有提供正常劳动，应按国家有关规定办理。根据该规定，放假必须符合两个条件：一是用人单位有停工、停产的事实；二是停工停产非劳动者原因造成。另外，还需支付相应的工资及生活费。用人单位在正常经营的情况下给劳动者放假，显然是不符合法律规定的。司法实践中可被认定为不给劳动者提供劳动条件，用人单位需承担相应的法律后果。



## 6.4 离职的经济补偿

经济性裁员属于劳动合同解除的一种方式，必须根据《劳动合同法》（2007）第47条规定向劳动者进行经济补偿：劳动合同解除或终止后，用人单位应当按照劳动者在本单位工作的年限，每满一年支付一个月工资的标准向劳动者支付经济补偿。六个月以上不满一年的，按一年计算；不满六个月的，支付半个月工资的经济补偿。本条所称月工资是指劳动者在劳动合同解除或者终止前十二个月的平均工资。

### 1. 经济补偿的计算标准

根据《劳动法》（1994）第28条的授权，《违反和解除劳动合同的经济补偿办法》（劳动部，1994）规定了计算经济补偿的标准：每满一年发给相当于一个月工资的经济补偿金；工作时间不满一年的按一年的标准发给经济补偿金。《劳动合同法》（2007）关于经济补偿的计算标准延续了上述以往的做法，同时增加了六个月以上不满一年的，按一年计算；不满六个月的，向劳动者支付半个月工资的经济补偿。

### 2. 计算经济补偿金的工资标准

根据《劳动合同法实施条例》（2008）第 27 条的规定，“劳动合同法第 47 条规定的经济补偿的月工资按照劳动者应得工资计算，包括计时工资或者计件工资以及奖金、津贴和补贴等货币性收入。”因此，用人单位以劳动者的最低工资或基本工资等作为计算基数进行经济补偿，是损害劳动者的合法权益的行为。



### 3. 经济补偿中的工作年限

对于经济补偿中工作年限的计算，总的原则是，经济补偿中的工作年限问题是劳动者在用人单位工作的年限，应从劳动者向该用人单位提供劳动之日起计算；而不能理解为连续几个合同的最后一个合同期限，原则上应连续计算。具体来说，①如果由于各种原因，用人单位与劳动者未及时签订劳动合同的，不影响工作年限的计算。②如果劳动者连续为同一用人单位提供劳动，但先后签订了几份劳动合同的，工作年限应从劳动者提供劳动之日起连续计算。例如，某员工自 2008 年在某企业工作，期间劳动合同一年一签，一直工作到 2012 年。最后一份劳动合同期满后终止，用人单位依法支付经济补偿时，计算的工作年限应从 2008 年算起，共计 4 年。③如果劳动者为同一用人单位提供劳动多年，但间隔了一段时间，也先后签订了几份劳动合同，工作年限原则上应从劳动者提供劳动之日起连续计算，已经支付经济补偿的除外。[一]④对于因用人单位的合并、兼并、合资、单位改变性质、法人改变名称等原因而改变工作单位的，其改制前的工作时间可以计算为“在本单位的工作时间”。[二]⑤根据《劳动合同法》

---

[一] 随着劳动合同法的实施，用人单位利用短期劳动长期用工的现象将会减少，这主要是劳动合同法规定了两个措施：一是连续签订两次固定期限劳动合同的，劳动者可以要求签订无固定期限劳动合同；二是劳动合同期满终止的，用人单位也要依法支付经济补偿。

[二] 劳动办公厅对《关于终止或解除劳动合同计发经济补偿金有关问题的请示》的复函（1996 年 2 月 15 日劳办发［1996］33 号）。

（2007）第 96 条第 3 款的规定，在劳动合同法施行前签订，试行前解除或者终止的劳动合同，依照劳动法和原有关国家规定计算经济补偿。在劳动合同法施行前签订，试行后解除或者终止的劳动合同，依照《劳动合同法》（2007）第 46 条规定，应当支付经济补偿的，经济补偿年限自本法施行之日起计算；本法施行前按照当时有关规定，用人单位应当向劳动者支付经济补偿的，按照当时有关规定执行。



### 4. 经济补偿的计算基数与时段

《劳动合同法》（2007）原则上对经济补偿是没有总额与时段限制的，但是考虑到“现在有一些高端劳动者的收入是相当高的，与低端劳动者的差距很大。如果高端劳动者按这个标准，按他的工作年限，要企业支付经济补偿的话，企业的负担很大。所以，按照国际上的一些通例，对这种情况也做了一些最高限额的封顶规定。”[㊀]《劳动合同法》（2007）针对高工资收入者的经济补偿特定在第 47 条第 2 款做出了规定：劳动者月工资高于用人单位所在直辖市、设区的市级人民政府公布的本地区上年度职工月平均工资 3 倍的，向其支付经济补偿的标准按职工月平均工资 3 倍的数额支付，向其支付经济补偿的年限最高不超过 12 年。需要注意的是，如果劳动者在本单位存在 2008 年 1 月 1 日前的工作年限，在适用经济补偿时应当分段适用：2008 年 1 月 1 日前的工作年限经济补偿计算无封顶限制，2008 年 1 月 1 日后的工作年限才适用劳动合同法经济补偿的新规定。根据现行法律法规，只有以下两种情况经济补偿不超过 12 个月：①经劳动合同当事人协商一致，由用人单位解除劳动合同的；②劳动者不能胜任工作，经过培训或者调整工作岗位仍不能胜任工作，由用人单位解除劳动合同的。裁员不属于上述规定，其经济补偿并无 12 个月工资的限制。[㊁]

### 5. 裁员与代通知金

“代通知金”是指用人单位以额外支付 1 个月工资代替提前 30 日书面形式通知劳动者本人解除劳动合同而支付的金钱。按照《劳动合同法》（2007）第 40 条规定，用人单位只有在以下 3 种情况下解除劳动合同才可能支付“代通知金”：①劳动者患病或者非因工负伤，在规定的医疗期满

---

㊀ 全国人大常委会法制工作委员会行政法室主任李援在劳动合同法新闻发布会上的发言。

㊁ 《违反和解除劳动合同的经济补偿办法》（劳部发［1994］481 号）。

后不能从事原工作，也不能从事由用人单位另行安排的工作的；②劳动者不能胜任工作，经过培训或者调整工作岗位，仍不能胜任工作的；③劳动合同订立时所依据的客观情况发生重大变化，致使劳动合同无法履行，经用人单位与劳动者协商，未能就变更劳动合同内容达成协议的。因此，总的原则是，裁员不适用“代通知金”。

**6. 违法裁员赔偿金的适用**

用人单位裁员如果不符合法定条件、法定程序，则裁员行为会被认定为违法解除劳动合同行为，劳动者可以要求用人单位支付赔偿金，赔偿金按照经济补偿的两倍支付。违法解除劳动合同赔偿金的计算年限是否包括劳动者2008年1月1日之前的工作年限，在实践中一直存在争议。劳动争议仲裁委员会和法院在司法实践中基本上都是以2008年1月1日作为分界线分段进行计算的：此前的工作年限按照经济补偿的标准，此后的工作年限才按照经济补偿两倍的标准，法理是劳动合同法对既往无溯及力。《劳动合同法实施条例》（2008）颁布后，明确了赔偿金的计算年限自用工之日起计算，比如一个工作年限15年的员工被违法裁员，用人单位可能需支付30个月工资的赔偿金，这样导致用人单位违法裁员的成本直线上升。



## 6.5 离职管理的防险技巧

第一，用人单位事先须建立涵括离职管理在内的规章制度。用人单位须防患于未然，事先在规章制度中设计好离职管理制度，应重点关注以下3点：①必须合法，包括内容合法和程序合法。②不得违反劳动合同或集体合同的约定。③须向员工公示。根据现行劳动法，未经公示的规章制度无效，因此，在员工离职时才交予员工阅知的规章制度，对员工不具有约束力。[⊖]

第二，严格遵守员工离职时的程序性事项。对于经济性裁员，用人单位必须履行以下法定程序：①提前30日向工会或全体职工说明情况，并提供有关生产经营状况的资料；②提出裁减人员方案，征求工会或全体职工的意见，并对方案进行修改和完善；③向当地劳动行政部门报告裁减人员方案以及工

⊖ 根据《最高人民法院关于审理劳动争议案件适用法律若干问题的解释》规定，用人单位根据《劳动法》（1995）第4条的规定，通过民主程序制定的规章制度，不违反国家法律、行政法规及政策规定，并已向劳动者公示的，可以作为人民法院审理劳动争议案件的依据。

会或全体职工的意见，并听取劳动行政部门的意见；④正式公布裁减人员方案，与被裁减人员办理解除劳动合同手续等工作。对于其他情形下解除与员工劳动合同的情形，用人单位应根据《工会法》（2001）[㊀]第21条的规定，在单方面解除职工劳动合同时，应当事先将理由通知工会，若工会认为企业有违法违约而要求重新研究处理时，企业应当研究工会的意见，并将处理结果书面通知工会。此外，企业还需要注意解除劳动合同的提前通知期问题、书面的通知形式问题，以及工会的预先告知问题等，以此做到防患于未然。



第三，完善离职工作交接事务的处理。员工离职时，员工所在的工作部门及人力资源部门应认真处理处理好以下问题：①用人单位在办理员工入职手续时即应要求提供并核实清楚该员工的相关证件材料，以备追查线索；②在日常管理中应建立起相关工作制度与物品管理制度，对于办公物品的管理、领用、使用实行登记备案制度；③用人单位应分析员工的离职心理，查找到员工离职的动机；④员工擅自带走企业财物且数额较大的，用人单位应及时向公安机关报案以维护企业利益。⑤工作内容的交接。用人单位应针对其工作内容采取一定的措施包括签署法律文件等，特别是高层员工的离职。比如，企业可以根据《会计法》第41条规定，在离职会计人员不予配合办理工作交接手续时，有权暂缓给其办理离职手续。

第四，离职中的薪资处理。离职也常常是劳动纠纷的多发阶段，通常是员工离职时双方没有就工资、补偿金数额等问题达成一致意见而引起的。建议企业重点关注以下措施防范法律风险：①一次性结清工资。企业在依法解除劳动关系或终止劳动合同时，应一次付清工资。[㊁]尽力避免要求离

---

㊀ 1992年4月3日第七届全国人民代表大会第五次会议通过根据2001年10月27日第九届全国人民代表大会常务委员会第二十四次会议《关于修改〈中华人民共和国工会法〉的决定》修正。

㊁ 需要注意的是，用人单位与劳动者约定工资支付时间，应该按照约定的工资支付时间向劳动者支付工资，针对的是劳动关系存续期间的工资支付，不适用于双方已经解除或者终止劳动关系的离职情形。根据《工资支付暂行规定》第9条规定，劳动关系双方依法解除或者终止劳动合同时，用人单位应该在解除或者终止劳动合同时一次性付清劳动者工资。另外，企业还要根据自身所在地方的工资立法规定，例如，《北京市工资支付规定》第12条规定，用人单位与劳动者双方依法终止、解除劳动合同的，用人单位应当一次性付清劳动者工资。《江苏省工资支付条例》第19条规定，用人单位与劳动者依法解除或终止劳动关系的，应该在劳动关系解除或者终止之日起两个工作日内一次性付清劳动者工资；双方另有约定的除外。《浙江省企业工资支付管理办法》第15条规定，企业与劳动者依法解除、终止劳动合同的，企业应该自解除或终止劳动合同之日起5日内一次性结清劳动者工资。因此，用人单位在员工离职时没有按照规定及时支付工资的，属于拖欠工资，需要承担拖欠工资的法律责任。

职员工在企业下月正常发薪日来领取工资的做法。②支付经济补偿金和赔偿金。在员工离职时，企业应依法或依约向员工支付经济补偿金、赔偿金的义务。③妥善处理其他薪酬福利事项。员工在企业工作期间，企业为员工缴纳各项社会保险及住房公积金等，在员工办理离职时，企业应与员工协商确定转移手续的办理时间及双方如何配合办理等。

第五，进行人事档案转移。员工离职时，企业有义务为员工办理必要的相关手续，包括向员工出具离职证明、转移员工个人人事档案等。㊀实践中诸如以员工在离职时不向企业交付培训费用等理由扣留员工的个人档案，也不给员工办理有关离职手续等做法，应该尽力避免。如果员工拒绝承担违约责任或赔偿责任不辞而别，企业应该通过提起劳动争议仲裁申诉等合法途径来维护自己的合法权益。

第六，离职手续文件的签署。在员工离职时，企业应要求离职员工签署离职文件，履行必要的内部手续。企业应妥善保管这些离职文件，在内容及形式上均完整准确记录下离职环节。若员工离职后针对企业某项行为提起劳动争议仲裁申诉，企业在文件材料这项应对措施上有所准备，防备因劳动争议仲裁或诉讼准备好证据。

第七，应对擅自离职员工的法律措施。员工不辞而别，实质是雇员单方面擅自解除与企业的劳动合同关系，违反了劳动法规定的劳动者解除劳动合同，应当严格按照规定，提前30日以书面形式向用人单位提出的规定。对于此种情形，企业可以采取以下措施应对：①书面通知该员工限期上班，并提出对逾期不上班的处理措施；②对逾期未上班者，做违纪辞退解除合同，并书面通知其前来办理离职手续，其中包括索赔数额等内容；㊁③若员工不办理手续，则依规定办理解除劳动关系手续，同时可依法申请仲裁，保护自己的合法权益；④企业可以在平衡利弊的基础上决定是否采取诉讼。

㊀ 根据劳动部、国家档案局《企业职工档案管理工作规定》及《北京市劳动合同规定》等地方法规的精神，企业职工调动、辞职、解除劳动合同或被开除、辞退等，应由职工所在单位在一个月内将其档案转交其新的工作单位或其户口所在地的街道劳动（组织人事）部门。

㊁ 劳动部《违反〈劳动法〉有关劳动合同规定的赔偿办法》第4条规定：劳动者违反规定或劳动合同的约定解除劳动合同，对用人单位造成损失的，劳动者应赔偿用人单位下列损失：①用人单位招收录用其所支付的费用；②用人单位为其支付的培训费用，双方另有约定的按约定办理；③对生产、经营和工作造成的直接经济损失；④劳动合同约定的其他赔偿费用。

## 思考题

1. 现行《劳动合同法》实际上只明确了5种劳动合同终止的情形，同时没有授权地方性法规创设其他劳动合同终止的情形，对此您有什么看法？
2. 目前我国实行解除劳动合同的具体类型法定，这与企业用人权的自由是否存在冲突，如何解决这种问题？
3. 经济性裁员与用人单位单方面解除劳动合同行为有何区别？其适用条件、法定程序是什么？
4. 请结合工作实际，谈谈如何完善本企业的员工离职管理制度。

# 第7章 保密与竞业限制

## 学习目标

- 正确理解与运用劳动关系双方签订保密商业合同的原则；
- 正确把握“竞业限制合同”中劳资双方的权益对等原则。

## 7.1 保守秘密

### 7.1.1 法理精解

用人单位尤其是企业，在激烈的市场竞争中的胜出取决于自己所掌握的商业秘密。因此，企业对掌握商业秘密的劳动者采用签订保密合同的方式，来有效地维护自身利益和市场竞争优势，是正当合理的、必要的，是为法律所保护的。

商业秘密，根据《反不正当竞争法》（1993）的规定，是指“不为公众所知悉，能为权利人带来经济利益，具有实用性，并经权利人采取保密措施的技术信息和经营信息”。包括但不限于：原料配方、工艺流程、技术诀窍、设计资料、管理方法、营销策略、客户名单和货源情报等。

商业秘密是一种无形财产权，用人单位为了保护自己的商业秘密，可以通过合同或协议的方式约定劳动者保守商业秘密的措施和事项。《劳动法》（1994）规定：“劳动合同的当事人可以在劳动合同中约定保守用人单位商业秘密的有关事项。”《上海市劳动合同条例》（2002）第15条第1款规定：“劳动合同当事人可以在劳动合同中约定保密条款或者单独签订保密协议。商业秘密进入公知状态后，保密条款、保密协议约定的内容自行失效。”如果劳动者违反了保密协议的约定，泄露了用人单位的商业秘密，即构成违约行为，应当承担约定的违约责任。

商业秘密应具备秘密性、保密性和经济性3个特征。其中保密性就是指作为商业秘密的权利人企业应该采取一定的保护措施，来保护这些商业秘密不被窃取、泄露和非法使用。如果权利人没有主动采取保护措施，任由自己的商业秘密传播、使用，则其就不再具备商业秘密的保密性特征，同时法律也就很难再保护这些信息的使用了。

在劳动关系双方签订保密商业合同过程中，用人单位必须坚持以下原则，以免招致不必要的成本和法律风险。

（1）平等自愿、协商一致原则。商业秘密保护条款并不是《劳动法》（1994）中的必备条款，而属于约定条款。因此，商业秘密保护条款需要事先经过双方当事人的约定，在平等自愿、协商一致的基础上，在劳动合同中予以明确约定，才能产生相应的法律效力。

（2）权利与义务对等原则。根据《关于企业职工流动若干问题的通知》（劳部发［1996］355号）的规定，“用人单位可以与可以约定在劳动合同终止前或该职工提出解除劳动合同后的一定时间内（不超过6个月），调整其工作岗位，变更劳动合同中的相关内容；用人单位也可规定掌握商业秘密的职工在终止或解除劳动合同后的一定期限内不超过3年，不得到生产同类产品或经营同类业务且有竞争关系的其他用人单位任职，也不得自己生产与原单位有竞争关系的同类产品或经营同类业务，但用人单位应当给予该职工一定数额的经济补偿。”

这意味着劳动者的保守秘密义务是有相应的经济补偿权利的，如果用人单位没有约定给予劳动者相应的经济补偿，则该条款是明显有失公平的可撤销、可变更条款。一旦双方发生劳动争议，该条款可能会被仲裁和法院撤销或变更。

尽管法律法规对经济补偿没有明确的比例规定，但用人单位应本着合情合理的原则确定补偿额度，综合考虑劳动者在岗工资待遇、商业秘密能给企业带来多少利益，按比例灵活确定。否则，该条款也是可撤销、可变更条款。

（3）商业秘密范围依法有限保护原则。尽管当前我国关于商业秘密保护和竞业禁止并无专项立法，但《反不正当竞争法》（1993）第10条、第20条对商业秘密的概念和法律责任做出了明确的规定，《关于劳动争议案中涉及商业秘密侵权问题的函》（劳社厅函［1999］69号）进一步对《反不正当竞争法》（1993）第 20 条做了解释：“《中华人民共和国反不正当竞争法》第 20 条第一款规定了被侵害的经营者的损失难以计算时，确定侵权人的赔偿项目；第二款规定了被侵害的经营者的合法权益受到侵害，可以向人民法院提起诉讼。原劳动部《违反〈劳动法〉有关劳动合同规定的赔偿办法》（劳部发［1995］223 号）第 5 条、第 6 条关于按《反不正当竞争法》（1993）第 20 条规定执行的含义，是指适用第一款的规定。”

除此之外，《公司法》（2005）第 149 条，《关于〈劳动法〉若干条文的说明》第 22 条，《关于禁止侵犯商业秘密行为的若干规定》第 3 条，《关于企业职工流动若干问题的通知》（劳部发［1996］355 号文）第 2 条，《劳动法》（1994）第 22 条、第 102 条等法律法规，都对商业秘密保护的条款约定内容、保护期限、双方权利义务做了明确规定，当事人双方必须严格依上述法律、法规和规章签订保护商业秘密条款。



### 7.1.2 案例剖析

**案例 7-1**

#### 权利义务不对等保密合同无效

某服装公司（甲方）从事技术工作的员工（乙方）工资约定不低于 2 000 元/月，同时明确约定下述商业秘密保护条款：①乙方由于是甲方外派出国深造并掌握甲方重要商业秘密的员工，所以乙方为甲方服务期限不得低于 5 年，否则须向甲方支付不低于 100 万元的违约赔偿金。②5 年期满 3 年内，乙方不得到同甲方生产同类产品或经营同类业务且有竞争关系的其他单位任职，也不得自己生产与甲方存在竞争关系的同类产品或经营同类业务，甲方对此给予乙方经济补偿金 6 000 元整。

**法理分析**

本案中，服装公司与从事技术工作的员工采取在劳动合同中直接约定保密和培训条款的方式，确定双方的权利和义务，符合《劳动法》第 22 条和第 19 条第 2 款规定的。但是约定的内容违反了公平原则，而且还直接违反了有关强制性法律规定。①根据《关于试用期内解除劳动合同处理依据问题的复函》（劳办发［1995］264 号）第 3 条的规定，用人单位对员工进行各类技术培训，只有具有出资凭证的，才能当员工在试用期满、合同期内提出辞职（即解除劳动合同）时，向员工索赔培训费。确定索赔数额的基本原则，是以双方约定的服务期限等分出资金额，以职工已履行的服务期限递减支付；双方对递减计算方式已有约定的，从其约定。本案中双方的约定明显违背这一规定。②第 2 项约定的竞业限制期限为 3 年，用人单位同意支付竞业限制期间的经济补偿金，违背了

《劳动合同法》（2007）第 24 条规定的竞业限制期限不得超过两年的规定，而经济补偿金只有 6 000 元则明显不公平。用人单位支付经济补偿金的标准，起码必须等同于当地的最低工资。■

**案例 7-2**

### 泄露客户名单与交易信息须担责

甲公司业务员李先生手中掌握着一大批公司的客户名单以及交易信息。甲公司为保护企业的商业秘密，与李先生签订保密协议，约定：李先生在职期间应严格保守业务信息、客户名单等商业秘密，不得向公司外任何人员泄露；如有违反，将承担违约责任。一年后，李先生因对甲公司不满而前往同一地区的乙公司应聘业务员，并将甲公司的客户名单和这些客户与甲公司的交易信息作为与乙公司协商待遇的条件。乙公司从李先生处了解了甲公司的商业秘密，即采取了针对性的措施，轻而易举地在市场竞争中占据了有利地位。甲公司得知上述情况后，认为李先生违反了双方约定的保密协议，即诉至劳动争议仲裁委员会，要求承李先生担违约责任。甲公司认为，李先生将本公司的客户名单及交易信息泄露给他人，已导致本公司重大损失，其行为违反了签订的保密协议，应当承担约定的违约责任。李先生认为，自己虽然将有关信息透露给了他人，但市场竞争由多种因素构成，导致甲公司重大损失的责任不应由自己承担。

**法理分析**

本案涉及的焦点在于客户名单是否是商业秘密的认定。本案中，甲公司对李先生所掌握的客户名单及交易信息采取了保密措施，能够为公司带来经济利益，属于商业秘密中的经营信息。甲公司可以依法与李先生签订保密协议，李先生据此不得将商业秘密泄露给其他任何人，否则应当承担相应的违约责任。■

## 7.1.3 防险技巧

建议用人单位在与劳动者约定商业秘密条款时，按以下顺序注意把握以下要点。

第一，进行诚信商业道德教育和企业文化教育。

第二，设计完善的保密程序，一般包括以下几个环节：①招聘审查，确保新招员工没有对原雇主的保密义务；②签署保密协议，与涉密岗位和涉密人员签署保密协议；③划定商业秘密的范围，明确商业秘密的等级、种类等；④商业秘密的使用管理，规定员工接触商业秘密的基本程序，包括原因、审批、使用记录、归还记载等；⑤员工离职的保密程序，应详细规定员工的离职交接和保密责任确认。

第三，严格而明确地界定商业秘密的范围、商业秘密泄密行为，以免发生争议。

第四，明确签订保密合同的人员范围。总的原则是，签订保密合同的人员应该是在用人单位内部担任重要工作岗位的职工，对一般的员工无须签订保密合同。实践中，有些用人单位将上至副总，下至一般员工，均统统纳入签订保密合同的人员范围，在司法中通常会被认定为是限制劳动者自主择业的违法行为，从而招致法律风险。

建议用人单位将保密人员的范围设定在以下涉密和可能泄密的岗位上：①高级管理人员，掌握的是经营信息和技术信息；②主要的市场营销人员，掌握着企业花巨资确立的经营信息库；③核心技术研发人员，是企业发展的原动力和核心竞争力所在；④财务、人力资源、法律等管理人员，掌握企业主要的运营信息，是影响企业内在关系的重点部门；⑤其他重要和关键岗位。



第五，对保密人员实施有效的激励政策。能够掌握用人单位商业秘密的劳动者，大多处在重要技术岗位或关键核心岗位，对这些在特殊岗位工作并做出特殊贡献的职工，企业可以实行特殊的分配政策和奖励制度。还可以采用股份、股金、补充保险等奖励形式，把劳动者的利益与企业的生存发展紧紧联系在一起，既可以留住企业核心人才，还可以预防企业商业秘密外泄。

第六，明确约定员工泄露商业秘密的责任及赔偿标准。明确规定在调离原岗位或离开用人单位后，在3年内不得从事与原岗位相同的业务，不能直接或间接使用本用人单位的商业秘密谋利；否则，有权依法对违约劳动者起诉并追究责任。建议用人单位在劳动者离职前几个月调整其岗位，从涉密岗位调至非涉密岗位。

## 7.2 竞业限制

### 7.2.1 法理精解

《劳动合同法》（2007）第23条规定，对负有保密义务的劳动者，用人单位可以在劳动合同或者保密协议中与劳动者约定竞业限制条款，并约定在解除或者终止劳动合同后，在竞业限制期限内按月给予劳动者经济补偿。劳动者违反竞业限制约定的，应当按照约定向用人单位支付违约金。

《劳动合同法》（2007）第 24 条规定，竞业限制的人员限于用人单位的高级管理人员、高级技术人员和其他负有保密义务的人员。竞业限制的范围、地域、期限由用人单位与劳动者约定，约定不得违反法律法规的强制性规定。在解除或者终止劳动合同后，前款规定的人员到与本单位生产或者经营同类产品、从事同类业务的有竞争关系的其他用人单位，或者自己开业生产或者经营同类产品、从事同类业务的竞业限制期限，不得超过两年。



上述法律规定就是所谓的“竞业限制合同”，它是指用人单位与一定范围的劳动者签订的约定劳动者在离开该用人单位后一定时间内不得到与该用人单位有竞争关系的企业工作或者从事同类业务，并相应支付给劳动者经济补偿的合同。该类合同是为了约束掌握用人单位商业秘密的劳动者，防止其对用人单位的商业秘密的侵犯，进一步维护用人单位的经济利益。可以说，竞业限制合同是一种迟延生效合同，即只有在劳动者与用人单位的劳动合同效力终止后才发生效力（如果竞业限制协议劳动合同的一部分，那么其应在劳动合同其他条款效力终止后始发生效力）。

根据上述法律的规定，可以归纳出以下 4 点：①竞业限制的主体限于用人单位的高级管理人员、高级技术人员和其他负有保密义务的人员。也就是说，并非每一个劳动者是竞业限制义务的主体。实际操作中常常会有一般的并未接触单位商业秘密的劳动者也被要求签订竞业限制合同或者条款；②竞业限制的期限为最长为两年。超过两年，劳动者便不再受该合同的约束；③用人单位必须在竞业限制期限内给予劳动者经济补偿。④用人单位与劳动者关于竞业限制的约定不得违反法律法规的强制性规定。

“竞业限制”是在劳动关系结束后用人单位对劳动者进行干预的延伸，也是对劳动者自由择业权的限制，因而需要对该制度进行限制。而上述四点内容也正是实际生活中劳动者易受到用人单位侵害的关键点所在。

## 7.2.2 案例剖析

**案例 7-3**

### 仅约定义务的竞业限制无约束力

刘先生与某药物技术公司于 2005 年 2 月 24 日签订了三年期劳动合同，同日双方还签订了《保密与同业禁止协议》，约定在劳动关系存续期间，刘先生不得在其他同类或竞争性企业兼职，不得自行成立或参与其他企业与该药物技术公司的竞争；刘先生在双方劳动关系存续期间或者终止后，不得抢夺该药物技术公司客户，亦不得以不正当竞争手段引诱某药物技术公司的其他雇员离职。但该协议未约定刘先生在遵守上述约定义务的情况下可以享受的相关权利。刘先生于 2007 年 1 月 19 日离职，公司未向其支付竞业禁止补偿金，并以要求刘先生支付竞业禁止违约金 30 万元为由向北京市劳动争议仲裁委员会提出申诉，该委员会经审理，驳回了公司的申诉请求。该公司以同样的诉求向法院提起诉讼。

**法院判决**

一中院经审理认为，该药物技术公司与刘先生签订的《保密与同业禁止协议》是劳动合同的附件，双方当事人的权利与义务应当平等。但该协议仅约定了刘先生的义务，并未约定刘先生在遵守上述约定义务的情况下可以享受的相关权利，公司亦未举证证明曾向刘先生支付竞业禁止补偿金以及刘先生在职期间向其支付的工资中包含有竞业禁止补偿金。法院认为，该协议内容显失公平，对刘先生不具有约束力，遂终审判决驳回了该公司的诉讼请求。

资料来源：人民法院网。■



**案例 7-4**

## 未支付补偿金无竞业限制义务

2001 年 7 月 30 日，简先生与某开发公司先后几次续签合同，将劳动合同期限延续至 2006 年 7 月 31 日。同时简先生与公司签订了两次《保密协议》，约定：双方劳动合同结束后连续 3 年之内，简先生不得到与生产同类产品或经营同类业务且有竞争关系的其他用人单位任职，也不得自己生产与本公司有竞争关系的同类产品或经营同类业务。2005 年 10 月，简先生辞职离开公司。2007 年，开发公司以简先生到与其有同业竞争关系的公司工作为由申请劳动争议仲裁，要求简先生返还自 2001 年 7 月 30 日至 2005 年 11 月的 9.5 万余元保密工资。2007 年 8 月，仲裁委裁决简先生返还开发公司 2002 年 8 月至 2005 年 11 月期间的 9 万余元保密工资。简先生不服仲裁裁决，起诉到一审法院，请求法院撤销该仲裁裁决。一审法院经审理判决后，开发公司不服，上诉到二中院。在二中院审理中，开发公司提交简先生工资明细表显示，自 2002 年 5 月简先生月工资总额分为岗位工资、“保密工资”和绩效工资，但公司支付简先生“保密工资”前后的工资总额未增加。对此公司解释为公司减少了简先生的工资，但除劳动合同外未提交其他证据证明其向简先生释明并经简先生同意降低简先生的工资数额。简先生对此不予认可，并称开发公司未曾与其协商降低工资，开发公司所称的“保密工资”并非竞业限制的补偿。

**法院判决**

二中院经审理认为，用人单位可以与劳动者协商约定竞业限制条款，同时用人单位应当向劳动者支付一定数额的补偿费。因此本案中的开发公司应向简先生支付补偿费。开发公司主张其以“保密工资”的形式向简先生支付了补偿费，但其提交的工资明细表显示支付“保密工资”之后的“工资总额”并无增加，开发公司称简先生“工资总额”

未增加系因降低了简先生的工资，但简先生不予认可；现有证据亦不能证明开发公司已向简先生释明并经简先生同意降低简先生工资，故对开发公司的上述陈述不能采信；且通常情况下，工资总额应是用人单位支付劳动者的全部劳动报酬，不应包括竞业限制的补偿金，故开发公司所谓的“保密工资”并非简先生履行竞业限制条款的补偿费。开发公司主张简先生返还“保密工资”缺乏依据，不予支持。

资料来源：人民法院网。■



**案例 7-5**

## 竞业限制企业须及时支付补偿金

张先生和上海某公司签订的一份“保密协议”约定了有关竞业限制的条款，规定在终止或者解除劳动合同后，张先生在3年内不能自营或为他人经营与本公司有竞争的业务，公司承诺每年给予5万元的经济补偿。张先生在参与了公司几个较大项目的开发后，觉得英雄无用武之地，遂提前30天向公司人事部坚决提出辞职申请，公司只好与其解除了劳动合同。离职后，张先生到另一家同行公司从事同样的工作。原公司获悉后，以竞业限制协议为由告知他不能从事同样的工作。张先生不予理睬。原公司遂将其告到劳动仲裁委员会，要求张先生履行竞业限制协议，离开对方公司。在仲裁庭上，张先生辩称，自己虽然与原公司签订过包含竞业限制条款的保密协议，但是在合同解除后，公司一直未支付承诺的经济补偿金；虽经多次要求公司仍不支付，因而竞业限制协议已对自己无约束力。公司主张自己现在愿意支付这笔经济补偿金，故而要求张先生不得到同行从事相同的工作。仲裁委员会没有支持公司的仲裁要求。

**法理分析**

根据上海市劳动和社会保障局关于实施《上海市劳动合同条例》若干问题的通知（二）第4条第1款的规定：“用人单位与负有保守用人单位商业秘密义务的劳动者在竞业限制协议中对经济补偿金的标准、支付形式有约定的，从其约定。因用人单位原因未按协议约定支付经济补偿金，经劳动者要求仍不支付的，劳动者可以解除竞业限制协议。”

资料来源：劳动法律网。■

**案例 7-6**

## 员工拒绝补偿金须仍守竞业限制

某公司研发部主管王先生劳动合同到期，公司有意与其续签合同，但王先生坚决要求离职。在给王先生办理离职手续时，人事部门经理发现公司与王先生签订的一份竞业禁止协议，约定：王先生在离职后1年内不得在同行业其他企业或业务与本公司有竞争关系的企业工作，公司在王先生离职后3个月内向王先生支付人民币1万元作为补偿；若王先生违反约定到相关企业工作，则须向本公司支付违约金1万元，且违约金的支付并不代表竞业禁止条款的无效。但王先生在离开公司时，不愿意领取1万元竞业限制补偿金，并在离开公司1周后，就去了一家与原公司有竞争关系的企业上班。

**法理分析**

本案中，公司没有违约，因为合同中规定公司只要在员工离职后3个月内支付补偿金即可。王先生放弃1万元补偿金并不代表原公司违约，也并不等于原公司默认他可以违反协议。王先生的行为违背了协议，公司可以按照协议规定追究王先生责任。公司可以向劳动争议仲裁委员会提起劳动仲裁维护自身的合法权益。■

**案例7-7**

## 员工私开同类经营公司赔偿案

2007年7月，郑先生与一家胶粒销售公司签订了一份劳动合同，约定自当月10日至2009年12月30日，郑先生在该公司专职从事彩色橡胶颗粒的销售工作。同时，双方又签订了一份补充合同，约定郑先生在与该公司终止或解除劳动合同之日起36个月内不得自营或为他人经营与该公司有竞争的业务；郑先生不得在与该公司存在直接或间接竞争关系的企业工作或者拥有权益；如郑先生违反以上约定，应一次性付给该公司30万元违约金。据胶粒销售公司称，2007年9月，郑先生请了事假。2008年1月，胶粒销售公司得知郑先生于休假期间在唐山市成立了某塑胶制品公司。为此，胶粒销售公司提起劳动仲裁申请，要求与郑先生解除劳动关系，由郑先生支付违约金30万元，并由郑先生与塑胶制品公司共同赔偿损失20万元并停止侵权。但最终仲裁部门只裁决郑先生与胶粒销售公司解除劳动关系，一次性给付违约金1.8万元，驳回了其他仲裁请求。为此，胶粒销售公司诉至法院。郑先生则表示，他从原告单位离开是因为原告没有按期发放工资，而且他只是个普通员工，并不从事高级技术工作，所以双方所签劳动合同中的竞业条款应该是无效的。被告塑胶制品公司也表示不同意承担连带责任。

**法院判决**

法院经审理认为，原告与被告郑先生约定的补充合同，属于竞业限制合同，超过两年的约定部分无效。但郑先生在劳动合同履行期间，即在河北省唐山市注册成立了一家塑胶制品公司，与原告经营类型相同的化工产品，且双方经营的项目中彩色橡胶颗粒均为铺跑道所用产品。鉴于此，法院认定郑先生违反了保密协议中的竞业禁止义务，且郑先生在劳动合同履行期内不到单位上班，也没有履行请假手续。法院遂依法做出上述判决。■

**案例7-8**

## 工资待遇不含竞业限制补偿金

2005年3月，李先生担任某公司开发部经理，双方签订了一份《保密和竞业限制协议》，约定李先生应当保守公司商业秘密，且在劳动合同解除后的两年内不得到有竞争关系的其他公司任职；如果李先生违约，应当向公司支付违约金 60 000 元。公司的内部员工手册规定了职工工资包括基本工资、保密工资、加班工资、绩效工资、各项津贴和补贴。根据李先生的工资表，李先生的月工资为：基本工资 5 000 元、保密工资 500 元、加班工资 800 元和绩效工资 2 000 元。2005 年 11 月，双方解除劳动合同，次年 3 月李先生入职一家与某公司开发同类产品的公司。某公司申请劳动仲裁，认为公司每月支付了保密费 500 元，李先生应当承担竞业限制义务，要求李某支付违约金 60 000 元，并在两年内不得到有竞争关系的单位任职。



**仲裁裁决**

经过审理，仲裁庭认为：某公司与李先生在《保密和竞业限制协议》中没有约定公司须支付竞业限制补偿金，公司虽每月支付李某保密费 500 元，但该费用是保密费而非竞业限制补偿金，某公司未支付李某竞业限制期间的补偿金，双方的竞业限制协议不具有法律效力，裁决驳回申诉人的仲裁请求。

**专家提示**

实践中，不少用人单位在向劳动者支付工资时，将某一部分专门列出，称其为对劳动者离职后的竞业限制补偿，将来真正面对竞业限制时则不再支付。这种做法不符合《劳动合同法》第 23 条第 2 款的规定。而且，保密协议不等于竞业限制协议。保密义务一般是法律的直接规定或劳动合同的随附义务，不管用人单位与劳动者是否签订保密协议，劳动者均有义务保守商业秘密；而竞业限制是基于用人单位与劳动者的约定产生，没有约定的，无须承担竞业限制义务。■

**案例 7-9**

## 经济补偿与竞业限制的先后顺序

2007 年 12 月 25 日陆先生与上海某派遣公司签订了一份《劳动合同》，约定：派遣公司派遣陆先生至上海一家机械公司工作，合同期限为两年（2007/12/31 ~ 2009/12/30）；如果陆先生与聘用方即机械公司另行签订竞业限制协议的，在约定期限内陆先生不得从事竞业限制协议所约定的与聘用方有直接竞争关系的工作。陆先生与被派遣单位机械公司签订了一份《不竞争及保密协议》，协议中约定：员工雇用关系终止或解除离开机械公司后，陆先生保证在雇用期结束后 6 个月内不在江浙沪地区到机械公司竞争对手处从事直接或间接的工作，机械公司的竞争对手包括但不仅限于与机械公司提供相同或类似产品及服务的分销公司，与机械公司在上述 3 个区域内有销售团队，生产销售与机械公司相同或类似产品，提供与机械公司相同或类似服务的公司；陆先生雇用期结束离开机械公司后 6 个月内机械公司将支付一定的补偿金给陆先生，补偿金的基数为陆先生离职时月基本工资的 25%，补偿金将以按月的形式于每月月底发放到陆先生的工资卡上，发放期限为陆先生雇用期结束离开机械公司后连续 6 个月；陆先生在上述不竞争期限内加入如上所述与机械公司有竞争业务的公司处工作，不管是被直接雇用、间接雇用，还是陆先生在如上所述的机械公司竞争对手处从事全职、兼职工作，机械公司有权要求陆先生支付违约金（违约金的总额=陆先生离职时月基本工资的两倍×6）。2008年2月20日陆先生从机械公司离职。2008年3月17日，陆先生与另一家派遣公司签订了《劳动合同》，并被派遣陆某至另外一家机械公司工作，担任应用工程师，合同期限自2008年2月25日起至2011年3月31日，该家机械公司是原公司的竞争对手。原公司得知后，于2008年6月9日向上海市浦东新区劳动争议仲裁委员会提出申请，要求陆先生支付违约金69 300元。2008年11月3日上海市浦东新区劳动争议仲裁委员会做出裁决，判令陆先生支付机械公司违约金69 300元。陆先生不服，诉至上海市浦东新区人民法院。

**法院判决**

法院根据《劳动合同法》(2007)第23条等规定，本案中的陆先生与机械公司签订《不竞争及保密协议》是合法的。陆先生离开机械公司后，在竞业限制的期限内与机械公司生产经营相类似的公司工作，其行为已经违反了《不竞争及保密协议》的约定，应负违约责任。陆先生认为机械公司不支付经济补偿在先，但未能提交其先行行使催讨而遭拒付的证据，故对于陆先生主张的因机械公司未支付经济补偿视作机械公司对陆先生竞业限制的放弃观点不予采纳。据此，法院判令陆先生支付机械公司违反竞业限制义务的违约金17 325元。

资料来源：申江劳动法律网。■

**案例7-10**

## 员工违反竞业禁止担责案

被告李先生原系原告电器公司的技术员工。原告电器公司生产销售各类炊具餐具等，被告炊具公司亦生产同类产品。原告与被告李先生签订《聘用合同》和《保密合同》。《聘用合同》约定，合同期为3年（2003/03/01～2006/02/28），甲方（原告）聘请乙方（被告李先生）从事技术工作；年基本工资3万元，以后每年按8%的比例递增；甲方无故解除劳动合同的，应赔偿乙方20万元经济损失，乙方擅自解除劳动合同的，应赔偿甲方20万元经济损失，合同期满，甲方一次性支付乙方服务费3万元。《保密合同》规定，在与公司终止或解除《聘用合同》之日起24个月内，乙方不得自营或为他人经营与本公司有竞争的业务；并且约定有下列情形之一的，将被视为故意违反本合同约定的竞业禁止义务：为与本公司在产品市场或服务方面直接或间接竞争的公司或机构工作或在这种公司拥有利益；对竞业禁止的经济补偿规定：负有竞业禁止义务的乙方，公司不论在任何情况下终止或解除与其劳动关系，乙方在《聘用合同》终止或解除后24个月内，只要严格遵守本合同有关竞业禁止的规定，公司应按照当地最低工资标准向乙方支付竞业禁止补偿费；关于违约责任约定：无论故意或疏忽大意，负有竞业禁止的乙方如违反本合同，应当一次性支付数额20万元的违约金。2003年11月12日，被告李先生离开原告公司到被告炊具公司工作，经催告仍未回原告处上班。同年12月21日，原告将与李先生签订的《聘用合同》和《保密合同》寄给炊具公司。同年12月22日，原告申请公证处将信函内容进行了保全。同年12月26日原告通知李先生解除劳动合同，同日发信给炊具公司告知不得录用李先生。同年12月28日，炊具公司复函给原告，称收到两份合同，但公司没有名叫李先生的员工等。2004年1月5日，原告向当地仲裁委申请仲裁，2004年1月6日，仲裁员到炊具公司向李先生送达仲裁文书时，李先生仍在炊具公司上班。

**法院判决**

法院经审理认为，原告与被告李先生签订的《聘用合同》、《保密合同》合法有效。被告擅自离职的行为构成违约，应承担赔偿责任。炊具公司在李某未解除劳动合同时招用李某从事与原告同业的业务，应对被告李先生的赔偿责任承担连带责任。依据《劳动法》（1994）第17条、第99条、第102条的规定，法院判决被告支付给原告违反《聘用合同》的经济损失10万元，违反《保密合同》的违约金20万元，合计30万元。被告炊具公司负连带责任。驳回原告电器公司的其他诉讼请求。

资料来源：浙江省桐乡市人民法院网。■



## 思考题

1. 劳动法律法规对“保密商业合同”设置了哪些强制性规定，这些规定对企业有何不利影响？
2. 企业与员工签订“竞业限制合同”时如何落实劳资双方的权益对等原则？

# 第8章

# 特殊员工关系管理

## 学习目标

- 系统掌握现行法律对女职工的劳动保护体系；
- 系统掌握现行法律对童工/未成年工的劳动保护体系；
- 系统掌握残疾人的一般就业权和就业特殊保护制度；
- 明确农民工的劳动关系现状及其对企业管理的影响。

## 8.1 女职工的劳动保护

### 8.1.1 法理精解

对女职工的劳动保护见诸多部法律法规，除了《劳动法》（1994）之外，《妇女权益保障法》[⊖]（2005修正）从第22条至第29条规定了对女职工的特殊保护。劳动和社会保障部的《集体合同规定》（2007）在集体协商内容中明确提出了对“女职工和未成年工的特殊保护”，内容包括：女职工和未成年工禁忌从事的劳动；女职工的经期、孕期、产期和哺乳期的劳动保护；女职工、未成年工定期健康检查；未成年工的使用和登记制度等。此外规定了单位裁员的方案、程序、实施办法和补偿标准等内容。

上述法律法规对女职工的劳动保护可以归纳为以下几类。

---

⊖ 《中华人民共和国妇女权益保障法》于1992年4月3日第七届全国人民代表大会第五次会议通过，根据2005年8月28日第十届全国人民代表大会常务委员会第十七次会议《关于修改〈中华人民共和国妇女权益保障法〉的决定》修正。

### 1. 保护平等就业权，实行男女同工同酬

此项具体体现为，用人单位在招工时不得歧视妇女，凡是适合妇女从事的岗位，不得拒绝招收女工，不得提高录用标准。用人单位不得以妇女已婚、怀孕、生育、哺乳等为由而拒绝招收女职工。在安排妇女工作时，凡适合妇女从事的职业应尽可能多地使用妇女，对那些使妇女的生理机能不能处于正常状态，对女职工和下一代健康产生不良影响的职业应当禁止或者限制女职工参加。用人单位不得在女职工怀孕期、产期和哺乳期降低其基本工资，或者解除劳动合同。实行男女同工同酬，在职工的定级、升级工资调整等工作中，坚持男女平等，不得歧视妇女。



### 2. 禁止安排重体力劳动和有毒有害作业

《劳动法》(1994) 的具体规定有：①禁止安排女职工常年从事矿山井下的劳动，因为矿山井下工作条件一般都非常艰苦，作业环境差，危险因素多，劳动强度大。但不包括临时性的工作，如医务人员到井下进行治疗和抢救等。②禁止女职工从事国家规定第四级体力劳动强度的劳动。根据《体力劳动强度分级》标准，第四级体力劳动强度的劳动是8小时工作日平均耗能值为2 700千卡/人，劳动时间率为77%（即净劳动时间为370分钟），相当于“很重”强度的劳动。③禁止安排女职工从事其他禁忌性劳动，是指《女职工禁忌劳动范围的规定》（劳动部，1990）所规定的森林采伐作业、归楞及流放作业；建筑业脚手架的组装和拆除作业；电力、电信行业的高处架线作业；连续负重（指每小时负重次数在6次以上）每次超过20公斤，间断负重每次负重超过25公斤的作业等。

### 3. 对“三期”女职工进行特殊保护

《劳动法》(1994) 规定，“在月经期间，用人单位不得安排女职工从事高空、低温、冷水作业和国家规定的第三级体力劳动强度的劳动”。高空作业（又称高处作业），根据《高处作业分级》标准，是指凡在坠落高度基准面2米以上（包括2米）有可能坠落的高处进行的作业。女职工在月经期间禁忌从事《高处作业分级》国家标准中二级（含二级）以上的作业。由于在低温和冷水中作业会对月经期的女职工的生理卫生产生不良影响，所以不得安排月经期女职工从事低温、冷水作业。根据《体力劳动强度分级》国家标准，第三级体力劳动强度的劳动是指8小时工作日平均耗

能值为1746千卡/人，劳动时间率为73%，即净劳动时间为350分钟，相当于重强度劳动。

女职工在已婚待孕期间，禁忌从事的劳动范围为铅、苯、汞、镉等作业场所属于《有毒作业分级》标准中第三、四级的作业。女职工在怀孕期间，用人单位不得安排其从事国家规定的第三级体力劳动强度的劳动和孕期禁忌从事的劳动，不得在正常劳动日以外延长劳动时间，对不能胜任原劳动的，应当根据医务部门的证明予以减轻劳动量或者安排其他劳动。怀孕女职工禁忌从事的劳动范围包括：①作业场所空气中铅及其化合物、汞及其化合物、苯、镉、铍、砷、氰化物、氮氧化物、一氧化碳、二硫化碳、氯、己内酰胺、氯丁二烯、氯乙烯、环氧乙烷、苯胺、甲醛等有毒物质浓度超过国家卫生标准的作业。②制药行业中从事抗癌药物及己烯雌酚生产的作业。③作业场所放射物质超过《放射防护规定》中规定剂量的作业。④人力进行的土方和石方作业。⑤《体力劳动强度分级》标准中第三级体力劳动强度的作业。⑥伴有全身强烈振动的作业，如风钻等作业以及拖拉机驾驶等。⑦工作中需要频繁弯腰、攀高、下蹲的作业，如焊接作业。⑧《高处作业分级》标准规定的高处作业。对于怀孕7个月以上（含7个月）的女职工，用人单位不得安排其从事夜班劳动，并在劳动时间内应当安排一定的休息时间。夜班劳动是指在当日22点至次日8点时间从事劳动或者工作。对于大多数用人单位都应执行这一规定，对于女职工比较集中的企业，不安排其从事夜班确有困难的，经当地劳动部门批准，可以暂时放宽执行，但要在较短时期内，积极创造条件，达到要求。从事工作的女职工，怀孕满7个月后，其工作场所应当设立工间休息座位。怀孕的女职工，在劳动时间内进行产前检查，应当算作劳动时间，不能按病假、事假、旷工处理。对在生产第一线的女职工，要相应地减少生产定额，以保证产前检查时间。

关于产期，根据《劳动法》（1994）规定："女职工生育享受不少于90天的产假。"女职工90天的产假，分为产前假、产后假两部分。即产前假15天，产后假75天。产前假15天是指预产期前15天的休假。产前假一般不得放到产后使用。如果孕妇早产，可以将不足的天数和产后假合并使用；若孕妇推迟生产，可将超出的天数按病假处理。女职工休产假90天，是为了保证产妇能恢复身体健康，因此休产假不能提前或者推后。难产的增加产假15天。多胞胎生育的，每多生育一个婴儿，增加产假15天。女职工怀孕流产的，用人单位应当根据医务部门的证明，给予一定时间的产假。现行的做法是女职工怀孕不满4个月流产的，应当根据医务部门的证明给予15天至30天的产假；怀孕满4个月以上流产的，给予42天产假。产假期间工资照发。产假期满恢复工作时，应允许有一至两周的时间逐步恢复原定额工作量。

女职工在哺乳未满一周岁的婴儿期间，用人单位不得安排其从事国家规定的第三级体力劳动强度的劳动，和哺乳期禁忌从事的其他劳动，不得安排其延长工作时间和在休假日劳动。不得安排其从事夜班劳动。哺乳期间的女职工禁忌从事劳动范围有：①作业场所空气中铅及其化合物、汞及其化合物、苯、镉、铍、砷、氰化物、氮氧化物、一氧化碳、二硫化碳、氯、己内酰胺、氯丁二烯、氯乙烯、环氧乙烷、苯胺、甲醛等有毒物质浓度超过国家卫生标准的作业；②作业场所空气中锰氟、溴、甲醇、有机磷化合物、有机氯化物的浓度超过国家卫生标准的作业；③《体力劳动强度分级》标准中第三级体力劳动强度的作业。

女职工比较多的单位，应当按照国家有关规定，以自办或者联办的形式，逐步建立女职工卫生室、孕妇休息室、哺乳室、托儿所、幼儿园等设施，并妥善解决女职工在生理卫生、哺乳、照料婴儿方面的困难。

有不满一周岁婴儿的女职工，其所在单位应当给予女职工每班两次，每次不少于30分钟的哺乳时间。多胞胎生育的，每多哺乳一个婴儿，每次哺乳时间增加30分钟。女职工每班劳动时间内的两次哺乳时间，可以合并使用；哺乳时间和在本单位内哺乳往返途中的时间，算作劳动时间。女职工哺乳婴儿满周岁后，一般不再延长哺乳期。如果婴儿身体特别虚弱，经医务部门证明，可将哺乳期酌情延长。如果哺乳期满正值夏季，也可延长一两个月。其他有条件的企业事业单位，也可以根据具体情况适当延长女职工的哺乳期。



### 8.1.2 案例剖析

**1. 孕期女职工争议案**

**案例8-1**

#### 合同终止后发现怀孕不得辞退

2001年1月刘女士（28周岁）被北京某规划院（事业单位）雇用，双方当事人签订了为期 1 年的劳动合同。2001 年 12 月刘女士与该规划院的聘用合同到期，由于富余人员较多，双方决定终止劳动合同，并在劳动合同期限届满后办理了终止劳动合同手续。刘女士在办理完终止劳动合同手续手的第三天，经医院确诊怀孕 2 个月。刘女士认为自己属于“三期”之内，用人单位不能与她终止劳动合同，遂要求与规划院继续履行劳动合同并为自己报销医药费用。规划院辩称，根据本院规定，凡该院的女职工要求生育并享受生育待遇的，都必须在本院工作满 3 年以上，并且须得到本院的批准后，职工才可以生育并享受生育待遇。因此刘女士不符合享受生育待遇的条件。该院认为，与刘女士的劳动合同已经终止了，用人单位在办理终止劳动合同手续时，对申诉人怀孕的情况并不知情，单位就此问题并无过错。申诉人要求继续履行已经终止的劳动合同于法无据，故不同意刘女士的继续履行劳动合同的要求。刘女士不满规划院的解释，遂向当地劳动争议仲裁委员会提出仲裁申诉，要求与某规划院恢复劳动关系并要求规划院为其报销生育医疗费用。

**仲裁裁决**

经仲裁委员会审理，裁决规划院终止劳动合同的做法无效，双方当事人继续履行劳动合同；规划院为刘某报销生育医药费用。

**法理分析**

①根据《关于贯彻执行中华人民共和国劳动法若干问题的意见》（1995）第 34 条的规定，劳动者孕期、产期和哺乳期内，劳动合同期限届满时，用人单位也不能终止劳动合同，劳动合同的期限应自动顺延至哺乳期满为止。因此，规划院虽在办理终止刘某劳动合同手续时不知道刘某已经怀孕，就终止劳动合同这一行为并无过错，但这并不能成为其终止劳动合同关系的理由。②生育权是宪法赋予女性的正当权利，女职工是否生育不以征得用人单位同意为前提。因此，本案中的刘女士只要符合国家的生育政策，就可以根据自己的意愿决定妊娠生育的时间，并依法享受生育待遇。规划院的“凡女职工要求生育并享受生育待遇的，都必须在该院工作满 3 年以上，并且要得到该院的批准后，职工才可以生育并享受生育待遇”的规定无效。③根据《北京市计划生育条例》和《北京市计划生育奖励实施办法》的相关规定，刘某属于晚育，还应享受相关的生育优惠政策。■

**案例 8-2**

## 在职怀孕女职工不得辞退案

康小姐 1995 年 9 月职业高中毕业后与某服装厂签订了 8 年期限的劳动合同。由于康小姐工作认真，1997 年 6 月，被厂里选送到一家培训机构学习服装裁剪 3 个月。学习结束后，康小姐在该厂承担服装裁剪工作。但因康小姐学习时间短，该厂服装品牌又多，所裁剪的服装有时出现尺寸不准确，缝制后出现不合格等技术问题。1998 年 9 月，该厂以康小姐不胜任工作，给厂里造成经济损失为由解除其劳动合同。康小姐向厂里提出自己已怀孕 5 个多月，厂里不能解除合同。该厂认为不胜任工作可以解除合同，坚持原决定不变。康小姐不服，向当地劳动争议仲裁委员会提出申诉，请求撤销该厂解除其劳动合同的决定。仲裁委员会受案后，经调查，康小姐不能胜任工作和已怀孕5个多月，情况均属实。经调解，该服装厂撤销了解除康小姐劳动合同的决定。■

**案例8-3**

## 孕期加班用人单位应补偿



陈小姐与某百货公司签订了为期10年的劳动合同（1995/09～2005/09）。2004年6月，公司以营业任务重，要求陈小姐每天加班1小时。陈小姐于2003年年底怀孕，2004年8月分娩，后婴儿死亡。申诉人在休产假3个月期满后上班，要求公司赔偿损失。理由是婴儿死亡与公司在其孕期安排加班有关。如果公司不满足其要求就拒绝上班，公司不同意陈小姐的要求，于是陈小姐休满产假后一直没有上班。公司在陈小姐无故不上班长达几十天后，再次要求陈小姐上班。在陈小姐再次拒绝后，公司以陈小姐旷工，几经劝告无效，决定解除陈小姐的劳动合同。2005年5月20日，公司向陈小姐出示了解除劳动合同决定书。陈小姐不服，向当地劳动争议仲裁委员会提出申诉，要求撤销公司解除劳动合同的决定并补发其工资。

**仲裁裁决**

劳动争议仲裁委员会受案后，经过调查，陈小姐确实在休满产假后一直拒绝上班，旷工长达几十天。用人单位在2004年6月安排陈某加班时已确知陈小姐怀孕，虽然不能确定陈小姐所生婴儿死亡与加班有直接关系，但用人单位明知陈小姐怀孕仍要求陈小姐加班是违背女职工劳动保护规定的。陈小姐要求用人单位赔偿损失应通过正当渠道解决，不能无故不上班，旷工长达几十天，显然违反了劳动纪律。劳动争议仲裁委员会在分析上述情况下裁决维持用人单位解除陈小姐劳动合同的决定，要求用人单位补发陈小姐加班工资及补偿费。

资料来源：新华网。■

**案例8-4**

## 怀孕后被降薪公司赔偿案

33岁的严女士于2005年9月入职广州杰仕莲贸易有限公司负责采购工作，双方约定试用期3个月，试用期的基本工资为4 000元，但双方没有签订劳动合同。2006年1月，严女士怀孕。同年7月，公司以严女士怀孕不适合采购员工作为由，将严女士调职为文员，月薪1 500元。严女士向越秀区劳动仲裁委提出仲裁申请，要求解除与公司的劳动关系，并由公司支付经济补偿金、产期、哺乳期及生育保险待遇等。

**仲裁裁决**

仲裁委认为，双方虽然没有签订书面劳动合同，但严女士与公司存在事实上的劳动合同。根据国家《女职工劳动保护规定》规定，不得在女职工怀孕期、产期、哺乳期降低其基本工资或者解除劳动合同。《妇女权益保障法》也规定，任何单位不得因怀孕等情形，降低女职工的工资，辞退女职工，单方解除合同。虽然严某还没有分娩，但严某提出解除合同，公司也已同意，故双方劳动合同解除。根据相关法律规定，公司还要赔偿严某在孕期、产期以及哺乳期应得的工资收入（自2006年11月~2007年1月正常产假期间的工资损失12 000元），此外公司还要支付严某的小孩满一周岁时止的哺乳期的工资损失。仲裁委最后裁决，双方的劳动关系解除，公司要支付包括经济补偿金等费用在内共计46 000元。

资料来源：中国法院网。■

## 2. 产期女职工争议案

**案例8-5**

北京某企业的翻译王小姐经常陪同领导出国洽谈业务。为此，王小姐几次终止妊娠。后来医生告诉她，如果现在不及时怀孕生育的话，随着年龄的增长，可能将无法生育。在这种情况下，2005年8月，王小姐在31岁的时候怀孕，2006年4月孩子出生。由于王小姐属于晚育，按照规定，王小姐在90天的正常产假的基础上，还可以享受30天的晚育假期。当王小姐休完90天正常产假以后，由于企业工作繁忙，新招用的翻译不能满足工作需要，企业让王小姐终止休假，赶快上班。考虑到将来还要在企业继续发展，王小姐答应了企业的要求。上班一个月后发工资时，双方产生了争议。企业认为，已经给王小姐缴纳了生育保险费，包括生育津贴在内的一切生育保险待遇应该由生育保险基金承担，而王小姐已经领取了4个月的生育津贴。因此，企业拒绝支付王小姐未休的晚育假期工资。而王小姐认为，自己在晚育假期内提供了正常劳动，企业不能因为自己享受了生育津贴而拒付工资。另外，生育保险基金支付的生育津贴低于自己的工资，要求企业予以补齐。双方协商未果。王小姐将企业诉至劳动争议仲裁委员会。

**法理分析**

①女员工在产假期间提供了正常劳动，必须支付工资，不得以生育津贴替代工资。根据我国有关劳动法律的规定，生育津贴是基于员工缴纳了生育保险费和员工合法生育的事实而应该享受的产假待遇，且员工享受生育津贴不需要提供正常劳动；而工资是基于员工提供了正常劳动企业向其支付的报酬。②生育津贴低于生育员工工资的，企业应当补足差额。因为生育津贴的计算方法是按照女职工本人生育当月的缴费基数除以30再乘以产假天数计算的。由于法律把生育女职工依照法律规定休产假视为提供了正常劳动，如果生育津贴低于月工资，实际上侵害了生育女职工的合法权益。因此，本案中的企业应当补齐王女士实际领取的生育津贴与王女士本人标准工资之间的差额。■

### 3. 哺乳期女职工争议案

**案例 8-6**

## 用人单位必须给予女员工哺乳假

某私营企业的职工蒋女士 2002 年 5 月生育了一个女孩，休了 90 天产假后，于当年 8 月上班。由于孩子需要哺乳，而企业离家又不远，蒋女士就打算让家里请的保姆每天上下午带孩子到单位，由蒋女士给孩子哺乳。蒋女士把这一想法告诉了企业经理，同时申请每天上下午请假一会，以便给孩子哺乳。但是经理不批准蒋女士的请假申请，理由是国家没有规定哺乳假，加上企业工作很繁忙，所以不能请假哺乳。

资料来源：中国人力资源法律网。

**法理评析**

根据国务院《女职工劳动保护规定》（1988）、《女职工保健工作规定》（卫妇发［1993］11 号）等，可知，①有不满 1 周岁婴儿的女职工，可以依法享有哺乳期，哺乳期期限即女职工产假期满开始上班之日至婴儿满 1 周岁为止。女职工有经县、区以上医疗或保健机构确诊为体弱儿的，还可以再享有不超过 6 个月的哺乳期。②哺乳假与哺乳期是紧密相关而又不同的两个概念，哺乳假指的是女职工在哺乳期内享有的每天两次、每次 30 分钟哺乳时间以及在本单位内哺乳往返途中的时间。多胞胎生育的，每多哺乳一个婴儿，每次哺乳假增加 30 分钟。③女职工请哺乳假是劳动时间，用人单位不得减发基本工资。④女职工离开企业回家或到其他地方哺乳，其在企业外往返途中的时间只能从 30 分钟时间内扣除，不能另外增加。本案中，蒋女士所在企业以国家没有明确提出哺乳假概念为由，不批准蒋女士的哺乳假，是违国家有关规定的错误行为。■

**案例 8-7**

## 降低哺乳期内基本工资企业败诉

2005 年 6 月，章女士到某信息公司工作，任市场部经理，月工资 5 000 元。2006 年 2 月，章女士怀孕，并于同年 8 月分娩。因信息公司未支付 2006 年 8 ~ 9 月份工资，章女士向北京市劳动争议仲裁委员会提出仲裁申请，要求信息公司支付所欠工资及 25% 经济补偿金。仲裁委员会裁决信息公司支付章女士上述款项。信息公司不服裁决，诉至一审法院。信息公司不服一审法院判决，以公司支付章女士的工资中包括交通补贴、业务提成款等费用，自 2006 年 2 月章女士没有为公司提供劳动，公司不能支付其全额工资，章女士的月基本工资为 1 600 元，公司要求按此标准支付所欠的工资为由上诉至二中院。

**法院判决**

二中院经审理认为，《女职工劳动保护规定》（1988）第 4 条规定：不得在女职工怀孕期、产期、哺乳期降低其基本工资。章女士提供的工资条确认其月基本工资为 5 000

元，信息公司主张章女士月基本工资为 1 600 元，未能提供相关的证据加以佐证，故该公司应承担举证不能的法律后果。法院对信息公司要求按照每月 1 600 元的标准支付章女士 2006 年 8 月和 9 月工资的上诉请求，不予支持。

资料来源：中国法院网。■

### 4. 案释《上海市实施〈妇女权益保障法〉办法》[一]

上海市第十二届人民代表大会常务委员会第三十五次会议再次修正的《上海市实施中华人民共和国妇女权益保障法办法》（2007），增设了对妇女孕期和哺乳期特殊保护规定。

**案例 8-8**

#### 孕期哺乳期内可协商调岗但不得降薪

戴女士于 2005 年 6 月进入上海市的一家外贸企业工作，由于表现出色，很快被提升为业务部主管，合同约定月收入 8 000 元。2007 年 6 月初，戴女士怀孕了，经过十月怀胎，孩子顺利生产，产假期满后，她回到原单位工作，发现自己原来的职位已被他人替代，而她被安排到后勤部门工作，月收入 4 000 元。戴女士同意哺乳期内到后勤部门工作，但要求单位按照原标准支付工资。但单位认为，既然戴女士同意调整岗位，单位就可按新岗位相对应的工资标准支付其劳动报酬。

**法理分析**

《上海市实施中华人民共和国妇女权益保障法办法》（2007）第 23 条第 2 款规定："女职工在孕期或者哺乳期不适应原工作岗位的，可以与用人单位协商调整该期间的工作岗位或者改善相应的工作条件。用人单位不得降低其原工资性收入。"[二]即无论"三期"内女职工的岗位如何变化，工资都不得降低。本案中，外贸公司与戴女士在合同中约定了 8 000 元的月工资，岗位为业务部主管，当其产假结束回到单位工作，双方协商可调整工作岗位，但戴女士的原工资不得降低，"三期"内不管岗位如何调整，外贸公司仍应按 8 000 元支付其工资。■

**案例 8-9**

#### 习惯性流产史的请产前假应当获批准

黄女士大学毕业后，应聘到上海一家私人企业工作。不幸的是，她婚后两次怀孕均告流产。鉴于前两次流产的情形，长宁区中心医院产科医生建议第三次怀孕的黄女士保

---

[一] 本节案例根据多家公开网站的资料整理而成。

[二] 《上海市女职工劳动保护办法》（1990）规定各单位不得在女职工妊娠期、产期和哺乳期降低其基本工资。

胎休息，并开具了相关证明，证明她患有习惯性流产史。之后黄女士在家保胎休息了将近 2 个月，对此，单位按病假处理。近 2 个月后，她回到单位继续上班，直到怀孕 7 个月时，她向单位提出休产前假，但单位以未有先例为由，不批准其产前假，还是继续按病假处理。单位认为，产前假不是国家的强制性规定，是否批准的权利在单位。

**法理分析**

①本案中黄女士第三次怀孕后，在家保胎休息了将近 2 个月，单位按病假处理是正确的。根据上海市有关规定，女职工按计划生育怀孕，医生开具证明需要保胎休息的，其保胎休息的时间和待遇，按疾病待遇管理办法执行。②黄女士妊娠 7 个月后，单位不批准她休产前假是违法的。根据《上海市实施中华人民共和国妇女权益保障法办法》（2007）第 23 条第 3 款规定："经二级以上医疗保健机构证明有习惯性流产史、严重的妊娠综合症、妊娠合并症等可能影响正常生育的，本人提出申请，用人单位应当批准其产前假。"㊀长宁区中心医院已为黄女士开具了患有习惯性流产史的证明，所以在黄女士妊娠 7 个月时，向单位提出休产前假的请求，单位应当批准其产前假。■

第8章 特殊员工关系管理

**案例 8-10**

## 女工产后病重的请哺乳假应当获批准

李女士是上海一家计算机公司的技术员。2008 年 3 月李女士产假期满，但她因在临产前曾出现妊娠高血压，且留下了后遗症，产后身体一直不适。产假虽然结束前，李女士向公司提出请哺乳假的请求，并委托家人送来了本市某三等甲级医院出具的严重产后抑郁症证明。但公司对于李女士的请假不予批准，并警告李女士如不来上班将按严重违反规章制度处理。李女士认为公司的做法毫无道理。

**法理分析**

《上海市实施中华人民共和国妇女权益保障法办法》（2007）第 23 条第 4 款规定："经二级以上医疗保健机构证明患有产后严重影响母婴身体健康疾病的，本人提出申请，用人单位应当批准其哺乳假。"㊁本案中，李女士患上了严重的产后抑郁症，且有本市某三级医院开具的相关证明，所以，李女士在产假期满时提出休哺乳假的请求，单位应当予以批准。■

---

㊀ 《上海市女职工劳动保护办法》（1990）规定：女职工妊娠七个月以上（按二十八周计算），如工作许可，经本人申请，单位批准，可请产前假。批准请产前假的，产前假期限为两个半月，发本人产假工资的 80%，做出勤对待；未批准请产前假的，职工每天工间休息一小时，不安排夜班，按正常上班待遇。

㊁ 《上海市女职工劳动保护办法》（1990）规定：女职工生育后，若有困难且工作许可，由本人提出申请，经单位批准，可请哺乳假六个半月。经批准请哺乳假的，发本人产假工资的 80%，计算工龄。未经批准请哺乳假，但女职工产假期满，因身体原因仍不能工作的，经医务部门证明后，其超过产假期间的待遇，按职工患病的有关规定处理。女职工在哺乳期间，不得延长其劳动时间，一般不得安排其从事夜班劳动。

**案例 8-11**

## 四期内劳动合同不顺延的赔偿年限计算

2000 年 12 月，陆女士到上海某国有企业工作，最后签订的一份劳动合同将于 2007 年 12 月到期。但 2007 年底陆女士休了产假，当 2008 年 3 月产假结束回单位时，人事部门告诉她，因公司转制，她已经没有岗位可安排了。劳动合同本应在 2007 年 12 月到期，公司已经予以了顺延，现在双方应当终止合同了。陆女士提出自己还在哺乳期内，不能终止合同，但公司认为合同已经顺延到产假结束就是合法的，并给她开了退工单。陆女士不服，向劳动仲裁庭提出仲裁请求，认为自己 2000 年 12 月份就进公司了，公司违法终止合同应当按《劳动合同法》规定，按经济补偿金的两倍支付赔偿金，即 8 个半月工资的两倍支付赔偿金。而公司认为，陆女士是因合同到期终止，而不是公司单方解除劳动合同，其合同于 2007 年 12 月终止，根据《劳动合同法》，有固定期限的劳动合同到期终止有经济补偿金的，也应当自 2008 年 1 月 1 日才起算，她就算顺延到 2008 年 3 月也至多按半个月工资的标准支付补偿金，以经济补偿金标准的两倍标准支付赔偿金，其两倍也就一个月，所以最多再给一个月的工资作为赔偿。

**法理分析**

根据《劳动合同法》（2007）规定，劳动合同期满，女职工在孕期、产期、哺乳期的，劳动合同应当续延至相应的情形消失时终止。用人单位违反规定解除或者终止劳动合同，而劳动者不要求继续履行劳动合同或者劳动合同已经不能继续履行的，用人单位应当依照《劳动合同法》（2007）第 47 条规定的经济补偿标准的两倍向劳动者支付赔偿金。《劳动合同法实施条例》明确规定，用人单位违反劳动合同法的规定解除或者终止劳动合同，赔偿金的计算年限自用工之日起计算。据此计算陆女士所获赔偿金时，其工作年限应当自 2000 年 12 月入职之日起算，而不能从 2008 年 1 月 1 日起算，赔偿金即按此方法得出的经济补偿金数额的两倍。超过 8 年的工龄就是 8.5 个月工资的两倍，即陆女士应获得相当于 17 个月工资的赔偿金。所以用人单位一定要避免对孕期女职工违法解除或者终止劳动合同。■

### 8.1.3 孕期女职工的管理

（1）用人单位制定规章制度（包括对孕期女职工管理内容）的程序要民主，内容要合法，并务必对员工进行公示。

（2）怀孕女职工严重违纪后，用人单位要及时要求其提交书面的保证书，不得再次违纪。

（3）女员工不能胜任工作，一定要先经过培训或调整工作岗位，仍不能胜任工作的，才能依法解除劳动关系，而且要遵守法定的程序。

（4）要高度重视与员工试用期的约定、考察和评定工作，及时辞退不符合公司理念、不胜任工作要求的员工；否则怀孕女工试用期满转正后，会令用人单位长时间陷于被动。

（5）要对员工进行依法生育的日常教育，员工违反相关规定的，公司可以不予支付生育休养期间的工资。

### 8.1.4 女职工特殊利益专项集体合同[⊖]



**女职工特殊利益专项集体合同**

**（参考文本）**

第一章 总 则

第一条 为维护女职工的合法权益，减少和解决女职工在劳动和工作（以下统称劳动）中因生理特点造成的特殊困难，保护女职工健康，发挥女职工在公司两个文明建设中的作用，促进女职工与企业共同发展，根据我国《劳动法》、《工会法》、《国务院女职工保护规定》和《上海市女职工劳动保护办法》等有关法律法规文件规定，依照“平等协商、共谋发展”原则，制订本协议。

第二条 本协议由单位工会与公司法人代表经双方集体协商后签订。

第三条 本协议对单位和女职工具有同等约束力。

第二章 女职工劳动保护条款

第四条 单位与女职工建立劳动关系应当订立劳动合同，单位实行男女同工同酬。

第五条 单位必须根据女职工的生理特点和所从事的工作的职业特点，对在月经期、孕期、产期、哺乳期和更年期的女职工，给予特殊保护，并确定相应的职能机构或配备专（兼）职人员负责女职工劳动保护工作。

第六条 凡适合女职工从事劳动的单位，不得以妇女已婚、怀孕、哺乳等为借口拒绝招收女职工或提高录用条件，严格禁止招收和使用女童工。

第七条 单位不得在女职工怀孕、产期、哺乳期降低其基本工资，或解除其劳动合同。企业进行承包、租赁、转让、兼并的，对能胜任本职生产和工作的原企业的女职工，不得无故拒绝使用或聘用。

第八条 女职工禁忌从事的劳动范围按劳动部颁发的《女职工禁忌劳

⊖ 资料来源：http://www.mhedu.sh.cn/cms/app/info/doc/index.php/67483。

动范围的规定》执行。

第九条 对从事其他工种的女职工，月经过多或因痛经不能坚持工作的，经医疗单位证明，单位应给予休假。

第十条 对怀孕的女职工，不得在正常劳动日外延长劳动时间，对不能胜任原劳动的，应当根据医疗单位的证明，予以减轻劳动量或者安排其他工作。

怀孕的女职工，在劳动时间内进行产前检查，应当算作劳动时间，并扣除相应的劳动定额。单位不能按病、事假、旷工处理。

第十一条 对怀孕7个月以上（含7个月）女职工，一般不得安排其从事夜班劳动。在劳动时间内应给予工间休息1小时，并扣除相应的劳动定额。上班确有困难者，经本人申请，单位批准，可提前休产前假，休假期间，其工资不得低于原工资的80%。

第十二条 女职工产假分别按下列情况执行:

（一）正常生育者，给予产假90天，其中产前假15天，产后假75天；

（二）难产者，增加产假15天，多胞胎生育，每多生1个婴儿，增加产假15天；

（三）婚后符合晚育年龄，自愿领取独生子女证者，增加产假30天。

（四）怀孕3个月以内流产的女职工，根据医疗单位证明，给予20天至30天的产假，如女职工流产时出血较多，体质较弱的，经单位批准，可酌情增加5至10天；怀孕满3个月以上7个月以下流产的女职工，给予产假42天；7个月以上，产假90天。产假期满恢复工作时，应允许有1至2周的时间逐步恢复原定额的工作量。

第十三条 有不满1周岁婴儿的女职工，每班劳动时间内给予2次哺乳时间，每次30分钟。多胞胎生育者，每多哺乳1个婴儿，每次哺乳时间增加30分钟。女职工每班劳动时间内两次哺乳时间，可以合并使用。哺乳时间和在本单位内哺乳往返途中的时间，算作劳动时间，并扣除相应的劳动定额。

婴儿满1周岁后，经市及所辖市、区级医疗单位确诊为体弱儿的，可适当延长哺乳期，但最多不超过6个月。

第十四条 女职工在哺乳期间，上班有困难者，经本人申请，单位批准，可休6个半月的哺乳假，其工资不得低于原工资的80%。女职工按规定享受的产前假、产假、哺乳假应作为出勤，不影响其晋升工资。

第十五条 经市及所辖市、区级医疗单位证明，患有症状严重的更年期综合症的女职工，单位应给予照顾，可暂时调做其他适当的工作或酌情减轻工作量。

第十六条　每两年对女职工（含退休女职工）进行一次妇科检查，及时治疗妇女疾病，检查时间按公假处理。

第十七条　单位按规定交纳的生育保险费，妇科普查费、孕期检查费、生育费、手术费、住院费、治疗费由单位按规定支付。

第十八条　工会及其女职工组织协助行政做好女职工思想教育工作，引导女职工自觉遵守国家有关法律法规政策，提高女职工技能水平，共谋企业健康发展。

第三章　合作与监督

第十九条　为实施对单位和女职工的有效维护，单位与工会应实行有效的密切合作，定期或不定期地召开联席会议或座谈会议，就企业女职工劳动保护情况相互通报和协商，共同探索新形势下单位女职工权益保护工作的新方法、新路子。

第二十条　为确保本协议的全面履行，协议双方应成立对等人数的监督小组，至少每半年对协议履行情况进行一次联合检查，并将检查结果向联席会议通报。

第四章　附　则

第二十一条　双方因履行本协议而发生争议，应首先由协议双方协商解决，如经协商未能达成一致意见，可请求上级劳动部门和工会组织进行直辖市，并参与处理有关争议。

第二十二条　本协议如与国家现行法律法规相抵触时，本协议相关条款无效。

第二十三条　本协议经双方代表签字，并报区以上劳动部门和上级工会审批、备案后具有法律效力，双方必须依法履行。

第二十四条　本协议不因人事变动而变动。

本合同设计____份，公司____份，公司工会一份，上报区劳动局一份，区、镇工会各一份。

双方代表就以上三个协议《集体合同》、《工资集体协商专项合同》、《女职工特殊利益专项集体合同》的签字。

企业方（签章）：　　　　　　　　职工方（签章）：

年　月　日　　　　　　　　　　年　月　日

## 8.2 童工/未成年工的特殊保护

### 8.2.1 童工的特殊保护

童工是指未满16周岁的劳动者。我国法律明确规定禁止使用童工。《劳动法》第15条规定：禁止用人单位招用未满16周岁的未成年人。《禁止使用童工规定》（国务院令第81号）、《使用童工罚款标准的规定》（劳动部、财政部文件，劳力字［1992］27号）等法规和文件明确规定禁止使用童工。对违反童工保护规定的处罚项目及标准如下。

（1）《劳动法》第94条：用人单位非法招用未满16周岁的未成年人的，由劳动行政部门责令改正，处以罚款；情节严重的，由工商行政管理部门吊销营业执照。

（2）《禁止使用童工规定》（国务院令第364号，2002）第13条：有下列行为之一的，由县级以上劳动行政部门处以罚款：①单位或者个人使用童工的；②父母或者其他监护人允许未满16周岁的少年、儿童做童工，经批评教育仍不改正的；③职业介绍机构以及其他单位或个人为未满16周岁的少年、儿童介绍职业的；④单位或者个人为未满16周岁的少年、儿童出具假证明的。

（3）《使用童工罚款标准的规定》（劳力字［1992］21号）第3条规定："对违反《禁止使用童工规定》的个人，罚款标准如下：①使用童工从事营利性生产劳动的，每使用一名童工，罚款600~1 200元；②使用童工从事家庭服务性劳动的，每使用一名童工，罚款300~600元；③父母或者其他监护人允许儿童做童工，经批评教育仍不改正的，罚款300~600元；④为未满16周岁的少年、儿童介绍职业的，每介绍一名童工，罚款600~1 200元。"第4条规定："对违反《禁止使用童工规定》的单位，罚款标准如下：①对单位使用的，根据国务院禁止使用童工规定的规定，由各省、自治区、直辖市规定具体罚款标准；②为未满16周岁的少年、儿童做童工出具假证明的，罚款1 500~3 000元。"第5条规定："数次、长期使用或一次使用多名童工及数次出具假证明的，加重罚款三倍。"

### 8.2.2 未成年工的特殊保护

未成年工，根据《劳动法》（1994）、《未成年工特殊保护规定》（1994）第2条规定，是指年满16周岁，但未满18周岁的劳动者。

《劳动法》（1994）第58条规定：国家对女职工和未成年工实行特殊劳动保护。第64条规定：不得安排未成年工从事矿山井下、有毒有害、国家规定的第四级体力劳动强度的劳动和其他禁忌从事的劳动。第65条规定：用人单位应当对未成年工定期进行健康检查。《未成年工特殊保护规定》（劳部发［1994］498号）对未成年工的使用在工种、劳动时间、劳动强度和保护措施等方面制定了具体规定，其对未成年工保护的特别保护主要包括以下内容。

（1）明确规定未成年工禁忌从事的劳动作业（第3条）：①《生产性粉尘作业危害程度分级》国家标准中第一级以上的接尘作业；②《有毒作业分级》国家标准中第一级以上的有毒作业；③《高处作业分级》国家标准中第二级以上的高处作业；④《冷水作业分级》国家标准中第二级以上的冷水作业；⑤《高温作业分级》国家标准中第三级以上的高温作业；⑥《低温作业分级》国家标准中的第三级以上的低温作业；⑦《体力劳动强度分级》国家标准中第四级体力劳动强度的作业；⑧矿山井下及矿山地面采石作业；⑨森林业中的伐木、流放及守林作业；⑩工作场所接触放射性物质的作业；⑪有易燃易爆、化学性烧伤和热烧伤等危险性大的作业；⑫地质勘探和资源勘探的野外作业；⑬潜水、涵洞、涵道作业和海拔三千米以上的高原作业（不包括世居高原者）；⑭连续负重每小时在6次以上并每次超过20公斤，间断负重每次超过25公斤的作业；⑮使用凿岩机、捣固机、气镐、气铲、铆钉机、电锤的作业；⑯工作中需要长时间保持低头、弯腰、上举、下蹲等强迫体位和动作频率每分钟大于50次的流水线作业；⑰锅炉司炉。

（2）明确患病或者生理缺陷的未成年工禁忌从事的劳动作业（第4条）：①《高处作业分级》国家标准中第一级以上的高处作业；②《低温作业分级》国家标准中第二级以上的低温作业；③《高温作业分级》国家标准中第二级以上的高温作业；④《体力劳动强度分级》国家标准中第三级以上体力劳动强度的作业；⑤接触铅、苯、汞、甲醛、二硫化碳等易引起过敏反应的作业。

（3）实施对未成年工的定期健康检查（第6条）：①安排工作岗位之前；②工作满一年；③年满18周岁，距前一次的体检时间已超过半年。

对违反未成年工保护规定的处罚项目及标准有以下几条。

（1）《劳动法》（1994）第95条：用人单位违反本法对未成年工的保护规定，侵害其合法权益的，由劳动行政部门责令改正，处以罚款。

（2）《违反中华人民共和国劳动法行政处罚办法》（劳部发［1994］532号）第12条规定："用人单位安排未成年工从事矿山井下、有毒有害、国家规定的第四级体力劳动强度的劳动和其他禁忌从事的劳动的，应当责令改正，并按每侵害一名未成年工罚款三千元以下的标准处罚。"第15条规定："用人单位未按规定对未成年工定期进行健康检查的，应责令限期改正；逾期不改正的，按每侵害一名未成年工罚款三千元以下的标准处罚。"



# 8.3 残疾员工的特殊保护

## 8.3.1 法理精解

**1. 残疾人的一般就业权**

残疾人劳动就业，是指具备劳动能力和就业愿望的残疾人从事社会劳动，并以此取得报酬或收入的一种活动。残疾人劳动就业权，是指残疾人依法享有的平等就业和选择职业，取得劳动报酬或收入，获得劳动安全卫生保护，接受职业技能培训，享受社会保险以及特别的扶持、优惠和保护的权利。

我国《宪法》规定，劳动是每一个公民的权利和义务。残疾人也不例外，国家同样保障残疾人的劳动权利。《残疾人保障法》（1990）第27条规定："国家保障残疾人劳动的权利。各级人民政府应当对残疾人劳动就业统筹规划，为残疾人创造劳动就业条件。"我国《残疾人保障法》（1990）、《劳动法》和《职业教育法》等法律、法规都赋予了残疾人广泛、真实并有切实保障的劳动就业权。具体包括以下内容。

（1）就业机会方面的权利。

1）残疾人有接受职业技能培训的权利。《残疾人保障法》（1990）规定，残疾人有受教育的权利和义务。所谓受教育，既包括受普通教育，也包括受职业教育。残疾人要实现自己的劳动权，必须拥有一定的职业技能，而要获得这些职业技能，越来越依赖于专门的职业培训。

2）残疾人有平等就业的权利。即具有劳动能力的残疾人有获得职业的权利。

3）残疾人有选择职业的权利。即残疾人有权根据自己的意愿选择适合自己才能、爱好的职业。

（2）薪金报酬方面的权利。按劳取酬是我国宪法规定的原则之一，就业的残疾人同样有取得劳动报酬的权利。随着劳动制度的改革，劳动报酬成为残疾人与用人单位所签订的劳动合同的必备条款。残疾人付出劳动，依照合同及国家有关法律取得报酬，是残疾人的权利；及时定额地向残疾人支付工资，则是用人单位的义务。用人单位违反这些应尽的义务，残疾人有权依法要求有关部门追究其责任。

（3）劳动安全和保险福利方面的权利。

1）残疾人享有获得劳动安全卫生保护的权利。这是对残疾人在劳动中生命安全和身体健康的保护，是对享受劳动权利的主体切身利益最直接的保护，其中包括防止工伤事故和职业病等。

2）残疾人有休息的权利。一方面残疾人按劳动法规定的工作时间参加劳动，享受休假；另一方面国家兴办适合于残疾人休息、休养的特殊设施，提高残疾人休息的质量。

3）残疾人享有社会保险和福利的权利。《劳动法》（1994）规定的劳动保险包括养老保险、医疗保险、工伤保险、失业保险、生育保险等，用人单位和相关部门应采取有效措施，保障残疾人劳动者的社会保险利益。

（4）残疾人享有的其他权利。

1）残疾人劳动者有参加工会的权利。《工会法》（2001）规定："劳动者有依法参加和组织工会的权利，任何组织和个人不得阻挠和限制。"残疾人劳动者参加工会有利于他们维护自身劳动权益，充分参与社会生活。

2）残疾人劳动者有提请劳动争议处理的权利。劳动争议是指劳动关系当事人因执行《劳动法》（2001）或履行集体合同和劳动合同的规定引起的争议。用人单位与残疾人发生劳动争议，残疾人可依法申请调解、仲裁、提起诉讼。

**2. 残疾人就业的特殊保护**

在残疾人就业保障措施方面，我国已经批准了并认真履行国际劳工组织《残疾人职业康复和就业公约》（1983）[1]的相关义务。不仅在《残疾人保障法》（1990）和《劳动法》中规定对残疾人的劳动就业实行特殊保护，而且在《社会福利企业招用残疾人职工暂行规定》、《做好“九五”期间残疾人就业工作的通知》、《国务院办公厅转发劳动部等部门关于进一步做好残疾人劳动就业工作若干问题的意见》中都对残疾人的劳动就业权利进行了特殊规定。要求各级政府对残疾人劳动就业进行统筹规划，为残疾人的劳动就业创造条件。国家对残疾人就业采取集中和分散相结合的方针，采取优惠政策和扶持保护措施，通过多种渠道、多层次、多种形式，使残疾人劳动就业逐步做到普及、稳定和合理。具体措施如下。

（1）集中安置。根据《残疾人保障法》（1990）第29条的规定，国家和社会举办残疾人福利企业、医疗机构、按摩医疗机构和其他福利性企业事业组织，集中安排残疾人就业。

集中就业是指残疾人在各类福利企业、医疗机构和盲人按摩医疗等单位劳动就业。福利企业是集中安排残疾人就业的具有福利性质的特殊生产单位。对于国家分配的高等学校、中等专业学校和技工学校的残疾毕业生，有关单位不得因其残疾而拒绝接收，拒绝接收的，当事人可以要求有关部门处理，有关部门应当责令该单位接收。残疾职工所在单位应当为残疾职工提供适应其特点的劳动、条件和劳动保护。

（2）分散吸收。根据《残疾人保障法》（1990）的有关规定，机关、团体、企业事业组织、城乡集体经济组织，应当按照一定比例安排残疾人就业，并为其选择适当的工种和岗位。省、自治区、直辖市人民政府可以根据实际情况规定具体比例。

机关、团体、企业事业组织和城乡经济组织，要按照本省（自治区、直辖市）制定的有关法规所规定的具体比例，安排残疾人就业；暂时未达到比例的，应按财政部发布的《残疾人就业保障金管理暂行规定》缴纳残疾人就业保障金。

（3）鼓励/帮助开业。根据《残疾人保障法》（1990）第33条的规定，对于申请从事个体工商业的残疾人，有关部门应当优先核发营业执照，并

---

[1] 1983年国际劳工组织第69届大会通过159号《残疾人职业康复和就业公约》，要求会员国应制定、实施并定期检查有关残疾人职业康复和就业的国家政策。制定实施这一政策时，应与有代表性的残疾人组织协商，应以残疾工人与一般工人机会均等原则为基础，以增加残疾人在公开的劳动力市场中的就业机会为目的。主管当局应当提供职业指导、职业培训、安置就业等有关服务项目，以便使残疾人获得和保持职业并得以提升。

在场地、信贷方面给予照顾。这要求工商行政管理、税务等有关部门要根据残疾人保障法和有关税收法律、法规的规定，制定、完善扶持残疾人个体就业和自愿组织起来就业的优惠政策，在核发营业执照、办理有关手续、减免税费和落实营业场地等方面给予优先和照顾。

(4) 社区就地就近安排。该就业形式以社区为依托，开发社区就业岗位，鼓励动员残疾人在社区实现就业，体现了残疾人事业发展的新趋势。

但是，不可否认，受传统观念的影响，以及立法的滞后，在就业权的实现中，残疾人面临着较大的困难。如现行的《残疾人保障法》(1990)，许多条文还停留在原则性的规定上，缺乏可操作性；作为保护劳动者就业权利的重要法律，《劳动法》(1994) 对残疾人劳动就业的规定也显得空泛，有关残疾人的劳动就业、职业培训和教育等方面的立法亟待完善。



## 8.3.2 法律法规

**《中华人民共和国残疾人保障法》 (1990/12/28)**

第三十二条　地方各级人民政府和农村基层组织，应当组织和扶持农村残疾人从事种植业、养殖业、手工业和其他形式的生产劳动。

第三十三条　国家对残疾人福利性企业事业组织和城乡残疾人个体劳动者，实行税收减免政策，并在生产、经营、技术、资金、物资和场地等方面给予扶持。

地方人民政府和有关部门应当确定适合残疾人生产的产品，优先安排残疾人福利企业生产，并逐步确定某些产品由残疾人福利企业专产。

政府有关部门下达职工招用、聘用指标时，应当确定一定数额用于残疾人。

对于申请从事个体工商业的残疾人，有关部门应当优先核发营业执照，并在场地、信贷等方面给予照顾。

对于从事各类生产劳动的农村残疾人，有关部门应当在生产服务、技术指导、农用物资供应、农副产品收购和信贷等方面，给予帮助。

第三十四条　国家保护残疾人福利性企业事业组织的财产所有权和经营自主权，其合法权益不受侵犯。在职工的招用、聘用、转正、晋级、职称评定、劳动报酬、生活福利和劳动保险等方面，不得歧视残疾人。

对于国家分配的高等学校、中等专业学校、技工学校的残疾毕业生，有关单位不得因其残疾而拒绝接收；拒绝接收的，当事人可以要求有关部门处理，有关部门应当责令该单位接收。

残疾职工所在单位，应当为残疾职工提供适应其特点的劳动条件和劳动保护。

## 8.4 农民工的劳动保护

### 8.4.1 法理精解

农民工并非法律概念。从法律上来讲，应当明确农民工是劳动者，他们与用人单位之间的关系符合劳动关系的一切条件，应当按照《劳动法》（1994）的规定确定农民工和用人单位之间的所有权利和义务关系。

我国《宪法》第42条、第43条规定，公民有劳动和休息的权利。《劳动法》（1994）第3条明确规定了劳动者应该享有的各种权利，第29条、第33条规定了对劳动者的一些保护措施。除了上述基本法律之外，部分行政法规、部门规章和条例也有保护农民工劳动权益的内容。它们构成了我国现有关于农民工劳动权益保护的法律规范，具体有以下几方面内容。

（1）在工资方面，一是初步建立了工资宏观指导体系。在全国30个省、自治区、直辖市（除西藏自治区外）建立了工资指导线制度；在全国140个大中城市建立了劳动力市场工资指导价位制度。二是开始探索建立适应市场经济要求的企业工资决定机制。实行工资集体协商制度，使劳动者能够依法参与企业的工资决定，正当维护自己劳动报酬合理增长的权益。三是建立并完善了最低工资保障制度。最低工资保障制度覆盖的是全体劳动者，当前对维护农民工最基本的劳动报酬权益尤有重要意义。四是加强监察执法，从解决拖欠农民工工资问题入手，探索建立长效机制。各地通过进一步强化劳动监察，开展专项检查，加大普法宣传力度，在全社会初步形成了联合有关部门综合治理企业拖欠、克扣农民工工资的法治环境。特别是针对建筑行业拖欠农民工工资的严重现象，2004年9月劳动保障部会同建设部共同下发了《建设领域农民工工资支付管理暂行办法》。2005年4月，劳动保障部、建设部和全国总工会联合下发了《关于加强建设等行业农民工劳动合同管理的通知》，对建筑企业工资支付、劳动合同管理等行为提出了规范意见。

（2）在劳动保护方面，一是依据有关法律法规，国家安全生产监督管理总局和劳动保障等部门开展了多次专项检查，查处了一批生产安全责任事故和侵害劳动者（其中大多为农民工）休息休假等权益的案件。二是通过劳动保障监察人员加强劳动保障监察日常巡检、举报专查和集中专项检查，重点查处企业违法强迫农民工加班加点的行为，保障农民工的休息休假权益。

但是现实经济生活中农民工劳动权经常受到侵害，体现在以下几方面。

（1）农民工劳动报酬权利受侵害，主要表现在：一是同工不同酬。农民工虽然从事与城市人同样的工作，却拿着不一样的报酬。二是加班不给加班费或少给加班费。农民工大都劳动时间长、强度大、待遇低，特别是在私营企业，工作时间每天一般都在10～14个小时，超时疲劳工作现象严重，但享受不到同工同酬的待遇。三是拖欠甚至拒付工资，这种情况在全国各地时常发生。

（2）休息休假的权利往往得不到保证，劳动时间被无限延长。劳动者有劳动的权利，同时也应享有休息和休假的权利。但是，农民工普遍反映劳动超时现象严重。不少个体、私营及涉外企业经常让员工加班加点，严重损害了农民工的身心健康。

（3）工作环境恶劣，缺乏劳动保护。有的用人单位着眼于眼前利益，为了降低生产成本，不注意改善工作环境，不给农民工配发必要的劳动保护用品，导致农民工职业病发病率较高。

（4）社会保险和福利权利的缺失。社会保险、福利权是指劳动者享受国家和用人单位提供的福利设施和种种福利待遇，在暂时或者永久丧失劳动能力的情况下获得物质帮助的权利。但是在实际中，一些用人单位特别是个体和私营企业要么不给农民工买社会保险，要么为了应付检查只给少部分农民工投保，要么避重就轻只买一种保险，而回避其他几个险种。

（5）劳动合同签订率低，劳动关系缺乏法律的有效约束。使用农民工不签订劳动合同或签生死合同的情况在个体私营企业普遍存在。由于不签劳动合同，用工单位可任意处置农民工，超时加班，不给加班费；不负工伤责任；不提供必要的劳动保护设施等。

## 8.4.2 案例剖析

**案例 8-12**

### 农民工工伤认定获社会支持

2008 年 1 月 14 日，四川广安籍农民工杨春涛与广元市教企建筑工程有限责任公司授权代表李某签订《苏丹麦洛维大坝工程劳动合同》与《补充协议书》，约定到用工方在苏丹国分包的工程项目从事钢筋工，期限为 18 个月。杨春涛于 2008 年 1 月 17 日到达苏丹工地，19 日开始上班。2008 年 5 月 2 日晚，在从事绑钢筋作业时摔倒，致使肝脏破裂、脾脏破裂。由于苏丹医疗条件有限，经项目部领导和分包工程队负责人同意，2008 年 8 月 13 日回到成都华西医院治疗。在苏丹的项目负责人李某委托他人支付了部分医疗费用后，拒绝落实杨春涛的工伤保险待遇，不再支付任何费用。2009 年 1 月，杨春涛持维权申请到旺苍县总工会要求帮助维权，由于提供不出任何证据，劳动部门无法立案进行工伤认定。为此，旺苍县总工会于 2009 年 1 月 16 日致函水电七局苏丹麦洛维大坝国内工作组，并多次电话联系。2009 年 2 月 4 日，水电七局海外事业部传回了广元教企建筑工程有限责任公司法定代表人的授权委托书，水电七局苏丹洛维大坝项目部与广元教企建筑工程有限责任公司工序分包合同书等证据材料。旺苍县总工会在整理好相关资料后，帮助杨春涛在县劳动和社会保障局立案。由于广元教企建筑工程有限公司注册地在利州区，按照劳动部门的有关规定，县劳动和社会保障局在与利州区劳动和社会保障局取得联系后，于 2009 年 3 月将该案移交给广元市利州区劳动和社会保障局办理。同时，广元市总工会又将为杨春涛提供维权的工作任务批转给利州区总工会。后历时一年零八个月，经工伤认定、伤残等级鉴定、劳动争议仲裁、一审、二审等程序，用工企业于 2010 年 8 月 27 日将赔偿金余款 75 926.60 元缴至利州区人民法院，转交至杨春涛本人。

资料来源：四川新闻网。■

**案例 8-13**

### 工伤认定未超诉讼时效获赔

2004 年 11 月 1 日上午，何先生在武汉一家印刷厂生产车间工作时，左臂卷入机器受伤。厂方支付了全部医疗费。此后，何先生被安排回厂上班。因想到还要做第二次手术，何先生没有提出索赔。2006 年 8 月 28 日，何先生要做第二次手术，向老板索要费用及赔款，被拒。同月 31 日，何先生经鉴定为 5 级伤残。此后，他申请劳动仲裁，要求享受工伤待遇，但因未鉴定为工伤，这一请求被驳回。同年 12 月，何先生向武汉市劳动部门申请工伤认定，因超过了 1 年的时效，未被受理。随后，何先生提起诉讼，也因同样原因被驳回。后在律师指点下，何先生放弃工伤索赔，要求人身损害赔偿。2005 年 4 月，何先生再次起诉。10 月，武昌区法院一审认为何先生超过了 1 年的诉讼时效，驳回起诉。何先生提出上诉。

**法院判决**

武汉中级人民法院经审理，认为何某的诉讼时效应从2006年8月31日定残之日起计算，他在此1年内提起诉讼并未超过时效。据此，市中院判决印刷厂赔偿何某9.6万余元。

**法理分析**

本案中，公司采取缓兵之计，先安排伤者继续工作，待超过工伤认定时效后，马上辞退劳动者。而劳动者在工伤索赔遇阻后，常常自认倒霉放弃维权。依照《安全生产法》的规定，劳动者在本单位受伤，既可向单位申请工伤赔偿，也可要求人身损害赔偿。

资料来源：《楚天都市报》。■



## 思考题

1. 很多企业认为，企业是市场导向的营利性机构，而对女性员工的劳动保护加大了企业的成本，因此企业不招收女性应聘者是有一定道理的。对此，您的看法如何？
2. 有人认为，童工/未成年工不符合“劳动者”的定义，因此企业与童工/未成年工之间不存在劳动关系。对此，您的看法如何？
3. 企业是否有招收残疾人为员工的法定义务？企业是否可以本企业提供的较好的残疾员工的特殊保护而进行社会投资？
4. 有人认为，农民工欠缺法律意识，同时农民工劳动大军数量庞大，因此可以较为随意地解雇他们而无较大风险。对此，您的看法如何？

# 第9章

# 员工关系冲突管理

## 学习目标

- 掌握劳动争议调解案件的受理范围、调解的原则、程序与期限；
- 掌握劳动争议仲裁案件的受理范围、仲裁原则与程序；
- 掌握劳动争议诉讼与仲裁两种制度的区别。

员工关系冲突主要表现为企业与劳动者之间发生的劳动争议（又称劳动纠纷），是指劳动者和用人单位之间在执行劳动法律、法规或履行劳动合同过程中因利益分歧而产生的争执行为。劳动争议的内容十分广泛，如因劳动报酬问题引起的争议，因处分员工问题引起的争议，因职工录用、调动、辞退等问题引起的争议等。总之，劳动关系涉及的一切方面都有可能引起争议。

《劳动法》（1994）第77条规定了我国劳动争议的4种解决途径："用人单位与劳动者发生劳动争议，当事人可以依法申请调解、仲裁、提起诉讼，也可以协商解决。调解原则适用于仲裁和诉讼程序。"

实践中，劳动争议一般是用人单位和劳动者通过协商的方式来解决的。不过，劳动者是弱势群体，导致协商解决劳动争议存在一定难度。为此，《劳动争议调解仲裁法》（2007）规定，劳动者可以请工会或者第三方共同与用人单位协商，达成和解协议。工会作为劳动者的组织，有代表劳动者同用人单位进行协商的权利和义务。第三方一般可理解为有权调解的组织，但究竟何指，需要法律在执行过程中进一步细化。

根据《劳动争议调解仲裁法》（2007）第5条的规定，发生劳动争议，当事人不愿协商、协商不成或者达成和解协议后不履行的，可以向调解组织申请调解。调解程序在该法第10条到第16条有详尽的规定。

如果调解不成，当事人一方要求仲裁的，可以向劳动争议仲裁委员会申请仲裁。调解不是仲裁的前置程序，因此，当事人一方也可以直接向劳动争议仲裁委员会申请仲裁。

对仲裁裁决不服的，可以向人民法院提起诉讼。



## 9.1　化解争议途径之一：调解

劳动争议调解，是指调解委员会对企业与劳动者之间发生的劳动争议，在查明事实、分清是非、明确责任的基础上，依照国家劳动法律、法规，以及依法制定的企业规章和劳动合同，通过民主协商的方式，推动双方互谅互让，达成协议，消除纷争的一种活动。劳动争议的调解是在企业调解委员会的主持下，把争议解决在企业内部的一种活动。

尽管调解不是劳动争议处理的必经程序，但对解决劳动争议起着很大的作用，尤其是对于希望仍在原单位工作的员工，通过调解解决劳动争议当属首选步骤。它具有及时、易于查明情况、方便争议当事人参与调解活动等优点，是我国劳动争议处理制度的重要组成部分。

### 9.1.1　法理精解

**1. 劳动争议调解的原则**

（1）自愿原则。自愿原则要求劳动争议调解委员会应当依照法律、法规，遵循双方当事人自愿原则进行调解。经调解达成协议的，制作调解协议书，双方当事人应当自觉履行；调解不成的，当事人在规定的期限内，可以向劳动争议仲裁委员会申请仲裁。

自愿原则体现在以下几个方面：①是否向调解委员会申请调解，由当事人自行决定，任何一方不得强迫。调解委员会的调解，在我国劳动争议处理程序中不是必经的程序，是否向调解委员会申请调解，由争议双方自愿选择。当事人任何一方或双方也可以直接向当地劳动争议仲裁委员会申请仲裁。②在调解过程中，始终贯彻自愿协商的原则。调解委员会作为调解机构本身并无决定权，劳动争议的解决主要依靠双方自愿。经调解达成的协议，由当事人自愿执行，不得强迫。调解机构在调解过程中不能强行调解或勉强达成协议，更不允许包办代替。调解的过程是一个自愿协商的过程，双方当事人法律地位平等，任何一方不能强迫另一方。③调解协议的执行是自愿的。经劳动争议调解委员会调解达成的协议，没有强制执行的法律效力。调解协议只能依靠当事人之间的承诺、信任以及道德约束来自觉遵守。如果一方反悔，不履行协议，任何人无权强制其履行，对当事人一方或双方不履行协议的，任何一方可以通过仲裁或诉讼解决问题。

（2）民主说服原则。民主说服原则是由劳动争议调整委员会的性质决定的。企业劳动争议调解委员会是专门处理企业内部劳动争议的群众性组织，不像司法、仲裁机构和行政机关那样拥有国家授予的权力，调解活动的参与不享有诉讼活动中的权利和义务。企业劳动争议调解委员会对劳动争议没有强制处理权，对调解达成的协议也没有法律强制力的保障。因此，在调解劳动纠纷时，主要依据法律、法规，运用民主讨论、说服教育的方法，摆事实，讲道理，做深入细致的思想工作，在双方认识达成一致的前提下，动员其自愿协商后达成协议。坚持这一原则，要反对强迫命令、用权势压服的做法。

（3）事实清楚原则。事实清楚原则，是指在仲裁程序中，应当坚持在查明事实、分清责任的基础上，才能进行调解的原则。只有查清事实、分清是非，才能使双方当事人认识到自己的行为哪些是合法的，哪些是违法的，从而促使当事人互谅互让，达成调解协议。事实清楚是调解的基础和前提。事实不清，不能调解。

（4）合法原则。合法原则，是指在仲裁程序中，调解活动和协议内容，都必须符合劳动实体法和仲裁程序法的规定。

**2. 调解案件的受理范围**

由劳动争议调解委员会调解的劳动争议，必须同时符合以下 4 个条件：①必须是劳动争议；②必须是本企业范围内的劳动争议；③必须是我国法律规定受案范围内的劳动争议；④必须是争议双方自愿调解的劳动争议。

**3. 调解的程序和期限**

调解委员会调解劳动争议，无严格程序要求，一般包括调解准备、调解开始、实施调解、调解终止等几个阶段。

劳动争议的调解期限，是指当事人和调解委员会申请和完成劳动争议调解所必须遵循的时间。劳动争议调解期限分两种：一是当事人申请调解的期限；一是调解委员会受理和调解的期限。规定调解期限是为了保证劳动争议得到及时处理，避免久拖不决。根据国务院《企业劳动争议处理条例》、劳动部《企业劳动争议调解委员会组织及工作规则》的规定：当事人申请调解，应当从知道或应当知道其权利被侵害之日起30日内，以口头或书面形式向调解委员会提出申请，并填写《劳动争议调解申请书》。

调解委员会接到调解申请后，应征询对方当事人意见，对方当事人不愿调解的，应做好记录，在3日内以书面形式通知申请人。调解委员会应在4日内做出受理或不受理申请的决定。对不受理的，应向申请人说明理由。

调解的步骤包括调查核实、召开调解会议、听取陈述、公正调解。调解达成协议的，制作调解协议书；调解不成的，应做好记录。

调解委员会调解劳动争议，应当自当事人申请调解之日起30日内结束；到期未结束的，视为调解不成。企业调解委员会调解劳动争议未达成协议的，当事人可以自劳动争议发生之日起60日内，向劳动争议仲裁委员会申请仲裁。



### 9.1.2 案例剖析

**案例9-1**

#### 从调解到申请仲裁的时限

某印刷厂员工徐某，工作态度消极，经常迟到、早退。印刷厂领导曾多次对其进行批评教育，并曾给予徐某口头警告处分。徐某不吸取教训，抵触情绪很大，一次在工作中故意违反操作规程，损坏了机器设备，浪费了原材料，致使工厂不能按时向客户交货，为工厂带来了损失。印刷厂征求工会意见，经研究决定将徐某予以辞退。徐某不服，收到印刷厂的辞退证明书后，随即向厂劳动争议调解委员会提出调解的申请。与此同时，徐某暗中到处找工作，对调解并不积极。两个月过去了，厂劳动争议调解委员会仍然没有结束调解工作，徐某也没有找到工作。于是徐某便向劳动争议仲裁委员会申请仲裁。印刷厂认为徐某申请仲裁已经过了60天的时效，因而仲裁委员会无权受理。徐某则认为印刷厂调解委员会还没有结束调解，仲裁时效尚未开始。仲裁委员会审查，认为徐某提起的申请没有超过仲裁时效，仲裁委员会受理了徐某的申请。

**法理分析**

本案中纠纷发生后，徐某先申请单位调解委员会进行调解，在调解不成的情况下，又向仲裁委员会提出了仲裁申请。根据《劳动法》（1994）第82条规定，徐某应当在收到辞退决定那天起60天内提出仲裁申请才能有效。但徐某首先申请调解，在调解期间徐某申请仲裁的时效中止。当调解不成，徐某再申请劳动仲裁时，仲裁时效应从调解后的30天的次日开始计算。本案中徐某申请仲裁时时效刚过30天，没有超过法律所规定60天时效期限，故徐某的仲裁申请依然有效。[一] ■

## 9.2 化解争议途径之二：仲裁

### 9.2.1 法理精解

**1. 劳动争议仲裁的原则**

劳动争议仲裁委员会仲裁劳动争议，必须遵守《劳动法》（1994）规定的处理劳动争议的基本原则，还需要遵守以下特有原则。

（1）先行调解原则。先行调解要求仲裁委员会或仲裁庭在裁决前，首先应进行调解，不经调解一般不得裁决。先行调解是仲裁的必经程序，但当事人拒绝调解或调解无效的，应及时裁决。

（2）回避原则。回避是指仲裁委员会成员或仲裁员在仲裁劳动争议案件时，认为具有法定回避情况不宜参加本案审理，或当事人认为仲裁员具有法定回避情节的，可能影响公正裁决，都可以自动或申请回避。

（3）少数服从多数原则。为保证裁决的客观公正性，《企业劳动争议处理条例》（国务院令第117号，1993）第13条、第29条规定：劳动争议仲裁委员会和劳动争议仲裁庭处理劳动争议案件，按少数服从多数原则做出仲裁裁决。

（4）一次裁决原则。一次裁决是指任何一级劳动争议仲裁委员会的裁决都是最终裁决，当事人不服裁决的，不能向上一级仲裁委员会再次申请仲裁，只能在规定的期限内向人民法院起诉。实行一次裁决原则可以及时解决劳动争议。

**2. 仲裁案件的受理范围**

（1）发生争议后，直接仲裁委员会申请仲裁的；

---

[一] 对于劳动调解委员会调解不成的而申请劳动仲裁的仲裁时效的计算依据是劳动部劳发［1995］309号第89条的规定：劳动争议当事人向企业劳动争议调解委员会申请调解，从当事人提出申请之日起，仲裁申诉时效中止，企业劳动争议调解委员会应当在30日内结束调解。仲裁申诉时时效从中止的30日之后的次日继续计算。

（2）发生争议后，本企业没有调解委员会的；

（3）发生争议后，经企业调解委员会调解不成的。

凡属上述三种情况，又符合法律规定受案范围的劳动争议，双方当事人都有权向仲裁委员会申请仲裁。

**3. 劳动争议仲裁的程序**



劳动争议仲裁程序，是指劳动争议仲裁委员会处理劳动纠纷案件的法定步骤和方式。根据《劳动法》（1994）、《企业劳动争议处理条件》（1993）、《劳动争议仲裁委员会办案规则》（2009）㊀的有关规定，劳动争议仲裁应按以下程序进行。

（1）当事人申请

当事人申请是劳动争议仲裁委员会处理劳动争议案件的先决条件和必经程序。仲裁委员会处理劳动争议案件必须有当事人的申请，否则，仲裁委员会无权仲裁该案件。

根据《劳动法》（1994）的有规定，提出仲裁要求的一方当事人，应当自劳动争议发生之日起60日内向劳动争议仲裁委员会提出书面申请。当事人因不可抗力或者其他正当理由超过规定申请仲裁时效的，仲裁委员会应当受理。

当事人向仲裁委员会申请仲裁必须提交书面申请，申请书应当写明：申诉人姓名、职业、住址、工作单位，企业的名称、地址，法定代表人的姓名、职务；被申诉人的情况；申诉请求和事实根据；委托代理人的资格及代理权限；申斥日期等。

（2）审查受理

仲裁委员会办事机构接到仲裁申请书后，应对以下事项进行审查：申诉人是否与本案有直接利害关系，申请仲裁的争议是否属于劳动争议，申请仲裁的劳动争议是否属于仲裁委员会的受理范围，该劳动争议是否属于本仲裁委员会管辖，申诉书及有关材料是否齐备符合要求，申诉时间是否符合申请仲裁的时效规定等。对申诉材料不齐备或有关情况不明确的仲裁申请书，应告知申诉人予以补充。

对符合受理条件的，仲裁委员会办事机构应填写《立案审批表》，仲

㊀ 《劳动人事争议仲裁办案规则》（2009）于2009年1月1日颁布施行。1993年10月18日原劳动部颁布的《劳动争议仲裁委员会办案规则》和1999年9月6日原人事部颁布的《人事争议处理办案规则》同时废止。

裁委员会或其办事机构负责人应在 7 日内审批并做出决定。决定立案的，应当自做出决定之日内通知申诉人，将申诉书副本送达被申诉人，并告知其在 15 日内提交答辩书和证据。[㊀]决定不立案的，应当自做出决定之日起 7 日内制作不予立案通知书，送达申诉人。

（3）仲裁前的准备

1）组成仲裁庭。仲裁委员会对决定受理的劳动争议案件，应在自立案之日起 7 日内按《劳动争议仲裁委员会组织规则》的规定组成仲裁庭。对事实清楚，案情简单，适用法律、法规明确的案件，可由仲裁委员会指定 1 名仲裁员独任进行。

2）对应当回避的仲裁委员会的成员、被指定的仲裁员、仲裁庭的书记员、鉴定人、勘验人和翻译人员等，做出回避决定。

3）调查取证。仲裁庭人员应认真阅当事人的申诉和答辩材料，调查、收集证据，查明争议事实。对于需要勘验或鉴定的问题，应提交法定部门进行，没有法定部门的，由仲裁员会委托有关部门进行。各地仲裁委员会之间可以互相委托调查，受委托方应当在委托方要求的期限内完成调查。因故不能完成的，应当在要求期限内函告委托方仲裁委员会。



### 4. 劳动争议调解仲裁法

《劳动争议调解仲裁法》（2007）引进了很多保护劳动者的制度，加大了对用人单位的约束，必须引起高度重视，尤其是以下几个方面。

（1）对部分劳动争议仲裁案件实行“一裁终局”制。所谓一裁终局，是指对当事人申请仲裁的法定案件，除另有规定的情况外，劳动争议仲裁机构的仲裁裁决为终局裁决，裁决书自做出之日起发生法律效力。根据

---

㊀ 按照《劳动法》（1994）和相关规章的规定，现行劳动争议仲裁的期限，一般是当事人提出仲裁申请后，从当事人申请到仲裁机构受理是 7 日；劳动争议仲裁机构应当自收到仲裁申请的 60 日内做出仲裁裁决，特殊情况下可以延长 30 日。《劳动争议调解仲裁法》规定：劳动争议仲裁委员会收到仲裁申请之日起 5 日内，认为符合受理条件的，应当受理。仲裁庭裁决劳动争议案件，应当自劳动争议仲裁委员会受理仲裁申请之日起 45 日内结束。案情复杂需要延期的，经劳动争议仲裁委员会主任批准，可以延期并书面通知当事人，但是延长期限不得超过 15 日。逾期未做出仲裁裁决的，当事人可以就该劳动争议事项向人民法院提起诉讼。可见《劳动争议调解仲裁法》规定的仲裁期限为 50 日，如果延长时也不得超过 65 日。在仲裁期限上，较原有规定有所缩短。除此之外，《劳动争议调解仲裁法》还针对有的仲裁机构长时间不做出仲裁裁决已变相剥夺劳动者劳动争议诉讼权利的做法，明确规定：超过上述期限后，如果劳动争议仲裁机构未做出仲裁裁决，当事人可以就该劳动争议事项直接向人民法院提起诉讼。

《劳动争议调解仲裁法》（2007）第 47 条的规定，实行一裁终局的案件包括：①追索劳动报酬、工伤医疗费、经济补偿或者法定赔偿金，不超过当地月最低工资标准 12 个月金额的争议；②因执行国家的劳动标准在工作时间、休息休假和社会保险等方面发生的争议。实行“一裁终局”，有利于当事人尤其是劳动者省去诉讼环节，尽快解决争议。为了保证劳动者的诉权得到实现，《劳动争议调解仲裁法》（2007）还明确规定，对“一裁终局”不服的劳动者，可以自收到仲裁裁决书之日起 15 日内向人民法院提起诉讼。使劳动者在维护自身权益问题上有了法定的选择渠道，便于其根据实际情况采取相应的维权形式。

（2）延长申请劳动争议的时效。由于《劳动法》（1994）在规定申请劳动时效的立法目的是希望受到侵害的劳动者权益得到尽快的维护，规定劳动争议发生之日起 60 日内要提出仲裁申请，超过这一时效当事人即被视作放弃权利。但这导致实践中，不少用人单位想方设法拖延劳动者在发生争议后提出仲裁申请的时间，找各种借口把 60 日的时效拖过，然后再拒绝承担责任的现象，使得劳动者的权益难以得到维护。为此，《劳动争议调解仲裁法》（2007）第 27 条把劳动争议申请仲裁的时效期间规定为一年，为劳动者维护权益留足了时间。

（3）缩短仲裁审理的期限，保护劳动者的合法权益。《企业劳动争议处理条例》（1993）、《劳动法》（1994）等法律规定的仲裁期，一般情况下，仲裁委员会自收到当事人的申请书之日起 74 天才可以结案，最长的审理期限为 104 天。[㊀]这显然违背了方便快捷地解决争议的劳动争议仲裁程序设计的初衷（有的劳动争议仲裁委员会迟迟不组成仲裁庭；或虽组成仲裁庭却迟迟不开庭，劳动者的程序性权利受到了损害）。而且，如果没有仲裁裁决，劳动者的起诉就会被不予受理，十分不利于保护劳动者的合法权益。为提高效率，《劳动争议调解仲裁法》缩短了仲裁审理时限（第 43 条）：“仲裁庭裁决劳动争议案件，应当自劳动争议仲裁委员会受理仲裁申请之日起四十五日内结束。案情复杂需要延期的，经劳动争议仲裁委员会主任批

---

㊀ 《企业劳动争议处理条例》（国务院令第 117 号，1993）第 25 条规定：“仲裁委员会应当自收到申请书之日起七日内做出受理或者不予受理的决定。仲裁委员会决定受理的，应当自做出决定之日起七日内将申诉书的副本送达被诉人，并组成仲裁庭；决定不予受理的，应当说明理由……” 第 32 条规定：“仲裁庭处理劳动争议，应当自组成仲裁庭之日起六十日内结束。案情复杂需要延期的，经报仲裁委员会批准，可以适当延期，但是延长的期限不得超过三十日。”《劳动法》（1994）规定，仲裁裁决一般应在收到仲裁申请的 60 日内做出，经批准可延期 30 日。

准，可以延期并书面通知当事人，但是延长期限不得超过十五日。逾期未做出仲裁裁决的，当事人可以就该劳动争议事项向人民法院提起诉讼。”大大缩短了审理期限，防止推诿和久拖不决的现象，减少了劳动者维权的时间成本，更有利于及时保护劳动者的合法权益。

（4）加大了用人单位的举证责任。在劳动争议处理实践中，有些用人单位拒绝提供对自己不利的相关证据，以逃避其应当承担的法律责任；而劳动者则因为没有掌握涉及劳动争议事项的相关证据，而使自己陷于不利的境地。针对这种情形，《劳动争议调解仲裁法》（2007）第 6 条明确规定：发生劳动争议，当事人对自己提出的主张，有责任提供证据。但与争议事项有关的证据属于用人单位掌握管理的，用人单位应当提供；用人单位不提供的，应当承担不利后果。

（5）劳动者可依调解协议书向法院申请支付令。支付令是人民法院对拒不履行法定义务的当事人所采取的一种督促程序。在劳动争议的处理过程中，由于拖欠劳动报酬、工伤医疗费、经济补偿或者赔偿金事项都是与劳动者的基本生活联系在一起的，如果这些费用得不到保证，会直接影响劳动者的基本生活水平，引发社会问题和不稳定因素。而用人单位和劳动者对此达成调解协议、签订了调解协议书，实际上说明用人单位已经做出了相应的承诺，认可了应当承担的法律责任。因此，《劳动争议调解仲裁法》（2007）第 16 条规定，在用人单位不履行签订的调解协议书时，明确规定劳动者可以直接申请支付令，从而为劳动者保护权益多提供了一条维权渠道。

（6）对部分事实已经清楚的案件可以就该部分先行裁决。先行裁决是指劳动争议仲裁庭在仲裁过程中对部分事实已经清楚的案件先行做出仲裁裁决，通过行使部分裁决权做出的裁决，从性质上来说与最终裁决的效力是一样的，具有同样的法律效力。由于在劳动争议案件中，通常情况下当事人对权利的期待非常迫切，有的还可能因争议的发生而影响了基本生活（大多数劳动争议案件集中于劳动报酬、福利待遇、经济补偿和赔偿，以及工资的拖欠或克扣等涉及劳动者切身利益的问题），急需仲裁程序能够尽快结束以使其权利能够得到实现。而且，当事人向劳动争议仲裁委员会申请仲裁，通常都有几个仲裁请求。尽管案件的审理进行了一段时间，但由于种种原因的限制，仲裁庭对于劳动争议仲裁申请人各项仲裁请求相关的事实，尚难以全部查清，不能一次对所有的仲裁请求做出裁决。为了防止仲裁过分迟延，及时保障当事人的合法权益，可以对一部分已经查明事实的

请求尽快裁决，其他仲裁请求待相关事实进一步查明后，通过后续裁决解决。[⊖]

（7）劳动者申请先予执行的，可以不提供担保。根据《民事诉讼法》（2006）的规定，当事人申请先予执行时，人民法院可以责令申请人提供担保；申请人不提供担保的，驳回申请。《劳动争议调解仲裁法》（2007）根据劳动关系的特殊情形，对此进行了变更，规定劳动者申请先予执行的，可以不提供担保。这是因为劳动者是劳动关系中的弱者，之所以要申请仲裁或者提起诉讼，也往往是迫于无奈，被用人单位逼到不得不如此的地步。一般情况下，劳动者在申请仲裁时，劳动报酬、医疗费、经济补偿或赔偿金等已经有一段时间没有拿到了，生活已经发生了困难。在此艰难情形下，如果还让劳动者提供担保，劳动者是难以完成的；如果因为劳动者不能提供担保，而取消了劳动者申请先予执行的权利，会让已经生活困难的劳动者雪上加霜。因而，规定劳动者申请先予执行可以不提供担保，是符合我国劳动关系实际情况的，也将是缓和劳动关系矛盾的一种有效方式。

（8）对劳动争议仲裁不收费。在劳动争议立法征求意见的过程中，绝大多数劳动者都要求劳动争议的处理制度应当实行或裁或审，其中一个重要原因就是劳动争议仲裁是劳动争议案件处理的必经程序，劳动者往往要在仲裁阶段交纳比法院高得多的仲裁费用。但是，如果劳动争议案件没有经过仲裁这个阶段，法院则会以未履行法定仲裁程序为由不予受理，从而使得劳动者希望越过仲裁，希望直接提起诉讼。而劳动争议案件的处理如果实行或裁或审，当事人就可以少交许多费用。对此，《劳动争议调解仲裁法》（2007）第53条明确规定劳动争议仲裁不收费。目的在于使广大劳动者认同仲裁制度，为劳动争议仲裁制度在劳动争议的处理中发挥重要作用提供有利的基础。

---

⊖ 仲裁庭在仲裁程序中已经做出的部分裁决，约束其在以后的裁决中不得对该已做出的裁决部分的结果进行变更。先行裁决是在仲裁权行使过程中先行做出的，因此，在对争议事项作最后裁决时，也不得对在部分裁决中的事项再进行裁决。另外，先行裁决与最后裁决的内容不能相互矛盾，而应保持一致。先行裁决不同于中间裁决。中间裁决通常是指有关程序问题和证据问题的裁决，这些问题通常是通过程序命令或指令的形式加以处理，以确立当事人所遵循的程序，严格说来，这些程序命令或指令还不属裁决范畴，它不能等同于最后裁决，也不可能由法院宣布其是可执行的。但不管是中间裁决还是部分裁决，其效力是一样的。

## 9.2.2 案例剖析

**案例 9-2**

### 劳动仲裁时限案

申诉人夏先生与被申诉人上海虹桥高尔夫俱乐部有限公司（以下简称虹桥高尔夫公司）存在事实劳动关系。2000 年 1 月，虹桥高尔夫公司董事长杨先生向夏先生出具《承诺书》，委托夏先生处理罗丹别墅二期、三期工程招商、参建事务，承诺如完成工作将在工程验收通过后 1 个月内将一套 400 平方米的别墅奖励给夏先生。上述工程于 2002 年 10 月、2003 年 3 月通过竣工验收后，杨先生未履行承诺，并自 2004 年 2 月起拒绝支付夏先生工资。2004 年 4 月，虹桥高尔夫公司以委请处理的工作已经完成为由，通知夏先生终止劳动关系。后夏先生申请劳动仲裁，因虹桥高尔夫公司不服劳动仲裁裁决遂起诉至法院。

**法院判决**

原一审法院审理后，以夏先生申请劳动仲裁超过法定期限，虹桥高尔夫公司董事长杨先生做出前述承诺时并非被申诉人的法定代表人、不能代表公司等为由，判决虹桥高尔夫公司无须交付夏先生别墅一套（时价已达一千万元左右）。夏先生不服提出上诉，二审法院判决驳回上诉，维持原判。闵行区检察院接到申诉审查后认为，系争别墅是夏先生完成特定工作任务后虹桥高尔夫公司应给予的物质奖励，属劳动报酬性质。按照我国劳动法律及相关规定，劳动者追索劳动报酬，用人单位明示拒绝或者承诺另行支付劳动报酬期限已届满的，自此计算仲裁申请期限。原审时，没有证据证明虹桥高尔夫公司明确表示拒绝交付别墅，应认定双方劳动争议尚未发生。夏先生在被解除劳动关系后申请仲裁，要求被申诉人交付别墅，并未超过申请仲裁的法定期限，原生效判决适用法律存在错误，此案经闵行区检察院向上级检察机关建议提请抗诉。7 月 11 日，经上海市一中院再审主持调解，双方当事人自愿达成和解协议，虹桥高尔夫公司支付夏先生应得劳动报酬人民币 268 万元。■

## 9.3 化解争议途径之三：诉讼

劳动争议诉讼，是指人民法院对当事人不服劳动争议仲裁机构的裁决或决定而起诉的劳动争议案件，依照法定程序进行审理和判决，并对当事人具有强制执行力的一种劳动争议处理方式。

劳动争议仲裁是劳动争议诉讼的法定前置程序，即“先裁后审”制：

劳动争议当事人须首先将争议提交劳动仲裁机构进行仲裁。仲裁裁决后，如对仲裁裁决不服的，应在收到裁决书后15日内向人民法院起诉，未经仲裁而直接向人民法院起诉的，人民法院不予受理。劳动争议仲裁和劳动争议诉讼的差异如下。

（1）性质不同。劳动争议仲裁具有行政和司法双重特征。行政特征是指仲裁机构具有三方特征（由劳动行政部门的代表、同级工会代表和用人单位方面的代表组成），同时在方针、政策、规章等方面接受劳动行政部门的领导。司法特征是指劳动争议仲裁具有一定的裁制权，仲裁机构所做出的裁决书在当事人未于法定期间内起诉的情况下即产生法律强制执行力。劳动争议诉讼仅有司法性质。

（2）依据不同。劳动争议仲裁的法律依据主要是《劳动法》（1994）和《劳动争议调解仲裁法》（2007）。劳动争议诉讼的法律依据主要是《民事诉讼法》（2006）。

（3）原则不同。劳动争议仲裁的原则一般有，先行调解原则、少数服从多数原则和民主原则等。而劳动争议诉讼的原则是，以事实为依据；以法律为准绳。

（4）程序不同。劳动争议仲裁实行一审，仲裁裁决做出并送达后，仲裁程序即终结，如当事人对裁决不服，不能向上一级仲裁机构再行申请，而只能向人民法院起诉进入诉讼程序。劳动争议诉讼有二审，诉讼一审结束后，如对一审的判决不服，当事人可向上一级法院上诉，二审法院应对一审法院判决所认定的事实和适用的法律进行全面审查。

（5）审限不同。劳动争议仲裁的审限为自立案之日起60日，案情复杂须延期的，报批后可最长延期30日。劳动争议诉讼一审的审限为，普通程序自立案之日起6个月，报院长批准可延长6个月；简易程序3个月。诉讼二审的审限为自立案之日起3个月，可报批延长。

（6）效力不同。劳动争议仲裁的裁决做出后，如果当事人未在收到裁决之日起15日内起诉，则裁决发生法律效力。如果当事人在此期间内向法院提起了诉讼，则仲裁裁决不发生法律效力，法院从头另行全面独立审理。

（7）收费不同。劳动争议仲裁和劳动争议诉讼的受理费虽然都是最终由败诉方承担，但收费标准不同。劳动争议仲裁受理费没有全国统一标准，由各地根据当地实际情况制定，比如上海为300元；而劳动争议诉讼受理费则有全国统一标准为50元。

（8）当事人称谓不同。劳动争议仲裁中的当事人分别称为：申诉人、被申诉人、第三人。劳动争议诉讼中的当事人则在一审时被称为原告、被告和第三人，在二审时被称为上诉人、被上诉人、第三人。

## 思考题

《劳动法》（1994）第 77 条规定了我国劳动争议的 4 种解决途径，即协商、调解、仲裁和诉讼，它们的适用范围和原则有何不同？企业如何有效地应用它们解决劳动纠纷？

# 第10章

# 用工方式管理

## 学习目标

- 掌握劳动派遣关系中的三方之间的权利、义务与责任；
- 掌握劳动关系与劳务关系的异同点；
- 明晰非全日制用工制度的特殊性。

在日益复杂多变的竞争环境中，企业需要具备柔性化能力，以提高市场适应能力。企业柔性化能力在人力资源管理中的表现之一就是采用灵活的用工方式。

我国《劳动法》（1994）规定的用工形式分为两种，即全日制用工和非全日制两种。《劳动合同法》（2007）又增加了劳务派遣这种新的劳动用工方式。

全日制用工方式，是最常见的规定劳动时间（每天工作时间）、劳动期限（劳动合同期限）的工作方式。这种用工方式具有稳定性和持久性，对企业培养人才、调动员工积极性、形成企业凝聚力有利，对劳动者而言具有保障性、稳定性和发挥个人能力的益处。

非全日制用工方式，是指以小时计酬为主，劳动者在同一用人单位一般平均每日工作时间不超过4小时，每周工作时间累计不超过24小时的用工形式。这种方式主要包括钟点工以及一些兼职工作。例如，企业在节假日聘请的临时促销员，小企业聘用的兼职会计等，其用工方式即为非全日制用工。

劳务派遣，是根据用人单位的需要，由劳务派遣公司根据企事业单位岗位需求派遣符合条件的员工到用人单位工作的全新的用工方式，其主要特点是：劳务派遣公司与劳动者签订劳动合同，建立双方劳动关系；用人单位与派遣公司签订劳务合作协议书，与劳动者没有劳动关系；它实现员工的服务单位和管理单位分离，形成“用人不管人、管人不用人”的新型用工机制。

此外，还有一种间接用工方式，即业务外包方式。业务外包是指企业将一些非核心的、次要的或辅助性的功能或业务外包给企业外部专业服务机构，利用它们的专长和优势来提高企业的整体效率和竞争力，而自身仅专注于企业具有核心竞争力的功能和业务的一种管理模式。由于业务外包是一种间接用工方式，企业与承包单位间只是民事合同关系，双方使用《合同法》（1999）来确立彼此之间的权利与义务，与劳动法无关，故本书不予讨论。



## 10.1 劳务派遣

### 10.1.1 法理精解

劳务派遣在我国又称为“劳动派遣”，是指派遣单位（劳务公司）与派遣劳工（劳动者）建立劳动关系，而后将派遣劳工到用工单位，派遣劳工在用工单位的指挥监督下给付劳务的一种用工形式。劳务派遣最显著的特征是劳动力的雇用和使用的分离。

劳务派遣体系是由派遣单位、用工单位和派遣劳工三方既相互联系又相互独立组成的一种劳动和人事的共同体。简单地说就是：派遣单位与用工单位签订《劳务派遣合同》，派遣单位向用工单位派遣劳工并与派遣劳工签订《劳动合同》，派遣劳工为用工单位提供劳动，用工单位监督、指导派遣劳工劳动，用工单位向派遣单位支付相关费用，派遣单位支付派遣劳工工资的一种用工形式。

劳务派遣是一种灵活的用工方式，可以解决我国的就业难题，同时也为构建和谐社会起到促进作用。但是，由于目前立法尚不完善，对劳务公司的设立条件、退回机制、责任承担等无明确规定，导致实务中用工单位随意退回劳动者、派遣单位随意召回劳动者，或与之解除劳动合同的现象时有发生，从而引发劳动纠纷。

建议在劳务派遣过程中，派遣单位和用人单位各自依照双方合作协议中的约定责任、权利和义务对派遣员工实施管理。派遣单位与用工单位双方签订的合作协议中，应当包括劳务派遣企业与员工签订劳动合同条款应包括有关员工工作岗位、工时制度、工资待遇、社会保险、劳动纪律、劳动保护和劳动条件等内容。用人单位在劳务派遣过程中，应当按照与派遣单位签订的合作协议对员工进行使用、管理和考核，并按照双方约定的员工日常管理流程与派遣单位保持经常性的沟通；作为派遣单位应当对用人单位对员工的使用情况和派遣员工在用人单位的工作情况进行全方位跟踪，并配合用人单位作好派遣员工的管理和教育工作见表 10-1。



**表 10-1　劳动者的风险规避措施**

| 办理项目 | 注意事项 |
| --- | --- |
| • 与劳务派遣单位签订劳动合同 | 1. 派遣单位与被派遣劳动者之间存在劳动法律关系，应签订劳动合同<br>2. 劳动合同除载明必备条款外，还应载明被派遣劳动者的用工单位以及派遣期限、工作岗位等情况<br>3. 劳动合同签订后，劳动者可享受工资待遇（包括劳动者在无工作期间，劳务派遣单位应当按照所在地政府规定的最低工资标准按月发放工资）、社会保险待遇以及解除劳动合同时要求支付经济补偿金等 |
| • 要求劳务派遣单位出具解除劳动合同的理由，保留相关证据 | 劳务派遣单位与劳动者解除劳动合同有限制：只有符合《劳动合同法》第 39 条、第 40 条第 1 ~ 2 项规定情形，用工单位退回劳动者的，劳务派遣单位才可与劳动者解除劳动合同。（劳动者可以要求劳务派遣单位出具解除劳动合同的理由；若劳务派遣单位违法解除被派遣劳动者的劳动合同，可以要求继续履行合同或要求支付经济补偿金或赔偿金。） |
| • 收集歧视证据 | 《劳动合同法》第 62 条规定的用工单位的义务包括：提供相应的劳动条件和劳动保护；支付加班费、绩效奖金，提供与工作岗位相关的福利待遇；培训等。被派遣劳动者享有同工同酬权，若遇到身份歧视，同工不同酬现象，劳动者应注意证据的收集，以便将来维护自身利益 |
| • 要求用工单位出具退回的原因及条件，作为证据保留 | 被派遣劳动者有《劳动法》（1994）第 39 条、第 40 条第 1 ~ 2 项规定情形的，用工单位可以将劳动者退回劳务派遣单位。用工单位在退回劳动者时，应当向劳动者说明理由；劳动者应当签收并确认公司退回劳动者的理由是否成立，如果不成立，有权要求继续履行合同 |

## 10.1.2　案例剖析

**案例 10-1**

A 公司下属工程部的王先生在 1999 年 11 月从职业介绍部门招用谭先生为该工程部的职工做中饭。谭先生的工作主要由王先生负责安排，谭先生将日常采买的花费情况记录在册，定期向王先生进行汇报。在此期间，A公司从未与谭先生签订过劳动合同。从2005年开始，王先生要求谭先生除了每天负责做饭外，还负责打扫工程部的环境卫生，谭先生每月以现金形式领取报酬500元，但工程部没有为谭先生记录过每天工作的时间，仅要求谭先生保证职工中午吃饭，及负责打扫办公区域卫生。2006年10月8日工程部负责人口头通知谭先生停止工作，但未告知理由，也没有向谭先生支付任何补偿，双方因此产生争议。谭先生诉至仲裁委，要求A公司支付相当于8个月工资的解除劳动关系经济补偿金，同时支付50%的额外经济补偿金。A公司否认与谭先生存在劳动关系，主张谭先生在工程部做饭及打扫卫生属于公司下属工程部王先生的个人行为，与公司无关。并让王先生出庭作证，王先生到庭说明，谭先生大约在1999年年底由本人带到工程部，由几个职工共同出资雇用谭某为他们做饭并每月由个人集资向其支付劳动报酬，不是由A公司安排的。

**法理分析**

本案涉及的法律问题较多，但最主要的还是劳动关系与劳务关系的甄别。本案中，谭先生提供劳务的场所是公司，其服务主体是公司而非个人，并且其每天固定提供劳动，长达7年之久，是一种长期和稳固的用工关系，属于非全日制用工，是劳动关系。■



## 10.1.3 合同范本[⊖]

---

**劳务派遣劳动合同书**

**（本合同仅适用劳务派遣劳动者）**

甲方（用人单位）名称：

单位劳动保障代码：

法定代表人：　　　　　邮编：

甲方注册登记地址：

乙方（劳动者）姓名：　　　个人劳动保障代码

居民身份证号码：

户口所在地：　　　　户口性质：

现居住地址：　　　　　　　　　邮编：

联系方式

依据《劳动法》、《劳动合同法》以及有关法律、法规、规章的规定，甲乙双方遵循合法、公平、平等自愿、协商一致、诚实信用的原则，签订

⊖ 无锡市劳务派遣劳动合同书，无锡市劳动和社会保障局制（二〇〇八年一月），资料来源：http://www.51labour.com/zhuanti/labour_model/

本合同。

一、合同期限

经甲乙双方协商，签订二年以上的固定期限合同，从________年____月____日起至________年____月____日止。

二、派遣单位、派遣期限

（一）经甲乙双方协商约定，甲方派遣乙方到______________________单位工作。

（二）派遣期限为_____个月，从______年___月___日起至______年___月___日止。

三、工作内容、工作地点

（一）乙方同意根据用工单位的工作需要，安排其在________________岗位（工种）工作。乙方应按时完成劳动任务，并达到用工单位规定的质量标准。

（二）乙方的工作地点为________________________________________。

四、工作时间和休息休假

（一）经甲乙双方协商，乙方同意根据用工单位工作需要执行下列________种工时工作制。

A. 标准工时制。具体工作时间为__________________________________

B. 综合计算工时工作制。

C. 不定时工作制。

注：实行综合计算工时或不定时工作制的，要经当地劳动保障行政部门批准。

（二）甲方有义务督促用工单位严格执行国家及地方有关休息休假规定，保障乙方休息休假的权益。

五、劳动报酬

（一）经甲乙双方协商一致，乙方同意本人工资执行下列____条款。

A. 乙方的工资按照用工单位依法制定的工资分配办法确定。

B. 甲乙双方协商约定月工资________________元。

C. 用工单位实行计件工资制。甲方有义务监督用工单位在确定乙方的劳动定额应当是用工单位同岗位百分之九十以上劳动者在法定工作时间内能够完成的，乙方在法定工作时间内按质完成定额，甲方按照约定的定额和计件单价，根据乙方的业绩，按时足额支付乙方的工资报酬。

D. 其他形式__________________________________________________。

（二）甲方于每月________日之前以货币形式支付乙方工资。乙方在法定工作时间内提供正常劳动的情况下，享有最低工资保障。

（三）用工单位依法安排乙方加班的，应按照法律、法规规定安排补休或支付加班工资。甲乙双方约定加班工资计发基数的月标准为______元。

（四）合同期内乙方无工作期间，甲方按照所在地最低工资标准按月向乙方支付报酬。

（五）甲方不得克扣用工单位按照劳务派遣协议支付给乙方的劳动报酬。甲方不得向乙方收取费用。

（六）甲方跨地区派遣乙方的，乙方的劳动报酬按照用工单位所在地的标准执行。

六、社会保险和福利

（一）甲乙双方严格按照国家及地方有关规定，参加社会保险，按时足额缴纳各项社会保险费，其中，依法应由乙方缴纳的部分，由甲方从乙方的工资中代扣代缴。

（二）乙方按规定享受法律、法规、规章确定的社会保险和福利待遇。

七、劳动保护、劳动条件和职业培训

（一）甲方对可能产生职业病危害的岗位，应当向乙方履行如实告知的义务，并对乙方进行劳动安全卫生教育，防止劳动过程中的事故，减少职业危害。

（二）甲方应会同用工单位共同为乙方提供符合国家规定的劳动安全卫生条件和必要的劳动保护用品，安排乙方从事有职业危害作业的，应定期为乙方进行健康检查。

（三）乙方在劳动过程中必须严格遵守安全操作规程。乙方对甲方管理人员违章指挥、强令冒险作业，有权拒绝执行。

（四）甲方应会同用工单位共同按照国家有关女职工、未成年工的特殊保护规定，对乙方提供保护。

（五）乙方患病或者非因工负伤的，甲方执行国家关于医疗期的规定。

（六）甲方应会同用工单位共同执行国家就业准入和职业资格证书制度，对乙方进行职业培训，不断提高乙方的职业技能。

八、劳动合同的变更

因乙方派遣期满或其他原因被用工单位退回甲方的，甲方可以对其重新派遣，乙方同意重新派遣的，甲乙双方应签订变更协议，确认派遣单位、派遣期限、工作地点、工作岗位、工作时间和劳动报酬等内容。

九、劳动合同解除

（一）经双方协商一致，劳动合同可以解除。

（二）乙方有下列情况之一，被用工单位退回的，甲方可以解除本合同：

1. 严重违反用工单位依法制定的规章制度的；

2. 严重失职，营私舞弊，给用工单位造成重大损害的；

3. 乙方同时与其他用人单位建立劳动关系，对完成用工单位的工作任务造成严重影响的，或者经甲方提出，乙方拒不改正的；

4. 因乙方以欺诈、胁迫的手段或者乘人之危，使甲方在违背真实意思的情况下订立或者变更劳动合同，而致使劳动合同无效的；

5. 被依法追究刑事责任的。

（三）乙方符合下列情形之一，被用工单位退回的，甲方可以解除劳动合同，但应当提前三十日以书面形式通知乙方或者额外支付乙方一个月工资：

1. 乙方患病或非因工负伤，医疗期满后，不能从事原工作也不能从事由甲方另行安排的工作的；

2. 乙方不能胜任工作，经过培训或者调整工作岗位，仍不能胜任工作的；

（四）有下列情形之一的，乙方可以解除劳动合同；

1. 用工单位未按照劳动合同约定提供劳动保护或者劳动条件的；

2. 甲方未及时足额支付乙方工资的；

3. 甲方未依法为乙方缴纳社会保险费的；

4. 用工单位的规章制度违反法律、法规的规定，损害乙方权益的；

5. 甲方违反《劳动合同法》第二十六条第一款规定的情形致使劳动合同无效的；

6. 法律、行政法规规定乙方可以解除劳动合同的其他情形。

用工单位以暴力、威胁或者非法限制人身自由的手段强迫乙方劳动的，或者违章指挥、强令冒险作业危及乙方人身安全的，乙方可以立即解除劳动合同，不需事先告知甲方。

（五）劳动合同期限届满，劳动合同即终止，经甲乙双方协商同意，可以续订劳动合同。

十、双方约定的其他事项

---

十一、法律责任

（一）劳动合同一经订立，即具有法律约束力，双方应当依法履行劳动合同。

（二）甲方违反《劳动合同法》规定解除或者终止劳动合同，乙方要求继续履行劳动合同的，甲方应当继续履行；乙方不要求继续履行劳动合同或者劳动合同已经不能继续履行的，甲方应当依照《劳动合同法》第八十七条规定向乙方支付赔偿金。

（三）甲方违反《劳动合同法》或者本合同约定的条件解除劳动合同或由于甲方原因订立无效的劳动合同，给乙方造成损害的，应按损失程度向乙方承担赔偿责任。

（四）乙方违反本合同约定的条件解除劳动合同或者违反本合同约定的保密义务或者竞业限制事项，给甲方造成经济损失的，应按损失的程度依法承担赔偿责任。

十二、其他事项

（一）甲乙双方因履行本合同发生的劳动争议，当事人可以向本单位劳动争议调解委员会申请调解；调解不成，当事人一方要求仲裁的，可以向劳动争议仲裁委员会申请仲裁。当事人一方也可以直接向劳动争议仲裁委员会申请仲裁。

（二）甲方应如实将与用工单位签订的劳务派遣协议内容告知乙方。

（三）劳动合同期内，乙方户籍所在地、现居住地址、联系方式等发生变化，应当及时告知甲方。

（四）本合同未尽事宜，按国家有关规定执行。

（五）本合同不得代签和涂改，经甲乙双方签字或盖章后生效。双方另有约定的，从其约定。本合同一式两份，甲乙双方各执一份。

（六）本合同附件包括：＿＿＿＿＿＿＿＿＿＿＿＿＿＿＿＿＿＿＿＿。

甲方（盖章）：　　　　　　　　乙方（签名）：

法定代表人或委托

代理人（签名）：

年　月　日　　　　　　　　　　年　月　日

## 10.2 劳务关系与劳动关系

### 10.2.1 法理精解



劳务关系是一种传统的社会经济关系，是指两个或两个以上的平等主体之间，依据民事法律规范，一方向另一方提供劳务，另一方依约支付劳务报酬的一种权利义务关系。一般包括承揽、承包、运输、技术服务、委托、信托和居间等。

劳动关系是我国劳动法调整的对象，劳动者除了受一般民法保护外，还受劳动法律的特别保护。依据《关于确立劳动关系有关事项的通知》（劳社部发［2005］12号）第1条的规定：用人单位招用劳动者未订立书面劳动合同，但同时具备下列情形的，劳动关系成立：①用人单位和劳动者符合法律、法规规定的主体资格；②用人单位依法制定的各项劳动规章制度适用于劳动者，劳动者受用人单位的劳动管理，从事用人单位安排的有报酬的劳动；③劳动者提供的劳动是用人单位业务的组成部分。这一规定对劳动关系做出了较为明确的界定。从上述规定看，劳动关系的构成要件包括3个要素：主体资格、从属关系、劳动性质。劳动关系与劳务关系的主要区别如下。

（1）主体资格不同。劳动关系的双方主体具有特定性（《劳动合同法》第2条），一方是用人单位，另一方必然是劳动者。用人单位是指与劳动者建立起劳动关系的国家机关、事业单位、社会团体、企业、个体经济组织或民办非企业；劳动者是指符合劳动年龄条件，具有劳动权力和劳动行为能力的自然人。

劳务关系的主体类型较多，其主体不具有特定性，可能是两个平等主体，也可能是两个以上的平等主体；可能是法人之间的关系，也可能是自然人之间的关系，还可能是法人与自然人之间的关系。此外，法律法规对劳务提供者主体资格的要求，不如对劳动关系主体要求的那么严格。

（2）主体地位不同。在建立劳动关系之后，劳动者与用人单位双方地位不平等，不仅存在财产关系，还存在着领导与被领导的行政隶属关系。劳动者作为用人单位的成员，除提供劳动之外，还要接受用人单位的管理，遵守其规章制度，从事用人单位分配的工作和服从用人单位的人事安排等。

反映的是一种稳定、持续的生产资料、劳动者与劳动对象相结合的关系。

劳务关系是平等主体之间的合同关系。劳动者提供劳务服务，用人单位支付劳务报酬，不提供保险、福利等待遇，不存在人身隶属关系。在劳务关系中，双方是平等的民事权利义务关系，劳动者提供劳务服务，用人单位支付劳务报酬，彼此之间只体现财产关系，不存在行政隶属关系。二者关系往往呈“临时性、短期性、一次性”等特点。

（3）当事人权利义务不同。在劳动关系中，劳动者与用人单位之间存在一般义务外，还存在附随义务，如用人单位应当为劳动者办理社会保险，劳动风险由用人单位承担，劳动者应当遵守用人单位的内部规章制度等。劳务关系中却不存在这些附随义务。二者区别具体表现在以下几个方面。

1）报酬、社会保障待遇上，劳动关系中的劳动者除获得工资报酬外，还有保险、福利等待遇，这是法律对用人单位承担义务的确定性规范。因此，如果劳动者在劳动过程中受到了意外伤害或者患职业病，劳动者属于工伤事故，劳动风险完全由用人单位承担；而劳务关系中的自然人一般只获得劳动报酬，工作风险一般由提供劳务者自行承担，但由雇工方提供工作环境、工作条件和法律另有规定的除外。

2）报酬支付的原则上，劳动关系由于受国家干预较多，双方处于不平等的地位，用人单位向劳动者支付的工资须遵循按劳分配、同工同酬的原则，且必须遵守当地有关最低工资标准的规定；而在劳务关系中，双方地位平等，一方当事人向另一方支付的报酬完全由双方协商确定，但不得违背民法中平等、公平、等价有偿和诚实信用等原则。

3）报酬支付形式上，《劳动合同法》（2007）第30条规定：“用人单位应当按照劳动合同的约定和国家的规定，向劳动者及时足额支付劳动报酬。”一般来说，用人单位支付的劳动报酬多以工资的方式定期支付给劳动者，有一定的规律性；而劳务关系的报酬支付由双方约定，往往一次性即时结清或按阶段支付。

4）用人单位对劳动者违章违纪处理权上，在劳动关系中，若职工严重违反用人单位劳动纪律和规章制度，或存在严重失职、营私舞弊等行为，用人单位有权依据其依法制定的规章制度解除劳动合同，或者对当事人给予警告、记过、降职等处分。而在劳务关系中，单位也有对劳动者不再使用的权利，或要求当事人承担一定的经济责任，但不包括对其给予其他纪律处分等形式。

（4）承担的法律责任不同。表现在以下几个方面：①对外责任的区别，劳动关系中，劳动者作为用人单位的一员，以用人单位的名义进行工作，因劳动者的过错导致的法律责任由用人单位承担。而劳务关系中，一般由提供劳务的一方独立承担法律责任。②相互责任的区别，在劳动关系中，若不履行、非法履行劳动合同，当事人不仅要承担民事责任，而且还要负行政责任，如经济补偿金、赔偿金、劳动行政部门给予用人单位罚款等行政处罚。在劳务关系纠纷中，当事人之间违反劳务合同的约定，可能产生的责任一般是违约和侵权等民事责任，无行政责任。



（5）国家干预程度不同。劳动关系中，用人单位与劳动者双方地位的不平等，导致用人单位欺凌劳动者的现象时有发生，为了更好保护劳动者的合法权益，《劳动合同法》（2007）以强制性法律规范规定了用人单位的各项义务，如各类保险金的缴纳、最低工资、最高工时、保障劳动者的劳动安全与卫生等强制性义务；而劳务关系作为一种民事关系，以私法自治为原则，尊重当事人真实意思表示，受国家干预程度低。因此，除违反国家法律、法规等强制性规定外，当事人可以基于合同自由原则对合同条款充分协商，法律不予干预。

（6）适用法律不同。劳动关系是我国劳动法的调整对象，其发生的纠纷是用人单位与劳动者之间在劳动过程中的纠纷，其产生、变更、终止及纠纷解决均应适用《劳动合同法》（2007）相关的规定，若劳动法律没有规定的，可以适用民法。此外，根据《劳动合同法》（2007）的规定，建立劳动关系必须签订书面劳动合同；而劳务关系是平等主体之间的财产关系，其纠纷是平等主体之间在履行合同中所产生的纠纷，应适用《民法通则》（1986）和《合同法》（1999）进行规范和调整。建立劳务关系时，当事人可以双方协商确定是否须签订书面劳务合同，法律对此不加干涉。

（7）纠纷解决途径不同。因劳动关系发生的争议，必须先经过劳动争议仲裁委员会的仲裁，劳动仲裁是民事诉讼的前置程序，未经仲裁不得诉讼。劳动争议申请仲裁的时效期间为一年。仲裁时效期间从当事人知道或者应当知道其权利被侵害之日起计算，且适用中止和中断；因劳务关系发生争议后，当事人可以协商解决，也可以直接至法院起诉，不需要先经过劳动仲裁程序。

此外，还要避免以下两个误解。

（1）误认为两者的区别应以书面形式为准。劳动关系应当以书面形式确立，这是劳动者和用人单位建立劳动关系的唯一合法形式。如果没有订立书面合同，可以认定为劳务关系，因为劳务关系既可以以书面形式，也可以以其他形式确立。但在实践中，实际上形成劳动关系但又缺乏书面合同的现象大量存在。如用人单位招新职工时，双方并未签订书面劳动合同，只是口头约定。因此，仅以书面形式作为判断劳动关系与劳务关系的唯一区别，把尚未签订劳动合同但实际上形成劳动关系的这类事实一律归结为劳务关系不客观。应结合实际，依据劳动社会保障部《关于确立劳动关系有关事项的通知》（劳社部发［2005］12号）做出合理判断，虽然双方没有签订书面劳动合同，如果符合成立劳动关系的相关要件，仍应当认定为事实劳动关系。

（2）误认为二者的区别应以所签订合同的名称为准。实践中一些用人单位为了逃避应当承担的责任和义务，在与劳动者建立劳动关系时，欺骗本单位职工，签订劳务合同，混淆视听。用人单位与劳动者签订的所谓劳务合同，是为了逃避应当承担的责任和义务，是以合法形式掩盖其非法目的，严重侵犯了劳动者的合法权益，当属无效民事行为。民事行为部分无效，不影响其他部分的效力的，其他部分仍然有效。因此，双方签订的合同名称无效，不影响劳动关系的认定，双方签订的合同仍然是劳动合同，双方行为应受劳动合同法调整。



## 10.2.2 案例剖析

**案例 10-2**

### 劳务合同与劳动合同纷争

1997年1月，袁某所在村（以下称乙方）与该市某国有企业（以下称甲方）签订了为期一年的“劳务协议书”。该协议书约定，乙方派务工人员30名（袁某列在其中）到甲方从事装卸、搬运、绿化等工作；甲方按乙方务工人员的实际出勤天数计发工资（男工每天6.50元）并于当月将务工人员工资汇至乙方，由乙方发放；还以务工人员月工资总和30%的比例，当月付给乙方作为劳动保护费用、工具费、医疗费、病伤假工资、伤残工资、死亡抚恤金及善后处理等有关全部费用；甲方不再承担任何费用和经济责任。1997年11月，袁某在甲方某车间配合车间加工部件的搬运过程中，受重伤。事后甲方为治疗袁某的伤，在随后的9个月中支付医疗费5万余元。1998年10月，袁某要求甲方落实工伤保险待遇时与企业发生争议，袁某向当地劳动争议仲裁委员会提出申诉。劳动争议仲裁委员会裁决驳回袁某的申诉请求。

**法理分析**

本案中甲乙双方所签订的为期一年的“劳动协议书”系劳务合同而非劳动合同。袁某作为乙方输出到甲方的务工人员，袁某与甲方之间并无劳动关系，而是平等的民事主体。因此，袁某在甲方务工期间发生工作，其待遇应由劳务合同当事人按照“劳务协议书”约定的内容协商解决。如果协商不成，可直接诉于人民法院。■

**案例 10-3**

### 邮政局与代办员间的劳务关系

黄先生从 1999 年 11 月起在某县邮政局下辖的乡邮政所从事邮政投递业务，双方仅约定黄先生在邮政局规定时间内从事收送邮件和报刊、接邮车、揽储、商品分销、代收话费等工作。邮政局为黄先生提供了固定办公场所，发放了工作证牌、工作服及在银行开设的工资账号并发放了固定的工资报酬，但未为黄先生办理社会保险。工作期间，黄先生在工作中因表现突出，获得了邮政局“优秀投递员”、“先进代办员”的表彰奖励。2008 年 7 月 21 日，黄先生向县劳动争议仲裁委员会申请仲裁，申请确认他与邮政局之间存在劳动关系。县劳动争议仲裁委员会裁决驳回申请人仲裁申请请求，黄先生不服，遂向法院起诉。

**法院判决**

法院认为，首先，黄先生与邮政局之间无身份上的隶属关系。其次，黄先生与邮政局不具备劳动关系的其他实质特征。再次，代办业务是委托合同履行的一种方式。从代办业务履行情况看，邮政局为黄先生发放工作牌号、工资卡以及荣誉证书等，这些是双方履行委托合同的一种方式。据此，法院最终判决黄先生与邮政局之间不是劳动关系，而是属于劳务关系的委托代办关系。

资料来源：中国法院网。■

## 10.3 非全日制用工

全日制用工与非全日制用工作为被法律认可的两种用工模式，两者在工作时间、劳动报酬、劳动合同的解除以及经济补偿金等方面存在着显著差异。非全日制是一种极为灵活的用工形式，在一定程度上弥补了全日制模式下存在的用工刚性。随着我国劳动力市场竞争的愈发激烈，其发挥了很好的缓冲作用，并逐渐成为现在企业用工不可或缺的一部分。

### 10.3.1 法理精解

**1. 工作时间长度有限制**

非全日制用工与全日制用工的首要区别是工作时间的差异。《劳动与社会保障部关于非全日制用工若干问题的意见》（以下简称《意见》）（劳社部发［2003］12号）对非全日制用工的定义为："以小时计酬、劳动者在同一用人单位平均每日工作时间不超过5个小时，累计每周工作时间不超过30个小时的用工形式。"《劳动合同法》（2007）第68条规定："非全日制用工是指以小时计酬为主，劳动者在同一用人单位一般平均每日工作时间不超过4个小时，每周工作时间累计不超过24个小时的用工形式。"

根据上位法优于下位法的原则，以《劳动合同法》（2007）为准：①计酬方式以小时计酬为主。这就意味着在没有其他禁止性规定（主要是地方性规范文件）的情况下允许当事人协商计酬标准，如日工资、周工资等。②工作时间缩减为一般平均每日工作时间不超过4个小时，每周工作时间累计不超过24个小时。



**2. 可不订书面劳动合同**

建立劳动关系以签订书面的劳动合同为原则，这是针对全日制用工的情况来讲的。例外的是，非全日制用工合同的订立，不以书面形式为限，双方可以采取口头协议形式订立。《劳动合同法》（2007）第69条规定，"非全日制用工双方当事人可以订立口头协议"。因此，非全日制用工不适用《劳动合同法》的"双倍罚则"。《劳动合同法》（2007）的这一规定不同于《意见》所规定的"用人单位与非全日制劳动者建立劳动关系，应当订立劳动合同。劳动合同一般以书面形式订立。劳动合同期限在一个月以下的，经双方协商同意，可以订立口头劳动合同。但劳动者提出订立书面劳动合同的，应当以书面形式订立。"

**3. 双方不得约定试用期**

在全日制用工模式下，用人单位与全日制员工之间，除以完成一定工作任务为期限的劳动合同以及3个月以下固定期限劳动合同外，其他劳动合同可以依法约定试用期。劳动合同期限在3个月以上不满1年的，可以约定不超过1个月的试用期；1年以上不满3年的，试用期不得超过2个月；3年以上固定期限和无固定期限的劳动合同，试用期不得超过6个月。

而在非全日制用工模式下，双方当事人不得约定试用期。也就是说，无论非全日制员工与用人单位之间约定的用工期限有多长，都不得设立试用期。这是因为，非全日制员工工作往往都不是很稳定，经常会变换用人单位，因此，禁止双方约定试用期既符合灵活用工的要求，也体现了法律对非全日制职工的特殊保护。

#### 4. 可与多家单位有劳动关系

一般而言，一个全日制员工只能与一家用人单位建立劳动关系，而非全日制员工在这方面则具有更大的弹性，劳动者可以与一家甚至多家的用人单位订立劳动合同建立劳动关系，只要后订立的劳动合同不影响先订立的劳动合同的履行即可。



#### 5. 双方可随时终止劳动关系

在全日制用工模式下，无论是劳动者还是用人单位在合同履行期间如果想要提前终止用工，都需要严格遵守法律规定的条件及程序，如果没有按照法律规定履行，给对方造成损失的，应当承担赔偿责任。

在非全日制员工模式下，双方中的任何一方都可以随时通知对方终止用工，而不需要遵守任何法定条件或程序。也就是赋予用人单位和劳动者极高的自主权，只要有一方想要结束用工，均有权随时终止。

《劳动合同法》（2007）第71条规定：“非全日制用工双方当事人任何一方都可以随时通知对方终止用工。（终止用工，用人单位不向劳动者支付经济补偿。）”

《劳动保障部关于非全日制用工若干问题的意见》（劳社部［2003］12号）：“4. 非全日制劳动合同的终止条件，按照双方的约定办理。劳动合同中，当事人未约定终止劳动合同提前通知期的，任何一方均可以随时通知对方终止劳动合同；双方约定了违约责任的，按照约定承担赔偿责任。”

#### 6. 解除关系无须支付补偿金

在全日制用工模式下，用人单位以劳动者不能胜任工作、医疗期满不能工作、客观情况发生重大变化等为由解除与全日制员工的劳动合同，应当向劳动者支付经济补偿金。

在非全日制用工模式下，用人单位无论以什么理由解除劳动关系，都不须向劳动者支付经济补偿，即使是在发生工伤或怀孕等法律禁止解除劳动劳动合同的情形下。

**7. 工资标准及工资支付问题**

我国《劳动法》（2007）规定了3种加班情形：①工作日延长工作时间；②休息日安排工作；③法定休假日安排工作。每种加班情形分别对应不同的劳动报酬标准。根据《全国年节及纪念日放假办法》规定，我国实行统一的年节及纪念日假期，即通常讲的法定休假日。根据《国务院关于职工工作时间的规定》，国家机关、事业单位实行统一的工作时间，星期六和星期日为周休息日。企业和不能实行统一工作时间的事业单位，可以根据实际情况灵活安排周休息日。因此，从目前规定看，并不存在法定的工作日和休息日。

非全日制用工是指以小时计酬，劳动者在同一用人单位一周内平均每日工作时间不超过5小时，累计每周工作时间不超过30小时的用工形式。劳动者在同一用人单位一周内平均每日工作时间超过5小时，或累计一周工作时间超过30小时的，视为全日制工，不适用本规定。也就是说，非全日制用工是不存在工作日和休息日的区别的，因而不存在延长工作时间或者休息日安排工作的情形，更谈不上支付相应倍数的劳动报酬。

对于非全日制用工在法定节日上班是否应支付加班费，现行法律无明文规定，地方性法规有不同规定。如深圳市劳动和社会保障局制定的《关于非全日制用工的若干规定》（深劳社（2007）61号）规定，在法定休假日加班，应当按照不低于劳动者本人标准工资的300%支付工资；《北京市工资支付规定》（北京市人民政府令第142号）规定，用人单位招用非全日制工作的劳动者，可以不执行本规定第14条（支付加班工资）的规定，但用人单位安排其在法定休假日工作的，其小时工资不得低于本市规定的非全日制从业人员法定休假日小时最低工资标准。这说明全国统一的年节及纪念日假期是全体劳动者依法享有的假期，对非全日制劳动者同样适用。因此，如果法定休假日安排非全日制的劳动者上班，用人单位同样应按照300%的标准支付劳动报酬，具体为按其小时计酬的300%的标准计算。

用人单位应当按时足额支付非全日制劳动者的工资。非全日制劳动者的工资标准由用人单位和劳动者协商确定，但不得低于用人单位所在地人民政府规定的非全日制用工小时最低工资标准。非全日制用工小时最低工资标准的计算办法以深圳市劳动和社会保障局制定的《关于非全日制用工的若干规定》为例："全日制用工小时最低工资标准×（1+单位应当缴纳的养老保险费和医疗保险费比例之和）×（1+浮动系数）。"

非全日制用工劳动报酬结算周期最长不得超过15日。

**8. 社会保险的缴纳非强制性**

在非全日制用工模式下，用人单位一般只须依法为劳动者缴纳工伤保险费，其他各项社会保险费，都由劳动者自己以个人身份缴纳。如果用人单位使用的非全日制职工在其他单位参加了工伤保险的，该单位可不再为其参保。依法由工伤保险基金支付的待遇，由社保经办机构予以支付；应当由用人单位承担的费用和相关义务由发生工伤时的用人单位负责。非全日制工伤职工在原工伤保险关系终止后，发生工伤时的所在单位应及时为其办理参加工伤保险的手续。否则，须按规定支付工伤职工的相关费用，并承担相关法律责任。

总之，非全日制用工是一种极具弹性的用工模式。与全日制用工相比，非全日制的用工双方可以更为灵活地安排工作时间，其薪酬也主要是以小时计酬，并且双方当事人可以订立口头协议，劳动者也可以与一个或者一个以上的用人单位订立劳动合同。此外，非全日制在用工的终止上赋予了双方更大的自主权，任何一方都可以随时通知对方终止用工，并且不需要向劳动者支付经济补偿金。



## 10.3.2 案例剖析

**案例10-4**

### 非全日制劳动超时获加班工资

2008年3月，王先生进入上海某宾馆担任前台工作，工作时间为晚上21点至早晨7点，每月工资为900元。2009年4月，王先生从朋友处得知，2008年上海市月最低工资是960元，其在宾馆的工资还不到本市的最低工资，遂向单位提出要求补发工资差额。同时，王先生认为自己每天工作10个小时，超过了标准工作时间8小时，属于超时加班，所以还要求单位补发2008年3月至2009年4月的加班费。宾馆则称，王先生是在晚上上班，是非全日制员工，其工资不适用最低工资标准，同时也不存在加班。

**法理分析**

本案中王先生虽然是在晚上上班，但是他每天工作长达10个小时，不仅不符合非全日制员工每天工作不超过4个小时的标准，甚至已经超过了标准工作时间，存在超时加班。因此，宾馆应当依法补足工资差额并向王先生支付加班工资。

资料来源：《上海劳动保障》杂志。■

案例10-5

## 非全日制劳动合同无须书面签订

2009年2月，孔先生进入上海某公司从事媒体宣传工作，双方口头约定孔先生每天只工作3小时，劳动报酬为60元/小时。工作至2009年10月，孔某向公司提出其未与自己签订书面劳动合同，按照《劳动合同法》的最新规定，用人单位自用工之日起超过一个月未与劳动者签订书面劳动合同的，应当每月向劳动者支付双倍工资。公司表示拒绝，孔先生遂诉诸劳动仲裁。

**法理分析**

本案中孔某作为典型的非全日制员工，其虽未与公司签订书面劳动合同，但完全符合法律法规的规定，公司的做法并未违法，因此无须向孔某支付未签书面劳动合同的双倍工资。

资料来源：《上海劳动保障》杂志。■



案例10-6

## 非全日制劳动合同无试用期

2009年4月，孙先生应聘上海某传媒公司，签订了为期3年的劳动合同。双方约定孙先生的用工方式为非全日制，公司按照每小时70元的标准给孙先生支付劳动报酬。公司规定，作为新入职的孙先生需要经过3个月的试用期方能成为公司的正式员工，将其在试用期间其工资调整为60元/小时。后双方发生争议，孙先生要求公司按照正常工资标准补足自己在试用期间的工资差额。

**法理分析**

本案中公司不得与孙先生约定试用期，双方关于试用期期限及工资的约定为无效条款，公司应当按照正常工资水平补足孙先生在"试用期间"的工资差额。

资料来源：《上海劳动保障》杂志。■

案例10-7

## 多重非全日制劳动合同合法

张先生于2008年8月以非全日制员工的身份进入上海甲公司工作，双方口头约定张先生的工作时间为上午8点至11点30分。工作至2009年1月15日，张先生发现自己完全可以在规定的时间内完成工作任务，而且仍有余力，所以又到乙公司处应聘了一份工作，上班时间刚好为每天下午2点至5点。2009年4月，甲公司发现张先生在乙公司上班，遂要求张先生辞去乙公司工作。张先生认为自己在甲公司每天只工作半天，且所有的工作任务都已经及时完成，自己在乙公司的工作并未影响到在甲公司的工作，所以拒绝辞职。

**法理分析**

本案中，张先生作为非全日制员工同时与甲、乙两家公司建立劳动关系，但张先生及时完成了甲公司的工作任务，并没有对其工作产生任何不良的影响。因此，甲公司无权要求张先生辞去乙公司的工作。

资料来源：《上海劳动保障》杂志。■

**案例 10-8**

## 非全日制合同关系可随时终止

2008 年 9 月，王先生与上海某餐饮服务有限公司签订了一份为期一年的非全日制用工劳动合同。工作期间，王先生工作一直很努力。由于公司业绩下滑，2009 年 4 月，公司决定提前终止双方的劳动合同。王先生提出自己一年期的劳动合同还未到期，并且自己的工作也没有任何问题，不同意提前解约。

**法理分析**

本案中公司的做法符合法律的规定，王先生应当接受提前终止合同的事实。

资料来源：《上海劳动保障》杂志。■

**案例 10-9**

## 解除非全日制合同无须支付补偿金

贾先生从 2007 年 8 月开始在某证券营业部工作，双方签订了非全日制用工劳动合同书，期限至 2008 年 12 月 31 日。合同约定贾先生的岗位为客户开发，职责是按营业部的要求开发证券客户，每周工作 5 天，每日工作 4 小时，工资标准为每小时 12.5 元。双方还约定每月以当日佣金交易量的 35% 计发提成，工资以打卡形式发放。某证券营业部每月扣发贾先生当月工资的 10% 作为风险抵押金。2008 年 12 月 11 日，某证券营业部以贾先生业绩考核不达标，且未在规定时间内取得证券从业资格为由，口头通知贾先生离职，12 月 15 日完成工作交接。贾先生向劳动争议仲裁委提出申请，要求某证券营业部：①支付 2007 年 9 月至 2008 年 12 月法定节假日 114 天的加班工资 5 135.76 元；②支付单位未提前 30 天书面通知解除劳动关系的工资 2 690 元；③支付解除劳动关系的经济补偿金 5 380 元；④支付 2007 年 9 月至 2008 年 12 月扣发的工资 3 653.57 元。营业部认可贾先生离职后未向其发放所扣风险抵押金的事实，但提出自己与贾先生签订的是非全日制劳动合同，其工作时间按照《营业部证券经纪管理办法》第十三条执行的，根据公司文件《关于执行客户经理考核聘任流程的通知》等规定，贾先生未达到考核标准，故于 2008 年 12 月与该公司签了离职承诺书。请求仲裁委驳回贾先生的请求。仲裁委经审理，裁决营业部一次性补发贾先生工资 3 653.57 元；驳回贾先生的其他请求。

**法理分析**

①根据《劳动合同法》（2007）第 71 条的规定，非全日制用工双方当事人可随时通

知对方终止用工，且用人单位无须支付经济补偿金。本案中的证券营业部于 2008 年 12 月口头通知贾先生解除劳动合同后未支付经济补偿金并不违反法律规定，贾先生要求该营业部支付解除劳动合同的经济补偿金和未提前通知解除劳动合同的一个月工资的请求无法律依据。②因某证券部门认可贾先生离职之后未发放其任职期间扣发的工资，但未提供其已扣发贾先生的工资数额，故证券营业部应该补发贾先生工资 3 653.57 元。■

### 10.3.3 合同范本[一]

---

编号：

**非全日制劳动合同书**

甲　　方：

乙　　方：

签订日期：　　　　年　　　　月　　　　日

甲方（用人单位）

用人单位名称

用人单位住所

法定代表人或负责人

乙方（劳动者）

姓　名　　　　　性　别　　出生年月

文化程度　　　　　　　　联系方式

户籍所在地

实际居住地

居民身份证号码

其他有效身份证件名称　　　　　　　证件号码

社会保险个人编号

甲乙双方根据《中华人民共和国劳动合同法》和有关法律、法规、规章规定，在平等自愿、公平公正、协商一致、诚实信用的基础上签订本合同，共同遵守本合同所列条款。

---

㊀ 苏州非全日制劳动合同范本（苏州）。资料来源：http://www.51labour.com/zhuanti/labour_model/。

一、本合同于　　　年　　月　　日生效。

二、乙方同意根据甲方工作需要，担任或从事以下工作：

三、工作地点：

四、乙方的工作时间为每天不超过四小时，自　　　时起至　　　时止，每周不超过二十四小时。

五、乙方完成本合同约定的工作内容后，甲方应当以货币形式向乙方支付劳动报酬，劳动报酬标准为每小时　　　　元，甲方向乙方支付的工资不低于当地最低小时工资标准。甲方向乙方支付劳动报酬的时间为每月上半月　　　日，下半月　　　　　日。

六、甲乙双方约定缴纳社会保险费的办法：＿＿＿＿＿＿＿＿＿＿。

七、甲方根据生产岗位的需要，按照国家有关劳动安全卫生的规定对乙方进行安全卫生教育和职业培训，并为乙方提供以下劳动保护条件：＿＿＿＿＿＿＿＿＿＿＿。

八、甲方应当建立、健全职业病防治责任制，加强对职业病防治的管理，提高职业病防治水平。因乙方从事的工作岗位有职业危害可能，在甲方的监督下，乙方须采取以下防护措施：＿＿＿＿＿＿＿＿＿＿。

九、甲乙双方可以随时通知对方终止劳动合同。

十、甲方违反本合同的约定支付劳动报酬或支付的小时工资低于苏州市非全日制从业人员小时最低工资标准的，乙方有权向劳动保障行政部门投诉。

十一、甲乙双方约定的其他内容

＿＿＿＿＿＿＿＿＿＿＿＿＿＿＿＿＿＿＿＿＿＿＿＿＿＿。

十二、双方因履行本合同发生争议，当事人可以向甲方劳动争议调解委员会申请调解；调解不成的，可以向劳动争议仲裁委员会申请仲裁。当事人一方也可以直接向劳动争议仲裁委员会申请仲裁。

十三、本合同未尽事宜，均按国家、省和市有关规定执行，没有规定的，通过双方平等协商解决。

十四、本合同一式两份，甲乙双方各执一份。

法定代表人　　　　　　　　　　　　乙方签名：

或负责人签名：

甲方盖章：　　　　　　　　　　　　签名日期：

签章日期：

## 思考题

1. 企业应如何避免劳动派遣中出现的法律风险?
2. 您认为劳动关系与劳务关系的本质区别是什么? 企业如何利用这种区别进行管理活动?
3. 您认为非全日制用工与劳务关系、人力资源外包有什么不同? 企业如何充分利用这三种制度以提高自身的效率?

附　录

# 最新基本法律法规

## 1. 中华人民共和国劳动法（1994）

**第一章　总则**

第一条　为了保护劳动者的合法权益，调整劳动关系，建立和维护适应社会主义市场经济的劳动制度，促进经济发展和社会进步，根据宪法，制定本法。

第二条　在中华人民共和国境内的企业、个体经济组织（以下统称用人单位）和与之形成劳动关系的劳动者，适用本法。

第三条　劳动者享有平等就业和选择职业的权利、取得劳动报酬的权利、休息休假的权利、获得劳动安全卫生保护的权利、接受职业技能培训的权利、享受社会保险和福利的权利、提请劳动争议处理的权利以及法律规定的其他劳动权利。

劳动者应当完成劳动任务，提高职业技能，执行劳动安全卫生规程，遵守劳动纪律和职业道德。

第四条　用人单位应当依法建立和完善规章制度，保障劳动者享有劳动权利和履行劳动义务。

第五条　国家采取各种措施，促进劳动就业，发展职业教育，制定劳动标准，调节社会收入，完善社会保险，协调劳动关系，逐步提高劳动者的生活水平。

第六条　国家提倡劳动者参加社会主义义务劳动，开展劳动竞赛和合理化建议活动，鼓励和保护劳动者进行科学研究、技术革新和发明创造，表彰和奖励劳动模范和先进工作者。

第七条　劳动者有权依法参加和组织工会。

工会代表和维护劳动者的合法权益，依法独立自主地开展活动。

第八条　劳动者依照法律规定，通过职工大会、职工代表大会或者其他形式，参与民主管理或者就保护劳动合法权益与用人单位进行平等协商。

第九条　国务院劳动行政部门主管全国劳动工作。

县级以上地方人民政府劳动行政部门主管本行政区域内的劳动工作。

## 第二章　促进就业

第十条　国家通过促进经济和社会发展，创造就业条件，扩大就业机会。

国家鼓励企业、事业组织、社会团体在法律、行政法规规定的范围内兴办产业或者拓展经营，增加就业。

国家支持劳动者自愿组织起来就业和从事个体经营实现就业。

第十一条　地方各级人民政府应当采取措施，发展多种类型的职业介绍机构，提供就业服务。

第十二条　劳动者就业，不因民族、种族、性别、宗教信仰不同而受歧视。

第十三条　妇女享有与男子平等的就业权利。在录用职工时，除国家规定的不适合妇女的工种或者岗位外，不得以性别为由拒绝录用妇女或者提高对妇女的录用标准。

第十四条　残疾人、少数民族人员、退出现役的军人的就业，法律、法规有特别规定的，从其规定。

第十五条　禁止用人单位招用未满 16 岁的未成年人，必须依照国家有关规定，履行审批手续，并保障其接受义务教育的权利。

## 第三章　劳动合同和集体合同

第十六条　劳动合同是劳动者与用人单位确立劳动关系、明确双方权利和义务的协议。

建立劳动关系应当订立劳动合同。

第十七条　订立和变更劳动合同，应当遵循平等自愿、协商一致的原则，不得违反法律、行政法规的规定。

劳动合同依法订立即具有法律约束力，当事人必须履行劳动合同规定的义务。

第十八条　下列劳动合同无效：

（一）违反法律、行政法规的劳动合同；

（二）采取欺诈、威胁等手段订立的劳动合同。

无效的劳动合同，从订立的时候起，就没有法律约束力。确认劳动合同部分无效的，如果不影响其余部分的效力，其余部分仍然有效。

劳动合同的无效，由劳动争议仲裁委员会或者人民法院确认。

第十九条　劳动合同应当以书面形式订立，并具备以下条款：

（一）劳动合同期限；

（二）工作内容；

（三）劳动保护和劳动条件；

（四）劳动报酬；

（五）劳动纪律；

（六）劳动合同终止的条件；

（七）违反劳动合同的责任。

劳动合同除前款规定的必备条款外，当事人可以协商约定其他内容。

第二十条　劳动合同的期限分为有固定期限、无固定期限和以完成一定的工作为期限。

劳动者在同一用人单位连续工作满 10 年以上，当事人双方同意续延劳动合同的，如果劳动者提出订立无固定限期的劳动合同，应当订立无固定限期的劳动合同。

第二十一条　劳动合同可以约定试用期。试用期最长不得超过 6 个月。

第二十二条　劳动合同当事人可以在劳动合同中约定保守用人单位商业秘密的有关事项。

第二十三条　劳动合同期满或者当事人约定的劳动合同终止条件出现，劳动合同即行终止。

第二十四条　经劳动合同当事人协商一致，劳动合同可以解除。

第二十五条　劳动者有下列情形之一的，用人单位可以解除劳动合同：

（一）在试用期间被证明不符合录用条件的；

（二）严重违反劳动纪律或者用人单位规章制度的；

（三）严重失职、营私舞弊，对用人单位利益造成重大损害的；

（四）被依法追究刑事责任的。

第二十六条　有下列情形之一的，用人单位可以解除劳动合同，但是应当提前 30 日以书面形式通知劳动者本人：

（一）劳动者患病或者非因工负伤，医疗期满后，不能从事原工作也不能从事由用人单位另行安排的工作的；

（二）劳动者不能胜任工作，经过培训或者调整工作岗位，仍不能胜任工作的；

（三）劳动合同订立时所依据的客观情况发生重大变化，致使原劳动合同无法履行，经当事人协商不能就变更劳动合同达成协议的。

第二十七条　用人单位濒临破产进行法定整顿期间或者生产经营状况发生严重困难，确需裁减人员的，应当提前30日向工会或者全体员工说明情况，听取工会或者职工的意见，经向劳动行政部门报告后，可以裁减人员。

用人单位依据本条规定裁减人员，在6个月内录用人员的，应当优先录用被裁减人员。

第二十八条　用人单位依据本法第二十四条、第二十六条、第二十七条的规定解除劳动合同的，应当依照国家有关规定给予经济补偿。

第二十九条　劳动者有下列情形之一的，用人单位不得依据本法第二十六条、第二十七条的规定解除劳动合同：

（一）患职业病或者因工负伤并被确认丧失或者部分丧失劳动能力的；

（二）患病或者负伤，在规定的医疗期内的；

（三）女职工在孕期、产期、哺乳期的；

（四）法律、行政法规规定的其他情形。

第三十条　用人单位解除劳动合同，工会认为不适当的，有权提出意见。如果用人单位违反法律、法规或者劳动合同，工会有权要求重新处理；劳动者申请仲裁或者提起诉讼的，工会应当依法给予支持和帮助。

第三十一条　有下列情形之一的，劳动者可以随时通知用人单位解除劳动合同：

（一）在试用期内的；

（二）用人单位以暴力、威胁或者非法限制人身自由的手段强迫劳动的；

（三）用人单位未按照劳动合同约定支付劳动报酬或者提供劳动条件的。

第三十三条　企业职工一方与企业可以就劳动报酬、工作时间、休息休假、劳动安全卫生、保险福利等事项，签订集体合同。集体合同草案应当提交职工代表大会或者全体职工讨论通过。

集体合同由工会代表职工与企业签订；没有建立工会的企业，又职工推举的代表与企业签订。

第三十四条　集体合同签订后应当报送劳动行政部门；劳动行政部门自收到集体合同文本之日起 15 日内未提出异议的，集体合同即行生效。

第三十五条　依法签订的集体合同对企业和企业全体职工具有约束力。职工个人与企业订立的劳动合同中劳动条件和劳动报酬等标准不得低于集体合同的规定。



**第四章　工作时间和休息休假**

第三十六条　国家实行劳动者每日工作时间不超过 8 小时、平均每周工作时间不超过 44 小时的工时制度。

第三十七条　对实行计件工作的劳动者，用人单位应当根据本法第三十六条规定的工时制度合理确定其劳动定额和计件报酬标准。

第三十八条　用人单位应当保证劳动者每周至少休息 1 日。

第三十九条　企业应生产特点不能实行本法第三十六条、第三十八条规定的，经劳动行政部门批准，可以实行其他工作和休息办法。

第四十条　用人单位在下列节日期间应当依法安排劳动者休假：

（一）元旦；

（二）春节；

（三）国际劳动节；

（四）国庆节；

（五）法律、法规规定的其他休假节日。

第四十一条　用人单位由于生产经营需要，经与工会和劳动者协商后可以延长工作时间，一般每日不得超过 1 小时；因特殊原因需要延长工作时间的在保障劳动者身体健康的条件下延长工作时间每日不得超过 3 小时，但是每月不得超过 36 小时。

第四十二条　有下列情形之一的，延长工作时间不受本法第四十一条规定的限制：

（一）发生自然灾害、事故或者因其他原因，威胁劳动者生命健康和财产安全，需要紧急处理的；

（二）生产设备、交通运输线路、公共设施发生故障，影响生产和公众利益，必须及时抢修的；

（三）法律、行政法规规定的其他情形。

第四十三条　用人单位不得违反本法规定延长劳动者的工作时间。

第四十四条　有下列情形之一的，用人单位应当按照下列标准支付高于劳动者正常工作时间工资的工资报酬：

（一）安排劳动者延长时间的，支付不低于工资的百分之一百五十的工资报酬；

（二）休息日安排劳动者工作又不能安排补休的，支付不低于工资的百分之二百的工资报酬；

（三）法定休假日安排劳动者工作的，支付不低于工资的百分之三百的工资报酬。

第四十五条　国家实行带薪年休假制度。

劳动者连续工作 1 年以上的，享受带薪年休假。具体办法由国务院规定。



## 第五章　工　资

第四十六条　工资分配应当遵循按劳分配原则，实行同工同酬。

工资水平在经济发展的基础上逐步提高。国家对工资总量实行宏观调控。

第四十七条　用人单位根据本单位的生产经营特点和经济效益，依法自主确定本单位的工资分配方式和工资水平。

第四十八条　国家实行最低工资保障制度。最低工资的具体标准由省、自治区、直辖市人民政府规定，报国务院备案。

第四十九条　确定和调整最低工资标准应当综合参考下列因素：

（一）劳动者本人及平均赡养人口的最低生活费用；

（二）社会平均工资水平；

（三）劳动生产率；

（四）就业状况；

（五）地区之间经济发展水平的差异。

第五十条　工资应当以货币形式按月支付给劳动者本人。不得克扣或者无故拖欠劳动者的工资。

第五十一条　劳动者在法定休假日和婚丧假期间以及依法参加社会活动期间，用人单位应当依法支付工资。

## 第六章　劳动安全卫生

第五十二条　用人单位必须建立、健全劳动卫生制度，严格执行国家劳动安全卫生规程和标准，对劳动者进行劳动安全卫生教育，防止劳动过程中的事故，减少职业危害。

第五十三条　劳动安全卫生设施必须符合国家规定的标准。

新建、改建、扩建工程的劳动安全卫生设施必须与主题同时设计、同时施工、同时投入生产和使用。

第五十四条　用人单位必须为劳动者提供符合国家规定的劳动安全卫生条件和必要的劳动防护用品，对从事有职业危害作业的劳动者应当定期进行健康检查。

第五十五条　从事特种作业的劳动者必须经过专门培训并取得特种作业资格。

第五十六条　劳动者在劳动过程中必须严格遵守安全操作规程。

劳动者对用人单位管理人员违章指挥、强令冒险作业，有权拒绝执行；对危害生命安全和身体健康的行为，有权提出批评、检举和控告。

第五十七条　国家建立伤亡和职业病统计报告和处理制度。县级以上各级人民政府劳动行政部门、有关部门和用人单位应当依法对劳动者在劳动过程中发生的伤亡事故和劳动者的职业病状况，进行统计、报告和处理。

## 第七章　女职工和未成年工特殊保护

第五十八条　国家对女职工和未成年工实行特殊劳动保护。

未成年工是指年满 16 周岁未满 18 周岁的劳动者。

第五十九条　禁止安排女职工从事矿山井下、国家规定的第四级体力劳动强度的劳动和其他禁忌从事的劳动。

第六十条　不得安排女职工在经期从事高处、低温、冷水作业和国家规定的第三级体力劳动强度的劳动。

第六十一条　不得安排女职工在怀孕期间从事国家国家规定的第三级体力劳动强度的劳动和孕期禁忌从事的劳动。对怀孕 7 个月以上的女职工，不得安排其延长工作时间和夜班劳动。

第六十二条　女职工生育享受不少于 90 天的产假。

第六十三条　不得安排女职工在哺乳未满 1 周岁的婴儿期间从事国家规定的第三级体力劳动强度的劳动和哺乳期禁忌从事的其他劳动，不得安排其延长工作时间和夜班劳动。

第六十四条　不得安排未成年工从事矿山井下、有毒有害、国家规定的第四级体力劳动强度的劳动和其他禁忌从事的劳动。

第六十五条　用人单位应当对未成年工定期进行健康检查。

## 第八章　职业培训

第六十六条　国家通过各种途径，采取各种措施，发展职业培训事业，开发劳动者的职业技能，提高劳动者素质，增强劳动者的就业能力和工作能力。

第六十七条　各级人民政府应当把发展职业培训纳入社会经济发展的规划，鼓励和支持有条件的企业、事业组织、社会团体和个人进行各种形式的职业培训。

第六十八条　用人单位应当建立职业培训制度，按照国家规定提取和使用职业培训经费，根据本单位实际，有计划地对劳动者进行职业培训。

从事技术工种的劳动者，上岗前必须经过培训。

第六十九条　国家确定职业分类，对规定的职业制度职业技能标准，实行职业资格证书制度，由经过政府批准的考核鉴定机构负责对劳动者实施职业技能考核鉴定。

## 第九章　社会保险和福利

第七十条　国家发展社会保险，建立社会保险制度，设立社会保险基金，使劳动者在年老、患病、工伤、失业、生育等情况下获得帮助和补偿。

第七十一条　社会保险水平应当与社会经济发展水平和社会承受能力相适应。

第七十二条　社会保险基金按照保险类型确定资金来源，逐步实行社会统筹。用人单位和劳动者必须依法参加社会保险，缴纳社会保险费。

第七十三条　劳动者在下列情形下，依法享受社会保险待遇：

（一）退休；

（二）患病；

（三）因工伤残或者患职业病；

（四）失业；

（五）生育。

劳动者死亡后，其遗属依法享受遗属津贴。

劳动者享受社会保险待遇的条件和标准由法律、法规规定。

劳动者享受的社会保险金必须按时足额支付。

第七十四条　社会保险基金经办机构依照法律规定收支、管理和运营社会保险基金，并负有使社会保险基金保值增值的责任。

社会保险基金监督机构依照法律规定，对社会保险基金的收支、管理和运营实施监督。

社会保险基金经办机构和社会保险基金监督机构的设立和职能由法律规定。

任何组织和个人不得挪用社会保险基金。

第七十五条　国家鼓励用人单位根据本单位实际情况为劳动者建立补充保险。

国家提倡劳动者个人进行储蓄性保险。

第七十六条　国家发展社会福利事业，兴建公共福利设施，为劳动者休息、休养和疗养提供条件。

用人单位应当创造条件，改善集体福利，提高劳动者的福利待遇。

### 第十章　劳动争议

第七十七条　用人单位与劳动者发生劳动争议，当事人可以依法申请调解、仲裁、提起诉讼，也可以协商解决。

调解原则适用于仲裁和诉讼程序。

第七十八条　解决劳动争议，应当根据合法、公正、及时处理的原则，依法维护劳动争议当事人的合法权益。

第七十九条　劳动争议发生后，当事人可以向本单位劳动争议调解委员会申请调解；调解不成，当事人一方要求仲裁的，可以向劳动争议仲裁委员会申请仲裁。当事人一方也可以直接向劳动争议仲裁委员会申请仲裁。对仲裁裁决不服的，可以向人民法院提出诉讼。

第八十条　在用人单位内，可以设立劳动争议调解委员会。劳动争议调解委员会由职工代表、用人单位代表和工会代表组成。劳动争议调解委员会主任又工会代表担任。

劳动争议经调解达成协议的，当事人应当履行。

第八十一条　劳动争议仲裁委员会由劳动行政部门代表、同级工会代表、用人单位代表方面的代表组成。劳动争议仲裁委员会主任由劳动行政部门代表担任。

第八十二条　提出仲裁要求的一方应当自劳动争议发生之日起60 日内向劳动争议仲裁委员会提出书面申请。仲裁裁决一般应在收到仲裁申请的60 日内做出。对仲裁裁决无异议的，当事人必须履行。

第八十三条　劳动争议当事人对仲裁裁决不服的，可以自收到仲裁裁决书之日起 15 日内向人民法院提起诉讼。一方当事人在法定期限内不起诉又不履行仲裁裁决的，另一方当事人可以申请强制执行。

第八十四条　因签订集体合同发生争议，当事人协商解决不成的，当地人民政府劳动行政部门可以组织有关各方协调处理。

因履行集体合同发生争议，当事人协商解决不成的，可以向劳动争议仲裁委员会申请仲裁；对仲裁裁决不服的，可以自收到仲裁裁决书之日起 15 日内向人民法院提出诉讼。

## 第十一章　监督检查

第八十五条　县级以上各级人民政府劳动行政部门依法对用人单位遵守劳动法律、法规的情况进行监督检查，对违反劳动法律、法规的行为有权制止，并责令改正。

第八十六条　县级以上各级人民政府劳动行政部门监督检查人员执行公务，有权进入用人单位了解执行劳动法律、法规的情况，查阅必要的资料，并对劳动场所进行检查。

县级以上各级人民政府劳动行政部门监督检查人员执行公务，必须出示证件，秉公执法并遵守有关规定。

第八十七条　县级以上各级人民政府有关部门在各自职责范围内，对用人单位遵守劳动法律、法规的情况进行监督。

第八十八条　各级工会依法维护劳动者的合法权益，对用人单位遵守劳动法律、法规的情况进行监督。

任何组织和个人对于违反劳动法律、法规的行为有权检举和控告。

## 第十二章　法律责任

第八十九条　用人单位制定的劳动规章制度违反法律、法规规定的，由劳动行政部门给予警告，责令改正；对劳动者造成损害的，应当承担赔偿责任。

第九十条　用人单位违反本法律规定，延长劳动者工作时间的，由劳动行政部门给予警告，责令改正，并可以处以罚款。

第九十一条　用人单位有下列侵害劳动者合法权益情形之一的，由劳动行政部门责令支付劳动者的工资报酬、经济补偿，并可以责令支付赔偿金：

（一）克扣或者无故拖欠劳动者工资的；

（二）拒不支付劳动者延长工作时间工资报酬的；

（三）低于当地最低工资标准支付劳动者工资的；

（四）解除劳动合同后，未依照本法规定给予劳动者经济补偿的。

第九十二条　用人单位的劳动安全设施和劳动卫生条件不符合国家规定或者未向劳动者提供必要的劳动防护用品和劳动保护设施的，由劳动行政部门或者有关部门责令改正，可以处以罚款；情节严重的，提请县级以上人民政府决定责令停产整顿；对事故隐患不采取措施，致使发生重大事故，造成劳动者生命和财产损失的，对责任人员比照刑法第一百八十七条的规定追究刑事责任。

第九十三条　用人单位强令劳动者违章冒险作业，发生重大伤亡事故，造成严重后果的，对责任人员依法追究刑事责任。

第九十四条　用人单位非法招用未满16周岁的未成年人的，由劳动行政部门责令改正，处以罚款；情节严重的，由工商行政管理部门吊销营业执照。

第九十五条　用人单位违反本法对女职工和未成年工的保护规定，侵害其合法权益的，由劳动行政部门责令改正，处以罚款；对女职工或者未成年工造成损害的，应当承担赔偿责任。

第九十六条　用人单位有下列行为之一，由公安机关对责任人员处以15日以下拘留、罚款或者警告；构成犯罪的，对责任人员依法追究刑事责任：

（一）以暴力、威胁或者非法限制人身自由的手段强迫劳动的；

（二）侮辱、体罚、殴打、非法搜查和拘禁劳动者的。

第九十七条　由于用人单位的原因订立的无效合同，对劳动者造成损害的，应当承担赔偿责任。

第九十八条　用人单位违反本法规定的条件解除劳动合同或者故意拖延不订立劳动合同的，由劳动行政部门责令改正；对劳动者造成损害的，应当承担赔偿责任。

第九十九条　用人单位招用尚未解除劳动合同的劳动者，对原用人单位造成经济损失的，该用人单位应当依法承担连带赔偿责任。

第一百条　用人单位无故不缴纳社会保险费的，由劳动行政部门责令其限期缴纳；逾期不缴的，可以加收滞纳金。

第一百零一条　用人单位无理阻挠劳动行政部门、有关部门及其工作人员行使监督检查权，打击报复举报人员的，由劳动行政部门或者有关部门处以罚款；构成犯罪的，对责任人员依法追究刑事责任。

第一百零二条　劳动者违反本法规定的条件解除劳动合同或者违反劳动合同中约定的保密事项，对用人单位造成经济损失的，应当依法承担赔偿责任。

第一百零三条　劳动行政部门或者有关部门的工作人员滥用职权、玩忽职守、徇私舞弊，构成犯罪的，依法追究刑事责任；不构成犯罪的，给予行政处分。

第一百零四条　国家工作人员和社会保险基金经办机构的工作人员挪用社会保险基金，构成犯罪的，依法追究刑事责任。

第一百零五条　违反本法规定侵害劳动者合法权益，其他法律、行政法规已规定处罚的，依照该法律、行政法规的规定处罚。



**第十三章　附　则**

第一百零六条　省、自治区、直辖市人民政府根据本法和本地区的实际情况，规定劳动合同制度的实施步骤，报国务院备案。

第一百零七条　本法自1995年1月1日起施行。

## 2. 中华人民共和国劳动合同法（2007）

**第一章　总则**

第一条　为了完善劳动合同制度，明确劳动合同双方当事人的权利和义务，保护劳动者的合法权益，构建和发展和谐稳定的劳动关系，制定本法。

第二条　中华人民共和国境内的企业、个体经济组织、民办非企业单位等组织（以下称用人单位）与劳动者建立劳动关系，订立、履行、变更、解除或者终止劳动合同，适用本法。

国家机关、事业单位、社会团体和与其建立劳动关系的劳动者，订立、履行、变更、解除或者终止劳动合同，依照本法执行。

第三条　订立劳动合同，应当遵循合法、公平、平等自愿、协商一致、诚实信用的原则。

依法订立的劳动合同具有约束力，用人单位与劳动者应当履行劳动合同约定的义务。

第四条　用人单位应当依法建立和完善劳动规章制度，保障劳动者享有劳动权利、履行劳动义务。

用人单位在制定、修改或者决定有关劳动报酬、工作时间、休息休假、劳动安全卫生、保险福利、职工培训、劳动纪律以及劳动定额管理等直接涉及劳动者切身利益的规章制度或者重大事项时，应当经职工代表大会或者全体职工讨论，提出方案和意见，与工会或者职工代表平等协商确定。

在规章制度和重大事项决定实施过程中，工会或者职工认为不适当的，有权向用人单位提出，通过协商予以修改完善。

用人单位应当将直接涉及劳动者切身利益的规章制度和重大事项决定公示，或者告知劳动者。

第五条　县级以上人民政府劳动行政部门会同工会和企业方面代表，建立健全协调劳动关系三方机制，共同研究解决有关劳动关系的重大问题。

第六条　工会应当帮助、指导劳动者与用人单位依法订立和履行劳动合同，并与用人单位建立集体协商机制，维护劳动者的合法权益。

## 第二章　劳动合同的订立

第七条　用人单位自用工之日起即与劳动者建立劳动关系。用人单位应当建立职工名册备查。

第八条　用人单位招用劳动者时，应当如实告知劳动者工作内容、工作条件、工作地点、职业危害、安全生产状况、劳动报酬，以及劳动者要求了解的其他情况；用人单位有权了解劳动者与劳动合同直接相关的基本情况，劳动者应当如实说明。

第九条　用人单位招用劳动者，不得扣押劳动者的居民身份证和其他证件，不得要求劳动者提供担保或者以其他名义向劳动者收取财物。

第十条　建立劳动关系，应当订立书面劳动合同。

已建立劳动关系，未同时订立书面劳动合同的，应当自用工之日起一个月内订立书面劳动合同。

用人单位与劳动者在用工前订立劳动合同的，劳动关系自用工之日起建立。

第十一条　用人单位未在用工的同时订立书面劳动合同，与劳动者约定的劳动报酬不明确的，新招用的劳动者的劳动报酬按照集体合同规定的标准执行；没有集体合同或者集体合同未规定的，实行同工同酬。

第十二条　劳动合同分为固定期限劳动合同、无固定期限劳动合同和以完成一定工作任务为期限的劳动合同。

第十三条　固定期限劳动合同，是指用人单位与劳动者约定合同终止时间的劳动合同。

用人单位与劳动者协商一致，可以订立固定期限劳动合同。

第十四条　无固定期限劳动合同，是指用人单位与劳动者约定无确定终止时间的劳动合同。

用人单位与劳动者协商一致，可以订立无固定期限劳动合同。有下列情形之一，劳动者提出或者同意续订、订立劳动合同的，除劳动者提出订立固定期限劳动合同外，应当订立无固定期限劳动合同：

（一）劳动者在该用人单位连续工作满十年的；

（二）用人单位初次实行劳动合同制度或者国有企业改制重新订立劳动合同时，劳动者在该用人单位连续工作满十年且距法定退休年龄不足十年的；

（三）连续订立二次固定期限劳动合同，且劳动者没有本法第三十九条和第四十条第一项、第二项规定的情形，续订劳动合同的。

用人单位自用工之日起满一年不与劳动者订立书面劳动合同的，视为用人单位与劳动者已订立无固定期限劳动合同。

第十五条　以完成一定工作任务为期限的劳动合同，是指用人单位与劳动者约定以某项工作的完成为合同期限的劳动合同。

用人单位与劳动者协商一致，可以订立以完成一定工作任务为期限的劳动合同。

第十六条　劳动合同由用人单位与劳动者协商一致，并经用人单位与劳动者在劳动合同文本上签字或者盖章生效。

劳动合同文本由用人单位和劳动者各执一份。

第十七条　劳动合同应当具备以下条款：

（一）用人单位的名称、住所和法定代表人或者主要负责人；

（二）劳动者的姓名、住址和居民身份证或者其他有效身份证件号码；

（三）劳动合同期限；

（四）工作内容和工作地点；

（五）工作时间和休息休假；

（六）劳动报酬；

（七）社会保险；

（八）劳动保护、劳动条件和职业危害防护；

（九）法律、法规规定应当纳入劳动合同的其他事项。

劳动合同除前款规定的必备条款外，用人单位与劳动者可以约定试用期、培训、保守秘密、补充保险和福利待遇等其他事项。

第十八条　劳动合同对劳动报酬和劳动条件等标准约定不明确，引发争议的，用人单位与劳动者可以重新协商；协商不成的，适用集体合同规定；没有集体合同或者集体合同未规定劳动报酬的，实行同工同酬；没有集体合同或者集体合同未规定劳动条件等标准的，适用国家有关规定。

第十九条　劳动合同期限三个月以上不满一年的，试用期不得超过一个月；劳动合同期限一年以上不满三年的，试用期不得超过二个月；三年以上固定期限和无固定期限的劳动合同，试用期不得超过六个月。

同一用人单位与同一劳动者只能约定一次试用期。

以完成一定工作任务为期限的劳动合同或者劳动合同期限不满三个月的，不得约定试用期。

试用期包含在劳动合同期限内。劳动合同仅约定试用期的，试用期不成立，该期限为劳动合同期限。

第二十条　劳动者在试用期的工资不得低于本单位相同岗位最低档工资或者劳动合同约定工资的百分之八十，并不得低于用人单位所在地的最低工资标准。

第二十一条　在试用期中，除劳动者有本法第三十九条和第四十条第一项、第二项规定的情形外，用人单位不得解除劳动合同。用人单位在试用期解除劳动合同的，应当向劳动者说明理由。

第二十二条　用人单位为劳动者提供专项培训费用，对其进行专业技术培训的，可以与该劳动者订立协议，约定服务期。

劳动者违反服务期约定的，应当按照约定向用人单位支付违约金。违约金的数额不得超过用人单位提供的培训费用。用人单位要求劳动者支付的违约金不得超过服务期尚未履行部分所应分摊的培训费用。

用人单位与劳动者约定服务期的，不影响按照正常的工资调整机制提高劳动者在服务期期间的劳动报酬。

第二十三条　用人单位与劳动者可以在劳动合同中约定保守用人单位的商业秘密和与知识产权相关的保密事项。

对负有保密义务的劳动者，用人单位可以在劳动合同或者保密协议中与劳动者约定竞业限制条款，并约定在解除或者终止劳动合同后，在竞业限制期限内按月给予劳动者经济补偿。劳动者违反竞业限制约定的，应当按照约定向用人单位支付违约金。

第二十四条　竞业限制的人员限于用人单位的高级管理人员、高级技术人员和其他负有保密义务的人员。竞业限制的范围、地域、期限由用人单位与劳动者约定，竞业限制的约定不得违反法律、法规的规定。

在解除或者终止劳动合同后，前款规定的人员到与本单位生产或者经营同类产品、从事同类业务的有竞争关系的其他用人单位，或者自己开业生产或者经营同类产品、从事同类业务的竞业限制期限，不得超过二年。

第二十五条　除本法第二十二条和第二十三条规定的情形外，用人单位不得与劳动者约定由劳动者承担违约金。

第二十六条　下列劳动合同无效或者部分无效：

（一）以欺诈、胁迫的手段或者乘人之危，使对方在违背真实意思的情况下订立或者变更劳动合同的；

（二）用人单位免除自己的法定责任、排除劳动者权利的；

（三）违反法律、行政法规强制性规定的。

对劳动合同的无效或者部分无效有争议的，由劳动争议仲裁机构或者人民法院确认。

第二十七条　劳动合同部分无效，不影响其他部分效力的，其他部分仍然有效。

第二十八条　劳动合同被确认无效，劳动者已付出劳动的，用人单位应当向劳动者支付劳动报酬。劳动报酬的数额，参照本单位相同或者相近岗位劳动者的劳动报酬确定。

## 第三章　劳动合同的履行和变更

第二十九条　用人单位与劳动者应当按照劳动合同的约定，全面履行各自的义务。

第三十条　用人单位应当按照劳动合同约定和国家规定，向劳动者及时足额支付劳动报酬。

用人单位拖欠或者未足额支付劳动报酬的，劳动者可以依法向当地人民法院申请支付令，人民法院应当依法发出支付令。

第三十一条　用人单位应当严格执行劳动定额标准，不得强迫或者变相强迫劳动者加班。用人单位安排加班的，应当按照国家有关规定向劳动者支付加班费。

第三十二条　劳动者拒绝用人单位管理人员违章指挥、强令冒险作业的，不视为违反劳动合同。

劳动者对危害生命安全和身体健康的劳动条件，有权对用人单位提出批评、检举和控告。

第三十三条　用人单位变更名称、法定代表人、主要负责人或者投资人等事项，不影响劳动合同的履行。

第三十四条　用人单位发生合并或者分立等情况，原劳动合同继续有效，劳动合同由承继其权利和义务的用人单位继续履行。

第三十五条　用人单位与劳动者协商一致，可以变更劳动合同约定的内容。变更劳动合同，应当采用书面形式。

变更后的劳动合同文本由用人单位和劳动者各执一份。

## 第四章　劳动合同的解除和终止

第三十六条　用人单位与劳动者协商一致，可以解除劳动合同。

第三十七条　劳动者提前三十日以书面形式通知用人单位，可以解除劳动合同。劳动者在试用期内提前三日通知用人单位，可以解除劳动合同。

第三十八条　用人单位有下列情形之一的，劳动者可以解除劳动合同：

（一）未按照劳动合同约定提供劳动保护或者劳动条件的；

（二）未及时足额支付劳动报酬的；

（三）未依法为劳动者缴纳社会保险费的；

（四）用人单位的规章制度违反法律、法规的规定，损害劳动者权益的；

（五）因本法第二十六条第一款规定的情形致使劳动合同无效的；

（六）法律、行政法规规定劳动者可以解除劳动合同的其他情形。

用人单位以暴力、威胁或者非法限制人身自由的手段强迫劳动者劳动的，或者用人单位违章指挥、强令冒险作业危及劳动者人身安全的，劳动者可以立即解除劳动合同，不需事先告知用人单位。

第三十九条　劳动者有下列情形之一的，用人单位可以解除劳动合同：

（一）在试用期间被证明不符合录用条件的；

（二）严重违反用人单位的规章制度的；

（三）严重失职，营私舞弊，给用人单位造成重大损害的；

（四）劳动者同时与其他用人单位建立劳动关系，对完成本单位的工作任务造成严重影响，或者经用人单位提出，拒不改正的；

（五）因本法第二十六条第一款第一项规定的情形致使劳动合同无

效的；

（六）被依法追究刑事责任的。

第四十条　有下列情形之一的，用人单位提前三十日以书面形式通知劳动者本人或者额外支付劳动者一个月工资后，可以解除劳动合同：

（一）劳动者患病或者非因工负伤，在规定的医疗期满后不能从事原工作，也不能从事由用人单位另行安排的工作的；

（二）劳动者不能胜任工作，经过培训或者调整工作岗位，仍不能胜任工作的；

（三）劳动合同订立时所依据的客观情况发生重大变化，致使劳动合同无法履行，经用人单位与劳动者协商，未能就变更劳动合同内容达成协议的。

第四十一条　有下列情形之一，需要裁减人员二十人以上或者裁减不足二十人但占企业职工总数百分之十以上的，用人单位提前三十日向工会或者全体职工说明情况，听取工会或者职工的意见后，裁减人员方案经向劳动行政部门报告，可以裁减人员：

（一）依照企业破产法规定进行重整的；

（二）生产经营发生严重困难的；

（三）企业转产、重大技术革新或者经营方式调整，经变更劳动合同后，仍需裁减人员的；

（四）其他因劳动合同订立时所依据的客观经济情况发生重大变化，致使劳动合同无法履行的。

裁减人员时，应当优先留用下列人员：

（一）与本单位订立较长期限的固定期限劳动合同的；

（二）与本单位订立无固定期限劳动合同的；

（三）家庭无其他就业人员，有需要抚养的老人或者未成年人的。

用人单位依照本条第一款规定裁减人员，在六个月内重新招用人员的，应当通知被裁减的人员，并在同等条件下优先招用被裁减的人员。

第四十二条　劳动者有下列情形之一的，用人单位不得依照本法第四十条、第四十一条的规定解除劳动合同：

（一）从事接触职业病危害作业的劳动者未进行离岗前职业健康检查，或者疑似职业病病人在诊断或者医学观察期间的；

（二）在本单位患职业病或者因工负伤并被确认丧失或者部分丧失劳动能力的；

（三）患病或者非因工负伤，在规定的医疗期内的；

（四）女职工在孕期、产期、哺乳期的；

（五）在本单位连续工作满十五年，且距法定退休年龄不足五年的；

（六）法律、行政法规规定的其他情形。

第四十三条　用人单位单方解除劳动合同，应当事先将理由通知工会。用人单位违反法律、行政法规规定或者劳动合同约定的，工会有权要求用人单位纠正。用人单位应当研究工会的意见，并将处理结果书面通知工会。

第四十四条　有下列情形之一的，劳动合同终止：

（一）劳动合同期满的；

（二）劳动者开始依法享受基本养老保险待遇的；

（三）劳动者死亡，或者被人民法院宣告死亡或者宣告失踪的；

（四）用人单位被依法宣告破产的；

（五）用人单位被吊销营业执照、责令关闭、撤销或者用人单位决定提前解散的；

（六）法律、行政法规规定的其他情形。

第四十五条　劳动合同期满，有本法第四十二条规定情形之一的，劳动合同应当续延至相应的情形消失时终止。但是，本法第四十二条第二项规定丧失或者部分丧失劳动能力劳动者的劳动合同的终止，按照国家有关工伤保险的规定执行。

第四十六条　有下列情形之一的，用人单位应当向劳动者支付经济补偿：

（一）劳动者依照本法第三十八条规定解除劳动合同的；

（二）用人单位依照本法第三十六条规定向劳动者提出解除劳动合同并与劳动者协商一致解除劳动合同的；

（三）用人单位依照本法第四十条规定解除劳动合同的；

（四）用人单位依照本法第四十一条第一款规定解除劳动合同的；

（五）除用人单位维持或者提高劳动合同约定条件续订劳动合同，劳动者不同意续订的情形外，依照本法第四十四条第一项规定终止固定期限劳动合同的；

（六）依照本法第四十四条第四项、第五项规定终止劳动合同的；

（七）法律、行政法规规定的其他情形。

第四十七条　经济补偿按劳动者在本单位工作的年限，每满一年支付一个月工资的标准向劳动者支付。六个月以上不满一年的，按一年计算；

不满六个月的，向劳动者支付半个月工资的经济补偿。

劳动者月工资高于用人单位所在直辖市、设区的市级人民政府公布的本地区上年度职工月平均工资三倍的，向其支付经济补偿的标准按职工月平均工资三倍的数额支付，向其支付经济补偿的年限最高不超过十二年。

本条所称月工资是指劳动者在劳动合同解除或者终止前十二个月的平均工资。

第四十八条　用人单位违反本法规定解除或者终止劳动合同，劳动者要求继续履行劳动合同的，用人单位应当继续履行；劳动者不要求继续履行劳动合同或者劳动合同已经不能继续履行的，用人单位应当依照本法第八十七条规定支付赔偿金。

第四十九条　国家采取措施，建立健全劳动者社会保险关系跨地区转移接续制度。

第五十条　用人单位应当在解除或者终止劳动合同时出具解除或者终止劳动合同的证明，并在十五日内为劳动者办理档案和社会保险关系转移手续。

劳动者应当按照双方约定，办理工作交接。用人单位依照本法有关规定应当向劳动者支付经济补偿的，在办结工作交接时支付。

用人单位对已经解除或者终止的劳动合同的文本，至少保存二年备查。

## 第五章　特别规定

### 第一节　集体合同

第五十一条　企业职工一方与用人单位通过平等协商，可以就劳动报酬、工作时间、休息休假、劳动安全卫生、保险福利等事项订立集体合同。集体合同草案应当提交职工代表大会或者全体职工讨论通过。

集体合同由工会代表企业职工一方与用人单位订立；尚未建立工会的用人单位，由上级工会指导劳动者推举的代表与用人单位订立。

第五十二条　企业职工一方与用人单位可以订立劳动安全卫生、女职工权益保护、工资调整机制等专项集体合同。

第五十三条　在县级以下区域内，建筑业、采矿业、餐饮服务业等行业可以由工会与企业方面代表订立行业性集体合同，或者订立区域性集体合同。

第五十四条　集体合同订立后，应当报送劳动行政部门；劳动行政部门自收到集体合同文本之日起十五日内未提出异议的，集体合同即行生效。

依法订立的集体合同对用人单位和劳动者具有约束力。行业性、区域性集体合同对当地本行业、本区域的用人单位和劳动者具有约束力。

第五十五条　集体合同中劳动报酬和劳动条件等标准不得低于当地人民政府规定的最低标准；用人单位与劳动者订立的劳动合同中劳动报酬和劳动条件等标准不得低于集体合同规定的标准。

第五十六条　用人单位违反集体合同，侵犯职工劳动权益的，工会可以依法要求用人单位承担责任；因履行集体合同发生争议，经协商解决不成的，工会可以依法申请仲裁、提起诉讼。

**第二节　劳务派遣**

第五十七条　劳务派遣单位应当依照公司法的有关规定设立，注册资本不得少于五十万元。

第五十八条　劳务派遣单位是本法所称用人单位，应当履行用人单位对劳动者的义务。劳务派遣单位与被派遣劳动者订立的劳动合同，除应当载明本法第十七条规定的事项外，还应当载明被派遣劳动者的用工单位以及派遣期限、工作岗位等情况。

劳务派遣单位应当与被派遣劳动者订立二年以上的固定期限劳动合同，按月支付劳动报酬；被派遣劳动者在无工作期间，劳务派遣单位应当按照所在地人民政府规定的最低工资标准，向其按月支付报酬。

第五十九条　劳务派遣单位派遣劳动者应当与接受以劳务派遣形式用工的单位（以下称用工单位）订立劳务派遣协议。劳务派遣协议应当约定派遣岗位和人员数量、派遣期限、劳动报酬和社会保险费的数额与支付方式以及违反协议的责任。

用工单位应当根据工作岗位的实际需要与劳务派遣单位确定派遣期限，不得将连续用工期限分割订立数个短期劳务派遣协议。

第六十条　劳务派遣单位应当将劳务派遣协议的内容告知被派遣劳动者。

劳务派遣单位不得克扣用工单位按照劳务派遣协议支付给被派遣劳动者的劳动报酬。

劳务派遣单位和用工单位不得向被派遣劳动者收取费用。

第六十一条　劳务派遣单位跨地区派遣劳动者的，被派遣劳动者享有的劳动报酬和劳动条件，按照用工单位所在地的标准执行。

第六十二条　用工单位应当履行下列义务：

（一）执行国家劳动标准，提供相应的劳动条件和劳动保护；

（二）告知被派遣劳动者的工作要求和劳动报酬；

（三）支付加班费、绩效奖金，提供与工作岗位相关的福利待遇；

（四）对在岗被派遣劳动者进行工作岗位所必需的培训；

（五）连续用工的，实行正常的工资调整机制。

用工单位不得将被派遣劳动者再派遣到其他用人单位。

第六十三条　被派遣劳动者享有与用工单位的劳动者同工同酬的权利。用工单位无同类岗位劳动者的，参照用工单位所在地相同或者相近岗位劳动者的劳动报酬确定。

第六十四条　被派遣劳动者有权在劳务派遣单位或者用工单位依法参加或者组织工会，维护自身的合法权益。

第六十五条　被派遣劳动者可以依照本法第三十六条、第三十八条的规定与劳务派遣单位解除劳动合同。

被派遣劳动者有本法第三十九条和第四十条第一项、第二项规定情形的，用工单位可以将劳动者退回劳务派遣单位，劳务派遣单位依照本法有关规定，可以与劳动者解除劳动合同。

第六十六条　劳务派遣一般在临时性、辅助性或者替代性的工作岗位上实施。

第六十七条　用人单位不得设立劳务派遣单位向本单位或者所属单位派遣劳动者。

**第三节　非全日制用工**

第六十八条　非全日制用工，是指以小时计酬为主，劳动者在同一用人单位一般平均每日工作时间不超过四小时，每周工作时间累计不超过二十四小时的用工形式。

第六十九条　非全日制用工双方当事人可以订立口头协议。

从事非全日制用工的劳动者可以与一个或者一个以上用人单位订立劳动合同；但是，后订立的劳动合同不得影响先订立的劳动合同的履行。

第七十条　非全日制用工双方当事人不得约定试用期。

第七十一条　非全日制用工双方当事人任何一方都可以随时通知对方终止用工。终止用工，用人单位不向劳动者支付经济补偿。

第七十二条　非全日制用工小时计酬标准不得低于用人单位所在地人民政府规定的最低小时工资标准。

非全日制用工劳动报酬结算支付周期最长不得超过十五日。

## 第六章 监督检查

第七十三条 国务院劳动行政部门负责全国劳动合同制度实施的监督管理。

县级以上地方人民政府劳动行政部门负责本行政区域内劳动合同制度实施的监督管理。

县级以上各级人民政府劳动行政部门在劳动合同制度实施的监督管理工作中，应当听取工会、企业方面代表以及有关行业主管部门的意见。

第七十四条 县级以上地方人民政府劳动行政部门依法对下列实施劳动合同制度的情况进行监督检查：

（一）用人单位制定直接涉及劳动者切身利益的规章制度及其执行的情况；

（二）用人单位与劳动者订立和解除劳动合同的情况；

（三）劳务派遣单位和用工单位遵守劳务派遣有关规定的情况；

（四）用人单位遵守国家关于劳动者工作时间和休息休假规定的情况；

（五）用人单位支付劳动合同约定的劳动报酬和执行最低工资标准的情况；

（六）用人单位参加各项社会保险和缴纳社会保险费的情况；

（七）法律、法规规定的其他劳动监察事项。

第七十五条 县级以上地方人民政府劳动行政部门实施监督检查时，有权查阅与劳动合同、集体合同有关的材料，有权对劳动场所进行实地检查，用人单位和劳动者都应当如实提供有关情况和材料。

劳动行政部门的工作人员进行监督检查，应当出示证件，依法行使职权，文明执法。

第七十六条 县级以上人民政府建设、卫生、安全生产监督管理等有关主管部门在各自职责范围内，对用人单位执行劳动合同制度的情况进行监督管理。

第七十七条 劳动者合法权益受到侵害的，有权要求有关部门依法处理，或者依法申请仲裁、提起诉讼。

第七十八条 工会依法维护劳动者的合法权益，对用人单位履行劳动合同、集体合同的情况进行监督。用人单位违反劳动法律、法规和劳动合同、集体合同的，工会有权提出意见或者要求纠正；劳动者申请仲裁、提起诉讼的，工会依法给予支持和帮助。

第七十九条　任何组织或者个人对违反本法的行为都有权举报，县级以上人民政府劳动行政部门应当及时核实、处理，并对举报有功人员给予奖励。

## 第七章　法律责任

第八十条　用人单位直接涉及劳动者切身利益的规章制度违反法律、法规规定的，由劳动行政部门责令改正，给予警告；给劳动者造成损害的，应当承担赔偿责任。

第八十一条　用人单位提供的劳动合同文本未载明本法规定的劳动合同必备条款或者用人单位未将劳动合同文本交付劳动者的，由劳动行政部门责令改正；给劳动者造成损害的，应当承担赔偿责任。

第八十二条　用人单位自用工之日起超过一个月不满一年未与劳动者订立书面劳动合同的，应当向劳动者每月支付二倍的工资。

用人单位违反本法规定不与劳动者订立无固定期限劳动合同的，自应当订立无固定期限劳动合同之日起向劳动者每月支付二倍的工资。

第八十三条　用人单位违反本法规定与劳动者约定试用期的，由劳动行政部门责令改正；违法约定的试用期已经履行的，由用人单位以劳动者试用期满月工资为标准，按已经履行的超过法定试用期的期间向劳动者支付赔偿金。

第八十四条　用人单位违反本法规定，扣押劳动者居民身份证等证件的，由劳动行政部门责令限期退还劳动者本人，并依照有关法律规定给予处罚。

用人单位违反本法规定，以担保或者其他名义向劳动者收取财物的，由劳动行政部门责令限期退还劳动者本人，并以每人五百元以上二千元以下的标准处以罚款；给劳动者造成损害的，应当承担赔偿责任。

劳动者依法解除或者终止劳动合同，用人单位扣押劳动者档案或者其他物品的，依照前款规定处罚。

第八十五条　用人单位有下列情形之一的，由劳动行政部门责令限期支付劳动报酬、加班费或者经济补偿；劳动报酬低于当地最低工资标准的，应当支付其差额部分；逾期不支付的，责令用人单位按应付金额百分之五十以上百分之一百以下的标准向劳动者加付赔偿金：

（一）未按照劳动合同的约定或者国家规定及时足额支付劳动者劳动报酬的；

（二）低于当地最低工资标准支付劳动者工资的；

（三）安排加班不支付加班费的；

（四）解除或者终止劳动合同，未依照本法规定向劳动者支付经济补偿的。

第八十六条　劳动合同依照本法第二十六条规定被确认无效，给对方造成损害的，有过错的一方应当承担赔偿责任。

第八十七条　用人单位违反本法规定解除或者终止劳动合同的，应当依照本法第四十七条规定的经济补偿标准的二倍向劳动者支付赔偿金。

第八十八条　用人单位有下列情形之一的，依法给予行政处罚；构成犯罪的，依法追究刑事责任；给劳动者造成损害的，应当承担赔偿责任：

（一）以暴力、威胁或者非法限制人身自由的手段强迫劳动的；

（二）违章指挥或者强令冒险作业危及劳动者人身安全的；

（三）侮辱、体罚、殴打、非法搜查或者拘禁劳动者的；

（四）劳动条件恶劣、环境污染严重，给劳动者身心健康造成严重损害的。

第八十九条　用人单位违反本法规定未向劳动者出具解除或者终止劳动合同的书面证明，由劳动行政部门责令改正；给劳动者造成损害的，应当承担赔偿责任。

第九十条　劳动者违反本法规定解除劳动合同，或者违反劳动合同中约定的保密义务或者竞业限制，给用人单位造成损失的，应当承担赔偿责任。

第九十一条　用人单位招用与其他用人单位尚未解除或者终止劳动合同的劳动者，给其他用人单位造成损失的，应当承担连带赔偿责任。

第九十二条　劳务派遣单位违反本法规定的，由劳动行政部门和其他有关主管部门责令改正；情节严重的，以每人一千元以上五千元以下的标准处以罚款，并由工商行政管理部门吊销营业执照；给被派遣劳动者造成损害的，劳务派遣单位与用工单位承担连带赔偿责任。

第九十三条　对不具备合法经营资格的用人单位的违法犯罪行为，依法追究法律责任；劳动者已经付出劳动的，该单位或者其出资人应当依照本法有关规定向劳动者支付劳动报酬、经济补偿、赔偿金；给劳动者造成损害的，应当承担赔偿责任。

第九十四条　个人承包经营违反本法规定招用劳动者，给劳动者造成损害的，发包的组织与个人承包经营者承担连带赔偿责任。

第九十五条　劳动行政部门和其他有关主管部门及其工作人员玩忽职守、不履行法定职责，或者违法行使职权，给劳动者或者用人单位造成损害的，应当承担赔偿责任；对直接负责的主管人员和其他直接责任人员，依法给予行政处分；构成犯罪的，依法追究刑事责任。

**第八章　附　则**

第九十六条　事业单位与实行聘用制的工作人员订立、履行、变更、解除或者终止劳动合同，法律、行政法规或者国务院另有规定的，依照其规定；未作规定的，依照本法有关规定执行。

第九十七条　本法施行前已依法订立且在本法施行之日存续的劳动合同，继续履行；本法第十四条第二款第三项规定连续订立固定期限劳动合同的次数，自本法施行后续订固定期限劳动合同时开始计算。

本法施行前已建立劳动关系，尚未订立书面劳动合同的，应当自本法施行之日起一个月内订立。

本法施行之日存续的劳动合同在本法施行后解除或者终止，依照本法第四十六条规定应当支付经济补偿的，经济补偿年限自本法施行之日起计算；本法施行前按照当时有关规定，用人单位应当向劳动者支付经济补偿的，按照当时有关规定执行。

第九十八条　本法自2008年1月1日起施行。



## 3. 中华人民共和国就业促进法（2007）

**第一章　总　则**

第一条　为了促进就业，促进经济发展与扩大就业相协调，促进社会和谐稳定，制定本法。

第二条　国家把扩大就业放在经济社会发展的突出位置，实施积极的就业政策，坚持劳动者自主择业、市场调节就业、政府促进就业的方针，多渠道扩大就业。

第三条　劳动者依法享有平等就业和自主择业的权利。

劳动者就业，不因民族、种族、性别、宗教信仰等不同而受歧视。

第四条　县级以上人民政府把扩大就业作为经济和社会发展的重要目标，纳入国民经济和社会发展规划，并制定促进就业的中长期规划和年度工作计划。

第五条　县级以上人民政府通过发展经济和调整产业结构、规范人力资源市场、完善就业服务、加强职业教育和培训、提供就业援助等措施，创造就业条件，扩大就业。

第六条　国务院建立全国促进就业工作协调机制，研究就业工作中的重大问题，协调推动全国的促进就业工作。国务院劳动行政部门具体负责全国的促进就业工作。

省、自治区、直辖市人民政府根据促进就业工作的需要，建立促进就业工作协调机制，协调解决本行政区域就业工作中的重大问题。

县级以上人民政府有关部门按照各自的职责分工，共同做好促进就业工作。

第七条　国家倡导劳动者树立正确的择业观念，提高就业能力和创业能力；鼓励劳动者自主创业、自谋职业。

各级人民政府和有关部门应当简化程序，提高效率，为劳动者自主创业、自谋职业提供便利。

第八条　用人单位依法享有自主用人的权利。

用人单位应当依照本法以及其他法律、法规的规定，保障劳动者的合法权益。

第九条　工会、共产主义青年团、妇女联合会、残疾人联合会以及其他社会组织，协助人民政府开展促进就业工作，依法维护劳动者的劳动权利。

第十条　各级人民政府和有关部门对在促进就业工作中做出显著成绩的单位和个人，给予表彰和奖励。

## 第二章　政策支持

第十一条　县级以上人民政府应当把扩大就业作为重要职责，统筹协调产业政策与就业政策。

第十二条　国家鼓励各类企业在法律、法规规定的范围内，通过兴办产业或者拓展经营，增加就业岗位。

国家鼓励发展劳动密集型产业、服务业，扶持中小企业，多渠道、多方式增加就业岗位。

国家鼓励、支持、引导非公有制经济发展，扩大就业，增加就业岗位。

第十三条　国家发展国内外贸易和国际经济合作，拓宽就业渠道。

第十四条　县级以上人民政府在安排政府投资和确定重大建设项目时，应当发挥投资和重大建设项目带动就业的作用，增加就业岗位。

第十五条　国家实行有利于促进就业的财政政策，加大资金投入，改善就业环境，扩大就业。

县级以上人民政府应当根据就业状况和就业工作目标，在财政预算中安排就业专项资金用于促进就业工作。

就业专项资金用于职业介绍、职业培训、公益性岗位、职业技能鉴定、特定就业政策和社会保险等的补贴，小额贷款担保基金和微利项目的小额担保贷款贴息，以及扶持公共就业服务等。就业专项资金的使用管理办法由国务院财政部门和劳动行政部门规定。

第十六条　国家建立健全失业保险制度，依法确保失业人员的基本生活，并促进其实现就业。

第十七条　国家鼓励企业增加就业岗位，扶持失业人员和残疾人就业，对下列企业、人员依法给予税收优惠：

（一）吸纳符合国家规定条件的失业人员达到规定要求的企业；

（二）失业人员创办的中小企业；

（三）安置残疾人员达到规定比例或者集中使用残疾人的企业；

（四）从事个体经营的符合国家规定条件的失业人员；

（五）从事个体经营的残疾人；

（六）国务院规定给予税收优惠的其他企业、人员。

第十八条　对本法第十七条第四项、第五项规定的人员，有关部门应当在经营场地等方面给予照顾，免除行政事业性收费。

第十九条　国家实行有利于促进就业的金融政策，增加中小企业的融资渠道；鼓励金融机构改进金融服务，加大对中小企业的信贷支持，并对自主创业人员在一定期限内给予小额信贷等扶持。

第二十条　国家实行城乡统筹的就业政策，建立健全城乡劳动者平等就业的制度，引导农业富余劳动力有序转移就业。

县级以上地方人民政府推进小城镇建设和加快县域经济发展，引导农业富余劳动力就地就近转移就业；在制定小城镇规划时，将本地区农业富余劳动力转移就业作为重要内容。

县级以上地方人民政府引导农业富余劳动力有序向城市异地转移就业；劳动力输出地和输入地人民政府应当互相配合，改善农村劳动者进城就业的环境和条件。

第二十一条　国家支持区域经济发展，鼓励区域协作，统筹协调不同地区就业的均衡增长。

国家支持民族地区发展经济，扩大就业。

第二十二条　各级人民政府统筹做好城镇新增劳动力就业、农业富余劳动力转移就业和失业人员就业工作。

第二十三条　各级人民政府采取措施，逐步完善和实施与非全日制用工等灵活就业相适应的劳动和社会保险政策，为灵活就业人员提供帮助和服务。

第二十四条　地方各级人民政府和有关部门应当加强对失业人员从事个体经营的指导，提供政策咨询、就业培训和开业指导等服务。

**第三章　公平就业**

第二十五条　各级人民政府创造公平就业的环境，消除就业歧视，制定政策并采取措施对就业困难人员给予扶持和援助。

第二十六条　用人单位招用人员、职业中介机构从事职业中介活动，应当向劳动者提供平等的就业机会和公平的就业条件，不得实施就业歧视。

第二十七条　国家保障妇女享有与男子平等的劳动权利。

用人单位招用人员，除国家规定的不适合妇女的工种或者岗位外，不得以性别为由拒绝录用妇女或者提高对妇女的录用标准。

用人单位录用女职工，不得在劳动合同中规定限制女职工结婚、生育的内容。

第二十八条　各民族劳动者享有平等的劳动权利。

用人单位招用人员，应当依法对少数民族劳动者给予适当照顾。

第二十九条　国家保障残疾人的劳动权利。

各级人民政府应当对残疾人就业统筹规划，为残疾人创造就业条件。

用人单位招用人员，不得歧视残疾人。

第三十条　用人单位招用人员，不得以是传染病病原携带者为由拒绝录用。但是，经医学鉴定传染病病原携带者在治愈前或者排除传染嫌疑前，不得从事法律、行政法规和国务院卫生行政部门规定禁止从事的易使传染病扩散的工作。

第三十一条　农村劳动者进城就业享有与城镇劳动者平等的劳动权利，不得对农村劳动者进城就业设置歧视性限制。

## 第四章　就业服务和管理

第三十二条　县级以上人民政府培育和完善统一开放、竞争有序的人力资源市场，为劳动者就业提供服务。

第三十三条　县级以上人民政府鼓励社会各方面依法开展就业服务活动，加强对公共就业服务和职业中介服务的指导和监督，逐步完善覆盖城乡的就业服务体系。

第三十四条　县级以上人民政府加强人力资源市场信息网络及相关设施建设，建立健全人力资源市场信息服务体系，完善市场信息发布制度。

第三十五条　县级以上人民政府建立健全公共就业服务体系，设立公共就业服务机构，为劳动者免费提供下列服务：

（一）就业政策法规咨询；

（二）职业供求信息、市场工资指导价位信息和职业培训信息发布；

（三）职业指导和职业介绍；

（四）对就业困难人员实施就业援助；

（五）办理就业登记、失业登记等事务；

（六）其他公共就业服务。

公共就业服务机构应当不断提高服务的质量和效率，不得从事经营性活动。

公共就业服务经费纳入同级财政预算。

第三十六条　县级以上地方人民政府对职业中介机构提供公益性就业服务的，按照规定给予补贴。

国家鼓励社会各界为公益性就业服务提供捐赠、资助。

第三十七条　地方各级人民政府和有关部门不得举办或者与他人联合举办经营性的职业中介机构。

地方各级人民政府和有关部门、公共就业服务机构举办的招聘会，不得向劳动者收取费用。

第三十八条　县级以上人民政府和有关部门加强对职业中介机构的管理，鼓励其提高服务质量，发挥其在促进就业中的作用。

第三十九条　从事职业中介活动，应当遵循合法、诚实信用、公平、公开的原则。

用人单位通过职业中介机构招用人员，应当如实向职业中介机构提供岗位需求信息。禁止任何组织或者个人利用职业中介活动侵害劳动者的合法权益。

第四十条　设立职业中介机构应当具备下列条件：

（一）有明确的章程和管理制度；

（二）有开展业务必备的固定场所、办公设施和一定数额的开办资金；

（三）有一定数量具备相应职业资格的专职工作人员；

（四）法律、法规规定的其他条件。

设立职业中介机构，应当依法办理行政许可。经许可的职业中介机构，应当向工商行政部门办理登记。

未经依法许可和登记的机构，不得从事职业中介活动。

国家对外商投资职业中介机构和向劳动者提供境外就业服务的职业中介机构另有规定的，依照其规定。

第四十一条　职业中介机构不得有下列行为：

（一）提供虚假就业信息；

（二）为无合法证照的用人单位提供职业中介服务；

（三）伪造、涂改、转让职业中介许可证；

（四）扣押劳动者的居民身份证和其他证件，或者向劳动者收取押金；

（五）其他违反法律、法规规定的行为。

第四十二条　县级以上人民政府建立失业预警制度，对可能出现的较大规模的失业，实施预防、调节和控制。

第四十三条　国家建立劳动力调查统计制度和就业登记、失业登记制度，开展劳动力资源和就业、失业状况调查统计，并公布调查统计结果。

统计部门和劳动行政部门进行劳动力调查统计和就业、失业登记时，用人单位和个人应当如实提供调查统计和登记所需要的情况。

## 第五章　职业教育和培训

第四十四条　国家依法发展职业教育，鼓励开展职业培训，促进劳动者提高职业技能，增强就业能力和创业能力。

第四十五条　县级以上人民政府根据经济社会发展和市场需求，制定并实施职业能力开发计划。

第四十六条　县级以上人民政府加强统筹协调，鼓励和支持各类职业院校、职业技能培训机构和用人单位依法开展就业前培训、在职培训、再就业培训和创业培训；鼓励劳动者参加各种形式的培训。

第四十七条　县级以上地方人民政府和有关部门根据市场需求和产业

发展方向，鼓励、指导企业加强职业教育和培训。

职业院校、职业技能培训机构与企业应当密切联系，实行产教结合，为经济建设服务，培养实用人才和熟练劳动者。

企业应当按照国家有关规定提取职工教育经费，对劳动者进行职业技能培训和继续教育培训。

第四十八条　国家采取措施建立健全劳动预备制度，县级以上地方人民政府对有就业要求的初高中毕业生实行一定期限的职业教育和培训，使其取得相应的职业资格或者掌握一定的职业技能。

第四十九条　地方各级人民政府鼓励和支持开展就业培训，帮助失业人员提高职业技能，增强其就业能力和创业能力。失业人员参加就业培训的，按照有关规定享受政府培训补贴。

第五十条　地方各级人民政府采取有效措施，组织和引导进城就业的农村劳动者参加技能培训，鼓励各类培训机构为进城就业的农村劳动者提供技能培训，增强其就业能力和创业能力。

第五十一条　国家对从事涉及公共安全、人身健康、生命财产安全等特殊工种的劳动者，实行职业资格证书制度，具体办法由国务院规定。

## 第六章　就业援助

第五十二条　各级人民政府建立健全就业援助制度，采取税费减免、贷款贴息、社会保险补贴、岗位补贴等办法，通过公益性岗位安置等途径，对就业困难人员实行优先扶持和重点帮助。

就业困难人员是指因身体状况、技能水平、家庭因素、失去土地等原因难以实现就业，以及连续失业一定时间仍未能实现就业的人员。就业困难人员的具体范围，由省、自治区、直辖市人民政府根据本行政区域的实际情况规定。

第五十三条　政府投资开发的公益性岗位，应当优先安排符合岗位要求的就业困难人员。被安排在公益性岗位工作的，按照国家规定给予岗位补贴。

第五十四条　地方各级人民政府加强基层就业援助服务工作，对就业困难人员实施重点帮助，提供有针对性的就业服务和公益性岗位援助。

地方各级人民政府鼓励和支持社会各方面为就业困难人员提供技能培训、岗位信息等服务。

第五十五条　各级人民政府采取特别扶助措施，促进残疾人就业。

用人单位应当按照国家规定安排残疾人就业，具体办法由国务院规定。

第五十六条　县级以上地方人民政府采取多种就业形式，拓宽公益性岗位范围，开发就业岗位，确保城市有就业需求的家庭至少有一人实现就业。

法定劳动年龄内的家庭人员均处于失业状况的城市居民家庭，可以向住所地街道、社区公共就业服务机构申请就业援助。街道、社区公共就业服务机构经确认属实的，应当为该家庭中至少一人提供适当的就业岗位。

第五十七条　国家鼓励资源开采型城市和独立工矿区发展与市场需求相适应的产业，引导劳动者转移就业。

对因资源枯竭或者经济结构调整等原因造成就业困难人员集中的地区，上级人民政府应当给予必要的扶持和帮助。

## 第七章　监督检查

第五十八条　各级人民政府和有关部门应当建立促进就业的目标责任制度。县级以上人民政府按照促进就业目标责任制的要求，对所属的有关部门和下一级人民政府进行考核和监督。

第五十九条　审计机关、财政部门应当依法对就业专项资金的管理和使用情况进行监督检查。

第六十条　劳动行政部门应当对本法实施情况进行监督检查，建立举报制度，受理对违反本法行为的举报，并及时予以核实处理。

## 第八章　法律责任

第六十一条　违反本法规定，劳动行政等有关部门及其工作人员滥用职权、玩忽职守、徇私舞弊的，对直接负责的主管人员和其他直接责任人员依法给予处分。

第六十二条　违反本法规定，实施就业歧视的，劳动者可以向人民法院提起诉讼。

第六十三条　违反本法规定，地方各级人民政府和有关部门、公共就业服务机构举办经营性的职业中介机构，从事经营性职业中介活动，向劳动者收取费用的，由上级主管机关责令限期改正，将违法收取的费用退还劳动者，并对直接负责的主管人员和其他直接责任人员依法给予处分。

第六十四条　违反本法规定，未经许可和登记，擅自从事职业中介活动的，由劳动行政部门或者其他主管部门依法予以关闭；有违法所得的，没收违法所得，并处一万元以上五万元以下的罚款。

第六十五条　违反本法规定，职业中介机构提供虚假就业信息，为无合法证照的用人单位提供职业中介服务，伪造、涂改、转让职业中介许可证的，由劳动行政部门或者其他主管部门责令改正；有违法所得的，没收违法所得，并处一万元以上五万元以下的罚款；情节严重的，吊销职业中介许可证。

第六十六条　违反本法规定，职业中介机构扣押劳动者居民身份证等证件的，由劳动行政部门责令限期退还劳动者，并依照有关法律规定给予处罚。

违反本法规定，职业中介机构向劳动者收取押金的，由劳动行政部门责令限期退还劳动者，并以每人五百元以上二千元以下的标准处以罚款。

第六十七条　违反本法规定，企业未按照国家规定提取职工教育经费，或者挪用职工教育经费的，由劳动行政部门责令改正，并依法给予处罚。

第六十八条　违反本法规定，侵害劳动者合法权益，造成财产损失或者其他损害的，依法承担民事责任；构成犯罪的，依法追究刑事责任。



**第九章　附　则**

第六十九条　本法自2008年1月1日起施行。

## 4. 中华人民共和国社会保险法（2010）

**第一章　总　则**

第一条　为了规范社会保险关系，维护公民参加社会保险和享受社会保险待遇的合法权益，使公民共享发展成果，促进社会和谐稳定，根据宪法，制定本法。

第二条　国家建立基本养老保险、基本医疗保险、工伤保险、失业保险、生育保险等社会保险制度，保障公民在年老、疾病、工伤、失业、生育等情况下依法从国家和社会获得物质帮助的权利。

第三条　社会保险制度坚持广覆盖、保基本、多层次、可持续的方针，社会保险水平应当与经济社会发展水平相适应。

第四条　中华人民共和国境内的用人单位和个人依法缴纳社会保险费，

有权查询缴费记录、个人权益记录，要求社会保险经办机构提供社会保险咨询等相关服务。

个人依法享受社会保险待遇，有权监督本单位为其缴费情况。

第五条　县级以上人民政府将社会保险事业纳入国民经济和社会发展规划。

国家多渠道筹集社会保险资金。县级以上人民政府对社会保险事业给予必要的经费支持。

国家通过税收优惠政策支持社会保险事业。

第六条　国家对社会保险基金实行严格监管。

国务院和省、自治区、直辖市人民政府建立健全社会保险基金监督管理制度，保障社会保险基金安全、有效运行。

县级以上人民政府采取措施，鼓励和支持社会各方面参与社会保险基金的监督。

第七条　国务院社会保险行政部门负责全国的社会保险管理工作，国务院其他有关部门在各自的职责范围内负责有关的社会保险工作。

县级以上地方人民政府社会保险行政部门负责本行政区域的社会保险管理工作，县级以上地方人民政府其他有关部门在各自的职责范围内负责有关的社会保险工作。

第八条　社会保险经办机构提供社会保险服务，负责社会保险登记、个人权益记录、社会保险待遇支付等工作。

第九条　工会依法维护职工的合法权益，有权参与社会保险重大事项的研究，参加社会保险监督委员会，对与职工社会保险权益有关的事项进行监督。

## 第二章　基本养老保险

第十条　职工应当参加基本养老保险，由用人单位和职工共同缴纳基本养老保险费。

无雇工的个体工商户、未在用人单位参加基本养老保险的非全日制从业人员以及其他灵活就业人员可以参加基本养老保险，由个人缴纳基本养老保险费。

公务员和参照公务员法管理的工作人员养老保险的办法由国务院规定。

第十一条　基本养老保险实行社会统筹与个人账户相结合。

基本养老保险基金由用人单位和个人缴费以及政府补贴等组成。

第十二条　用人单位应当按照国家规定的本单位职工工资总额的比例缴纳基本养老保险费，记入基本养老保险统筹基金。

职工应当按照国家规定的本人工资的比例缴纳基本养老保险费，记入个人账户。

无雇工的个体工商户、未在用人单位参加基本养老保险的非全日制从业人员以及其他灵活就业人员参加基本养老保险的，应当按照国家规定缴纳基本养老保险费，分别记入基本养老保险统筹基金和个人账户。

第十三条　国有企业、事业单位职工参加基本养老保险前，视同缴费年限期间应当缴纳的基本养老保险费由政府承担。

基本养老保险基金出现支付不足时，政府给予补贴。

第十四条　个人账户不得提前支取，记账利率不得低于银行定期存款利率，免征利息税。个人死亡的，个人账户余额可以继承。

第十五条　基本养老金由统筹养老金和个人账户养老金组成。

基本养老金根据个人累计缴费年限、缴费工资、当地职工平均工资、个人账户金额、城镇人口平均预期寿命等因素确定。

第十六条　参加基本养老保险的个人，达到法定退休年龄时累计缴费满十五年的，按月领取基本养老金。

参加基本养老保险的个人，达到法定退休年龄时累计缴费不足十五年的，可以缴费至满十五年，按月领取基本养老金；也可以转入新型农村社会养老保险或者城镇居民社会养老保险，按照国务院规定享受相应的养老保险待遇。

第十七条　参加基本养老保险的个人，因病或者非因工死亡的，其遗属可以领取丧葬补助金和抚恤金；在未达到法定退休年龄时因病或者非因工致残完全丧失劳动能力的，可以领取病残津贴。所需资金从基本养老保险基金中支付。

第十八条　国家建立基本养老金正常调整机制。根据职工平均工资增长、物价上涨情况，适时提高基本养老保险待遇水平。

第十九条　个人跨统筹地区就业的，其基本养老保险关系随本人转移，缴费年限累计计算。个人达到法定退休年龄时，基本养老金分段计算、统一支付。具体办法由国务院规定。

第二十条　国家建立和完善新型农村社会养老保险制度。

新型农村社会养老保险实行个人缴费、集体补助和政府补贴相结合。

第二十一条　新型农村社会养老保险待遇由基础养老金和个人账户养

老金组成。

参加新型农村社会养老保险的农村居民，符合国家规定条件的，按月领取新型农村社会养老保险待遇。

第二十二条　国家建立和完善城镇居民社会养老保险制度。

省、自治区、直辖市人民政府根据实际情况，可以将城镇居民社会养老保险和新型农村社会养老保险合并实施。



## 第三章　基本医疗保险

第二十三条　职工应当参加职工基本医疗保险，由用人单位和职工按照国家规定共同缴纳基本医疗保险费。

无雇工的个体工商户、未在用人单位参加职工基本医疗保险的非全日制从业人员以及其他灵活就业人员可以参加职工基本医疗保险，由个人按照国家规定缴纳基本医疗保险费。

第二十四条　国家建立和完善新型农村合作医疗制度。

新型农村合作医疗的管理办法，由国务院规定。

第二十五条　国家建立和完善城镇居民基本医疗保险制度。

城镇居民基本医疗保险实行个人缴费和政府补贴相结合。

享受最低生活保障的人、丧失劳动能力的残疾人、低收入家庭六十周岁以上的老年人和未成年人等所需个人缴费部分，由政府给予补贴。

第二十六条　职工基本医疗保险、新型农村合作医疗和城镇居民基本医疗保险的待遇标准按照国家规定执行。

第二十七条　参加职工基本医疗保险的个人，达到法定退休年龄时累计缴费达到国家规定年限的，退休后不再缴纳基本医疗保险费，按照国家规定享受基本医疗保险待遇；未达到国家规定年限的，可以缴费至国家规定年限。

第二十八条　符合基本医疗保险药品目录、诊疗项目、医疗服务设施标准以及急诊、抢救的医疗费用，按照国家规定从基本医疗保险基金中支付。

第二十九条　参保人员医疗费用中应当由基本医疗保险基金支付的部分，由社会保险经办机构与医疗机构、药品经营单位直接结算。

社会保险行政部门和卫生行政部门应当建立异地就医医疗费用结算制度，方便参保人员享受基本医疗保险待遇。

第三十条　下列医疗费用不纳入基本医疗保险基金支付范围：

（一）应当从工伤保险基金中支付的；

（二）应当由第三人负担的；

（三）应当由公共卫生负担的；

（四）在境外就医的。

医疗费用依法应当由第三人负担，第三人不支付或者无法确定第三人的，由基本医疗保险基金先行支付。基本医疗保险基金先行支付后，有权向第三人追偿。

第三十一条　社会保险经办机构根据管理服务的需要，可以与医疗机构、药品经营单位签订服务协议，规范医疗服务行为。

医疗机构应当为参保人员提供合理、必要的医疗服务。

第三十二条　个人跨统筹地区就业的，其基本医疗保险关系随本人转移，缴费年限累计计算。



## 第四章　工伤保险

第三十三条　职工应当参加工伤保险，由用人单位缴纳工伤保险费，职工不缴纳工伤保险费。

第三十四条　国家根据不同行业的工伤风险程度确定行业的差别费率，并根据使用工伤保险基金、工伤发生率等情况在每个行业内确定费率档次。行业差别费率和行业内费率档次由国务院社会保险行政部门制定，报国务院批准后公布施行。

社会保险经办机构根据用人单位使用工伤保险基金、工伤发生率和所属行业费率档次等情况，确定用人单位缴费费率。

第三十五条　用人单位应当按照本单位职工工资总额，根据社会保险经办机构确定的费率缴纳工伤保险费。

第三十六条　职工因工作原因受到事故伤害或者患职业病，且经工伤认定的，享受工伤保险待遇；其中，经劳动能力鉴定丧失劳动能力的，享受伤残待遇。

工伤认定和劳动能力鉴定应当简捷、方便。

第三十七条　职工因下列情形之一导致本人在工作中伤亡的，不认定为工伤：

（一）故意犯罪；

（二）醉酒或者吸毒；

（三）自残或者自杀；

（四）法律、行政法规规定的其他情形。

第三十八条　因工伤发生的下列费用，按照国家规定从工伤保险基金中支付：

（一）治疗工伤的医疗费用和康复费用；

（二）住院伙食补助费；

（三）到统筹地区以外就医的交通食宿费；

（四）安装配置伤残辅助器具所需费用；

（五）生活不能自理的，经劳动能力鉴定委员会确认的生活护理费；

（六）一次性伤残补助金和一至四级伤残职工按月领取的伤残津贴；

（七）终止或者解除劳动合同时，应当享受的一次性医疗补助金；

（八）因工死亡的，其遗属领取的丧葬补助金、供养亲属抚恤金和因工死亡补助金；

（九）劳动能力鉴定费。

第三十九条　因工伤发生的下列费用，按照国家规定由用人单位支付：

（一）治疗工伤期间的工资福利；

（二）五级、六级伤残职工按月领取的伤残津贴；

（三）终止或者解除劳动合同时，应当享受的一次性伤残就业补助金。

第四十条　工伤职工符合领取基本养老金条件的，停发伤残津贴，享受基本养老保险待遇。基本养老保险待遇低于伤残津贴的，从工伤保险基金中补足差额。

第四十一条　职工所在用人单位未依法缴纳工伤保险费，发生工伤事故的，由用人单位支付工伤保险待遇。用人单位不支付的，从工伤保险基金中先行支付。

从工伤保险基金中先行支付的工伤保险待遇应当由用人单位偿还。用人单位不偿还的，社会保险经办机构可以依照本法第六十三条的规定追偿。

第四十二条　由于第三人的原因造成工伤，第三人不支付工伤医疗费用或者无法确定第三人的，由工伤保险基金先行支付。工伤保险基金先行支付后，有权向第三人追偿。

第四十三条　工伤职工有下列情形之一的，停止享受工伤保险待遇：

（一）丧失享受待遇条件的；

（二）拒不接受劳动能力鉴定的；

（三）拒绝治疗的。

## 第五章　失业保险

第四十四条　职工应当参加失业保险，由用人单位和职工按照国家规定共同缴纳失业保险费。

第四十五条　失业人员符合下列条件的，从失业保险基金中领取失业保险金：

（一）失业前用人单位和本人已经缴纳失业保险费满一年的；

（二）非因本人意愿中断就业的；

（三）已经进行失业登记，并有求职要求的。

第四十六条　失业人员失业前用人单位和本人累计缴费满一年不足五年的，领取失业保险金的期限最长为十二个月；累计缴费满五年不足十年的，领取失业保险金的期限最长为十八个月；累计缴费十年以上的，领取失业保险金的期限最长为二十四个月。重新就业后，再次失业的，缴费时间重新计算，领取失业保险金的期限与前次失业应当领取而尚未领取的失业保险金的期限合并计算，最长不超过二十四个月。

第四十七条　失业保险金的标准，由省、自治区、直辖市人民政府确定，不得低于城市居民最低生活保障标准。

第四十八条　失业人员在领取失业保险金期间，参加职工基本医疗保险，享受基本医疗保险待遇。

失业人员应当缴纳的基本医疗保险费从失业保险基金中支付，个人不缴纳基本医疗保险费。

第四十九条　失业人员在领取失业保险金期间死亡的，参照当地对在职职工死亡的规定，向其遗属发给一次性丧葬补助金和抚恤金。所需资金从失业保险基金中支付。

个人死亡同时符合领取基本养老保险丧葬补助金、工伤保险丧葬补助金和失业保险丧葬补助金条件的，其遗属只能选择领取其中的一项。

第五十条　用人单位应当及时为失业人员出具终止或者解除劳动关系的证明，并将失业人员的名单自终止或者解除劳动关系之日起十五日内告知社会保险经办机构。

失业人员应当持本单位为其出具的终止或者解除劳动关系的证明，及时到指定的公共就业服务机构办理失业登记。

失业人员凭失业登记证明和个人身份证明，到社会保险经办机构办理领取失业保险金的手续。失业保险金领取期限自办理失业登记之日起计算。

第五十一条　失业人员在领取失业保险金期间有下列情形之一的，停止领取失业保险金，并同时停止享受其他失业保险待遇：

（一）重新就业的；

（二）应征服兵役的；

（三）移居境外的；

（四）享受基本养老保险待遇的；

（五）无正当理由，拒不接受当地人民政府指定部门或者机构介绍的适当工作或者提供的培训的。

第五十二条　职工跨统筹地区就业的，其失业保险关系随本人转移，缴费年限累计计算。

## 第六章　生育保险

第五十三条　职工应当参加生育保险，由用人单位按照国家规定缴纳生育保险费，职工不缴纳生育保险费。

第五十四条　用人单位已经缴纳生育保险费的，其职工享受生育保险待遇；职工未就业配偶按照国家规定享受生育医疗费用待遇。所需资金从生育保险基金中支付。

生育保险待遇包括生育医疗费用和生育津贴。

第五十五条　生育医疗费用包括下列各项：

（一）生育的医疗费用；

（二）计划生育的医疗费用；

（三）法律、法规规定的其他项目费用。

第五十六条　职工有下列情形之一的，可以按照国家规定享受生育津贴：

（一）女职工生育享受产假；

（二）享受计划生育手术休假；

（三）法律、法规规定的其他情形。

生育津贴按照职工所在用人单位上年度职工月平均工资计发。

## 第七章　社会保险费征缴

第五十七条　用人单位应当自成立之日起三十日内凭营业执照、登记证书或者单位印章，向当地社会保险经办机构申请办理社会保险登记。社会保险经办机构应当自收到申请之日起十五日内予以审核，发给社会保险登记证件。

用人单位的社会保险登记事项发生变更或者用人单位依法终止的，应当自变更或者终止之日起三十日内，到社会保险经办机构办理变更或者注销社会保险登记。

工商行政管理部门、民政部门和机构编制管理机关应当及时向社会保险经办机构通报用人单位的成立、终止情况，公安机关应当及时向社会保险经办机构通报个人的出生、死亡以及户口登记、迁移、注销等情况。

第五十八条　用人单位应当自用工之日起三十日内为其职工向社会保险经办机构申请办理社会保险登记。未办理社会保险登记的，由社会保险经办机构核定其应当缴纳的社会保险费。

自愿参加社会保险的无雇工的个体工商户、未在用人单位参加社会保险的非全日制从业人员以及其他灵活就业人员，应当向社会保险经办机构申请办理社会保险登记。

国家建立全国统一的个人社会保障号码。个人社会保障号码为公民身份号码。

第五十九条　县级以上人民政府加强社会保险费的征收工作。

社会保险费实行统一征收，实施步骤和具体办法由国务院规定。

第六十条　用人单位应当自行申报、按时足额缴纳社会保险费，非因不可抗力等法定事由不得缓缴、减免。职工应当缴纳的社会保险费由用人单位代扣代缴，用人单位应当按月将缴纳社会保险费的明细情况告知本人。

无雇工的个体工商户、未在用人单位参加社会保险的非全日制从业人员以及其他灵活就业人员，可以直接向社会保险费征收机构缴纳社会保险费。

第六十一条　社会保险费征收机构应当依法按时足额征收社会保险费，并将缴费情况定期告知用人单位和个人。

第六十二条　用人单位未按规定申报应当缴纳的社会保险费数额的，按照该单位上月缴费额的百分之一百一十确定应当缴纳数额；缴费单位补办申报手续后，由社会保险费征收机构按照规定结算。

第六十三条　用人单位未按时足额缴纳社会保险费的，由社会保险费征收机构责令其限期缴纳或者补足。

用人单位逾期仍未缴纳或者补足社会保险费的，社会保险费征收机构可以向银行和其他金融机构查询其存款账户；并可以申请县级以上有关行政部门做出划拨社会保险费的决定，书面通知其开户银行或者其他金融机构划拨社会保险费。用人单位账户余额少于应当缴纳的社会保险费的，社会保险费征收机构可以要求该用人单位提供担保，签订延期缴费协议。

用人单位未足额缴纳社会保险费且未提供担保的，社会保险费征收机构可以申请人民法院扣押、查封、拍卖其价值相当于应当缴纳社会保险费的财产，以拍卖所得抵缴社会保险费。

## 第八章　社会保险基金

第六十四条　社会保险基金包括基本养老保险基金、基本医疗保险基金、工伤保险基金、失业保险基金和生育保险基金。各项社会保险基金按照社会保险险种分别建账，分账核算，执行国家统一的会计制度。

社会保险基金专款专用，任何组织和个人不得侵占或者挪用。

基本养老保险基金逐步实行全国统筹，其他社会保险基金逐步实行省级统筹，具体时间、步骤由国务院规定。

第六十五条　社会保险基金通过预算实现收支平衡。

县级以上人民政府在社会保险基金出现支付不足时，给予补贴。

第六十六条　社会保险基金按照统筹层次设立预算。社会保险基金预算按照社会保险项目分别编制。

第六十七条　社会保险基金预算、决算草案的编制、审核和批准，依照法律和国务院规定执行。

第六十八条　社会保险基金存入财政专户，具体管理办法由国务院规定。

第六十九条　社会保险基金在保证安全的前提下，按照国务院规定投资运营实现保值增值。

社会保险基金不得违规投资运营，不得用于平衡其他政府预算，不得用于兴建、改建办公场所和支付人员经费、运行费用、管理费用，或者违反法律、行政法规规定挪作其他用途。

第七十条　社会保险经办机构应当定期向社会公布参加社会保险情况以及社会保险基金的收入、支出、结余和收益情况。

第七十一条　国家设立全国社会保障基金，由中央财政预算拨款以及国务院批准的其他方式筹集的资金构成，用于社会保障支出的补充、调剂。全国社会保障基金由全国社会保障基金管理运营机构负责管理运营，在保证安全的前提下实现保值增值。

全国社会保障基金应当定期向社会公布收支、管理和投资运营的情况。

国务院财政部门、社会保险行政部门、审计机关对全国社会保障基金的收支、管理和投资运营情况实施监督。

## 第九章　社会保险经办

第七十二条　统筹地区设立社会保险经办机构。社会保险经办机构根据工作需要，经所在地的社会保险行政部门和机构编制管理机关批准，可以在本统筹地区设立分支机构和服务网点。

社会保险经办机构的人员经费和经办社会保险发生的基本运行费用、管理费用，由同级财政按照国家规定予以保障。

第七十三条　社会保险经办机构应当建立健全业务、财务、安全和风险管理制度。

社会保险经办机构应当按时足额支付社会保险待遇。

第七十四条　社会保险经办机构通过业务经办、统计、调查获取社会保险工作所需的数据，有关单位和个人应当及时、如实提供。

社会保险经办机构应当及时为用人单位建立档案，完整、准确地记录参加社会保险的人员、缴费等社会保险数据，妥善保管登记、申报的原始凭证和支付结算的会计凭证。

社会保险经办机构应当及时、完整、准确地记录参加社会保险的个人缴费和用人单位为其缴费，以及享受社会保险待遇等个人权益记录，定期将个人权益记录单免费寄送本人。

用人单位和个人可以免费向社会保险经办机构查询、核对其缴费和享受社会保险待遇记录，要求社会保险经办机构提供社会保险咨询等相关服务。

第七十五条　全国社会保险信息系统按照国家统一规划，由县级以上人民政府按照分级负责的原则共同建设。

## 第十章　社会保险监督

第七十六条　各级人民代表大会常务委员会听取和审议本级人民政府对社会保险基金的收支、管理、投资运营以及监督检查情况的专项工作报告，组织对本法实施情况的执法检查等，依法行使监督职权。

第七十七条　县级以上人民政府社会保险行政部门应当加强对用人单位和个人遵守社会保险法律、法规情况的监督检查。

社会保险行政部门实施监督检查时，被检查的用人单位和个人应当如实提供与社会保险有关的资料，不得拒绝检查或者谎报、瞒报。

第七十八条　财政部门、审计机关按照各自职责，对社会保险基金的收支、管理和投资运营情况实施监督。

第七十九条　社会保险行政部门对社会保险基金的收支、管理和投资运营情况进行监督检查，发现存在问题的，应当提出整改建议，依法做出处理决定或者向有关行政部门提出处理建议。社会保险基金检查结果应当定期向社会公布。

社会保险行政部门对社会保险基金实施监督检查，有权采取下列措施：

（一）查阅、记录、复制与社会保险基金收支、管理和投资运营相关的资料，对可能被转移、隐匿或者灭失的资料予以封存；

（二）询问与调查事项有关的单位和个人，要求其对与调查事项有关的问题做出说明、提供有关证明材料；

（三）对隐匿、转移、侵占、挪用社会保险基金的行为予以制止并责令改正。

第八十条　统筹地区人民政府成立由用人单位代表、参保人员代表，以及工会代表、专家等组成的社会保险监督委员会，掌握、分析社会保险基金的收支、管理和投资运营情况，对社会保险工作提出咨询意见和建议，实施社会监督。

社会保险经办机构应当定期向社会保险监督委员会汇报社会保险基金的收支、管理和投资运营情况。社会保险监督委员会可以聘请会计师事务所对社会保险基金的收支、管理和投资运营情况进行年度审计和专项审计。审计结果应当向社会公开。

社会保险监督委员会发现社会保险基金收支、管理和投资运营中存在问题的，有权提出改正建议；对社会保险经办机构及其工作人员的违法行为，有权向有关部门提出依法处理建议。

第八十一条　社会保险行政部门和其他有关行政部门、社会保险经办机构、社会保险费征收机构及其工作人员，应当依法为用人单位和个人的信息保密，不得以任何形式泄露。

第八十二条　任何组织或者个人有权对违反社会保险法律、法规的行为进行举报、投诉。

社会保险行政部门、卫生行政部门、社会保险经办机构、社会保险费征收机构和财政部门、审计机关对属于本部门、本机构职责范围的举报、投诉，应当依法处理；对不属于本部门、本机构职责范围的，应当书面通知并移交有权处理的部门、机构处理。有权处理的部门、机构应当及时处理，不得推诿。

第八十三条　用人单位或者个人认为社会保险费征收机构的行为侵害自己合法权益的，可以依法申请行政复议或者提起行政诉讼。

用人单位或者个人对社会保险经办机构不依法办理社会保险登记、核定社会保险费、支付社会保险待遇、办理社会保险转移接续手续或者侵害其他社会保险权益的行为，可以依法申请行政复议或者提起行政诉讼。

个人与所在用人单位发生社会保险争议的，可以依法申请调解、仲裁，提起诉讼。用人单位侵害个人社会保险权益的，个人也可以要求社会保险行政部门或者社会保险费征收机构依法处理。

## 第十一章　法律责任

第八十四条　用人单位不办理社会保险登记的，由社会保险行政部门责令限期改正；逾期不改正的，对用人单位处应缴社会保险费数额一倍以上三倍以下的罚款，对其直接负责的主管人员和其他直接责任人员处五百元以上三千元以下的罚款。

第八十五条　用人单位拒不出具终止或者解除劳动关系证明的，依照《中华人民共和国劳动合同法》的规定处理。

第八十六条　用人单位未按时足额缴纳社会保险费的，由社会保险费征收机构责令限期缴纳或者补足，并自欠缴之日起，按日加收万分之五的滞纳金；逾期仍不缴纳的，由有关行政部门处欠缴数额一倍以上三倍以下的罚款。

第八十七条　社会保险经办机构以及医疗机构、药品经营单位等社会保险服务机构以欺诈、伪造证明材料或者其他手段骗取社会保险基金支出的，由社会保险行政部门责令退回骗取的社会保险金，处骗取金额二倍以上五倍以下的罚款；属于社会保险服务机构的，解除服务协议；直接负责的主管人员和其他直接责任人员有执业资格的，依法吊销其执业资格。

第八十八条　以欺诈、伪造证明材料或者其他手段骗取社会保险待遇的，由社会保险行政部门责令退回骗取的社会保险金，处骗取金额二倍以上五倍以下的罚款。

第八十九条　社会保险经办机构及其工作人员有下列行为之一的，由社会保险行政部门责令改正；给社会保险基金、用人单位或者个人造成损失的，依法承担赔偿责任；对直接负责的主管人员和其他直接责任人员依法给予处分：

（一）未履行社会保险法定职责的；

（二）未将社会保险基金存入财政专户的；

（三）克扣或者拒不按时支付社会保险待遇的；

（四）丢失或者篡改缴费记录、享受社会保险待遇记录等社会保险数据、个人权益记录的；

（五）有违反社会保险法律、法规的其他行为的。



第九十条　社会保险费征收机构擅自更改社会保险费缴费基数、费率，导致少收或者多收社会保险费的，由有关行政部门责令其追缴应当缴纳的社会保险费或者退还不应当缴纳的社会保险费；对直接负责的主管人员和其他直接责任人员依法给予处分。

第九十一条　违反本法规定，隐匿、转移、侵占、挪用社会保险基金或者违规投资运营的，由社会保险行政部门、财政部门、审计机关责令追回；有违法所得的，没收违法所得；对直接负责的主管人员和其他直接责任人员依法给予处分。

第九十二条　社会保险行政部门和其他有关行政部门、社会保险经办机构、社会保险费征收机构及其工作人员泄露用人单位和个人信息的，对直接负责的主管人员和其他直接责任人员依法给予处分；给用人单位或者个人造成损失的，应当承担赔偿责任。

第九十三条　国家工作人员在社会保险管理、监督工作中滥用职权、玩忽职守、徇私舞弊的，依法给予处分。

第九十四条　违反本法规定，构成犯罪的，依法追究刑事责任。

### 第十二章　附　则

第九十五条　进城务工的农村居民依照本法规定参加社会保险。

第九十六条　征收农村集体所有的土地，应当足额安排被征地农民的社会保险费，按照国务院规定将被征地农民纳入相应的社会保险制度。

第九十七条　外国人在中国境内就业的，参照本法规定参加社会保险。

第九十八条　本法自 2011 年 7 月 1 日起施行。

## 5. 中华人民共和国劳动争议调解仲裁法（2007）

### 第一章　总　则

第一条　为了公正及时解决劳动争议，保护当事人合法权益，促进劳动关系和谐稳定，制定本法。

第二条　中华人民共和国境内的用人单位与劳动者发生的下列劳动争议，适用本法：

（一）因确认劳动关系发生的争议；

（二）因订立、履行、变更、解除和终止劳动合同发生的争议；

（三）因除名、辞退和辞职、离职发生的争议；

（四）因工作时间、休息休假、社会保险、福利、培训以及劳动保护发生的争议；

（五）因劳动报酬、工伤医疗费、经济补偿或者赔偿金等发生的争议；

（六）法律、法规规定的其他劳动争议。

第三条　解决劳动争议，应当根据事实，遵循合法、公正、及时、着重调解的原则，依法保护当事人的合法权益。

第四条　发生劳动争议，劳动者可以与用人单位协商，也可以请工会或者第三方共同与用人单位协商，达成和解协议。

第五条　发生劳动争议，当事人不愿协商、协商不成或者达成和解协议后不履行的，可以向调解组织申请调解；不愿调解、调解不成或者达成调解协议后不履行的，可以向劳动争议仲裁委员会申请仲裁；对仲裁裁决不服的，除本法另有规定的外，可以向人民法院提起诉讼。

第六条　发生劳动争议，当事人对自己提出的主张，有责任提供证据。与争议事项有关的证据属于用人单位掌握管理的，用人单位应当提供；用人单位不提供的，应当承担不利后果。

第七条　发生劳动争议的劳动者一方在十人以上，并有共同请求的，可以推举代表参加调解、仲裁或者诉讼活动。

第八条　县级以上人民政府劳动行政部门会同工会和企业方面代表建立协调劳动关系三方机制，共同研究解决劳动争议的重大问题。

第九条　用人单位违反国家规定，拖欠或者未足额支付劳动报酬，或者拖欠工伤医疗费、经济补偿或者赔偿金的，劳动者可以向劳动行政部门投诉，劳动行政部门应当依法处理。

## 第二章　调　解

第十条　发生劳动争议，当事人可以到下列调解组织申请调解：

（一）企业劳动争议调解委员会；

（二）依法设立的基层人民调解组织；

（三）在乡镇、街道设立的具有劳动争议调解职能的组织。

企业劳动争议调解委员会由职工代表和企业代表组成。职工代表由工会成员担任或者由全体职工推举产生，企业代表由企业负责人指定。企业劳动争议调解委员会主任由工会成员或者双方推举的人员担任。

第十一条　劳动争议调解组织的调解员应当由公道正派、联系群众、热心调解工作，并具有一定法律知识、政策水平和文化水平的成年公民担任。

第十二条　当事人申请劳动争议调解可以书面申请，也可以口头申请。口头申请的，调解组织应当当场记录申请人基本情况、申请调解的争议事项、理由和时间。

第十三条　调解劳动争议，应当充分听取双方当事人对事实和理由的陈述，耐心疏导，帮助其达成协议。

第十四条　经调解达成协议的，应当制作调解协议书。

调解协议书由双方当事人签名或者盖章，经调解员签名并加盖调解组织印章后生效，对双方当事人具有约束力，当事人应当履行。

自劳动争议调解组织收到调解申请之日起十五日内未达成调解协议的，当事人可以依法申请仲裁。

第十五条　达成调解协议后，一方当事人在协议约定期限内不履行调解协议的，另一方当事人可以依法申请仲裁。

第十六条　因支付拖欠劳动报酬、工伤医疗费、经济补偿或者赔偿金事项达成调解协议，用人单位在协议约定期限内不履行的，劳动者可以持调解协议书依法向人民法院申请支付令。人民法院应当依法发出支付令。

## 第三章　仲　裁

### 第一节　一般规定

第十七条　劳动争议仲裁委员会按照统筹规划、合理布局和适应实际需要的原则设立。省、自治区人民政府可以决定在市、县设立；直辖市人民政府可以决定在区、县设立。直辖市、设区的市也可以设立一个或者若干个劳动争议仲裁委员会。劳动争议仲裁委员会不按行政区划层层设立。

第十八条　国务院劳动行政部门依照本法有关规定制定仲裁规则。省、自治区、直辖市人民政府劳动行政部门对本行政区域的劳动争议仲裁工作进行指导。

第十九条　劳动争议仲裁委员会由劳动行政部门代表、工会代表和企业方面代表组成。劳动争议仲裁委员会组成人员应当是单数。

劳动争议仲裁委员会依法履行下列职责：

（一）聘任、解聘专职或者兼职仲裁员；

（二）受理劳动争议案件；

（三）讨论重大或者疑难的劳动争议案件；

（四）对仲裁活动进行监督。

劳动争议仲裁委员会下设办事机构，负责办理劳动争议仲裁委员会的日常工作。

第二十条　劳动争议仲裁委员会应当设仲裁员名册。

仲裁员应当公道正派并符合下列条件之一：

（一）曾任审判员的；

（二）从事法律研究、教学工作并具有中级以上职称的；

（三）具有法律知识、从事人力资源管理或者工会等专业工作满五年的；

（四）律师执业满三年的。

第二十一条　劳动争议仲裁委员会负责管辖本区域内发生的劳动争议。

劳动争议由劳动合同履行地或者用人单位所在地的劳动争议仲裁委员会管辖。双方当事人分别向劳动合同履行地和用人单位所在地的劳动争议仲裁委员会申请仲裁的，由劳动合同履行地的劳动争议仲裁委员会管辖。

第二十二条　发生劳动争议的劳动者和用人单位为劳动争议仲裁案件的双方当事人。

劳务派遣单位或者用工单位与劳动者发生劳动争议的，劳务派遣单位和用工单位为共同当事人。

第二十三条　与劳动争议案件的处理结果有利害关系的第三人，可以申请参加仲裁活动或者由劳动争议仲裁委员会通知其参加仲裁活动。

第二十四条　当事人可以委托代理人参加仲裁活动。委托他人参加仲裁活动，应当向劳动争议仲裁委员会提交有委托人签名或者盖章的委托书，委托书应当载明委托事项和权限。

第二十五条　丧失或者部分丧失民事行为能力的劳动者，由其法定代理人代为参加仲裁活动；无法定代理人的，由劳动争议仲裁委员会为其指定代理人。劳动者死亡的，由其近亲属或者代理人参加仲裁活动。

第二十六条　劳动争议仲裁公开进行，但当事人协议不公开进行或者涉及国家秘密、商业秘密和个人隐私的除外。

**第二节　申请和受理**

第二十七条　劳动争议申请仲裁的时效期间为一年。仲裁时效期间从当事人知道或者应当知道其权利被侵害之日起计算。

前款规定的仲裁时效，因当事人一方向对方当事人主张权利，或者向有关部门请求权利救济，或者对方当事人同意履行义务而中断。从中断时起，仲裁时效期间重新计算。

因不可抗力或者有其他正当理由，当事人不能在本条第一款规定的仲裁时效期间申请仲裁的，仲裁时效中止。从中止时效的原因消除之日起，仲裁时效期间继续计算。

劳动关系存续期间因拖欠劳动报酬发生争议的，劳动者申请仲裁不受本条第一款规定的仲裁时效期间的限制；但是，劳动关系终止的，应当自劳动关系终止之日起一年内提出。

第二十八条　申请人申请仲裁应当提交书面仲裁申请，并按照被申请人人数提交副本。

仲裁申请书应当载明下列事项：

（一）劳动者的姓名、性别、年龄、职业、工作单位和住所，用人单位的名称、住所和法定代表人或者主要负责人的姓名、职务；

（二）仲裁请求和所根据的事实、理由；

（三）证据和证据来源、证人姓名和住所。

书写仲裁申请确有困难的，可以口头申请，由劳动争议仲裁委员会记入笔录，并告知对方当事人。

第二十九条　劳动争议仲裁委员会收到仲裁申请之日起五日内，认为符合受理条件的，应当受理，并通知申请人；认为不符合受理条件的，应当书面通知申请人不予受理，并说明理由。对劳动争议仲裁委员会不予受理或者逾期未做出决定的，申请人可以就该劳动争议事项向人民法院提起诉讼。

第三十条　劳动争议仲裁委员会受理仲裁申请后，应当在五日内将仲裁申请书副本送达被申请人。

被申请人收到仲裁申请书副本后，应当在十日内向劳动争议仲裁委员会提交答辩书。劳动争议仲裁委员会收到答辩书后，应当在五日内将答辩书副本送达申请人。被申请人未提交答辩书的，不影响仲裁程序的进行。

**第三节　开庭和裁决**

第三十一条　劳动争议仲裁委员会裁决劳动争议案件实行仲裁庭制。仲裁庭由三名仲裁员组成，设首席仲裁员。简单劳动争议案件可以由一名仲裁员独任仲裁。

第三十二条　劳动争议仲裁委员会应当在受理仲裁申请之日起五日内将仲裁庭的组成情况书面通知当事人。

第三十三条　仲裁员有下列情形之一，应当回避，当事人也有权以口头或者书面方式提出回避申请：

（一）是本案当事人或者当事人、代理人的近亲属的；

（二）与本案有利害关系的；

（三）与本案当事人、代理人有其他关系，可能影响公正裁决的；

（四）私自会见当事人、代理人，或者接受当事人、代理人的请客送礼的。

劳动争议仲裁委员会对回避申请应当及时做出决定，并以口头或者书面方式通知当事人。

第三十四条　仲裁员有本法第三十三条第四项规定情形，或者有索贿受贿、徇私舞弊、枉法裁决行为的，应当依法承担法律责任。劳动争议仲裁委员会应当将其解聘。

第三十五条　仲裁庭应当在开庭五日前，将开庭日期、地点书面通知双方当事人。当事人有正当理由的，可以在开庭三日前请求延期开庭。是否延期，由劳动争议仲裁委员会决定。

第三十六条　申请人收到书面通知，无正当理由拒不到庭或者未经仲裁庭同意中途退庭的，可以视为撤回仲裁申请。

被申请人收到书面通知，无正当理由拒不到庭或者未经仲裁庭同意中途退庭的，可以缺席裁决。

第三十七条　仲裁庭对专门性问题认为需要鉴定的，可以交由当事人约定的鉴定机构鉴定；当事人没有约定或者无法达成约定的，由仲裁庭指定的鉴定机构鉴定。

根据当事人的请求或者仲裁庭的要求，鉴定机构应当派鉴定人参加开庭。当事人经仲裁庭许可，可以向鉴定人提问。

第三十八条　当事人在仲裁过程中有权进行质证和辩论。质证和辩论终结时，首席仲裁员或者独任仲裁员应当征询当事人的最后意见。

第三十九条　当事人提供的证据经查证属实的，仲裁庭应当将其作为认定事实的根据。

劳动者无法提供由用人单位掌握管理的与仲裁请求有关的证据，仲裁庭可以要求用人单位在指定期限内提供。用人单位在指定期限内不提供的，应当承担不利后果。

第四十条　仲裁庭应当将开庭情况记入笔录。当事人和其他仲裁参加人认为对自己陈述的记录有遗漏或者差错的，有权申请补正。如果不予补正，应当记录该申请。

笔录由仲裁员、记录人员、当事人和其他仲裁参加人签名或者盖章。

第四十一条　当事人申请劳动争议仲裁后，可以自行和解。达成和解协议的，可以撤回仲裁申请。

第四十二条　仲裁庭在做出裁决前，应当先行调解。

调解达成协议的，仲裁庭应当制作调解书。

调解书应当写明仲裁请求和当事人协议的结果。调解书由仲裁员签名，加盖劳动争议仲裁委员会印章，送达双方当事人。调解书经双方当事人签收后，发生法律效力。

调解不成或者调解书送达前，一方当事人反悔的，仲裁庭应当及时做出裁决。

第四十三条　仲裁庭裁决劳动争议案件，应当自劳动争议仲裁委员会受理仲裁申请之日起四十五日内结束。案情复杂需要延期的，经劳动争议仲裁委员会主任批准，可以延期并书面通知当事人，但是延长期限不得超过十五日。逾期未做出仲裁裁决的，当事人可以就该劳动争议事项向人民法院提起诉讼。

仲裁庭裁决劳动争议案件时，其中一部分事实已经清楚，可以就该部分先行裁决。

第四十四条　仲裁庭对追索劳动报酬、工伤医疗费、经济补偿或者赔偿金的案件，根据当事人的申请，可以裁决先予执行，移送人民法院执行。

仲裁庭裁决先予执行的，应当符合下列条件：

（一）当事人之间权利义务关系明确；

（二）不先予执行将严重影响申请人的生活。

劳动者申请先予执行的，可以不提供担保。

第四十五条　裁决应当按照多数仲裁员的意见做出，少数仲裁员的不同意见应当记入笔录。仲裁庭不能形成多数意见时，裁决应当按照首席仲裁员的意见做出。

第四十六条　裁决书应当载明仲裁请求、争议事实、裁决理由、裁决结果和裁决日期。裁决书由仲裁员签名，加盖劳动争议仲裁委员会印章。对裁决持不同意见的仲裁员，可以签名，也可以不签名。

第四十七条　下列劳动争议，除本法另有规定的外，仲裁裁决为终局裁决，裁决书自做出之日起发生法律效力：

（一）追索劳动报酬、工伤医疗费、经济补偿或者赔偿金，不超过当地月最低工资标准十二个月金额的争议；

（二）因执行国家的劳动标准在工作时间、休息休假、社会保险等方面发生的争议。

第四十八条　劳动者对本法第四十七条规定的仲裁裁决不服的，可以自收到仲裁裁决书之日起十五日内向人民法院提起诉讼。

第四十九条　用人单位有证据证明本法第四十七条规定的仲裁裁决有下列情形之一，可以自收到仲裁裁决书之日起三十日内向劳动争议仲裁委员会所在地的中级人民法院申请撤销裁决：

（一）适用法律、法规确有错误的；

（二）劳动争议仲裁委员会无管辖权的；

（三）违反法定程序的；

（四）裁决所根据的证据是伪造的；

（五）对方当事人隐瞒了足以影响公正裁决的证据的；

（六）仲裁员在仲裁该案时有索贿受贿、徇私舞弊、枉法裁决行为的。

人民法院经组成合议庭审查核实裁决有前款规定情形之一的，应当裁定撤销。

仲裁裁决被人民法院裁定撤销的，当事人可以自收到裁定书之日起十五日内就该劳动争议事项向人民法院提起诉讼。

第五十条　当事人对本法第四十七条规定以外的其他劳动争议案件的仲裁裁决不服的，可以自收到仲裁裁决书之日起十五日内向人民法院提起诉讼；期满不起诉的，裁决书发生法律效力。

第五十一条　当事人对发生法律效力的调解书、裁决书，应当依照规定的期限履行。一方当事人逾期不履行的，另一方当事人可以依照民事诉讼法的有关规定向人民法院申请执行。受理申请的人民法院应当依法执行。

**第四章　附　则**

第五十二条　事业单位实行聘用制的工作人员与本单位发生劳动争议的，依照本法执行；法律、行政法规或者国务院另有规定的，依照其规定。

第五十三条　劳动争议仲裁不收费。劳动争议仲裁委员会的经费由财政予以保障。

第五十四条　本法自2008年5月1日起施行。

## 6. 劳动和社会保障规章清理情况表

### （1）已废止的劳动和社会保障规章目录

| 序号 | 发布机关 | 规章名称 | 文号 | 发布日期 | 废止说明 |
|---|---|---|---|---|---|
| 1 | 劳动部 | 劳动合同鉴证实施办法 | 劳力字［1992］54号 | 1992.10.22 | 已被《关于废止部分劳动和社会保障规章的决定》废止，2007年11月9日起施行 |
| 2 | 劳动部、对外经贸部 | 外商投资企业劳动管理规定 | 劳部发［1994］246号 | 1994.8.11 | 已被《关于废止部分劳动和社会保障规章的决定》废止，2007年11月9日起施行 |
| 3 | 劳动部 | 职业指导办法 | 劳部发［1994］434号 | 1994.10.27 | 已被《就业服务和就业管理规定》废止，2008年1月1日起施行 |
| 4 | 劳动部 | 职业培训实体管理规定 | 劳部发［1994］506号 | 1994.12.14 | 已被《关于废止部分劳动和社会保障规章的决定》废止，2007年11月9日起施行 |
| 5 | 劳动部 | 企业职工工伤保险试行办法 | 劳部发［1996］266号 | 1996.8.12 | 已被《关于废止部分劳动和社会保障规章的决定》废止，2007年11月9日起施行 |
| 6 | 劳动保障部 | 劳动和社会保障信访工作暂行规定 | 4号令 | 1999.8.12 | 已被《关于废止部分劳动和社会保障规章的决定》废止，2007年11月9日起施行 |
| 7 | 劳动保障部 | 劳动力市场管理规定 | 10号令 | 2000.12.8 | 已被《就业服务和就业管理规定》废止，2008年1月1日起施行 |

### (2) 拟修订的劳动和社会保障规章目录

| 序号 | 发布机关 | 规章名称 | 文 号 | 发布日期 | 修订理由 |
| --- | --- | --- | --- | --- | --- |
| 1 | 劳动部 | 企业经济性裁减人员规定 | 劳部发［1994］447 号 | 1994. 11. 14 | 与《劳动合同法》不一致 |
| 2 | 劳动部 | 违反和解除劳动合同的经济补偿办法 | 劳部发［1994］481 号 | 1994. 12. 3 | 与《劳动合同法》不一致 |
| 3 | 劳动部 | 违反《劳动法》有关劳动合同规定的赔偿办法 | 劳部发［1995］223 号 | 1995. 5. 10 | 与《劳动合同法》不一致 |
| 4 | 劳动保障部、公安部、工商总局 | 境外就业中介管理规定 | 15 号令 | 2002. 5. 14 | 与《行政许可法》不一致 |
| 5 | 劳动保障部 | 集体合同规定 | 22 号令 | 2004. 1. 20 | 与《劳动合同法》不一致 |

### (3) 现行有效的劳动和社会保障规章目录

| 序号 | 制定机关 | 规章名称 | 文 号 | 发布日期 | 实施日期 |
| --- | --- | --- | --- | --- | --- |
| 1 | 劳动人事部、国家教委 | 技工学校工作条例 | 劳人培［1986］22 号 | 1986. 11. 11 | 1987. 1. 1 |
| 2 | 劳动部 | 女职工禁忌劳动范围的规定 | 劳安字［1990］2 号 | 1990. 1. 18 | 1990. 1. 18 |
| 3 | 劳动部、国家税务局 | 城镇集体所有制企业工资同经济效益挂钩办法 | 劳薪字［1991］46 号 | 1991. 10. 5 | 1991. 10. 5 |
| 4 | 劳动部 | 职业技能鉴定规定 | 劳部发［1993］134 号 | 1993. 7. 9 | 1993. 7. 9 |
| 5 | 劳动部、财政部、国家计委、国家体改委、国家经贸委 | 国有企业工资总额同经济效益挂钩规定 | 劳部发［1993］161 号 | 1993. 7. 9 | 1993. 7. 9 |
| 6 | 劳动部 | 劳动争议仲裁委员会办案规则 | 劳部发［1993］276 号 | 1993. 10. 18 | 1993. 10. 18 |
| 7 | 劳动部 | 劳动争议仲裁委员会组织规则 | 劳部发［1993］300 号 | 1993. 11. 5 | 1993. 11. 5 |
| 8 | 劳动部 | 企业劳动争议调解委员会组织及工作规则 | 劳部发［1993］301 号 | 1993. 11. 5 | 1993. 11. 5 |

（续）

| 序号 | 制定机关 | 规章名称 | 文号 | 发布日期 | 实施日期 |
|---|---|---|---|---|---|
| 9 | 劳动部、人事部 | 职业资格证书规定 | 劳部发［1994］98号 | 1994. 2. 22 | 1994. 2. 22 |
| 10 | 劳动部 | 劳动监察员管理办法 | 劳部发［1994］448号 | 1994. 11. 14 | 1995. 1. 1 |
| 11 | 劳动部 | 企业职工患病或非因工负伤医疗期规定 | 劳部发［1994］479号 | 1994. 12. 1 | 1995. 1. 1 |
| 12 | 劳动部、国家体改委 | 股份有限公司劳动工资管理规定 | 劳部发［1994］497号 | 1994. 12. 3 | 1995. 1. 1 |
| 13 | 劳动部 | 工资支付暂行规定 | 劳部发［1994］489号 | 1994. 12. 6 | 1995. 1. 1 |
| 14 | 劳动部 | 就业训练规定 | 劳部发［1994］490号 | 1994. 12. 9 | 1995. 1. 1 |
| 15 | 劳动部 | 未成年工特殊保护规定 | 劳部发［1994］498号 | 1994. 12. 9 | 1995. 1. 1 |
| 16 | 劳动部 | 企业实行不定时工作制和综合计算工时工作制的审批办法 | 劳部发［1994］503号 | 1994. 12. 14 | 1995. 1. 1 |
| 17 | 劳动部 | 企业职工生育保险试行办法 | 劳部发［1994］504号 | 1994. 12. 14 | 1995. 1. 1 |
| 18 | 劳动部 | 违反《中华人民共和国劳动法》行政处罚办法 | 劳部发［1994］532号 | 1994. 12. 26 | 1995. 1. 1 |
| 19 | 劳动部 | 劳动仲裁员聘任管理办法 | 劳部发［1995］142号 | 1995. 3. 22 | 1995. 3. 22 |
| 20 | 劳动部、财政部、审计署 | 国有企业工资内外收入监督检查实施办法 | 劳部发［1995］218号 | 1995. 4. 21 | 1995. 4. 21 |
| 21 | 劳动部、审计署 | 社会保险审计暂行规定 | 劳部发［1995］329号 | 1995. 8. 24 | 1995. 10. 1 |
| 22 | 劳动部、公安部、外交部、外贸部 | 外国人在中国就业管理规定 | 劳部发［1996］29号 | 1996. 1. 22 | 1996. 5. 1 |
| 23 | 劳动部 | 劳动行政处罚若干规定 | 1号令 | 1996. 9. 27 | 1996. 10. 1 |
| 24 | 劳动部 | 劳动行政处罚听证程序规定 | 2号令 | 1996. 9. 27 | 1996. 10. 1 |

（续）

| 序号 | 制定机关 | 规章名称 | 文号 | 发布日期 | 实施日期 |
|---|---|---|---|---|---|
| 25 | 劳动部、国家经贸委 | 企业职工培训规定 | 劳部发［1996］370号 | 1996.10.30 | 1996.10.30 |
| 26 | 劳动部、国资局、税务总局 | 劳动就业服务企业产权界定规定 | 劳部发［1997］181号 | 1997.5.29 | 1997.5.29 |
| 27 | 劳动部 | 技工学校教育督导评估暂行规定 | 9号令 | 1997.8.8 | 1997.9.1 |
| 28 | 劳动保障部 | 社会保险登记管理暂行办法 | 1号令 | 1999.3.19 | 1999.3.19 |
| 29 | 劳动保障部 | 社会保险费申报缴纳管理暂行办法 | 2号令 | 1999.3.19 | 1999.3.19 |
| 30 | 劳动保障部 | 社会保险费征缴监督检查办法 | 3号令 | 1999.3.19 | 1999.3.19 |
| 31 | 劳动保障部 | 劳动和社会保障行政复议办法 | 5号令 | 1999.11.23 | 1999.11.23 |
| 32 | 劳动保障部 | 招用技术工种从业人员规定 | 6号令 | 2000.3.16 | 2000.7.1 |
| 33 | 劳动保障部 | 中华技能大奖和全国技术能手评选表彰管理办法 | 7号令 | 2000.8.29 | 2000.8.29 |
| 34 | 劳动保障部 | 失业保险金申领发放办法 | 8号令 | 2000.10.26 | 2001.1.1 |
| 35 | 劳动保障部 | 工资集体协商试行办法 | 9号令 | 2000.11.8 | 2000.11.8 |
| 36 | 劳动保障部 | 社会保险基金监督举报工作管理办法 | 11号令 | 2001.5.18 | 2001.5.18 |
| 37 | 劳动保障部 | 社会保险基金行政监督办法 | 12号令 | 2001.5.18 | 2001.5.18 |
| 38 | 劳动保障部 | 社会保险行政争议处理办法 | 13号令 | 2001.5.27 | 2001.5.27 |
| 39 | 劳动保障部、工商总局 | 中外合资中外合作职业介绍机构设立管理暂行规定 | 14号令 | 2001.10.9 | 2001.12.1 |
| 40 | 劳动保障部 | 社会保险稽核办法 | 16号令 | 2003.2.27 | 2003.4.1 |
| 41 | 劳动保障部 | 工伤认定办法 | 17号令 | 2003.9.23 | 2004.1.1 |

（续）

| 序号 | 制定机关 | 规章名称 | 文 号 | 发布日期 | 实施日期 |
|---|---|---|---|---|---|
| 42 | 劳动保障部 | 因工死亡职工供养家属范围规定 | 18 号令 | 2003. 9. 23 | 2004. 1. 1 |
| 43 | 劳动保障部 | 非法用工单位伤亡人员一次性赔偿办法 | 19 号令 | 2003. 9. 23 | 2004. 1. 1 |
| 44 | 劳动保障部 | 企业年金试行办法 | 20 号令 | 2004. 1. 6 | 2004. 5. 1 |
| 45 | 劳动保障部 | 最低工资规定 | 21 号令 | 2004. 1. 20 | 2004. 3. 1 |
| 46 | 劳动保障部、银监会、证监会、保监会 | 企业年金基金管理试行办法 | 23 号令 | 2004. 2. 23 | 2004. 5. 1 |
| 47 | 劳动保障部 | 企业年金基金管理机构资格认定暂行办法 | 24 号令 | 2004. 12. 31 | 2005. 3. 1 |
| 48 | 劳动保障部 | 关于实施《劳动保障监察条例》若干规定 | 25 号令 | 2004. 12. 31 | 2005. 2. 1 |
| 49 | 劳动保障部 | 台湾香港澳门居民在内地就业管理规定 | 26 号令 | 2005. 6. 14 | 2005. 10. 1 |
| 50 | 劳动保障部 | 中外合作职业技能培训办学管理办法 | 27 号令 | 2006. 7. 26 | 2006. 10. 1 |
| 51 | 劳动保障部 | 就业服务与就业管理规定 | 28 号令 | 2007. 11. 5 | 2008. 1. 1 |
| 52 | 劳动保障部 | 关于废止部分劳动和社会保障规章的决定 | 29 号令 | 2007. 11. 9 | 2007. 11. 9 |

# 跋

本书是一本献给企业人力资源管理工作者的实用手册，目的在于为企业构建和谐劳动关系提供有益的帮助。

本书作者认为，当代中外企业的差距已不是资金、技术等有形的物质方面，而在于无形的管理能力与法律制度是否能够有机融合。有鉴于此，本书以企业员工关系管理为主线，以我国现行的劳动法律法规为基石，融会贯通企业管理与法律实务两大领域，为企业打造复合型人力资源管理者而贡献力量。

在您阅读完本书后，作者有三点需要交代。

首先，劳动法是一个独立的法律部门，涉及劳动基本法律法规、部委行政规章和地方法律法规。正式的法律渊源有近百种，形成了一个庞大繁杂的部门法。这提示我们人力资源管理者，在进行管理工作时须有一个系统的、全局的法律环境观念，合理有效地规避法律风险。

其次，人力资源管理者需要精通而不仅是了解相关的劳动法律部门，还需要将其有机地运用到企业的日常管理活动中，尤其是对员工关系的管理实战工作中，这才能体现出人力资源管理工作的重要性，才能为培育本企业的“软实力”做出贡献。

再次，包括员工关系管理在内的人力资源管理工作，简单地说就是对内创造和谐的人际关系，对外有效地避免法律风险，这两者都与劳动法律部门紧密相关，处理好这两者的工作是推动企业实现“基业长青”的基本功。

总之，一句话，高效的管理能力，加上精到的法律知识，是现代社会对企业人力资源管理工作者提出的时代要求。本书就是为您达成这个时代要求而作。

将企业管理与法律实务相结合是作者的首次尝试，肯定有不少需要改进与完善之处。热诚欢迎您的独到建议和不吝赐教，尤其欢迎您提供的真实案例。来函敬请发至：yyliuxm@ yahoo. com. cn 或 xmliu@ law. ecnu. edu. cn。

祝您阅读愉快！

刘新民

2011 年 7 月于上海

# 现代企业人力资源管理实务丛书 丛书主编：郑晓明

## 人力资源管理实务长销作品的常青树

前2版畅销10年 累计重印28次

第1版畅销5年

前2版畅销10年 累计重印14次

**人力资源管理导论（第3版）**
ISBN：978-7-111-33263
作者：郑晓明
定价：49.00元
出版时间：2011-3

**人才测评实务（第2版）**
ISBN：978-7-111-32713
作者：张志红 王倩倩 朱冽烈
定价：38.00元
出版时间：2011-3

**人员培训实务（第3版）**
ISBN：978-7-111-32264
作者：郭京生 潘立
定价：36.00元
出版时间：2011-3

## 即将出版

## 读者评论

● 领导推荐的一套书，很有用的工具书。让不了解人力资源管理的人能很快理解一些实用的内容。看一遍后还会再看一遍，加深理解。

● 这个系列的一套书全部都买了。很实用，配合资格考试的教材一起学习，即生动又具有可操作性。这是我目前买到的最理想一套书了。每天都会看，不学习时对工作的帮助也特别的大。

● 对于人力资源管理工作的从事者，这是非常必要的工具书。

# 华章书院俱乐部反馈卡

## 写书评 赢大奖

身为读者，你是不是常感到不写不快？
无论是感同身受、热烈倾吐，还是淋漓痛批、指点文章，
我们真诚地邀请您，将您的阅读心得与我们共享。
您的心得，将有机会出现在我们的图书、主流媒体、各大网站上。
同时，您还有机会挑选一本自己喜爱的华章经管好书！

书评发至：hzjg@hzbook.com

欢迎登陆***www.hzbook.com***了解更多信息，
本网站会每月公布获奖信息。

华章经管博客已开通，欢迎留下宝贵意见与建议 http://blog.sina.com.cn/hzbook

◎反馈方式◎

**网络登记：**
登陆 *www.hzbook.com*，在网站上进行反馈卡登记。

**传　真：**
将此表填好后，传真到 010-68311602

**邮　寄：**
将填好的表邮寄到：100037 北京市西城区百万庄南街1号309室　闫南　收

**个人资料（请用正楷完整填写，并附上名片）**

姓名:________ 性别:□男 □女 年龄:___ 联系电话:____________ 手机:________________

E-mail:________________________________ 邮政编码:__________ 传真:__________

通讯地址:________________________________ 就职单位及部门:

职　务：□董事长/董事　□总裁/总经理　□副总裁/副总经理　□高级秘书/高级助理
□职员　□政府官员　□专业人员/工程人员　□其他（请注明）____________

学　历：□高中　□大专　□本科　□研究生　□研究生以上

所购书籍书名：________________________________

## 现在就填写读者反馈卡，成为华章书院会员，将有机会参加读者俱乐部活动！

**所有以邮寄，传真等方式登记，并意愿加入者均可成为普通会员，并可以享受以下服务。**

- 每月3次的免费电子邮件通知当月出版新书
- 共同享有读华章论坛会员交流平台
- 享受华章书院定期组织的各种活动（包括会员联谊活动专家讲座行业精英论坛等）
- 优先得到读华章书目
- 俱乐部将从每月新增会员中抽取10名，免费赠送当月最新出版书籍1本
- VIP会员享受全年12本最新出版精品书籍阅读

1. 您通过什么途径了解到本书？

□朋友介绍 □会议培训 □书店广告 □报刊杂志 □其他______

2. 您对本书整体评价为？

□非常满意 □满意 □一般 □其他，原因______

3. 您的阅读方向？（类别）

______

4. 您对以下哪些活动形式最感兴趣？

□大型联谊会 □专业研讨会 □专家讲座 □沙龙 □其他______

5. 您希望华章书院俱乐部为会员提供怎样的增值服务？

______

6. 您是否愿意支付500元升级为VIP会员，享受全年12本最新出版精品书籍阅读？

□愿意 □不愿意，原因______